## Zu diesem Buch

Mit Katharinas und Johns Abenteuer ist es längst noch nicht zu Ende. Schließlich stecken die beiden mitten im 17. Jahrhundert fest, weil ihnen die beiden Feueropale abhanden gekommen sind. Um die Rückreise antreten zu können, müssen vorerst noch einige Hindernisse überwunden werden...
Während Katharina ihren Aufenthalt bei Richards Schwester Ellinor verbringt, begibt sich ihr Bruder John auf die Suche nach den verschollenen Zeitreisesteinen, was ihn wieder einmal in höchste Lebensgefahr bringt, denn niemand anderes als Sir Paul fordert ihn zum Duell heraus. Während er sich mit seinem Gegner schlägt, erwartet Katharina ein ganz anderes Abenteuer: Unbekannte dringen in Ellinors Haus ein und entführen die Dame. Wie Katharina schnell herausfindet, hätte eigentlich sie selbst das Opfer der Entführung werden sollen. Nur aufgrund einer Verwechslung befindet sich nun Ellinor in den Händen der Verbrecher. Zu allem Durcheinander scheint auch diesmal das *Schloss der Liebe* keine geringe Rolle zu spielen...

## Zur Autorin

Bereits seit ihrem 7. Lebensjahr zählt das Schreiben von Geschichten zu den Hobbys von **Judith Pientschik.** Die gebürtige Schwabmünchnerin verfasste zahlreiche Texte, mit denen sie u.a. erfolgreich an diversen Schreibwettbewerben teilnahm. Wenn die Autorin nicht gerade schriftstellerisch tätig ist, musiziert sie gerne oder treibt Sport.

**Judith Pientschik**

# Das Vermächtnis

**Oder die Suche nach dem Geheimnis der Unsterblichkeit**

*Bibliografische Information der Deutschen National-bibliothek:*
*Die Deutsche Nationalbibliothek verzeichnet diese Publikation in der Deutschen Nationalbibliografie; detaillierte bibliografische Daten sind im Internet über http://dnb.dnb.de abrufbar.*

© *2016 Judith Pientschik*

*Herstellung und Verlag: BoD – Books on Demand, Norderstedt*

*ISBN: 978-3-7412-8527-1*

***Für Leah:***
***optimum est enim ultimum!***

***Zumindest fast...***

# - *Prolog* -

*London, ein Spätsommerabend im Jahre 1686*

Schon lange war die Spätsommersonne hinter den Häuserreihen verschwunden, deren graue Fassade die Farbe des schmutzigen Straßenstaubes angenommen hatte. Durch die Gassen, deren fauliger Geruch nichts Gutes verheißen zu schien, wehte ein Herbstwind gemischt mit einer Prise kalter Winterluft. Dicke Regentropfen schwangen sich von ihren Plätzen hoch oben in dem von schweren Wolken düster verhangenen Abendhimmel, sausten der Schwerkraft gemäß nach unten in Richtung Erde und landeten unsanft und plump auf den Dächern der Häuser und den dreckigen Straßen, durchnässten das struppige Fell der herumstreunenden Straßenkatzen und der zahlreichen Ratten, die zwischen den Hauseingängen emsig hin und her huschten. Vereinzelt prasselten sie auch auf zweibeinige Passanten, die das Wetter unterschätzt hatten und deren Ziel es nun war, bei diesem scheußlichen Regenabend möglichst rasch in die gute Stube zu gelangen. Wer konnte, flüchtete sich ins Trockene. Nur einer machte sich an diesem nassen Abend noch freiwillig auf den Weg. Die Kapuze seines Mantels tief über das Gesicht gezogen, huschte er die Straße entlang, bog bei der ersten Straßenkreuzung nach links ab und verschwand irgendwo in diesem farblosen Meer aus Häusern, Staub und Regenwasser.
Er hatte einen wichtigen Termin wahrzunehmen, ein Treffen mit einem bedeutenden Wissenschaftler dieses Jahrhunderts und eigentlich auch der kommenden Jahrhunderte. Ihm stand ein Treffen mit einem Mann bevor, der hinsichtlich der geheimen Zeitreisemission vielleicht mehr wusste, als die gesamte Newton-AG aus dem 21. Jahrhundert es jemals tun würde.
Über Johns schmale Lippen huschte ein Lächeln, wenn auch nur zaghaft. Wohl war ihm nicht dabei, bei einem

solchen Wetter und um diese Uhrzeit noch durch die Straßen Londons zu geistern, noch dazu in dem Wissen, dass der Erzfeind schlechthin wieder unterwegs war. Sir Paul. Hoffentlich würde er ihm nicht begegnen!
Er hielt kurz inne und dachte nach. Nun ja, selbst wenn sich ihre beiden Wege kreuzen sollten: Er war ja immerhin gut gewappnet. Instinktiv fasste Johns Hand nach dem Griff des Degens, der bei den flotten Schritten auf und ab wippte.
Newtons Bleibe war bald erreicht und nach wenigen Augenblicken des Wartens öffnete sich die Türe und John trat ein. Als er das Haus wieder verließ, hatte sich die Nacht schwarz und unheimlich über die Straßen Londons gelegt. Immerhin hatte es zu regnen aufgehört, kein einziger Tropfen prasselte mehr herab. Dafür rauchte dem jungen Herrn der Kopf. Formeln, Buchstaben, Zahlen schwirrten in seinem Gehirn umher, schlugen Purzelbäume, fuhren Looping und kreisten wild durcheinander. Die Unterredung mit Herrn Isaac Newton war zwar hinsichtlich der neuesten wissenschaftlichen Kenntnisse recht interessant gewesen, doch hatte sich hinsichtlich der Zeitreisemission und der vermissten Feueropale nicht einmal der kleinste Hinweis zu einer möglichen Lösung ergeben, sodass John letzten Endes keine Spur schlauer geworden war.
Geknickt stapfte er die Stufen hinunter, die von der Haustüre hinunter auf die Straße führten. Er hörte, wie hinter ihm die Türe ins Schloss fiel, und lief los. Mit jedem Schritt, der ihn näher zu Lady Ellinors Wohnung und damit zu seiner Schwester brachte, fühlte er sich verzweifelter. Was sollte er Katharina denn bloß erzählen? Sein Besuch bei Newton war im Grunde vollkommen umsonst gewesen, reine Zeitverschwendung. Die Steine fehlten noch immer und sollte sich dieser Zustand nicht ändern, würden er und seine Schwester noch bis zum Ende ihres Lebens in diesem bescheidenen Zeitalter festsitzen. Es war ja ganz nett, einen Abstecher in die Vergangenheit zu machen und die eigenen Vorfahren im 17. Jahrhundert zu besuchen, allerdings nur unter der Bedingung, dass man auch jederzeit zurück in die

Gegenwart, also die Zeit, in der man zu leben bestimmt war, zurückkehren konnte.
Verärgert, enttäuscht und mutlos raufte John sich die Haare, kickte mit der Fußspitze einen Stein aus dem Weg und beachtete nicht die große Regenpfütze, deren friedliche Ruhe er mit seinen rücksichtslosen Schritten gestört hatte, sodass ihm das Wasser die Hosenbeine bis zu den Oberschenkeln aufweichte.

„Ich möchte bloß wissen, wo die Steine geblieben sind.", murmelte er gedankenverloren, den Blick starr auf den Boden gerichtet. Beinahe wäre er gegen eine Mauer gelaufen.

„Verdammt!", zischte er. „Ich muss vorsichtiger sein."
Er richtete seinen Kopf auf und ließ die Augen unruhig umherschweifen. Die Fackel, welche er in der Linken trug, spendete nur spärlich Licht und ließ die Gegenstände in der nahen Umgebung gespenstische Schatten werfen. Auf einmal hielt John inne. Hatte sich nicht einer der Schatten bewegt?
Eine dunkle Ahnung stieg in John auf.

„Sir Paul!", knurrte er wütend, verdoppelte seine Schritte und schnaubte aufgebracht. „Verdammt nochmal! Dieser Dreckskerl ist mir immer eine Nasenlänge voraus!"
Aus der Dunkelheit war eine hämisch lachende Stimme zu hören, die John nicht nur zusammenzucken ließ, sondern die ihm auch sämtliche Nackenhärchen aufrichtete.

„Nicht schlecht, nicht schlecht! Auch wenn ich kein Drecksverl bin, so muss ich Ihnen in dem Punkt zustimmen, Ihnen stets einen Schritt voraus zu sein."
Wie vom Blitz getroffen sauste John herum und starrte direkt in das Gesicht seines größten Feindes.

„Scheren Sie sich zum Teufel!", fauchte er. „Sie haben mir gerade noch gefehlt!"

„Das dachte ich mir!" Sir Paul lachte kurz auf, hohl und hinterlistig klang sein Lachen, gemein und verräterisch. Doch konnte er John damit nicht beeindrucken. Der trat

einen Schritt auf ihn zu und fuhr ihn mit scharfer Stimme an: „Ich warne Sie, Sir Paul! Wo sind die Steine?"
Einen Moment lang herrschte eisiges Schweigen. Beide starrten sich einander an. Hasserfüllte Augen brachten die kühle Spätsommernachtluft zum Knistern.
„Welche Steine?" Sir Pauls Hand zuckte nervös. Schon umschlossen seine Finger den Griff seines Degens, während seine Augen argwöhnisch sein Gegenüber musterten. John ließ sich nicht beirren.
„Verstellen Sie sich nicht!", fuhr er seinen Erzfeind an. „Sie wissen genau, von was ich spreche."
Er konnte sich nicht vorstellen, dass Sir Paul davon nichts wusste. Ihm musste doch klar geworden sein, dass es um die beiden ovalen, facettierten Feueropale ging. Doch sein Mund blieb verschlossen und er schwieg weiterhin eisern. Seine raubkatzenartig zusammengezogenen Augen starrten John misstrauisch mit einem Hauch von Argwohn an. Und ehe es John sich versah, hatte sein Gegner den Degen aus der Scheide gezogen und machte einen Schritt nach vorne. Er war nun nur noch eine Armeslänge von John entfernt.
„Ihnen wird das Lachen schon noch vergehen!", knurrte der und wich instinktiv einen Schritt zurück. Er hatte Glück gehabt und war der Waffe seines Gegners knapp entronnen. Angespannt biss John die Zähne aufeinander. Bei seinem Gegner handelte es sich um einen verdammt nochmal hervorragenden Fechter. Ihn zu schlagen, wäre kein Kinderspiel. Doch kampflos aufzugeben, war Johns Sache nicht. Er presste die Lippen noch fester zusammen. Erste Schweißperlen standen ihm bereits auf der Stirn und es gelang ihm, den nächsten Angriff seines Gegners zu parieren und zum Gegenstoß anzusetzen. Ein schneller Schritt zur Seite und Sir Pauls Degen sauste ins Leere. Einen Augenblick lang schien der Gegner ins Taumeln zu kommen. Doch dann hatte er sein Gleichgewicht wiedergefunden und mit doppelter Kraft und ungeheurer Energie ließ er seine Waffe durch die Luft wirbeln. Es war nur ein kurzer Schmerz, ein kurzes Stechen, das jedoch genügte, um John

außer Gefecht zu setzen. Er taumelte rückwärts, bis er mit dem Rücken gegen eine Hauswand prallte und es im wahrsten Sinne des Wortes kein Zurück mehr gab.

„Los, töten Sie mich!", zischte er. „Nur keine Hemmung!"

Doch Sir Paul schüttelte den Kopf.

„Sie sind ein Dummkopf, Turner, ein wahrlicher Dummkopf wie es keinen größeren unter der Sonne gibt."

Empört über diese Worte nahm John seine restlich verbliebene Energie zusammen und stürzte mit seinem Degen auf Sir Paul zu. Dieser wich ein paar Schritte zur Seite, wenngleich er über Johns plötzlichen Gegenangriff nicht wenig überrascht war.

„Sie wissen genau, von was ich spreche! Sie sind im Besitz der beiden Feueropale. Nun geben Sie es schon endlich zu! Rücken Sie heraus mit der Sprache!"

„Völlig falsch kombiniert, Turner.", unterbrach ihn Sir Paul mit kalter Stimme. „Ich weiß noch nicht einmal, von welchen Steinen Sie sprechen. Gute Nacht!"

Bei diesen Worten verschwand er in der Dunkelheit und John blieb allein zurück. Ratlos, mutlos, entkräftet, ohne die vermissten Feueropale und noch dazu verletzt.

## - 1 -

Die Schritte hinter der Türe waren stehen geblieben. Mucksmäuschenstill war es geworden. Einen Augenblick lang standen John und ich unbewegt da und warteten. Doch nichts geschah. Dann klopfte John noch einmal. Diesmal etwas lauter als zuvor. Erst da öffnete sich mit einem leisen Knarren die Türe vor uns.

„Ja, bitte, Sie wünschen?" Ein kleiner Herr mit schiefer Nase lugte hervor. Er war wohl so etwas wie der Butler des Hauses.

„Wir möchten gerne mit Lady Ellinor sprechen.", erklärte mein Bruder. Ich stimmte ihm mit einem höflichen Lächeln zu und begann mich gleichzeitig darüber zu wundern, seit wann Ellinor denn einen Butler hatte. Immerhin war er mir bei unserem letzten Besuch gar nicht aufgefallen. War es denn möglich gewesen, dass ich ihn übersehen hatte...?

„Bitte gedulden Sie sich einen kurzen Moment.", riss mich die Stimme der Schiefnase aus meinen Gedanken. „Ich muss die Dame erst fragen." Mit diesen Worten ließ der Butler die Türe ins Schloss fallen. Mein Bruder verdrehte sichtlich genervt die Augen. Keine Sekunde später zuckte er jedoch überrascht zusammen, denn aus heiterem Himmel wurde die Türe aufgerissen.

„Wie war noch gleich Ihr Name?", japste die schiefe Nase atemlos. Nur mit Mühe gelang es mir, ein Lachen zu verkneifen, was, wenn ich es mir nicht verkniffen hätte, höchst unpassend gewesen wäre.

„Mein Name ist John Turner. Ich bin wissenschaftlicher Gehilfe des Bruders dieser Dame...", erklärte John mit sachlich-neutraler Stimme. Der Butler interessierte sich jedoch in keinster Weise für diese Tatsache.

„Ja, ja! Ich habe verstanden.", unterbrach er meinen Bruder ungeduldig und blinzelte. „Erzählen Sie mir bitte keine Lebensläufe!" Etwas umständlich zog er sich seine Nase hoch. (Sollte ich ihm ein Taschentuch anbieten?) „Und die Dame?"

Ha! Endlich einmal jemand, der mich auch wahrnahm. Die meisten Leute hier in diesem seltsamen Jahrhundert taten ja immer so, als gäbe es mich überhaupt nicht.

„Das ist die Base des..."

„Ja, ja! Ich sagte doch schon: Sie sollen sich kurz halten. Und jetzt entschuldigen Sie mich bitte."

*Wumm.* Mit einem lauten Krachen war die Türe erneut ins Schloss gefallen.

„Der ist doch neu hier, oder?" Ich murmelte es möglichst unauffällig. Wer wusste schon, ob im nächsten Moment nicht bereits wieder die Türe aufging?

„Hm." Mit einem Nicken gab mein Bruder mir zu verstehen, dass er genauso dachte. Kein Wunder, wir waren ja auch seelenverwandt.

„Beim letzten Mal ist mir gar nicht aufgefallen, dass..."
Weiter kam ich nicht, denn vor uns öffnete sich die Türe erneut - diesmal aber nicht nur halb, sondern sogar ganz.

„Bitte, treten Sie ein."
Während mein Bruder mich als erstes durch den Eingang schob, verneigte sich der kleine Herr. Ich tippelte durch die Türe und blickte unsicher um mich. Wo war...?

„Ach, wie schön, dass Sie so bald gekommen sind!" Wie aus dem Nichts tauchte plötzlich eine Dame in dunklem Abendgewand vor uns auf.

„Lady Ellinor!", rief ich, im ersten Moment mehr erstaunt als höflich, was die Dame vor uns in keinster Weise zu stören schien.

„Katharina Turner - ich freue mich, Sie so wohlauf zu sehen." Mit kleinen, schnellen Schritten tapste sie auf mich zu und drückte mich an sich. Als sie mich wieder losließ, taumelte ich ein paar Schritte rückwärts, so sehr musste ich nach Luft schnappen. Beinahe wäre ich in meinen Bruder hineingestolpert, von dem Lady Ellinor, ganz anders als bei mir, die Finger ließ. Der Glückliche!

„Haben Sie Lady Dorothy auch ja meine Grüße ausgerichtet?", erkundigte sie sich sofort und seufzte.
Oh nein! Sie würde doch nicht etwa wieder...?

„Aber ja, natürlich!" John lächelte gekonnt. „Nicht wahr, Fräulein Turner?"

„Sehr richtig.", bestätigte ich und gab mein bestes Unschuldslächeln, das ich auf Lager hatte. „Sie war zutiefst gerührt, dass Sie in solch treuer Freundschaft an sie denken."

Lady Ellinor seufzte schon wieder.

„Lady Dorothy wird unseren Gruß noch lange in Erinnerung behalten." Ja, damit hatte mein Bruder Recht. An unseren Auftritt würde man sich gewiss noch in hundert Jahren erinnern können. Die arme Lady Dorothy!

Da fiel mir ein: Sobald wir wieder zurück im 21. Jahrhundert waren, musste ich unbedingt nachforschen, ob unser Auftritt bei Lady Dorothy in irgendeiner Weise dokumentiert worden war. Aber wahrscheinlich würde ich dabei ohnehin auf nichts Fruchtbares stoßen. Über Thomas Morgan und unseren Vorfahren Richard Turner war ja auch weit und breit nichts zu finden.

Aber zurück zur eigentlichen Sache. Wo waren wir nochmal stehen geblieben?

Ach ja! Eigentlich hatten wir gar nicht die Absicht gehegt, bei unserem geheimen Einbruch in Lady Dorothys Schlösschen irgendwelches Aufsehen zu erregen. Doch unser kleiner Besuch in der Bibliothek der Dame hatte sich dann als wahrlicher Überfall entpuppt. Und das alles nur wegen eines Buches.

„Sagen Sie, wie geht es Lady Dorothy? Sie müssen wissen, dass sie eine gute Freundin von mir ist. Wir kennen uns schon sehr lange und haben viele Erfahrungen miteinander geteilt..."

*Ja, vielmehr ausgetauscht. Blablabla...*

„Kommen Sie, ich führe Sie in meine Wohnstube. Dort können Sie bei einer Tasse Tee und einigen schmackhaften Keksen den Abend verbringen."

*Also eigentlich will ich ja lieber meine Ruhe haben...*

Dass Widerrede zwecklos war, daran hatte ich mich bei Lady Ellinor längst gewöhnt. Das letzte Mal, als wir ihr einen kleinen Besuch abgestattet hatten, was allerdings schon ein gutes Weilchen her war, hatte ich mich gefragt, ob ihr Mundwerk denn nie eine Pause einlegen musste. Woher nahm die Frau nur so viel Luft? Konnte sie etwa mehr Sauerstoff einatmen als normale Menschen?

„Wie ich sehe, hat Ihnen Sir Hunter nichts zugefügt?" Bei diesen Worten begann Ellinor schon wieder so seltsam zu kichern.

Nein, wären wir denn sonst noch hier? Wenn wir Sir Hunter getroffen hätten, - vorausgesetzt, die Geschichte, die uns Ellinor vorgeblubbert hatte, stimmte wirklich - dann würden wir die Radieschen nun höchstwahrscheinlich von unten anschauen...

Mit einem unauffälligen, dafür aber ganz schön schmerzhaften Ellenbogenstoß gab mir mein Bruder zu verstehen, dass ich mich gefälligst zusammenreißen sollte. Prima! Er hatte leicht reden: Immerhin musste er nicht in irgendeinem viel zu bauschigen Rock eingequetscht sein. Wobei - wenn ich mir da die Leute von heute anschaue, also die Zeitgenossen des 17. Jahrhunderts natürlich, ganz konkret die Frauen: Die konnte man wirklich bemitleiden in ihren Fischbein-Korsetts. - Hm, schon zweimal ein Rätsel, wie Lady Ellinor so lange reden konnte, ohne dabei in Atemnot zu kommen. - Oder trug sie am Ende auch ein Pseudo-Fischbein-Korsett-Kleid wie ich?

Mehr oder weniger gut gelaunt ließ ich mich neben John auf einen der Stühle nieder, die um einen gemütlich gedeckten Tisch standen. Lady Ellinor persönlich schenkte uns ihren Tee ein. Kaum hatte ich mich gesetzt, als es vor meinen Augen völlig unerwartet zu flimmern begann. Krampfhaft krallten sich meine Finger in die oberste Schicht meiner Röcke.

*Tief durchatmen. Das geht gleich vorüber.*

„Seien Sie froh, dass ich nicht erst einen Tee aufgießen muss!", plapperte unsere Gastgeberin munter weiter. „Denn dann müssten Sie sich nun ein Weilchen gedulden..."

Hätten wir dann wenigstens unsere heiß ersehnte Ruhe?

Nervös schloss ich meine Augen. Ok, der Schwindel hatte sich wieder gelegt. War wohl nur vorübergehend.

„Dieser hier steht schon seit einigen Minuten.", fuhr die Dame fort. „Eben noch habe ich mich gefragt, ob ich ihn nicht austrinken sollte..."

Oh je, die hörte heute aber auch gar nicht mehr mit dem Geblubber auf. Konnte man diese arme Frau nicht einfach mal zum Schweigen bringen? - Aber wahrscheinlich musste man ihr, selbst wenn sie einmal gestorben war, das Mundwerk eigens totschlagen...

Ich wollte gerade nach meiner Tasse greifen, als alles um mich herum in bunte Farbtöne zu verschwimmen begann. Rasch zog ich meine Hand wieder zurück. Wahrscheinlich hätte ich sonst nur das Geschirr umgestoßen. Und das wäre zutiefst peinlich geworden.

„Wir haben die Fahrt gut überstanden.", erzählte mein Bruder. Ich nickte beiläufig. „Auf Höhe der Stelle, an der man Sir Hunter erhängt aufgefunden haben soll, wurden wir jedoch hinterhältig von einer Räuberbande angegriffen."

„Oh, das ist ja unglaublich schrecklich!" Voller Bestürzung schlug Ellinor die Hände über dem Kopf zusammen und fing an, jämmerliche Laute auszustoßen, als imitiere sie ein Wolfsrudel. Allerdings erinnerte mich ihr Geheule vielmehr an einen alten Leierkasten. Hoffentlich musste ich keinen Gehörsturz erleiden! Schwindel und Gehörsturz zusammen würde ich bestimmt nicht überleben...

Aber dieser Überfall war auch schrecklich gewesen. Immerhin wäre ich dabei fast ums Leben gekommen. Glücklicherweise nur fast.

John hatte allerdings soeben nicht die ganze Wahrheit gesagt: In Gedanken an diesen höchst aufregenden Überfall kam mir eine weitere Erinnerung...

Alles hatte nämlich damit begonnen, dass ich - entgegen der Anweisung von Lady Ellinor - die Vorhänge aufgezogen hatte. Eigentlich hatte sie es mir ja streng verboten. Ich sollte nämlich nicht sehen, an welcher Stelle man den armen Sir Hunter erhängt aufgefunden hatte - und so weiter

und so fort. Doch weil uns Lady Ellinor gleichermaßen von der bezaubernden Landschaft und überhaupt der ganzen Umgebung vorgeschwärmt hatte, konnte ich der Versuchung nicht widerstehen, während der Fahrt aus dem Wagen zu sehen. So war es also dazu gekommen, dass ich die Vorhänge zur Seite geschoben hatte. Eine ganze Zeit lang hatte ich unentwegt aus dem Fenster gestarrt - bis ich plötzlich eine leblos scheinende Gestalt in einiger Entfernung entdeckte. Mein Bruder ließ sich allerdings nicht sonderbar schnell davon überzeugen, dass wir ja wenigstens schauen könnten, um wen es sich da handelte. Nach einigem Hin und Her verließen wir den Wagen schließlich, um nach der Person zu sehen. Zu unserer großen Überraschung handelte es sich dabei um niemand anderen als Sir Paul, unseren Erzfeind schlechthin.
Zu meinem persönlichen Unglück sah dieser Sir Paul leider ziemlich gut aus. Seine Präsenz strahlte etwas Besonderes aus, sodass ich mich schon bei unserem ersten Zusammentreffen auf Rosehills Ball Hals über Kopf in ihn verliebt hatte und es irgendwie auch immer noch war...
Ich seufzte.
„Geht es Ihnen nicht gut, mein Fräulein?"
Urplötzlich aus meinen Gedanken gerissen, zuckte ich zusammen.
„Wie - ob - es mir gut geht?", stammelte ich verwirrt und sah unsicher zu meinem Bruder hinüber, der mich mit zusammengekniffenen Augen merkwürdig musterte.
„Ja - ich - ähm - war nur gerade - etwas in Gedanken versunken.", erklärte ich hastig. Noch im selben Atemzug huschte ein geheimnisvolles Lächeln über Johns Lippen.
*Ich weiß genau, warum du gerade in Gedanken versunken warst.*, schienen seine Augen zu sagen. Tja, und leider lag mein Bruder damit auch richtig.
Doch zurück zum eigentlichen Thema. (Wie oft schweifte ich in letzter Zeit von meinen Gedanken ab?) Wir waren ja bei Sir Paul stehen geblieben und damit, wie wir ihn zusammengeschlagen aufgefunden hatten. Er teilte uns mit,

dass ihn eine Gruppe unbekannter Männer überrascht und niedergeschlagen hatte. Ein Aspekt versetzte dabei sowohl meinen Bruder als auch mich in größte Verwunderung: Es konnte sich bei den Tätern keineswegs um Anhänger unseres Urahnen Richard Turner handeln - sonst hätten John und ich davon gewiss Bescheid gewusst oder wir wären gar selbst in die Angelegenheit verwickelt gewesen. Um einfache Räuber hatte es sich jedoch auch nicht gehandelt. Also mussten es andere Feinde Morgans gewesen sein. Doch ein Feind Morgans musste eigentlich zugleich ein Freund Turners sein. Da dies offensichtlich nicht der Fall war, betraf die unangenehme Lage Sir Pauls auch meinen Bruder und mich: Denn wer unserem Feind schaden wollte, zugleich aber nicht unser Verbündeter war, der hegte bestimmt auch gegen uns etwas...

Mit leisem Klirren landete die Tasse wieder auf ihrem Unterteller. Überrascht blickte mich John von der Seite an. Schon wieder hatte ich diesen Schwindelanfall! Irgendetwas stimmte nicht mit mir. Noch nie war mir schwindelig geworden - außer ich hatte Fieber.

Moment mal: Sollte ich etwa krank sein? Hier mitten im 17. Jahrhundert? Unter Umständen könnte das meinen Tod bedeuten...

*Aber nein. Du phantasierst einfach nur. Das alles war zu anstrengend für dich. Du hast zu viel erlebt. Wenn du dich nachher zur Ruhe legst, wirst du schon sehen: Morgen bist du wie neugeboren.*

Überfordert von der ganzen Situation schloss ich meine Augen.

*Konzentrier dich!*

Ok, wo war ich gleich nochmal stehen geblieben?

Ach ja, richtig! Bei Sir Paul...

Also: John und unserem Kutscher war es gelungen, den Verletzten in den Wagen zu zerren. Jetzt würden wir endlich unseren Weg zum Schloss der Liebe, zu dem übrigens auch unser Erzfeind Sir Paul unterwegs gewesen war, fortsetzen. Wir einigten uns darauf, zumindest auf der Hinfahrt zum Schloss nicht gegeneinander zu arbeiten. Allerdings verlief die weitere Fahrt ganz anders, als wir es geplant hatten: Bereits wenig später überrumpelte uns ein Haufen wilder Räuber. Bei diesem Überfall wurde unser Kutscher blutrünstig ermordet. Mein Bruder sowie der verletzte Sir Paul schlugen sich dabei so gut sie konnten. Mich selbst hatten sie dazu verdonnert, im Inneren des Wagens zu bleiben und zu warten, bis der Kampf vorüber wäre. Obgleich ich alles andere als begeistert war, blieb mir nichts übrig, als den beiden Männern zu gehorchen. Was hätte ich sonst tun sollen? Allzu gut konnte ich ja doch nicht fechten. Wahrscheinlich wäre ich meinem Bruder oder Sir Paul mehr im Weg herumgestanden, als dass ich ihnen eine Hilfe gewesen wäre.

Als die Räuber feststellten, dass es bei uns kein Gold oder andere wertvolle Dinge zu holen gab, wollten sie alsbald jegliche Spuren von uns vertilgen, indem sie in Windeseile ein Feuer legten. Innerhalb weniger Minuten brannte der Wagen lichterloh. Zu meinem Glück hatte ich noch rechtzeitig nach draußen gefunden. Doch auch die Option, als Gefangene der Räuber zu enden, erwies sich als nicht gerade frohlockend. Kaum hatte ich mich nämlich aus meinem Gefängnis befreien können, als mich einer der Räuber, wohl gar ihr Hauptmann, auf sein Pferd warf und mit mir auf und davon wollte. Mein Bruder jagte uns in halsbrecherischem Galopp hinterher und befreite mich nach kurzer Zeit. -

Es war ein Fehler gewesen, meine Augen erneut zu öffnen. Vor meinem Gesicht tanzten abermals bunte Lichtpunkte.

Ok, schnell zurück... Wo war ich gleich?

Langsam aber sicher beschlich mich das dumme Gefühl, dass mit mir wirklich etwas nicht in Ordnung war. Rasch schob ich diesen Gedanken beiseite. -

Der ganze Vorfall hatte schließlich damit geendet, dass es John und Sir Paul gelungen war, die Räuber in die Flucht zu schlagen. Nur leider war uns weder der Kutscher noch unser Wagen geblieben. Außer unserem bisschen Leben hatten wir nur die beiden Pferde. Und mit denen machten wir uns folglich auf die Weiterreise.

Nach einer viel zu kurzen Nacht und einem weiteren enorm anstrengenden Tagesritt hatten wir unser Ziel dann endlich erreicht: Das Schloss der Liebe, dessen Herrin Lady Dorothy eine gute Bekannte unserer derzeitigen Gastwirtin Lady Ellinor war. In Lady Dorothys Schloss befand sich eine Bibliothek. Und genau diese war der Grund, weshalb wir uns auf den Weg dorthin gemacht hatten: Denn angeblich sollte dort das sogenannte Vermächtnis aufbewahrt sein. Unser Urahn Richard Turner hatte es gemeinsam mit dem großen Wissenschaftler Sir Newton und dem leider nicht sehr zuverlässigen Mitarbeiter Thomas Morgan verfasst. Mit Hilfe der darin enthaltenen mathematischen Formeln sollte es möglich werden, Macht, Unsterblichkeit und die Gabe des Zeitreisens zu erlangen. Na, immerhin hat das mit dem Zeitreisen funktioniert. Sonst wären John und ich ja nicht hier im 17. Jahrhundert.

Mein Bruder und ich wurden quasi mehr oder weniger durch Zufall ausgewählt. Denn ein Nachfahre von Thomas Morgan, genannt Paul Morgan, war wenige Wochen vor unserer Mission zurück in die Vergangenheit gereist, genauer gesagt in das Jahr 1686, um das Vermächtnis an sich zu bringen und damit sicherlich nichts Gutes zu tun. Da John und ich direkte Nachfahren Richard Turners sind, also einem der Verfasser dieses Werkes, hatten wir kurzerhand den Auftrag erhalten, ebenfalls ins Jahr 1686 zu reisen. Und da waren wir nun also. Nur leider konnten wir nicht mehr zurück, da die beiden Edelsteine, mit denen es uns möglich war, in die Vergangenheit sowie zurück in die eigentliche Gegenwart zu springen, urplötzlich spurlos verschwunden waren. -

Ich seufzte. Die verwunderten Blicke meines Bruders nahm ich nicht wahr. Und auch Lady Ellinors fragendes Gesicht bemerkte ich nicht. -

Den Auftrag, das Vermächtnis an uns zu bringen, hatten wir bereits erfüllen können: Nachdem es mir gelungen war, das

Buch in der Bibliothek von Lady Dorothy in den Ausschnitt meines Pseudo-Fischbein-Korsett-Kleids zu stopfen, hatte ich es meinem Bruder wenig später zum Aufpassen gegeben. Und der hatte es mitgenommen und Sir Isaac Newton überbracht. Puh, das war eine ganz schön mühsame Angelegenheit gewesen! -

„Fräulein Turner, geht es Ihnen nicht gut?" Erst jetzt fielen mir die besorgten Blicke auf, mit denen mich Lady Ellinor schon die ganze Zeit über musterte.

„Ich - ich...", stammelte ich völlig durcheinander.

„Ich glaube, das alles war etwas viel für die junge Dame. Nicht wahr?"

Mit seinem gewohnten Mach-was-ich-dir-sage-Blick nickte John mir zu.

„Oh." Lady Ellinor seufzte. Doch diesmal störte es mich überhaupt nicht. „Wenn Sie möchten, geleite ich Sie zu Ihrem Zimmer."

„Ja, bitte tun Sie das." Mein Bruder nickte noch immer. „Ich werde Ihnen später folgen."

Lady Ellinor hatte mir auf die Beine geholfen. Wie benebelt taumelte ich neben ihr her.

„Sie sehen wirklich nicht gut aus, junge Dame!", seufzte sie. „Ist Ihnen schlecht? Soll Ihnen der Butler einen Gesundheitstee auf Ihr Zimmer bringen?"

Abwesend schüttelte ich den Kopf.

„Dann ist es wohl das Beste, Sie legen sich ein wenig hin und ruhen sich aus. Morgen sieht die Welt bestimmt schon wieder ganz anders aus."

Ja - und hoffentlich besser.

## - 2 -

*Die Sonne ist längst hinter den grauen Häuserreihen verschwunden. Ein frischer Herbstwind zieht durch die grauen Gassen. Ich spüre die kühle Luft auf meinem Gesicht. Es beginnt zu regnen.*
„Aber Fräulein! Nun stehen Sie noch immer hier draußen!" Als ich die Stimme in meinem Nacken höre, drehe ich mich nicht um. *Meine Augen starren weiterhin geradeaus. - Doch er kommt nicht.*
„Glauben Sie mir, er wird bald eintreffen. Machen Sie sich also keine Sorgen und sehen Sie zu, dass Sie in die warme Stube kommen. Sonst werden Sie nur nass und sicherlich werden Sie sich erkälten."
*Geistesabwesend drehe ich mich um.*
„Folgen Sie mir!"
*Aber ich kann nicht, denn Lady Ellinors Gestalt verschwimmt vor meinen Augen zu einem Brei aus graublauen Farben. Binnen weniger Sekunden verwandelt sich das düstere Farbgemisch in eine fahle Hauswand.*
*Was ist geschehen?*
*Vorsichtig luge ich um die Ecke vor mir.*
„Ich möchte bloß wissen, wo die Steine geblieben sind.", *höre ich eine Stimme nachdenklich murmeln.*
*Das klingt nach - John!*
*Sogleich versuche ich mich durch einige Handzeichen bemerkbar zu machen. Mein Bruder scheint mich nicht zu bemerken, obwohl er stehen geblieben ist und um sich blickt.*
„Sir Paul!", *zischt er wütend, schnaubt aufgebracht und verdoppelt seine Schritte. Noch wenige Meter und er wird an mir vorbeikommen. Aber er bemerkt mich noch immer nicht.*
„Verdammt!", *höre ich ihn leise fluchen.* „Dieser Dreckskerl ist immer einen Augenblick schneller!"
„In der Tat, auch wenn ich kein Dreckskerl bin, eine Nasenbreite bin ich Ihnen stets voraus.", *ist auf einmal eine*

*spöttische Stimme von hinten zu hören. Obwohl ich die Person nicht sehen kann, weiß ich sogleich, um wen es sich handelt: Sir Paul!*
*Wie vom Blitz getroffen fährt John herum und starrt ihn sprachlos an.*

„Zum Teufel mit Ihnen!", knurrt er. „Sie haben mir gerade noch gefehlt!"

„Das dachte ich mir!"

„Ich warne Sie, Sir Paul! Wo sind die Steine?"

*Ja, wo um alles in der Welt waren die Steine abgeblieben? Sir Paul... Er hat sie gestohlen... - Zumindest gehen John und ich davon aus.*
*Einen Augenblick lang herrscht eisiges Schweigen. John und Sir Paul starren sich gegenseitig aus hasserfüllten Augen an. Und ich blicke abwechselnd zwischen beiden hin und her, von denen mich niemand wahrnimmt. Bin ich denn Luft?*

„Welche Steine?", zischt Sir Paul, die Hand bereits am Griff seines Degens. *Seine Augen zucken gefährlich hin und her.*

„Verstellen Sie sich nicht! Sie wissen genau, von was ich spreche.", entgegnet ihm John mit rauer Stimme und räuspert sich. *Natürlich weiß Sir Paul Bescheid. Ihm ist längst klar geworden, dass es uns um die beiden ovalen, facettierten Feueropale geht. - Aber er schweigt weiterhin eisern. Seine Augen haben sich raubkatzenartig zusammengezogen. Er mustert meinen Bruder argwöhnisch. Dann blickt er in meine Richtung. Hat er mich etwa entdeckt?*
*Rasch ziehe ich meinen Kopf zurück. Von ihm will ich nicht gesehen werden. Doch es ist bereits zu spät.*

„Ah, die Lady ist ja auch hier." *Er lacht höhnisch.* „Wie nett! Dann spare ich mir den Aufwand. Erst werde ich Sie und dann die Lady aus dem Weg räumen. Und die Steine bleiben bei mir..." *Sein markerschütterndes Lachen dröhnt in meinen Ohren. Ehe ich wieder klar denken kann, hat er auch schon seinen Degen gezogen. Und nun geht er auf meinen Bruder los.*

*"Sie sind ein hinterhältiger Verräter!", rufe ich aus meinem Versteck, welches streng genommen ja keines mehr ist. "Hören Sie sofort auf! Lassen Sie Turner in Ruhe!"*
*Doch Sir Paul bleibt davon sichtlich unbeeindruckt.*
*"Soll das etwa eine Drohung sein?", lacht er und scheint meine zornesflammenden Augen, die ihn böse anfunkeln, überhaupt nicht wahrzunehmen.*
*"Ihnen wird das Lachen schon noch vergehen!", knurrt mein Bruder und springt einen Schritt zurück. Erst jetzt wird mir bewusst, wie knapp er soeben der Waffe seines Gegners entronnen ist.*
*Sir Paul ist ein verdammt nochmal richtig guter Fechter. Ich sehe, wie mein Bruder die Lippen aufeinander presst. Schon im nächsten Moment geht er mit einem Schmerzensschrei zu Boden.*
*"Nein!" Voller Verzweiflung renne ich aus meinem Versteck mitten hinaus auf die Straße und komme neben meinem Bruder auf die Knie. Lang ausgestreckt liegt er da und regt sich nicht. Ich halte meine Hand über sein Gesicht, doch ich spüre keinen Atem. Sein Brustkorb hebt und senkt sich nicht. Mein Bruder liegt vollkommen ruhig da.*
*"Turner!", schluchze ich. "Sie dürfen mich nicht alleine lassen! Nein, nicht jetzt!"*
*"Lassen Sie ihn, junge Lady. - Der hat ausgelebt!" Sir Paul lacht heiser. Ich drehe mich ängstlich nach ihm um. "Und Sie übrigens auch.", fügt er mit einem hämischen Grinsen im Gesicht hinzu.*
*Mit einem entsetzten Aufschrei versuche ich mich in Sicherheit zu bringen. Doch da ist Sir Paul schon nach mir gesprungen. Von der Wucht seines Aufpralls gehe ich zu Boden. Direkt über mir taucht das verschwitzte Gesicht unseres ärgsten Feindes auf. In seiner Hand den Degen.*
*"Nein!!", schreie ich aus Leibeskräften. "Nein!! Ich will nicht sterben. Nein!!!"*

-

„Lady Turner..."

„Aaaaahhhh!"

Mit einem Mal sah ich nicht mehr das Gesicht Sir Pauls über mir, sondern das meines Bruders.

Wie konnte das sein? Eben war er doch tot...

„Lady Turner!", flüsterte John in beruhigend monotoner Stimme. „Können Sie mich hören?"

Völlig verängstigt gab ich ihm durch ein leichtes Nicken zu verstehen, dass ich jedes seiner Worte gehört und verstanden hatte.

„Lady Turner, seien Sie ganz ruhig! Sie hatten einen schlimmen Traum. Aber es ist alles gut. Glauben sie mir..."

Ein schlimmer Traum? John war gar nicht tot? Es war wirklich nur ein Traum?!

„Lady Ellinor, ich denke, Sie dürfen uns nun wieder allein lassen." Während er mit Ellinor sprach, hatte John mir seinen Rücken zugekehrt. „Jetzt, nachdem die junge Dame wieder bei Besinnung ist, wird sie gewiss mit mir alleine zu sprechen wünschen."

Dankbar über die Worte meines Bruders nickte ich. Noch immer rang ich nach Luft. Wie hätte ich da sprechen sollen?

„Ganz wie Sie wünschen, Turner.", erwiderte Ellinor spitz. Aus den Augenwinkeln heraus konnte ich gerade noch erkennen, wie sie aus dem Raum wackelte und hinter der Tür verschwand. Ob sie beleidigt war, dass John sie hinausgeschickt hatte? Doch vorerst galt es andere Fragen zu klären, die weitaus wichtiger waren...

„Was ist geschehen?", wisperte ich. „Und warum lebst du noch?"

„Na hör mal: Du machst wohl Scherze, was?" John lachte leise, wenngleich die Nervosität, die sich über jeden Muskeln seines Gesichts gelegt hatte, nicht zu leugnen war. Offensichtlich schien ihn mein Traum, dessen eigentlichen Inhalt er ja noch gar nicht kannte, zu beunruhigen.

„Natürlich lebe ich noch! Welchen Grund sollte es denn geben, dass ich..."

„Sir Paul!", unterbrach ich ihn atemlos. „Er hat dich niedergestochen. Einfach so."

„Ah, ich verstehe..." John strich sich eine Strähne aus der Stirn und gab sich Mühe, möglichst unbeeindruckt zu wirken, was ihm aber nicht gelang. Ich spürte ganz genau, wie betroffen er war.

„Und dann ist er auf mich losgegangen.", fuhr ich hektisch fort. „Ich lag schon am Boden und er direkt über mir und..."

Die Worte sprudelten nur so aus meinem Mund, aber John ging dazwischen: „He, Schwesterlein, du hast geträumt! Hier war ganz und gar kein Sir Paul. Und er hat auch niemanden niedergestochen und er hat auch nicht versucht, dich umzubringen."

Fassungslos starrte ich meinen Bruder einige Sekunden lang an. Binnen kürzester Zeit hatte er seine alte Ruhe wiedergefunden. Ganz mein Bruder eben. Im Gegensatz zu mir ließ er sich nicht einfach von seinen Emotionen überrollen. Aber im Gegensatz zu mir hatte er meinen schrecklichen Traum auch nicht miterleben müssen.

Ich fühlte, wie meine Gefühle mich überkamen, und fing plötzlich an zu schluchzen.

„Ist doch alles gut, Katharina!" John setzte sich zu mir auf die Bettkante und legte einen Arm tröstend und beruhigend zugleich um meine Schulter. „Das war einfach nur ein böser Traum, ja? Glaub mir: Es geht mir gut. Sir Paul ist nicht hier und er wird niemals hier reinkommen und er wird weder mir noch dir etwas antun."

Damit mochte er vielleicht sogar Recht haben. Aber dann sollte er das mal meinen Tränen erklären! Die nämlich rollten weiterhin hemmungslos über meine Wangen. Laut schniefend wischte ich mir mit den Fingern über die vom Weinen verklebten Wimpern.

„Wenigstens scheint dein Fieber nicht mehr so hoch zu sein.", murmelte John und legte dabei seine Hand auf meine Stirn. „Hm, es ist wohl noch nicht ganz weg. Aber wenn wir Glück haben, bist du morgen oder übermorgen wieder fit."

„Fieber?" Erschrocken japste ich nach Luft. „Bin ich denn krank? - John, muss ich sterben?"

Aus seinen großen Augen blickte er mich ernst an.

„Ich weiß ja nicht, was genau du gerade geträumt hast. Aber dass das kein schöner Traum war, habe ich kapiert. Trotzdem solltest du dir im Klaren sein, dass du jetzt wieder wach bist! Katharina - du - stirbst - nicht!"

Erleichtert über diese Tatsache musste ich erneut weinen. Ganze Sturzbäche rannen meine Wangen hinab, als hätte ich mich in einen Zimmerspringbrunnen verwandelt.

„Hey, ist doch alles gut. Komm, beruhige dich." Mein Bruder streichelte mir mit seiner Hand über meine zerzausten Haare. „Und dann erzähl mir mal ganz genau, was in deinem Traum alles passiert ist."

Ich ließ mir von ihm ein Taschentuch reichen, schnäuzte mich umständlich und wischte mir mit dem Handrücken die letzten Tränen aus den Augen, sodass der Zimmerspringbrunnen vorerst auf „Pause" gestellt war. Dann erst holte ich tief Luft und begann John davon zu erzählen, wie er in meinem Traum aus Ellinors Haus gegangen war und ich seitdem auf ihn vor der Türe gewartet hatte. Und wie er bei seiner Rückkehr mit Sir Paul zusammengestoßen war und dieser ihn niedergestochen hatte und anschließend dasselbe mit mir vorhatte.

„Arme kleine Schwester...", murmelte er. „Muss ja ein ganz schöner Schock gewesen sein."

Ich nickte.

„John, ich will nicht, dass du dich wegen der Steine in Gefahr begibst.", sagte ich leise.

„Aber, Katharina! Wo denkst du hin? Natürlich passe ich auf mich auf."

„Sei vorsichtig, ja?", flüsterte ich und schon wieder wollten mir die Tränen in die Augen schießen, aber es gelang mir, sie zurückzuhalten. Mein armer Bruder hätte sonst wohl die Flucht ergriffen - aus Angst, ertrinken zu müssen.

Und womöglich hätte sich mein Bruder bei einer solchen Flucht gleich auf die Suche nach den Feueropalen begeben.

„Klar doch! Ich passe auf mich auf. Allerdings..." John runzelte die Stirn. „Dein Traum ist ein eindeutiges Zeichen dafür, dass wir langsam aber sicher wirklich wieder an die Steine kommen sollten. Allzu gemütlich wird es für uns in Sir Pauls Gegenwart nicht mehr sein."

„Was hast du vor?", fragte ich ängstlich. In mir keimte bereits ein beunruhigender Verdacht...

„Also erst einmal wirst du wieder ganz gesund. Dein Fieber muss weggehen."

„Wird es lange dauern?" Stöhnend fasste ich mir mit der Hand an die Stirn, nur um gleich darauf überrascht festzustellen, dass sie sich nicht annähernd so heiß anfühlte, wie ich es zunächst vermutet hatte. Aber zu 100% hatte mein Fieber doch wohl nicht Adieu gesagt.

„Ich denke nicht.", erwiderte mein Bruder. „Natürlich nur, wenn du die vergangenen Tage schnell genug verarbeiten kannst. Denn das ist es, weshalb du so völlig durcheinander bist."

Ich runzelte die Stirn.

„Du meinst, dass die Angelegenheit auf dem Schloss der Grund dafür ist, weshalb mir so schwindelig geworden ist?"

„Hm, das mit dem Schwindel muss schon vorher beim Tee gewesen sein, nicht wahr?"

Überrascht blickte ich meinen Bruder an.

„Woher weißt du das?"

Doch er schüttelte nur den Kopf.

„Hey, schon vergessen: Du bist meine Schwester. Da weiß man so etwas durchaus einmal. Außerdem war es ja nicht zu übersehen!" Er gab einige grunzende Laute von sich. „Normalerweise kannst du Teetassen zielsicher greifen und wieder abstellen und deine Augen lässt du eigentlich auch immer offen."

Ich seufzte. Er hatte es vorhin also doch bemerkt. Was für einen klugen Bruder hatte ich doch! Naja, für irgendetwas musste er ja gut sein...

„Ja, ok.", gab ich zu. „Ich habe es verstanden. Aber an das danach kann ich mich nicht mehr erinnern."

„Oh je!", seufzte er. „Geht das schon wieder so los wie im Krankenhaus! An alles muss man dich erinnern..."

„Haha, wie witzig!", fauchte ich.

„Ruhig bleiben! Keine Überanstrengungen, hörst du?"

„Jaja...", murmelte ich und merkte bereits erste Anzeichen des Schwindels. Leise stöhnend stützte ich mich mit den Ellenbogen auf meinem Bettenlager ab.

„Also, um dich zu beruhigen: Lady Ellinor hat dich auf dein Zimmer begleitet.", übernahm John das Gespräch. „Die ganze Zeit über hat sie dabei auf dich eingeredet. Du hast meistens nur *Hm* oder so gemacht."

„Zu einer anderen Antwort wäre ich bei ihr sowieso nicht gekommen.", warf ich dazwischen.

Mein Bruder lächelte überrascht.

„Sehr gut, Schwesterlein.", kommentierte er. „Aber zurück zur eigentlichen Sache: Lady Ellinor, der redende Wasserfall in leibhaftiger Gestalt, hat dich also auf dein Zimmer gebracht und laut ihrer Auskunft hast du dich nur noch ins Bett gelegt und bist sofort eingeschlafen."

„Ja und mein Kleid und das alles?" Meine Hand tastete unruhig den Arm entlang, über meinen Bauch und -

„Au Backe!", entfuhr es mir. „Ich hab mich noch nicht einmal umgezogen!"

„In der Tat." Mein Bruder konnte sich ein Grinsen nicht verkneifen. Das Kerzenlicht, das das abgedunkelte Zimmer nur spärlich erhellte, ließ die Wangen meines Bruders dabei unnatürlich geisterhaft erscheinen. „Dein Kleid hast du noch an. Allerdings habe ich mir erlaubt, dir die Schuhe auszuziehen. Pfui! So etwas macht man doch nicht... - mit seinen Schuhen ins Bett gehen!" Er grinste. „Und deine Haarfrisur habe ich kurzerhand auch aufgelöst. - Ich hoffe, du nimmst mir das nicht übel. Ähm, wird wohl ein Weilchen dauern, bis du die wieder gerichtet hast..."

Noch während er das gesagt hatte, war er aufgestanden, um den kleinen Handspiegel zu holen, der auf meinem Frisiertischchen bereitlag. Bei seinem letzten Satz hatte er ihn mir direkt vor die Augen gehalten und mich dabei entschuldigend angezwinkert.

„Oh Mann! Das wird Tage dauern, bis ich meine alte Frisur wieder zusammengesteckt habe..." Ich seufzte, allerdings mehr aus dem Grund, dass das Gesicht, welches mir aus dem Spiegel entgegen starrte, von blau-schimmeliger Farbe und großmütterlichen Falten überzogen war und eher zu einem Gespenst als zu einer Teenagerin gepasst hätte. Ob das daran lag, dass wir uns schon so lange in der Vergangenheit aufhielten? Ich hoffte ja nicht, dass man durch das Zeitreisen auch hinsichtlich der eigenen Jährchen alterte. Die Altersringe unter den Augen wollte ich mir eigentlich für später aufheben. Ich seufzte noch einmal.

„Aber ich soll mich ja nicht aufregen.", meinte ich dann und wischte mir eine Strähne aus meinem Gespenster-Großmütterchen-Gesicht.

„Richtig." John nickte bestätigend. „Eigentlich ist es aber doch ohnehin völlig egal, wie du aussiehst, oder?"
*Wie bitte?!*

„Klar, die Etikette und so muss eingehalten werden... Aber ob du dabei nun gut oder schlecht aussiehst, kann dir komplett gleichgültig sein. Zumindest jetzt, da du dir auf Sir Paul keine großen Hoffnungen mehr zu machen brauchst..."
Diesen letzten Satz hätte er wohl besser nicht gesagt.

„Dir ist schon klar, dass du manchmal ein totaler Idiot bist?", murmelte ich.

„Ähm... Nein." John wirkte dabei irgendwie betreten.

„Schön, aber jetzt weißt du es ja."

„Danke für das Kompliment! Werde es mir merken."

„Ja, tu das." Das Kinn auf meine Hände gestützt, saß ich da und starrte vor mir ins Leere.

„He, immer noch Liebeskummer wegen Sir Paul?", fragte John vorsichtig.

Erst überlegte ich mir, ob ich meinem Lackaffen von Bruder überhaupt eine Antwort geben sollte, doch dann nickte ich.

„Du Arme! Aber glaub mir: Das ist völlig sinnlos, sich wegen *dem* Gedanken zu machen und sich dabei auch noch zu grämen." John legte seine Hand auf meine und ich fühlte, wie ehrlich er es meinte.

„Das kannst du so leicht sagen! Du warst ja auch noch nie verliebt.", schniefte ich.

„Zumindest nicht mitten im 17. Jahrhundert. - Wie oft muss ich es dir noch vor Augen halten?" Mein Bruder kratzte sich am Kinn. „Ich meine, wie stellst du dir das vor, so mitten in der Vergangenheit? Willst du denn ewig hier sitzen bleiben?"

„Natürlich nicht!", schnaubte ich verärgert.

„Und wie willst du das dann arrangieren, dass ihr beide euch immer seht?"

„Sag mal, hast du es denn immer noch nicht kapiert?" Aus meinen verheulten Augen, die sich in Sekundenschnelle wieder mit neuen Tränen füllten, starrte ich meinen Bruder von der Seite an. „Es ist nicht so, dass ich so sehr in Sir Paul verknallt bin, dass ich ohne ihn nicht mehr leben möchte. Vor allem nicht, wenn ich davon träume, wie er erst dich und dann mich abschlachten will."

„Sondern?"

„Es ist, dass ich nicht begreifen kann, wie ein Mensch erst so nett sein kann und im nächsten Augenblick die Enttäuschung in Person ist. Ich verstehe nicht, wie man so verletzend, so verräterisch sein kann..."

„Tja, da hatten die Herren von der Newton-AG dann wohl doch nichts Falsches gesagt."

Mit einem lauten Schniefen hatte ich meine Nase hochgezogen.

„Hast du noch ein Taschentuch für mich, bitte?"

Wortlos reichte mir John sein zweites und damit letztes Taschentuch.

„Sie hatten Recht, indem sie sagten, dass du als Frau ein leichtes Opfer für potentielle Gegner darstellst.", fuhr er ungerührt fort.

„Opfer für potentielle Gegner?", wiederholte ich und schnäuzte mich ordentlich. Damit war dann auch Johns zweites Taschentuch ruiniert und mein Zimmerspringbrunnen wieder in Betrieb.

„Ja, indem sich Sir Paul an dich ran wirft, versucht er die Kontrolle über uns zu erreichen. Und da ihm das ja auch beinahe ganz gelungen ist, werde ich mich auf den Weg machen, um die Steine wieder zu bekommen. Wir müssen so schnell wie möglich zurück ins 21. Jahrhundert."

„Wann brichst du auf?"

„Hm." John zuckte die Schultern. „Wie es aussieht, morgen. Bis dahin müsste es dir ja schon wieder besser gehen. - Du siehst echt noch ziemlich fertig aus."

„Danke, so fühle ich mich auch."

Ich schnäuzte noch einmal.

„Und wo wirst du anfangen zu suchen?", fragte ich über das Taschentuch hinweg.

„Bei Sir Paul."

„Aber du weißt doch gar nicht, wo er sich gerade aufhält!", warf ich ein. Im Geheimen hoffte ich darauf, dass er vielleicht lieber zurück zum Schloss ritt. Vielleicht hatten wir die beiden Feueropale einfach nur auf dem Rückweg verloren...

„Doch.", entgegnete mein Bruder nur und stand auf. „Er ist hier irgendwo in London."

*Irgendwo in London!*

London war groß - wenn auch nicht zu vergleichen mit dem London des 21. Jahrhunderts. Aber dennoch: Mein Bruder wagte viel, wenn er hier anfing, unseren Todfeind zu suchen. Dieser Schurke konnte überall lauern!

Gerade wollte ich etwas erwidern, als es an der Türe klopfte.

„Herein!", rief John sofort.

Gleich darauf öffnete sich die Türe leise knarrend und herein trat der Butler.

„Lady Ellinor schickt mich.", erklärte er mit seiner gewohnt kalten Stimme. „Dieses Schreiben..." Dabei hielt er ein zusammengefaltetes Blatt, dessen Umschlag noch versiegelt war, in die Höhe. „Dieses Schreiben ist soeben angekommen. Es ist für Sie bestimmt, Turner."

Dankend nahm mein Bruder es ihm ab. Doch er öffnete es noch nicht, denn der Butler hatte sich noch nicht entfernt, sondern stand weiterhin im Türrahmen.

„Und diesen Tee lässt die Lady für Sie schicken, junges Fräulein." Mit schnellen Schritten war die Schiefnase zu mir getippelt und hatte unverzagt eine dampfende Tasse auf dem kleinen Tischchen neben meinem Bett abgestellt. „Ellinor hofft, dass er Ihnen wohl bekommt."

„Das ist außerordentlich freundlich von ihr.", erwiderte ich und bemühte mich um ein möglichst höfliches Lächeln, was mir aber nicht so ganz gelingen wollte. „Richten Sie ihr meinen besten Dank aus!"

Noch immer fühlte ich mich ziemlich schlapp. Das Fieber hatte mich ganz schön geschafft. Noch dazu saß mir dieser schreckliche Traum gehörig im Nacken. Dieser wüste Traum und dabei gleichzeitig diese tiefe Zuneigung zu Sir Paul, der mich so enttäuscht hatte. Ich wünschte, wir hätten uns unter anderen Umständen und vielleicht in einer anderen Zeit kennengelernt. Oh je, so viel stand fest: Ich musste schleunigst meine Hormone in den Griff bekommen!

Der Butler nickte, als ob er jeden meiner Gedanken bis ins kleinste Detail nachvollzogen hätte. Er deutete eine leichte Verneigung an und sagte plötzlich: „Ich werde es tun."

Einen Augenblick lang starrte ich ihn verwundert an, bis ich kapierte, dass sich seine Worte auf meine Bitte hin bezogen. Noch ehe mein kleines Rosinenhirn, das gerade vom Achterbahnfahren der Gefühle völlig durcheinandergewirbelt war, einen klaren Gedanken fassen konnte, war die schiefe Nase auch schon verschwunden.

„Hm.", machte mein Bruder nur. „Das ist ja interessant."

Ich verstand mal wieder Bahnhof.

„Was ist?", fragte ich deshalb.

*„Der Brief,* sagte ich, *ist interessant."*, erklärte John, wobei er den Wisch in seinen Händen hin und her drehte, seine Augen dabei aber nicht von ihm weichen ließ.

„Du hast ihn noch immer nicht gelesen.", bemerkte ich trocken.

„Ach ja?", meinte John nur. „Dann sollte ich ihn vielleicht öffnen."

Gespannt sah ich meinem Bruder zu, wie er das Siegel brach und das Papier auseinander faltete.

„Hm, hm.", war das einzige, das in den nächsten Minuten von John zu hören war. Ansonsten war es totenstill im Raum. Es dauerte eine ganze Weile, bis mein Bruder das Schreiben wortlos zusammenfaltete und auf seinem Schoß liegen ließ.

„Was ist jetzt?", drängte ich. Vor lauter Aufregung konnte ich es kaum noch erwarten, endlich zu erfahren, was da in dem Brief stand. Wenn es meinem Bruder derartig die Sprache verschlagen hatte, dass er mir minutenlang jegliche Informationen vorenthielt, musste es sich wirklich um ein Schreiben von außerordentlicher Wichtigkeit handeln.

„Das Schreiben stammt von Newton.", erklärte John mit einem Mal.

*„Dem* Newton?", wiederholte ich ungläubig und rieb mir die Augen. Weshalb sollte ausgerechnet Newton meinem Bruder einen Brief...?

John nickte bestätigend.

„Ja, er lädt mich zu sich nach Hause ein. Er schreibt, er würde mich gerne in die tiefere Materie seiner neuesten Erkenntnisse einweihen."

„Ach so.", meinte ich gelangweilt. Das war also der superspannende Brief eines genialen Wissenschaftlers! Eine Einladung zu einem Vortrag, bei dem Newton wahrscheinlich selbst noch mehr lernen konnte als mein Bruder von ihm...

„Mensch, stell dir das mal vor, Katharina!" John schnappte begeistert nach Luft. Ich dagegen hatte Mühe, meine Enttäuschung zu verbergen. „Der große, berühmte, supergeniale Newton lädt *mich* ein!"

„Ja... Das ist wirklich sehr spannend.", murmelte ich und unterdrückte ein Gähnen. Gleichzeitig begannen vor meinen Augen erneut kleine Lichtpunkte zu flackern. Oh nein! Sollte das Fieber doch noch stärker sein, als wir angenommen hatten?

„Katharina, das ist nicht nur einfach spannend, das ist superbombastisch! Stell dir vor - vielleicht..."
Doch ich hörte ihm nicht mehr zu.

„Ich dachte, du wolltest nach den Steinen sehen.", unterbrach ich ihn und schloss die Augen.

„Ja, genau das ist doch so toll an der Sache!", faselte John unbeirrt weiter. „Vielleicht hat Newton wieder die Lösung parat!"
Es dauerte einen Moment, bis ich kapiert hatte, was mein Bruder soeben gesagt hatte.

„Du meinst also, Newton könnte uns weiterhelfen, was die Sache mit den Zeitreisesteinen anbelangt?", fragte ich unsicher nach.

„Genau das meine ich! Schwesterlein, das dürfen wir uns nicht entgehen lassen!"
Ich zuckte die Schultern. Sollte ich nun lachen oder weinen?

„Beim letzten Mal sind wir doch auch zu Newton gekommen. Und das sogar ohne Einladung."

„Oh Mann!" John stöhnte und rollte dabei die Augen. „Auf Empfehlung Turners hin. Und außerdem: Wenn Newton uns schon eigens einlädt..."

„Falsch.", fiel ich ihm ins Wort. „Er hat nicht *uns* eingeladen, sondern *dich*."

„Ist doch egal." John schüttelte verständnislos den Kopf. „Also, wenn er jedenfalls *mich* eingeladen hat, dann wird er sich auch gewiss mehr Zeit nehmen."

„Oder auch nicht...", murmelte ich.

„Hast du was gesagt?"
Erschrocken zuckte ich zusammen.
„Ich? - Ähm - nein."
„Na dann... Ich werde dich jetzt erst mal wieder in Ruhe lassen. Du brauchst noch jede Menge Schlaf, Schwesterlein."
„Du sollst mich nicht Schwesterlein nennen. Ich bin nicht mehr in der Grundschule oder im Kindergarten."
„Ok." Er seufzte und stand auf. „Dann mach's gut. Bis morgen Früh sind es immerhin nur noch ein paar Stunden."
„Was? Schon so spät?"
„Irrtum. Schon so früh. Du bist mitten in der Nacht aufgewacht. Also, wenn es dir nichts ausmacht, blase ich die Kerzen aus. Und dann schlaf gut."
„Du auch.", murmelte ich.
„Und denk dran: Dein Fieber kannst du morgen im Bett lassen. Das brauchen wir ganz und gar nicht auf unserer Mission."
Ich lächelte schwach.
„Dann mach das mal dem Fieber klar, Herr Oberschlau."
Mein Bruder zwinkerte mir noch einmal kurz zu, bevor er die Kerzen ausblies, die auf einem kitschigen Ständer aufgestellt waren, der mir bis soeben noch gar nicht wirklich aufgefallen war. Dann drehte John sich um und ging hinaus. Das konnte ich zwar nicht mehr sehen, dafür aber hören. Hinter ihm klackte die Türe leise im Schloss.
Jetzt war ich also allein.
Naja, nicht ganz. Mein Fieber war ja auch dabei.
Glücklicherweise bescherte es mir für den Rest der Nacht keinen schrecklichen Traum mehr. Und so konnte ich endlich einmal wieder unbeschwert meinen Schlaf genießen. Bevor ich einschlief, fiel mir allerdings noch etwas ein: Der Butler hatte den Brief mitten in der Nacht überbracht. Was hatte Newton dazu veranlasst, meinem Bruder zu einer solch unmenschlichen Zeit einen Brief zukommen zu lassen?

Nachdem ich mir eine gefühlte Ewigkeit darüber den Kopf zerbrochen hatte, beließ ich es bei einer simplen Antwort: Newton war einfach ein Wissenschaftler. Und bei denen, genau wie bei unserem Vorfahren Richard Turner, saßen einfach nicht alle Schrauben ganz fest.

## - 3 -

Am nächsten Morgen wurde ich von einem unglaublich schrecklichen Gejohle aus meinem Schlaf gerissen. Etwas verdattert richtete ich mich in meinem Bett auf, wischte mir mit der Hand über die Augen und blinzelte verwirrt. Woher kam nur dieser ohrenbetäubende Lärm?
Naja, von *ohrenbetäubendem Lärm* war eigentlich nicht die Rede, aber trotzdem klang es ätzend. Sollte das etwa...?
Überrascht zuckte ich zusammen, als es an der Türe klopfte.

„Ja, bitte?", rief ich hastig und richtete mich in meinem Bett auf.

„Ich bin es, Turner.", war die gesenkte Stimme meines Bruders zu hören.

„Treten Sie bitte ein!" Rasch fischte ich mir einige meiner roten Strähnen aus dem Gesicht und versuchte sie hinter meine Ohren zu klemmen.

„Ah, guten Morgen, Katharina!" John grinste mich über beide Ohren an.

„Guten Morgen, John.", erwiderte ich zwar müde, aber erleichtert. Im ersten Moment hatte ich damit gerechnet, dass Lady Ellinor persönlich oder ihr griesgrämiger Butler draußen stehen würden und eintreten wollten.

„Na, wie hast du geschlafen, Schwesterlein?", erkundigte sich mein liebes Bruderherz auf seine gewohnt fröhliche Art und Weise, wie er es sonst nur zu Hause (also im 21. Jahrhundert) tat.

„Danke, den Umständen entsprechend gut.", erklärte ich, wobei ich das „Schwesterlein" als liebevolles Kompliment interpretierte.

„Das heißt, dein Schwindel mit allem Drum und Dran ist weg?", forschte er nach.
Ich zuckte die Schultern. „Naja, also eigentlich schon, aber..."
Er schaute mich überrascht an.

„Was, aber?", hackte er nach.

„Aber der Lärm hier macht einen ja ganz kirre!", brachte ich meinen Satz zu Ende und schnaubte dabei, um meinen Unmut zusätzlich zum Ausdruck zu bringen.

„Ach so!" John grinste verschmitzt. „Du meinst Ellinors Singsang."

„Jetzt sag bitte nicht, dass das Lady Ellinor ist, die da gerade so schrecklich johlt!"

„Oh doch, in deiner Vermutung muss ich dich leider bestätigen."

„Oh Mann! Das ist ja zum Haare-Ausraufen!"

„So? Ist es das?" John musterte mich einige Sekunden lang mit schief gelegtem Kopf.

„Ja.", schnaufte ich.

„Dann muss ich sagen: Du hast dich gut gehalten."

„Haha, wie witzig!" Empört warf ich meinen Kopf in den Nacken. „Schon mal daran gedacht, dass ich mich noch schonen muss?"

„Och, deiner Gesichtsfarbe nach zu urteilen, geht es dir heute wieder bestens."

„Sehr nett. Wieso studierst du eigentlich nicht Medizin, he?"

„Nicht vom Thema ablenken."

„Und wo bitte waren wir stehen geblieben?"

„Das weißt du nicht mehr?" John lächelte amüsiert. „Das ist aber tragisch."

Ich schüttelte energisch meinen Kopf. „Ist es nicht. Immerhin habe ich ja ein superschlaues Brüderchen, dessen IQ mindestens dreimal so gut ist wie der von Newton. Also wirst du es mir ja wohl sagen können, oder?"

John seufzte.

„Lady Ellinor färbt wohl ab, was?", zwickte ich ihn ein wenig auf.

„Ich und Lady Ellinor? Das hättest du wohl gern, was? Aber um der ewigen Zankerei ein Ende zu bereiten: Wir waren bei Lady Ellinors Gesang stehen geblieben, den du anscheinend nicht ausstehen kannst."

„In der Tat. So wie die singt - da muss man ja einen Gehörsturz bekommen! - Und sag jetzt bloß nicht, dass dir so etwas gefällt!"

„Na, mit der *Königin der Nacht* aus *deiner* Zauberflöte kann sie es immerhin noch aufnehmen!"

„Erstens ist das nicht *meine* Zauberflöte, sondern *Mozarts* Zauberflöte. Und zweitens *singt* Lady Ellinor nicht, sondern *kreischt*."

„Na, und genau das tut doch die *Königin der Nacht* auch!"

„Nein, eben nicht.", widersprach ich.

John sah mich einige Sekunden lang kopfschüttelnd an.

„Na, dich muss man auch erst mal verstehen.", meinte er.

„Themawechsel.", schnitt ich ihm das Wort ab. „Wieso bist du hier?"

„Aber hallo! Wenn du das nicht weißt... Also, um die ganze Angelegenheit etwas zu verkürzen: Ich bin deshalb gekommen, um nachzusehen, wie es dir geht. Aber nach unserer äußerst aufschlussreichen Diskussion kann ich nicht anders antworten, als dass es dir mittlerweile wieder bestens geht. - Zumindest solange, bis du dich im Spiegel gesehen hast."

Schon hatte er mir den kleinen Handspiegel gereicht, den ich bereits in der vergangenen Nacht kennen gelernt hatte.

„Oh nein! Das lass mal schön bleiben!", erklärte ich schnell. „Du musst mir nicht sagen, dass ich wie ein Monster aussehe.", wehrte ich ab.

„Nein, jetzt im Ernst: Ich wollte wirklich nur sehen, ob es dir auch gut geht. Immerhin werde ich den heutigen Tag über nicht hier sein können, da ich ja Newtons Einladung nachkomme."

„Und die Feueropale? Was ist mit denen? Ich dachte, die willst du suchen..."

„Nicht so viel denken, Katharina." Er stupste mir auf die Nase. „Genau deshalb werde ich Newtons Einladung folgen. Weißt du nicht mehr? Wir haben doch gestern darüber gesprochen."

„Aha."

Mittlerweile hatte das Gejohle von draußen ein Ende gefunden.

„Ist Ellinor die Treppe runtergefallen und hat sich ihr Mundwerk..."

„Psst. So was sagt man nicht!", wisperte mein Bruder und drückte mir seinen Zeigefinger auf die Lippen, sodass ich nicht weiter reden konnte.

„Hm! Hm!", machte ich. Ich verstand den Grund für sein merkwürdiges Benehmen nicht. Doch John ließ nicht locker.

„Wenn mich mein Gefühl nicht trügt, steht da draußen jemand und belauscht uns.", flüsterte er mir leise zu. Schon im nächsten Atemzug normalisierte sich seine Stimme wieder. „Fräulein Turner, ich bin zutiefst beruhigt, dass es Ihnen gesundheitlich besser geht."

Was war denn nun auf einmal los? Irritiert starrte ich John aus weit aufgerissenen Augen an.

„Los, mach mit!", raunte mir mein Bruder zu und nahm seinen Finger von meinem Mund.

Überrascht nickte ich, schluckte und atmete einmal tief durch.

„Ja - mein werter Herr... Ich danke Ihnen für Ihre fürsorgliche Umsicht."

John kicherte leise. Mein Stammeln amüsierte ihn sichtlich. Redete ich wirklich einen solchen Schrott daher?

„Hör auf zu lachen!", maulte ich empört und verschränkte leicht frustriert die Arme vor der Brust.

„Psst! Du sollst doch leise sein.", erinnerte mich mein Bruderherz. Im selben Moment setzte draußen das sirenenartige Geheule wieder ein, woraufhin nicht nur ich, sondern auch mein Bruder genervt die Augen verdrehten.

„Sei du mal bloß glücklich, dass du heute nicht hier bleiben musst, sondern zu Newton darfst und damit aus dem Haus kommst!", stöhnte ich.

„In der Tat. Das bin ich." John grinste. „Allerdings... Das mit Newton wird heute bestimmt auch kein Zuckerschle-

cken. Du kannst nur hoffen, dass sich Ellinor wieder einkriegt und dir nicht den ganzen Tag ihre Lieder vorträllert. Seltsam... Ich wundere mich ja schon, weshalb sie das nicht schon bei unserem letzten Besuch getan hat..."
„Sei froh!", entgegnete ich. „Vielleicht quält sie der Hunger?" Wie auf Kommando meldete sich mein Magen lautstark grummelnd.
„Nicht immer von sich auf andere schließen.", witzelte John. „Also, wenn es dir nichts ausmacht, dann helfe ich dir ein klein wenig beim Umziehen. Sieht nämlich ganz danach aus, als bräuchtest du da ein Weilchen."
Bei einem solchen Vorschlag sagte ich natürlich nicht nein! Zwar hatte ich immer noch mein Kleid von gestern an, doch musste es erst wieder in seine übliche Form zurückgebracht werden. Außerdem stellte sich John als gar kein übler Friseur heraus. - Was war ich froh, dass ich ihn hatte!
Während ich so auf dem kleinen Hocker am Fenster saß und mich ein recht bemitleidenswertes Gesicht aus dem Spiegel anstarrte, konnte ich es mir nicht nehmen lassen, meinem Bruderherz ein kleines Dankeschön auszusprechen.
„Aber Schwesterlein!", grinste er. „Das beruht doch auf Gegenseitigkeit. Immerhin darfst du nicht zu unserem guten Freund Isaac."
Genau zu dem wollte er sich wenig später aufmachen. Das Frühstück zuvor war weitgehend unkompliziert verlaufen. Ich hatte meinen Magen wieder zufrieden stellen können und Lady Ellinor hatte glücklicherweise (!) ihren Gesang eingestellt. Das einzige, das John und mir während des Frühstücks gehörig auf die Nerven gegangen war, war die Tatsache, dass wir Ellinor fortwährend daran erinnern mussten, was für eine gute Singstimme sie doch besaß. Das hatte uns der griesgrämige Butler geraten. Und so bestätigten John und ich abwechselnd Ellinors „großes Talent". Sie solle nur weiter fleißig üben - dann würde aus ihr eines Tages ein großartiges Gesangstalent! Hoffentlich würde Händel sie nicht engagieren... Aber der war ja immerhin erst vor einem Jahr geboren worden - also 1685. Und 1759

würde der gute Herr dann schon ins Gras beißen... Aber - und da war ich mir absolut sicher - würde Lady Ellinor schon lange nicht mehr leben.

Wir hatten also das Frühstück gut hinter uns gebracht und John war gerade dabei, sich auf den Weg zu machen, als ein erneuter Brief ins Haus flatterte. Schiefnase kam gerade rechtzeitig, bevor John nach seinem Mantel griff.

„Mein Herr, es ist soeben ein Brief für Sie eingetroffen!", verkündete der nach Luft schnappende Butler.

Mein Bruder wollte erst dankend abwehren und der Schiefnase erklären, dass Papier geduldig sei und er sich das Schreiben auch heute Abend ansehen könnte. Da der Butler jedoch so energisch dreinschaute, überlegte es sich mein Bruder dann doch noch einmal. Leise seufzend nahm er den Brief entgegen, stutzte, als er das Siegel sah, faltete das Papier dann aber doch auseinander.

„Newton", sagte er nur. „Er möchte, dass ich ihn erst heute Abend besuche. Ihm ist etwas dazwischen gekommen."

Aha.

Verwundert rümpfte ich meine Nase und zog die Augenbrauen zusammen.

„Nun ja, dann werde ich vorerst noch bleiben und mich erst bei Einbruch der Dunkelheit auf den Weg machen." Mein Bruder faltete das Papier wieder zusammen, schob es sich in seinen Hosenbund und begleitete mich lächelnd in Lady Ellinors gemütliche Wohnstube. Dort verbrachten wir so ziemlich den restlichen Tag mit Keksen, Tee, abermals Keksen und Lady Ellinors Geblubber. Ihr Mundwerk plapperte den ganzen Tag und zwischenzeitlich wusste ich nicht, was mir lieber gewesen wäre: Ein Nachmittag bei Lady Ellinor oder eine Mathestunde bei der Gregory. Ein Blick zu John verriet mir, dass mein Bruder es wohl bedauerte, den Brief nicht erst später gelesen zu haben. Aber nun saß er hier und war genauso wie ich dazu verpflichtet, an Ellinors Teestunden teilzunehmen. Doch hatte er mehr Glück als ich: Denn irgendwann verkündete die untergehende Abendsonne, dass es Zeit für ihn war, zu Newton aufzubrechen. John erhob sich von seinem Stühlchen und verließ damit die nette Teegesellschaft. Lady Ellinor und ich ließen es uns nicht nehmen, ihn bis zur Türe zu geleiten. Mein Gesicht musste wohl aussehen wie das eines begossenen Pudels. Nein, froh darüber, dass John unserem guten Freund Isaac einen Besuch abstattete, war ich nicht. Aber vielleicht war das eine Möglichkeit, dem ganzen Durcheinander hier ein Ende zu bereiten. Mit etwas Glück konnte uns Newton hinsichtlich der verlorenen Steine weiterhelfen.

„Seien Sie nicht allzu besorgt um mich, junge Lady." John hatte meine Blicke bemerkt und lächelte mir aufmunternd zu. Ich nickte und versuchte, ein normales Gesicht zu machen, was mir irgendwie nicht so recht gelingen wollte. In mir keimten gerade die Erinnerungen an den Traum der vergangenen Nacht auf.

„Passen Sie auf sich auf, Turner!", ermahnte ich ihn mit gedämpfter Stimme, als sich mein Bruder auf den Weg zu Newton machte. Er sollte bloß nicht merken, dass ich kurz vor dem Heulen war. Wobei... Das hatte er wahrscheinlich sowieso schon längst kapiert. Typisch mein Bruder eben.
Ich seufzte. Und Lady Ellinor auch. Wann tat sie das eigentlich nicht?

„Ich verspreche Ihnen, mein Fräulein, dass ich in wenigen Stunden zurück sein werde." John verneigte sich galant und küsste meine Hand. Dann richtete er sich wieder auf. Mit schwachem Lächeln nickte ich ihm noch einmal zu, bevor er sich umdrehte und sich endgültig auf den Weg machte. Um keinen Preis der Welt hatte er sich überreden lassen, mit dem Wagen zu fahren. Ein bisschen frische Luft, hatte er - sehr zu Lady Ellinors und auch zu meinem Unmut - erwidert, würde ihm gewiss gut tun. So war es also gekommen, dass er nun zu Fuß unterwegs war. Mich beruhigte das in keinster Weise. Immerhin war er in meinem überaus schrecklichen Traum ebenfalls zu Fuß...

„Fräulein Turner?", riss mich plötzlich eine hohe Stimme aus meinen Tagträumen. Überrascht drehte ich mich um.

„Lady Ellinor!" Ich seufzte und kniff die Augen zusammen, um meinen Tränen keine Chance zu geben, an meinen Wangen entlang zu perlen.

„Möchten Sie nicht wieder ins Haus kommen? Draußen ist es heute nicht sonderbar angenehm." Ellinor rümpfte die Nase. „So ein ekelhafter Wind. Und noch dazu dieser Regen. Pfui!"

Ich seufzte nochmals. Ganz wie in meinem Traum.

Widerwillig folgte ich der älteren Dame also zurück ins Haus. Ihr grimmig dreinblickender Butler verriegelte hinter uns die Türe.

„Ach, ist das nicht herrlich?", säuselte Ellinor und schenkte mir dabei honigsüße Blicke.

Was bitteschön sollte denn *herrlich* sein? Verwundert zog ich meine Augenbrauen zusammen. Wenigstens gab meine Gastgeberin die Antwort gleich selbst: „Jetzt können wir Frauen endlich einmal ungestört unter uns sein." Sie kicherte wie ein kleines Mädchen. „Sollen die Männer doch über ihre wissenschaftlichen Ergebnisse diskutieren."

*Blablabla.*

Heute Abend würde ich die wissenschaftlichen Ergebnisse Newtons dem Geblubber von Ellinor tausendmal vorziehen.

„Kommen Sie, kommen Sie!" So schnell hatte ich gar nicht schauen können, da hatte mich die taffe Dame auch schon am Oberarm gepackt und hinter sich in die gemütliche Wohnstube geführt. „Ich lasse sofort einen Tee bringen und knuspriges Gebäck... Heute dürfen Sie es sich richtig gut gehen lassen!"

„Hm.", machte ich nur. Ellinor gab sich mit dieser Antwort offensichtlich zufrieden. Sie ging felsenfest davon aus, dass ich jedem ihrer Worte mit größter Aufmerksamkeit gelauscht hatte. In Gedanken war ich allerdings ganz woanders. Nämlich bei John. Ob er bald bei Newton sein würde? Hoffentlich! - Solange er nämlich ungeschützt auf freier Straße unterwegs war, hatte ich ganz und gar kein gutes Gefühl. Wieso hatte er nur nicht den Wagen genommen?

Wie in Trance ließ ich mich auf einen der Stühle nieder und hörte nur mit halbem Ohr, wie Ellinor ihrem Butler auftrug, erneut etwas Tee zu kochen und die kostbaren Kekse zu bringen. Der griesgrämige Herr mit der schiefen Nase nahm ihren Schwall von Anordnungen schweigend zur Kenntnis und schlurfte anschließend davon.

„So ein ungezogener Herr!", stöhnte Lady Ellinor und ließ sich ebenfalls auf einen Stuhl nieder.

„Wieso entlassen Sie ihn nicht?", erkundigte ich mich höflich. Mir war dieser Butler von Anfang an nicht geheuer gewesen. Und irgendwie wurde ich das dumme Gefühl nicht los, dass er im Bund mit Morgan stecken könnte.

Auf einmal kam mir ein sonderbarer Gedanke: Was, wenn das der Typ war, der hinter dem Anschlag auf Sir Paul steckte? Vielleicht war *er* unser größter Feind? - Jemand, der unseren Erzfeind Sir Paul aus dem Weg räumen wollte, um anschließend uns...

„Nun müssen Sie mir aber schon ausführlich erzählen, was Sie bei Lady Dorothy alles erlebt haben!", unterbrach Lady Ellinor meinen Gedankenfluss. Auf meine Worte war sie nicht im Geringsten eingegangen. Warum auch?

Nervös nestelte ich mit meinen Fingern an der Kette, die um meinen Hals baumelte. Was bitte sollte ich denn erzählen, wo doch John ihr erst kürzlich Bericht erstattet hatte? Sollte ich sagen: „Wir sind mal so eben nachts ins Schloss eingebrochen, haben einen Geheimgang ausprobiert und anschließend die halbe Bibliothek in einen Saustall verwandelt..."

„Nun...", fing ich etwas zögerlich an. - Mann, wieso konnte John jetzt nicht hier sein?! Meinem Bruder würde gewiss irgendeine gute Ausrede einfallen.

„Nur nicht so schüchtern, meine junge Freundin."

*Junge Freundin? Ich?!*

„Na los, erzählen Sie schon! Hat Sie meine Freundin mit ihrem guten Gebäck verwöhnt?"

Ha! Die Rettung...

„Ja, ja, natürlich. Lady Dorothy... Sie hat uns von ihren besten Kreationen gegeben.", log ich mit unschuldigem Lächeln auf den Lippen und hoffte, dass mein Gegenüber nichts bemerkte.

„Ja, nicht wahr?", strahlte Ellinor. Im selben Moment schwang die Türe auf. Herein trat der missmutige Butler. Er stellte vor uns auf dem Tisch ein Tablett mit Tee und einer Schale mit Keksen ab. Keine Minute später war er schon wieder verschwunden.

„Wo war ich stehen geblieben?" Lady Ellinor schüttelte verwundert ihren Kopf. „Jetzt hat er mich ganz aus meinen Gedanken gebracht..."
*Welch ein Glück!*
Genüsslich schweigend nippte ich an meiner Tasse Tee.
*Hm, gar kein Schwarztee. Lecker!*
Rasch schnabulierte ich einen der Kekse. Die waren zwar pfurztrocken, aber sie schmeckten erstaunlich gut, besser als die von heute Nachmittag.
Bis zum Abendessen musste ich mir nun das Geplapper meiner *ach-so-guten-Freundin-Ellinor* anhören. Erst als der Butler uns eine Suppe auftrug, verstummte sie. Vorsichtshalber beugte ich meinen Kopf über den Teller. Lady Ellinor sollte nur nicht sehen, dass ich von einem Ohrläppchen zum anderen grinste. An eine Sache hatte ich nämlich nicht gedacht: Dass ein Vogel ja nicht singt, wenn er frisst.
Dafür legte sich Ellinor nach der Mahlzeit wieder richtig ins Zeug. Wenigstens konnte ich weiter Tee trinken und dabei ungestört meinen Gedanken nachhängen. Nebenbei schaute ich ein wenig aus dem Fenster in den grau verhangenen Himmel und ließ meine Gastgeberin vergnügt vor sich hin blubbern.
Ein kurzer Blick auf die Uhr verriet mir, dass John wohl schon bei Newton eingetroffen sein musste. Wahrscheinlich saßen die beiden Herren gerade in Newtons Arbeitszimmer - in irgendeine wissenschaftliche Neuheit unseres superschlauen Isaacs vertieft. Vermutlich tüftelte mein Bruder gerade aus, wie er dem Herrn klar machen konnte, wie

seine Formel, die er aufstellen wollte, korrekt lauten musste. Immerhin konnte er nicht einfach kommen und sagen: „He, im 21. Jahrhundert steht das aber so in den Physikbüchern und deshalb muss die Formel so und nicht so lauten!" Gelangweilt kratzte ich mich am Kinn. Also auf Dauer würde ich es wohl nicht im 17. Jahrhundert aushalten. Zumindest nicht bei Ellinor. Alles, was die gute Frau da vor sich hin redete, ging ins eine Ohr rein und beim anderen wieder raus.
*Radiosprecherin*, fiel mir ein. *Im 21. Jahrhundert hätte auch Radiosprecherin zu ihr gepasst. Da könnte sie dann den ganzen Tag reden...*
„Hat Turner Ihnen mitgeteilt, bis wann er zurückkommen wird?", fragte sie mich unvermittelt.
„Wie bitte?" Erstaunt war ich zusammengezuckt. „Ähm... Nein, er hat nichts erwähnt."
„Nun, er wird schon wissen, dass er sich bis spätestens 22:00 Uhr einzufinden hat. Denn um diese Uhrzeit begebe ich mich zu Bett." Sie schnäuzte sich umständlich.
Natürlich wusste das John! Er war ja nicht blöd. Lady Ellinor hatte es ihm heute beim Frühstück gewiss hundert Mal eingeschärft, dass er ja nicht vergessen dürfe, um 22:00 Uhr zurückzukommen, weil es da ja... Egal.
Wie viel Uhr hatten wir jetzt?
Rasch wandte ich meinen Blick auf meine Taschenuhr, die man auf den ersten (und auch mindestens auf den zweiten) Blick für ein kleines goldenes Amulett halten musste.
20:45 Uhr. - Sofern das Teil richtig ging. Aber die Zeiger tickten schon die ganze Zeit über gemütlich vor sich hin. Wieso sollte es also nicht stimmen?
Allerdings wanderte der Zeiger weiter auf 22:00 Uhr und da war John noch immer nicht da. Lady Ellinor beschloss kurzerhand, noch mit dem Schlafengehen zu warten. Sie verschob es auf 22:30 Uhr. Doch selbst da war mein Bruder noch nicht aufgekreuzt. Ob ihm etwas zugestoßen war?
In mir fühlte ich eine unangenehme Unruhe aufsteigen. Meine Gedanken kreisten immer wieder zurück zu meinem

schrecklichen Traum aus der vergangenen Nacht. Wenn John bloß nichts zustoßen...!
Doch plötzlich musste ich grinsen. Nein, wahrscheinlich saß er gerade bei Newton und diskutierte mit ihm über sämtliche Formeln und deren Auswirkungen für die Menschheit. Da musste er sich zwar mit Gravitation und allerlei anderem mehr oder weniger brauchbarem Zeug beschäftigen, aber immerhin entging er Ellinors Geplapper. Nun ja, dem entging er jetzt ohnehin, denn die gute Dame legte sich um kurz nach halb elf schlafen. Auch mich überkam das Gefühl tiefer Müdigkeit. Ich wollte schon die Treppenstufen nach oben erklimmen, um mich ebenfalls hinzulegen, beschloss dann aber, noch ein Weilchen in der Wohnstube sitzen zu bleiben. Nur noch fünf Minuten. Der Butler hatte sich ebenfalls zurückgezogen. Mein Bruder war gewiss auf dem Heimweg und ihm würde auch gewiss nichts zustoßen. Nein, es würde alles in bester Ordnung sein. Ganz sicher. Nur, weil ich einen bescheuerten Traum hatte, musste das nicht bedeuten, dass Sir Paul meinen Bruder auf dem Heimweg hinterrücks überfiel.

„Er wird gewiss bald kommen.", murmelte ich gedankenverloren. Aus meinem „Ich bleibe noch fünf Minuten hier unten und begebe mich dann zu Bett!", wie ich Ellinor erklärt hatte, wurde allerdings nichts: Schon nach wenigen Atemzügen war ich eingenickt. Wie lange mein nächtlicher Schlummer auf dem grünen Sofa in Ellinors Wohnstube andauerte - keine Ahnung. Ich erwachte, als ich einen stechenden Schmerz in meinem Unterarm spürte. Urplötzlich waren die Schmerzen aufgetreten und nur mit Mühe gelang es mir, ein Stöhnen zu unterdrücken. So was war mir noch nie passiert!
Ganz benommen von meinem Nickerchen fasste ich mir an die rechte Hand, die fürchterlich schmerzte, und versuchte, durch sanftes Massieren wieder den Normalzustand einzustellen.
*John!*, fiel mir in diesem Moment siedend heiß ein. Es musste etwas mit John sein. Sollte er nun etwa auf dem

Rückweg sein? Womöglich war ihm doch etwas zugestoßen...

Sofort kamen mir die Szenen aus der vergangenen Nacht in den Sinn. - Was, wenn er irgendwo verletzt da draußen auf den Straßen Londons lag? Oder vielleicht war er sogar tot? So schnell ich konnte, war ich aus dem Zimmer gehastet, spurtete durch den Eingangsbereich, vorbei an Ellinors seltsamen Butler, der merkwürdigerweise mitten in der Nacht noch wach war und mir stirnrunzelnd nachgaffte. Schon hatte ich die Türe erreicht. Ruckartig hatte ich sie aufgerissen - und wäre dabei fast mit meinem Bruder zusammengestoßen.

„John!", keuchte ich atemlos und stemmte die Hände in die Seiten, um nicht vor Atemnot umzufallen. Von dem langen Sitzen heute war ich das Laufen gar nicht mehr gewohnt.

„Fräulein Turner!", erwiderte er mit zusammengepressten Zähnen. Mit einem kurzen Blick musterte ich ihn von oben bis unten.

„Sie bluten ja!" Ich stieß einen erschrockenen Schrei aus, der zwar kurz, aber wohl laut genug war, um das gesamte Haus aufzuwecken. Immerhin sah ich aus den Augenwinkeln, wie Lady Ellinor oben am Treppengeländer stand und mit weit aufgerissenen Augen zu uns hinunter in den Flur starrte. In ihrem wehenden weißen Nachthemd sah sie aus wie ein Gespenst.

„In der Tat.", erwiderte John knapp und schob sich an mir vorbei.

„Was ist geschehen?", rief ich ängstlich. Meine Atemnot war in Windeseile verflogen. Stattdessen galt meine volle Aufmerksamkeit nun meinem Bruder, der offensichtlich wirklich verletzt war.

„Sir Paul."

Mit einem Mal wurde mir schwarz vor Augen. Nach irgendeinem Halt suchend, krallten sich meine Hände in die Türe neben mir.

„Keine Sorge.", beeilte sich mein Bruder zu sagen. „Ich lebe noch. Aber ich brauche etwas, um die Wunde zu versorgen."

„Ja, natürlich...", stotterte ich und taumelte einige Schritte zur Seite.

John dagegen schlängelte sich wie ein Aal durch die Wohnung, hinauf zu seinem Zimmer und blieb dort erst einmal verschwunden.

*Oh nein!* Meine Gedanken hämmerten wie wild in meinem Kopf. *Mein Traum - er ist Wirklichkeit geworden. Ich hätte ihn nie und nimmer gehen lassen dürfen. Ich... Es ist alles meine Schuld. Ich...*

Schon war ich zusammengeklappt. Glücklicherweise blieb mir der Aufprall auf den nicht allzu weich gepolsterten Boden erspart: Ich war geradewegs in die Arme des Butlers gefallen.

„Lady!", fiepte der verzweifelt. Nur in schwachen Umrissen konnte ich erkennen, wie Lady Ellinor erschrocken die Treppe hinunter tippelte und mit wehendem Nachthemd direkten Kurs auf mich hielt.

„Fräulein Turner! Hören Sie mich? Können Sie mich hören?" Panisch begann der Geist meine Wange zu tätscheln. Doch noch saß der Schock viel zu tief, als dass ich der Dame etwas hätte entgegnen können.

„Lady Ellinor. Bitte treten Sie zur Seite." John war wieder auf der Bildfläche erschienen. „Sehen Sie? So geht das."

Mit einem Mal spürte ich einen brennenden Schmerz auf meiner linken Wange.

„Aua!" Ich stöhnte und rieb mit den Fingern über die schmerzende Stelle.

„Ja, aua! Das würde ich an Ihrer Stelle auch sagen." Direkt über mir war das verschwitzte Gesicht meines Bruders aufgetaucht. „Geht es Ihnen gut?", erkundigte er sich sogleich und zwinkerte mir zu. Ich hatte verstanden.

„Nein... Ich... Oh, ich glaube, mir wird schon wieder..."

Theatralisch verdrehte ich meine Augen und ließ mich noch weiter in die Arme des Butlers sinken, der unter einem empörten Stöhnen die Last an meinen Bruder weitergab. Offensichtlich hatte ich zu viele Kekse gegessen.

„Machen Sie sich keine Sorgen, Lady Ellinor.", wandte sich John nun an unsere Gastwirtin. „Ich werde die junge Dame auf ihr Zimmer bringen. Sie brauchen sich um nichts zu sorgen."

Schon spürte ich, wie sich sein muskulöser Körper in Bewegung setzte. Stufe für Stufe schleppte er mich die Treppe hinauf. Zu gern wäre ich selber gelaufen, denn dann hätte ich mich umdrehen und Lady Ellinor sehen können, die gerade ohnmächtig in die Arme ihres Butlers sank, der unter ihrem Gewicht vollständig in die Knie ging. Zumindest behauptete das mein Bruder, als ich ihn später einmal danach fragte.

Kaum hatten wir mein Zimmer erreicht, als John mich auf den Boden plumpsen ließ und hinter mir die Türe abschloss. Zum Glück war ich mit den Füßen zuerst gelandet, sonst hätte ich wahrscheinlich einen blauen Fleck am Hintern davon getragen, was bei dem vielen Sitzen bei Ellinor ziemlich unangenehm gewesen wäre.

„Mann, bist du schwer!", stöhnte mein Bruder und wischte sich mit der Hand über die Stirn. Erst jetzt bemerkte ich den weißen Stofffetzen, welchen er sich in aller Hast um die verletzte Stelle gewickelt hatte.

„Was hast du angestellt?", wollte ich sofort wissen.

„Musstest du so viel essen? Du glaubst gar nicht, wie schwer du..."

„Verdammt! John, ich will wissen, was passiert ist!"

Erstaunt über meinen plötzlichen Anfall hielt mein Bruder inne und starrte mich einige Sekunden lang benommen an.

„Sir Paul.", erklärte er knapp. „Er ist mir auf dem Heimweg in die Quere gekommen."

„Scheiße.", murmelte ich. „John, ich hatte es dir ja gesagt!"

Einen Moment lang sahen wir uns schweigend an.

„Du bist verletzt.", stellte ich nüchtern fest.

„Ach, ist nicht so schlimm.", wehrte mein Bruder sogleich ab. Das war mal wieder typisch für ihn! Ständig meinte er, hier den Held spielen zu müssen.

„Hey, jetzt komm schon!" Ich kniff ihn grinsend in die Seite. „Nachdem ich jetzt schon wieder bei allen Sinnen bin, interessiert es mich, was unser guter Freund alles mit dir angestellt hat."

John seufzte. „Also, wenn es dich interessiert."

„Tut es.", nickte ich und beugte mich sogleich über John, der gerade dabei war, seinen notdürftigen Verband abzuwickeln.

„Oh." Schmerzhaft verzog ich mein Gesicht. „Sieht aber gar nicht schön aus. Das muss man nähen."

Mein Bruder sah das jedoch ganz anders. „Alles halb so wild.", erklärte er. „Sir Paul hat mich ein bisschen mit seinem Degen aufgeschlitzt. Nichts weiter. Nur ein kleiner Kratzer."

„Ein kleiner Kratzer?", empörte ich mich. „Ha! Dass ich nicht lache. - Und Sir Paul? Hast du ihm wenigstens auch eins über die Rübe gezogen?"

Doch John schüttelte den Kopf. „Nein. Dazu bin ich leider nicht mehr gekommen. Allerdings - Sir Paul wusste angeblich von keinen Edelsteinen."

„Du meinst die Feueropale?"

„Genau." John nickte. „Ah, verdammt!" Er zuckte zusammen und verzog schmerzhaft sein Gesicht.

„Tut wohl doch ein bisschen weh, was?", meinte ich und musste mit grummelndem Magen feststellen, dass es exakt die Stelle war, an der ich soeben noch den Schmerz gefühlt hatte, als ich in Ellinors Wohnstube eingenickt war.

Mit zusammengepressten Lippen nickte John erneut.

„Weißt du was?", sagte ich schnell. „Ich kann mir nicht vorstellen, dass unsere gute Ellinor schon so bald aus ihren süßen Träumen erwacht. Wenn es dir also nichts ausmacht, schau ich schnell hinunter in ihre Küche. Vielleicht hat sie ein paar Dinge aufbewahrt, die dir nützlich sein könnten."

Ohne ein weiteres Wort zu verlieren, ließ mich mein Bruder nach unten huschen. Ich gelangte unbemerkt in Ellinors Küche. Da die arme Frau noch immer in Ohnmacht lag (der Butler hatte sie auf ihr Zimmer gebracht und war nun damit beschäftigt, die Gute wieder wach zu bekommen), konnte ich dort ungestört nach dem suchen, was John dringend brauchte. Eigentlich hatte ich ja nicht damit gerechnet, dass sie genau diese Kräuterchen bei sich aufbewahrte, aber offensichtlich war dem so: Wenig später saß ich mit zwei Händen voller Pflänzchen neben John auf meinem Bett, damit beschäftigt, ihm einen den Umständen entsprechenden Verband anzulegen.

„Oh Mann!", seufzte er. „Wieso willst *du* eigentlich nicht Medizin oder Pharmazie studieren?"

„Ich und Medizin? Da lachen doch die Hühner! Und Pharmazie kannst du dir auch abschminken."

„Du meinst wegen deines Abi-Schnitts?"

Herrlich! Wie liebte ich diese Genitive!

Meine Antwort war jedoch ein stummes Schulterzucken.

„Besser als 2,3 oder so werde ich ja ohnehin nicht sein."

Mein Bruderherz dagegen war da anderer Meinung: „Das würde ich jetzt mal nicht so pauschal sagen."

„Ach? - Und selbst wenn ich Ärztin werde: Den Gedanken, dass ich nur solange Arbeit habe, solange auch Menschen krank sind, finde ich unerträglich."

„Sieh es doch mal anders: Du hilfst den kranken Menschen, wieder gesund zu werden."

„Ja, das klingt wirklich schön. Aber dann denk mal einen Schritt weiter: Hast du schon mal einen Arzt kennen gelernt, der sich Zeit für seine Patienten nimmt? Der sich ihre wirklichen Leiden anhört?"

„Na, jetzt übertreibst du aber!", unterbrach mich John.

„Ach ja? Tu ich das wirklich? Ich bin da ja anderer Meinung."

„Eben." Mein Bruder nickte demonstrativ. „Deswegen, finde ich, solltest du Ärztin werden. Dann kannst du wenigstens ein Vorbild für andere sein."

„Ne - du, das kannst du dir ruhig abschminken.", entgegnete ich lächelnd. „So, dein Verband ist jetzt fertig. Den lässt du mindestens zwei Tage drauf."

„Sooo lange?" John sah mich mit schiefgelegtem Kopf bettelnd an.

„Ja, sooo lange!", erwiderte ich nur. „Falls dir das nicht passt, musst du dir in Zukunft eben vorher überlegen, was du alles anstellst."

## - 4 -

Dass die vergangene Nacht extrem kurz gewesen war, wurde mir bewusst, als mich die Sonnenstrahlen, die in goldenem Schimmer durch das Fenster fielen und mich sanft auf der Nase kitzelten, weckten. Bis ich John ordentlich verarztet hatte und Ruhe im Haus eingekehrt war, hatte der Zeiger meiner Uhr etliche Umrundungen gemacht, sodass es bestimmt schon Mitternacht war, als ich mich endlich zur Ruhe gelegt hatte und irgendwann in einen unruhigen Schlaf gefallen war. Erst in den frühen Morgenstunden wurde mein Atem gleichmäßiger und mein Schlaf tiefer. Angesichts der erlebten Strapazen der vergangenen Tage und der Aufregung der letzten Nacht wären mir ein paar zusätzliche Stündchen in meinem Bett sehr willkommen gewesen. So aber wurde ich für meinen Geschmack viel zu früh wach.
Lady Ellinor musste die Nerven des Butlers ganz schön beansprucht haben. Er wandelte an diesem Morgen gespensterbleich durch das Haus, so als ob man ihm eine exhumierte Leiche zum Frühstück auf seinem Teller serviert hätte. Wie lange unsere gute Gastgeberin ohne Bewusstsein gewesen war, konnte mir an diesem Morgen niemand so wirklich sagen. Die leichenblasse Schiefnase war der Meinung, dass Ellinor bereits nach einer halben Stunde wieder zu sich gekommen sei. Ellinor selbst behauptete, sie hätte bis zum Morgengrauen kein Auge mehr aufgetan und man froh sein müsse, dass sie überhaupt noch lebe. Während sie von ihrer Ohnmacht sprach, fuchtelte sie unentwegt mit den Armen in der Luft herum.
Wir saßen nun also beim Frühstück und diskutierten über die Dauer von Ellinors Bewusstlosigkeit. Dass wir dabei mehr oder weniger einer Meinung waren (nämlich der des Butlers - bis auf Ellinor natürlich), erklärte sich eigentlich von selbst. So sehr sich John auch an unserem lebhaften Gespräch beteiligte, entging mir nicht, dass sich seine Augen immer wieder unruhig hin und her bewegten, ein ein-

deutiges Zeichen dafür, dass er Schmerzen im Arm hatte und sich nichts sehnlicher gewünscht hätte, als einfach nur seine Ruhe. Dass mein Bruder Schmerzen hatte, konnte man ihm deutlich ansehen. Oder sagen wir lieber: *Ich* konnte es deutlich genug sehen. Erstens saß ich ihm direkt gegenüber und starrte ihn deswegen fast ununterbrochen an. Zweitens war der Rest der Gesellschaft mit Lady Ellinor beschäftigt, deren Gehirn bei der gestrigen Ausnahmesituation wohl doch mehr Schaden genommen hatte, als ich zunächst befürchtet hatte. (Auch John schien über diese Tatsache nicht sehr glücklich zu sein. Jedenfalls verdrehte er gelegentlich seine Augen, wenn Ellinor wieder einmal etwas zum Besten gab.) Und drittens spürte ich es einfach, wenn es meinem Bruder dreckig ging. Wir waren ja sozusagen seelenverwandt.
Als ich einen kurzen Schmerz an meinem Schienbein spürte, schaute ich überrascht auf. Mit einem leichten Tritt hatte mir mein liebes Brüderchen nur allzu deutlich zu verstehen gegeben, dass ich mich beeilen sollte, möglichst bald vom Frühstück wegzukommen.
Na prima! Ich durfte das mal wieder regeln... Nur dummerweise wollte mir gerade absolut keine Ausrede einfallen, wie wir uns Ellinors fleißigem Mundwerk entziehen konnten. Die gewöhnt übliche Masche mit „Ich-bin-mal-schnell-ohnmächtig-oder-krank" oder „Ich-fühle-mich-nicht-ganz-so-wohl" erschien mir dann doch als zu simpel. Allerdings könnte ich ja...
„Lady Ellinor, verzeihen Sie, wenn ich Sie unterbreche, aber..."
Überrascht drehten sich alle am Tisch nach mir um.
„Ja, was ist?", erkundigte sich Ellinor sofort.
„Ich - ich habe schreckliche Kopfschmerzen." Das Gesicht vor „Schmerz" verzogen, fasste ich mir mit der Hand an die Stirn. „Haben Sie etwas einzuwenden, wenn ich die Frühstücksgesellschaft verlasse und mich bereits auf mein Zimmer begebe? Die Aufregung des gestrigen Abends ist wohl doch noch etwas zu viel für mich gewesen..."

Einen Augenblick lang schaute die gute Frau ganz verdutzt. Doch dann nickte sie.

„Sicher doch.", erklärte sie eifrig. „Gehen Sie nur. Aber lassen Sie sich von Turner begleiten. Nicht, dass Sie mir noch die Treppe hinunter fallen..."

Mit einem dankbaren Lächeln auf den Lippen erhob ich mich. Theatralisch (allerdings nicht übertrieben) legte ich mir meine Hand erneut an den Kopf und schwankte leicht seufzend davon.

John war ebenfalls aufgestanden. Einen Arm um meine Schultern gelegt, führte er mich behutsam aus dem Raum. Hinter uns schloss der Butler leise die Türe. Kaum hatte ich das Klicken hinter mir gehört, als wir auch schon unsere Schritte beschleunigten und möglichst schnell die Treppe nach oben eilten.

Im Geheimen rechnete ich schwer damit, dass mein Bruder mir gewiss sagen würde: *Wieso willst du eigentlich nicht Schauspielerin werden?*

Doch vorerst hielt er seine Klappe. Erst, als wir uns auf mein Bett gesetzt hatten, schien er seine Sprache wieder gefunden zu haben.

„Also, dass du immer wieder auf krank machen musst!", warf er mir gespielt beleidigt vor.

„Ja, ja, immer nur meckern! Kümmer dich doch selbst um deinen Schei..."

„He! Nicht fluchen! Das machen Damen wie du doch nicht."

„Ha! Ich und eine Dame. Dass ich nicht lache. - Aber jetzt sag schon: Weshalb der Tritt gegen mein Schienbein?"

John zuckte entschuldigend mit den Schultern.

„Tut mir leid, Schwesterlein, aber ich dachte, ich muss es dir sagen, bevor ich es vergesse."

„*Was* vergisst du?" Neugierig musterte ich ihn.

„Na, lass mich doch mal ausreden! - Also..." Er holte tief Luft, ehe er fortfuhr. „Die Sache mit Sir Paul lässt mir keine Ruhe."

*Mir auch nicht. Wie praktisch. Und deshalb der Tritt gegen mein Schienbein?*
Leicht verwirrt schüttelte ich meinen Kopf.
„Deshalb werde ich heute noch einmal losgehen, um nach ihm zu suchen."
Er wollte *was* bitte tun?!
Fassungslos starrte ich meinen Bruder an.
„Es kann nicht sein, dass Sir Paul keinen blassen Schimmer hat, wo sich die beiden Feueropale befinden.", fuhr der jedoch seelenruhig fort. Mein entgeisterter Blick schien ihn absolut nicht zu stören.
Empört schnappte ich nach Luft.
„Das ist nicht dein Ernst, oder?", entfuhr es mir. Von seinen „grandiosen" Gedanken war ich alles andere als begeistert. „Willst du etwa, dass der dich ganz umlegt oder was?"
Doch John wehrte ab.
„Der und mich umlegen?" Er grinste schief. „Das glaubst du ja selber nicht. Der Vorfall gestern Abend war einfach nur total unglücklich. - Das kommt kein zweites Mal vor, glaub mir."
„Ok." Ich seufzte und fischte eine meiner Haarsträhnen aus dem Gesicht. „Und wo bitte wohnt Sir Paul?"
„Wieso *wohnt*?"
„Na, ich denke, er wird bestimmt nicht auf der Straße warten, dass du vorbei kommst."
„Da wäre ich mir mal nicht so sicher." John gluckste leise in sich hinein. „Von Newton habe ich gestern erfahren, dass sich Sir Paul nicht weit entfernt von Thomas Morgans Wohnung aufhält."
„Du meinst also dort, wo Thomas Morgan bis vor Kurzem noch gelebt hat, oder?", verbesserte ich ihn.
Mein Bruder seufzte leise.
„Richtig.", bestätigte er meine Worte. „Ich werde mich also dort in der Nähe verstecken und abwarten, bis Sir Paul das Haus verlässt. Anschließend schleiche ich mich unauffällig hinein und suche nach den Steinen."

„Ist dir das nicht zu gefährlich?", wollte ich ängstlich wissen. Mein Bruder war noch nicht einmal wieder gesund, da plante er schon das nächste Abenteuer! Nicht zu fassen! Mit geschlossenen Augen lehnte ich mich an die kühle Wand.

„Das ist überhaupt nicht gefährlich.", versicherte John. Gerade wollte ich ihm etwas erwidern, als er mir auch schon zuvor kam: „Und nein, du wirst nicht mitkommen, Katharina. Das ziemt sich nicht für eine Frau im 17. Jahrhundert."

Die Enttäuschung war mir wohl deutlich ins Gesicht geschrieben. Dennoch ließ sich mein Bruder nicht davon abbringen, das Ding allein zu drehen. Abhalten konnte ich ihn nicht. Außerdem war er alt genug, um zu wissen, was er zu tun und was er zu lassen hatte. - Zumindest hoffte ich das, als er noch bereits am Vormittag das Haus verließ.

Mich würde also wieder einmal ein schrecklich langweiliger Tag bei Lady Ellinor erwarten. Vollgestopft mit Keksen, Tee und nochmal Keksen, einem griesgrämigem Butler, Ellinors Gelaber, abermals Keksen, Gelaber, Tee und Keksen...

Kaum hatte sich die Haustüre hinter John geschlossen, drehte ich mich um und in Gedanken an die nächsten Stunden, die mir nun bevorstehen würden, wandelte ich mit mürrischer Miene die Treppe hinauf. Ich wollte wenigstens für die nächste halbe Stunde für mich alleine sein. Allerdings...

„Fräulein Turner?", hörte ich eine mir leider nur allzu bekannte Stimme auf halber Strecke.

„Sie rufen nach mir, Lady Ellinor?", erwiderte ich. Der Höflichkeit wegen hatte ich mich nach ihr umgedreht und blickte ihr mit gespieltem Unschuldslächeln entgegen. Dabei keimte in mir bereits ein übler Verdacht auf...

„Wenn Sie möchten, würde ich Sie gerne zu einer kleinen Teerunde einladen."

*Schon wieder Tee?!*
*Seufz.*

„Wann gedenken Sie, diese Teerunde abzuhalten, Lady Ellinor?", erwiderte ich, fest darum bemüht, es freundlich klingen zu lassen.

„Wenn es Ihnen nicht unangenehm ist, gleich.", lautete die Antwort.

Hm, was sollte ich nun tun?

Nervös nagte ich an meiner Unterlippe. Ob ich wieder den ganzen Tag bei ihr sitzen und am Tee nippen musste? - Wieso lud sich die gute Frau eigentlich keine Freundinnen ein? Ob sie etwa keine hatte? (Von Lady Dorothy natürlich abgesehen - aber die beiden sahen sich ja sowieso fast nie.)

„Ich werde nur kurz auf mein Zimmer gehen, denn dort habe ich etwas vergessen..." Für einen Moment überlegte ich, was ich denn vergessen haben könnte. Egal. Das hatte Ellinor ja nicht zu interessieren. „Und anschließend werde ich mich zu Ihnen gesellen.", erklärte ich kurz darauf, woraufhin Ellinors Augen freudig aufleuchteten.

Nein, ich brachte es einfach nicht übers Herz, der guten Dame einen Laufpass zu geben. Mit einem Mal tat sie mir so schrecklich leid. Sie musste sich wohl ziemlich einsam fühlen.

Da mir meine Gastgeberin keine Einwände entgegenbrachte, machte ich mich unverzagt auf den Weg nach oben, natürlich betont langsam. (Das versteht sich von selbst!) In meinem Zimmer angekommen, kramte ich zwischen den Decken auf meinem Bett herum, bis ich schließlich meine kleine Handtasche fand. Na, die könnte ich doch mitnehmen! Dann wäre meine Notlüge wenigstens nicht umsonst gewesen. Schnurstracks hatte ich die Türe hinter mir geschlossen und stakste die Stufen hinunter, zurück in die gemütliche, leider von Lady Ellinor andauernd besetzte Wohnstube.

„Verzeihen Sie mir bitte diese Bemerkung.", empfing mich Ellinor mit leicht säuerlichem Gesichtsausdruck. „Aber ich habe Sie bereits früher bei mir erwartet."

Verunsichert stand ich einen Moment lang zwischen Tür und Angel, knetete mit den Fingern meine kleine Handtasche und wusste nicht so recht, was ich ihr auf diese nicht gerade freundlichen Begrüßungsworte entgegnen sollte. John hätte jetzt gewiss eine passende Ausrede parat gehabt...

Apropos John. - Da fiel mir auch schon etwas ein...

„Entschuldigen Sie mein spätes Erscheinen, Lady Ellinor, allerdings plagen mich schon wieder diese schrecklichen Kopfschmerzen. Und dann habe ich, nun ja, meine kleine Handtasche nicht sofort gefunden." Ich lächelte verlegen. Ob Ellinor mir Glauben schenken würde?

Die Hausherrin musterte mich einige Sekunden lang mit zusammengezogenen Augenbrauen. Ihr Gesichtsausdruck schwebte zwischen Lachen und Weinen.

„Sie Ärmste!", hörte ich die Dame dann fiepen. „Da kann ich Ihnen nur zu einem Mittel raten: Tee. Und der steht glücklicherweise in großen Mengen zur Verfügung."

Schwach lächelnd ließ ich mich auf einen der zerbrechlich wirkenden Stühle nieder, in der Hoffnung, dass er mein Gewicht tragen würde. Gewiss hatte ich gestern 5 kg zugenommen. Bei dem Verzehr an Keksen und...

„Sollten Ihre Schmerzen nicht besser werden, so werde ich Sie selbstverständlich nicht davon abhalten, sich auf Ihr Zimmer zu begeben."

Dankbar nickte ich.

„Wobei ich schon zu bemerken habe, dass Sie sich in meiner Gegenwart des Öfteren äußerst unwohl fühlen..."

Ups! Sollte sie etwa hinter meine heimlichen Pläne gekommen sein?

„Ich muss mit tiefstem Bedauern feststellen, Lady Ellinor, dass sich mein Gesundheitszustand in den letzten Wochen nicht sonderbar stabilisiert hat. Sie wissen schon, die Entführung, nicht wahr?"

Was für ein Glück, dass ich doch eine Namensvetterin hatte! Ich war extrem gespannt, was es mit der „Entführung" tatsächlich auf sich hatte! Ob es mir irgendwann einmal gelingen würde, des Rätsels Lösung herauszufinden?

Meine Gesprächspartnerin nickte. Ihre zunächst missmutige Laune wandelte sich allerdings binnen weniger Minuten in ein gut gelauntes Kichern. Und davon hätte ich beinahe wirklich Kopfschmerzen bekommen. Glücklicherweise erinnerte ich mich an Ellinors Angebot, mich zurückzuziehen, und kratzte schließlich noch rechtzeitig die Kurve.
Das Kinn in meine Hand gelegt, den Ellenbogen auf dem Fenstersims abgestützt, stand ich da und lugte in meinem Zimmer über das Fenster nach draußen, wobei mir nicht entging, dass die Sonne im Zenit stand, was bedeutete, dass mir nicht mehr viel Zeit bleiben würde, bis ich erneut zu Ellinor hinunter musste - dann nämlich sollte es Mittagessen geben. Als ob ich nicht schon ohnehin den ganzen Tag vor mich hin futterte!
Nur mit größter Mühe konnte ich ein gelangweiltes Gähnen unterdrücken. Vor meinem inneren Auge spielten sich bereits die gleichen langweiligen Szenen ab wie am gestrigen Nachmittag. Dass dieser Tag jedoch alles andere als langweilig werden würde, wäre wohl das Letzte gewesen, das mir jetzt in den Sinn gekommen wäre...
Da, seit ich Ellinor nicht mehr bei ihrer Tee- und Keks-Party Gesellschaft leistete, im ganzen Haus Totenstille Einzug gehalten hatte, konnte ich das völlig unerwartete Klopfen an der Türe unten im Eingangsbereich hören. Offensichtlich erhielt Ellinor Besuch. Überrascht hielt ich inne und dachte nach. Wer sollte Ellinor denn besuchen? Sollte John etwa schon zurückgekehrt sein? Das wäre dann aber schnell gegangen!
Ein freudiges Lächeln huschte über meine Lippen. Schon wollte ich zur Türe eilen, um meinen Bruder zu begrüßen. Prima, wenn er schon zurück war! Das würde bedeuten, dass er endlich die Steine hätte und wir auf der Stelle zurück ins 21. Jahrhundert konnten!
Ich beschleunigte meine Schritte und wollte gerade die Türe öffnen, als mir bewusst wurde, dass es zwar durchaus mein Bruder sein konnte, der da vor der Haustüre stand und auf Einlass wartete, aber dass er möglicherweise gar nicht

die Steine gefunden hatte, sondern auf Sir Paul getroffen war und jetzt möglicherweise noch eine Verletzung davon getragen hatte...

Ruckartig stoppte ich, die Hand bereits auf der Türklinke, und lauschte gespannt den Stimmen, die leise an mein Ohr drangen.

„Freunde, sagen Sie?", war Ellinors piepende Stimme zu hören. Anscheinend sprach sie mit ihrem Butler, der die Besucher an der Tür empfangen hatte. Also im Falle eines Besuches irgendwelcher „Freunde" (wer auch immer das sein mochte) wollte ich mich lieber verborgen halten und nicht als Störenfried nerven.

„Bitte, treten Sie doch ein." Ein leises Knarren verriet mir, dass sich die schwere Türe geöffnet hatte.

Noch im selben Atemzug ärgerte ich mich darüber, dass ich nicht doch einen Blick auf den Eingang warf, denn dann hätte ich sehen können, wer da soeben eingetreten war: Zu gerne hätte ich gewusst, welche „Freunde" Lady Ellinor gerade eingelassen hatte!

Keine Sekunde später war ein unerhörtes Quieken zu hören, was mir den Rest gab. Ich konnte nicht länger warten, sondern musste endlich sehen, was da unten auf dem Flur vor sich ging. Vorsichtig öffnete ich also meine Zimmertür einen Spalt weit und lugte mit halbem Auge hinaus. Was ich sah, ließ meinen Herzschlag für einen Moment lang aussetzen.

„Hilfe! Lassen Sie mich in Frieden! Hilfe!!" Ellinors kreischende Stimme ließ die Wände vibrieren. Selbst der Fußboden begann zu zittern. Aus den Augenwinkeln konnte ich sehen, wie der Butler mit totenbleicher Miene und wild umher kreisenden Armen auf die Menschentraube zu rannte, die sich unten im Flur direkt neben der Haustüre versammelt hatte. Offensichtlich kam der gute Mann gerade aus der Küche, denn in der linken Hand hielt er einen Kochlöffel, den er den „Freunden" gefährlich nahe über ihre Köpfe schwang.

Wenn mich nicht alles täuschte, war hier gerade ein echter Überfall im Gange. Die fünf Männer, welche allesamt einen düsteren Eindruck auf mich verübten, denn sie waren ganz und gar in pechschwarze Mäntel verhüllt, die nur vorne im Brustbereich durch eine golden schimmernde Spange zusammen gehalten wurden, waren offensichtlich darum bemüht, Lady Ellinor zu packen. Und die schrie noch immer wie am Spieß. Laut keifend und verzweifelt um sich schlagend, versuchte sie sich von den Händen, die sie umklammerten, zu befreien. Allerdings waren die Fremden stärker. Selbst der Butler mit seinem Kochlöffeltaekwondo konnte nichts ausrichten. Er hampelte zwar herum, als wollte er gerade die Geister aus der Unterwelt beschwören, doch verkörperte er viel eher das alberne Närrchen der fiesen Kerle anstatt sich als Ellinors Bodyguard zu betätigen.

„Um Himmels Willen! So lassen Sie mich los! Was wollen Sie von mir! Ich habe Ihnen doch gar nichts getan...“ Die Lady schnappte verzweifelt nach Luft, während ich wie zur Salzsäule erstarrt dastand und einfach nur gaffend zusah, was sich im Eingangsbereich abspielte. Mein Herz schien stehen geblieben zu sein und mein Mund fühlte sich wie ausgetrocknet an. Ich war zu nichts fähig, konnte nur dastehen und nichts tun - außer zu beobachten, was da unten vor sich ging.

„Oh, Sie haben mehr getan, als Sie sich vorstellen können, Fräulein Katharina Turner.“, erwiderte einer der Männer mit hohl lachender Stimme. Irgendwie kam mir die Stimme bekannt vor. Aber nur woher? Und warum um alles in der Welt sprach er Ellinor mit meinem Namen an?

„Fräulein Katharina Turner?!“ Die arme Ellinor war anscheinend kurz vor einem Nervenzusammenbruch. Sie konnte einem wirklich leidtun! Erst die gestrige Aufregung, dann ein solcher Überfall... - Wobei: Auch mir zitterten bereits die Hände.

„Ich bin nicht Fräulein Katharina Turner!“, kreischte Ellinor atemlos und rang nach Luft. „Mein Name ist Lady Ellinor!“

„Ja, genau! Lady Ellinor... Das ich nicht lache!" Die finstere Gestalt gab ein schepperndes Lachen von sich. Seine vier Gefährten stimmten schallend mit ein. Erneut überfiel mich die dunkle Ahnung, diese Stimmen zu kennen. Aber noch immer wollte mir beim besten Willen nicht einfallen, wo ich sie schon einmal gehört haben konnte. Dummerweise war es mir nicht möglich, in ihre Gesichter zu blicken - die Gestalten hatten sich die Kapuzen ihrer Mäntel übergeworfen.

„So, Fräulein Katharina Turner...", lachte eine tiefe Stimme spöttisch. Und mit einem Mal wurde mir klar, was dieser Überfall hier zu bedeuteten hatte. Hier lag eine Verwechslung vor... Verdammt! Die wollten tatsächlich *mich* - und nicht Lady Ellinor!

„Wir werden Sie nun ein klein wenig mit uns nehmen."
Ellinor schrie noch immer, während der Butler weiter um die Gestalten herum hüpfte.

„Ich empöre mich! Unterlassen Sie das! Sie haben kein Recht darauf!", keifte er und fuchtelte mit seinem Kochlöffel vor den Kapuzengesichtern der Eindringlinge herum. Nach einem plötzlichen Ringen kamen sie schließlich zu dem Entschluss, den Prozess kurz zu machen: Einer der Herren zückte seinen Degen und keinen Augenschlag später taumelte der Butler mit weit aufgerissenen Augen zu Boden. Mir stockte der Atem.

Schweißgebadet stand ich da und musste mit ansehen, wie der Verletzte einige Atemzüge lang zuckend liegen blieb, bis er nach einem kurzen, schmerzvollen Stöhnen reglos verharrte.

Nur dank der Wand, die direkt neben mir war, gelang es mir, mich weiter auf den Beinen zu halten. Zutiefst erschüttert über das, was ich soeben gesehen hatte, hatten sich meine Hände tief in sie hinein gekrallt. Nur mit knapper Mühe entging ich einer Ohnmacht. Vor meinen Augen tanzten kleine, dafür zahlreiche Lichtpunkte. Mein Kopf fuhr Achterbahn, aber rückwärts. Mein Puls raste. Auf meiner Stirn hatten sich kleine Schweißperlen gebildet. Hastig wischte ich mit der Hand darüber.

„Aaaahhh!", schrie Ellinor ein letztes Mal auf. „Was haben Sie getan?" Damit meinte sie ihren Butler. Also nein, vielmehr die unheimlichen Gestalten, die ihren Butler so rücksichtslos aus dem Weg geschafft hatten.

Spätestens jetzt, nachdem er sterbend zu Boden gegangen war, hatte die unglückliche Dame jeglichen Widerstand aufgegeben. Die finsteren Typen streiften ihr denselben pechschwarzen Umhang über die Schultern, wie sie ihn selbst trugen.

„So, Fräulein Turner...", fing der eine an. Doch Lady Ellinor unterbrach ihn, um eine letzte Gegenwehr aufzubringen: „Sie haben noch immer nicht verstanden: Ich bin *Lady Ellinor!*"

„Nichts da!", schnauzte sie einer der Herren an. „Lady Ellinor ist heute zu Besuch bei einer guten Freundin." Er lachte spöttisch. „Sie versuchen uns vergeblich klar zu machen, dass Sie die Hausherrin sind, Fräulein Turner. So - und jetzt kommen Sie mit uns! Oder müssen wir nachhelfen?"

Leise jammernd folgte Ellinor den unbekannten Männern nach draußen.

Die Türe hatten sie hinter sich laut krachend ins Schloss fallen lassen. Und so urplötzlich wie die fremden Unbekannten aufgetaucht waren, waren sie auch wieder verschwunden.

In meinem Bauch hatte sich das Gefühl vom Achterbahnfahren noch breiter gemacht. Meine Gedanken kreisten wild durcheinander. Meine Magensäfte attackierten sich.

*Der Butler!*, war das erste, das mir in den Sinn kam. *Ich muss zu ihm - sehen, ob er noch lebt. Vielleicht kann er mir sagen, wer die unheimlichen Herren von gerade eben waren. Vielleicht können wir Ellinor befreien. Vielleicht...*

Dass hier eine Entführung stattgefunden hatte, war ja mehr als offensichtlich.

So schnell ich nur konnte, rannte ich auf die Treppe zu, hastete (oder viel eher stolperte) die Stufen hinunter und taumelte die letzten Schritte zu der noch immer regungslos auf dem Boden ausgestreckten Person.

„Hallo, Sie! Können Sie mich hören?", japste ich atemlos. Kurz vor dem Butler war ich stehen geblieben. Eine nicht gerade kleine himbeerfarbene Blutlache umgab seinen Oberkörper. Mit dem Gesicht auf dem Boden lag er da, seine Arme weit von sich gestreckt. Völlig bewegungslos.

„Hallo, Sie..." Meine Stimme brach ab, als ich in die Knie ging und nach seinem linken Handgelenk fasste, um den Puls zu fühlen. - Da war nichts mehr. Kein Puls. Kein Herzschlag. Nichts. Es war aus.

Schon spürte ich die aufsteigende Panik in mir. Vor meinen Augen begann sich erneut alles zu drehen.

*Eine Leiche!*, hämmerten die Gedanken in meinem Hirn. *Ich brauche sofort Hilfe... Was - ich - wie...*

Einige Sekunden verharrte ich fassungslos in meiner Kauerstellung neben dem Toten. Auf einmal aber schreckte ich hoch.

Der Butler konnte mir nicht mehr helfen. Also musste ich die Sache selbst in die Hand nehmen.

Aufgeregt war ich aufgesprungen. Schon lief ich im Haus auf und ab. Wenn ich mich nicht beeilte, wären die Typen mit Ellinor über alle Berge. Ich musste ihnen hinterher. Sofort!

Urplötzlich hielt ich inne.

Aber nein! Ich konnte nicht einfach verschwinden - nicht ohne meinem Bruder irgendeine Nachricht zu hinterlassen.

Verdammt! Hatte Ellinor denn nirgends Schreibzeug herum liegen? Oder irgendwelche Blätter?!

Wie ein aufgescheuchtes Huhn jagte ich von einem Zimmer ins nächste.

*Mist, Mist, Mist!!! - Wo ist nur...*

Ha! Endlich hatte ich etwas gefunden.

Hastig griff ich danach. Mit wildem Blick überflog ich die Zeilen auf der Titelseite.

Mir stockte der Atem.

---

### *Über die Tatsache von Zeit und Tod*
*Eine Abhandlung*

Richard Turner

---

Hm, was ich da gerade in den Händen hielt, musste wohl irgendein Werk unseres lieben Vorfahren sein. Egal. Hauptsache, ich hatte endlich etwas gefunden, auf das ich schreiben konnte. Schnell hatte ich eine Seite herausgerissen.
Schreiben.
Nur, mit *was*?!
Schnurstracks hastete ich aus Ellinors Wohnstube zurück in den Flur. Meine Blicke jagten durch den Eingangsbereich - und blieben bei der Leiche des Butlers hängen.
*Blut!*, schoss es mir durch den Kopf. *Ich kann mit Blut schreiben!*
Gedacht. Getan.
Mir war es in diesem Moment völlig gleichgültig, wie gruselig es doch war, mit Blut zu schreiben. Nach Luft ringend war ich neben dem Butler in die Knie gegangen und schon tunkte ich meinen Finger in die noch lauwarme Blutlache.

*An John: Ellinor entführt - statt ich.*
*Suche Täter!*
*K.T.*

Ich verharrte einen Augenblick lang bewegungslos. Ob mein Bruder diese Nachricht auch richtig deuten würde? Viel Zeit, um darüber nachzudenken, blieb mir nicht, denn wenn ich Ellinors Entführer noch verfolgen wollte, musste ich mich wirklich beeilen.

Rasch wischte ich meinen blutverschmierten Finger am Ärmel des Butlers ab und legte das herausgerissene Blatt in seine verkrampften Hände. Ich hatte keine Ahnung, ob ich grammatikalisch und fachlich alles richtig notiert hatte - die Hauptsache war, dass John wusste, dass mit mir alles in Ordnung war.

Zu weiteren Gedanken kam ich nicht mehr, denn mit einem Mal musste ich würgen. Das Gefühl der aufsteigenden Übelkeit hatte sich in den letzten Minuten nicht gerade verbessert.

Mit letzter Mühe gelang es mir, gerade noch aufzuspringen und einige Schritte in Richtung Tür zu taumeln, als ich mich vornüber auf den Boden schmeißen musste. Der gesamte Inhalt meines Frühstücks war wiedergekommen, inklusive die Kekse.

Mit den Händen auf dem eiskalten Boden abgestützt, die Augen geschlossen, saß ich eine Weile da und wartete. Wartete darauf, dass sich das speiüble Gefühl in meiner Magengegend wieder legte.

*Tief durchatmen! Ruhig bleiben. Du hast alles richtig gemacht. Das bisschen Blut schadet dir nichts - es ist viel wichtiger, dass dein Bruder weiß, was hier vorgefallen ist.*

Im nächsten Augenblick hatte ich mich an der Türklinke emporgezogen und war nach draußen auf den Gehsteig gestürzt.

# - 5 -

Ich hatte es ja gleich gewusst: Wenn ich die fiesen Kerle noch hätte verfolgen wollen, hätte ich keine Zeit verlieren dürfen. Ich hätte nicht erst Ewigkeiten das halbe Haus auf den Kopf stellen dürfen, um irgendetwas Schreibbares zu finden. Und ich hätte mich auch nicht übergeben dürfen. Nein, ich hätte ihnen sogleich hinterher gemusst. Jetzt hatte ich das Schlamassel! So sehr ich mich auch umblickte, von fünf unheimlich gekleideten Männern und einer verzweifelten mittelalten Dame war beim besten Willen weit und breit nichts zu sehen. Die Straße war wie leer gefegt.
Wie heißt es so schön? Nachher ist man immer klüger als davor... Oder so ähnlich.
Enttäuscht lehnte ich mich mit dem Rücken gegen die abweisende Hauswand, schloss die Augen und überlegte gerade, ob es nicht besser sei, einfach wieder hineinzugehen und auf John zu warten. Doch irgendwie grauste mir davor, wieder ins Haus zu gehen. Klamm und heimlich war mir eine Gänsehaut über den Rücken gekrochen. In Gedanken an das viele Blut musste ich mich schütteln. Damit ich dabei nicht das Gleichgewicht verlor, öffnete ich wieder meine Augen - und sah nun die beiden jungen Herren, die langsam und in irgendein Gespräch vertieft umher spazierten und nur noch wenige Meter von mir entfernt waren.
Das war meine Chance!
So langsam, wie die beiden durch die Gegend wandelten, mussten sie die fünf pechschwarzen Herren bestimmt gesehen haben!
Rasch zog ich die Türe neben mir zu.
„Entschuldigen Sie!" Schon spürte ich, wie mir das Blut in den Kopf schoss. Gewiss war ich schon wieder rot wie eine Tomate.
„Ja bitte?", erwiderte der linke Herr mit spitzer Stimme.
„Es ist..."
*Ok, schnauf durch! Sammel dich! Ganz ruhig bleiben!*

„Haben Sie soeben eine Gruppe von fünf Männern gesehen, welche zügig diese Straße entlang gegangen sind?"
Einen Augenblick lang starrten mich zwei Paar Augen entgeistert an.
*Ok, das war es dann auch schon. Wahrscheinlich wirst du gleich gefragt, ob du aus der Irrenanstalt abgehauen bist. Katharina, was bist du aber auch für ein Trottel!*
Zu meinem großen Erstaunen erklärte dann der andere: „Ja, allerdings waren es sechs Männer. Sie trugen allesamt pechschwarze Mäntel."
Hastig nickte ich. Sie hatten also Ellinor ebenfalls für einen Mann gehalten.
„Ja, genau diese meine ich! - In welche Richtung sind sie denn gelaufen?"
„Genau in die Richtung, aus der wir kommen.", antwortete nun der erste Mann und deutete mit seiner freien Hand hinter sich. Sein Begleiter nickte bestätigend.
„Hier entlang?", wiederholte ich sicherheitshalber noch einmal.
„Ja."
Ich murmelte noch schnell irgendwelche Dankesworte und dann sauste ich auch schon auf und davon. Ich raffte meine Röcke möglichst weit nach oben, um schneller laufen zu können und nicht über mein eigenes Kleid zu stolpern. Dass mir die beiden Herren kopfschüttelnd voller Verwunderung nachblickten, störte mich keineswegs.
*Die Straße entlang. Immer die Straße entlang...*
Und dann?!
Unvermittelt war ich an eine Kreuzung gekommen. Rechts und links neben mir zweigte die Straße in düstere Gässchen ab. Vor mir führte der breite Weg geradeaus, gesäumt von höhnisch lächelnden Häusern.
*Ja, lacht nur!*
Missmutig und jeglicher Hoffnung beraubt, drehte ich mich einmal um die eigene Achse.
Scheibenkleister. Das war's dann wohl...

Wohin waren die Entführer gelaufen? Hatten sie eine der dunklen Gassen betreten oder führte ihr Weg weiter geradeaus?
Da sich mein Puls noch immer nicht beruhigt hatte und mein Herz wie wild in meiner Brust trommelte, lehnte ich mich kurzerhand an die kühle Wand des Hauses neben mir. Na toll! Das war es dann also mit der ach-so-tollen-Verfolgungsjagd! Ich Esel! Wie hatte ich nur so dumm sein können, zu glauben, die Entführer einholen zu können?!
Enttäuscht schloss ich meine Augen.
Ich war ein Versager. Ein absoluter Versager. Ich hatte es noch nicht einmal geschafft, meinem Bruder eine vernünftige Information zu hinterlassen. Wenn es dumm ging, verlief ich mich oder - vielleicht war ja sogar Sir Paul hier in der Nähe...
„Na, suchst wohl jemanden, was?"
Eine knarrende Stimme riss mich jäh aus meinen Gedanken. Erschrocken zuckte ich zusammen. Voller Angst blickte ich um mich. Doch ich konnte niemanden sehen.
„Jaja, guck nur! Hihi, ich bin hier unten!"
Sogleich ließ ich meine Augen über den Boden um mich herum wandern. Tatsächlich: Links von mir, im Schatten der finsteren Gasse, kauerte eine krüppelige Gestalt im Dreck.
„Ah!" Ich stieß einen spitzen Schrei aus und stützte mich mit einer Hand am kalten Mauerwerk ab, um nicht vor lauter Schreck das Gleichgewicht zu verlieren. „Wer in Gottes Namen sind Sie?"
„Wer ich bin?" Das kleine Männchen kicherte so sehr, dass seine verfilzten Haare fröhlich auf und ab wippten. „Da sieht man wieder einmal, dass Leute wie du den ganzen Tag nichts zu tun haben, außer in ihren engen Häusern zu sitzen. Du kennst noch nicht einmal den Bettler von nebenan."
*Ok. Ein Bettler. Nichts weiter.*
*Kannst wieder normal atmen. Der tut dir nichts.*

„Wieso sprechen Sie so abfällig mit mir?", stellte ich ihn empört zur Rede.

Aber das Männchen winkte ab.

„Suchst wohl jemanden, was?"

Erneut war dieses markante Lachen zu hören, von dem sich meine Nackenhärchen aufrichteten.

„Ja.", erwiderte ich gereizt. - Der wollte mich doch nicht im Ernst veräppeln, oder?

„Wen suchst du denn, he?"

„Wen ich suche? Den kennen Sie sowieso nicht."

Mann, der Typ nervte!

„Egal. Dann sage ich es dir eben nicht, wohin die sechs dunkel gekleideten Herren verschwunden sind."

*Sechs dunkel gekleidete Herren?! Moment mal!*

„Sie haben sie gesehen? Wohin sind sie gegangen? - Bitte, sagen Sie es mir!"

Doch das Männlein kicherte nur.

„Bitte! Bitte, sagen Sie mir, wohin sie sind!", flehte ich ihn an.

„Hast du Geld oder so?"

Ich seufzte.

War ja klar, dass er nicht ohne eine Gegenleistung Auskunft gab. Einen Augenblick lang überlegte ich. Eigentlich hatte ich ja kein Geld bei mir. Allerdings... Ich könnte ihm die Kette geben, die mir Ellinor geliehen hatte. Die Lady wäre zwar nicht erfreut darüber - aber das brauchte sie ja nicht zu wissen. Außerdem würde es ja zu ihrer eigenen Sicherheit geschehen.

„Ja.", sagte ich schnell. „Ich habe etwas, aber kein Geld."

„Dann rede ich nicht."

Der krüppelige Zwerg verschränkte beleidigt die Arme. Erst jetzt fiel mir auf, dass er an seiner rechten Hand nur noch zwei Finger hatte. Abermals überfiel mich ein Gefühl der Übelkeit. Unwillkürlich wurde ich an die Leiche des Butlers erinnert.

„Bitte!" Ich ließ nicht locker. „Ich werde Ihnen eine kostbare Kette geben."

„So? Eine Kette? - Hm." Er fing zum Grunzen an, entknotete seine Arme und streckte mir seine krummen Finger entgegen.

Mit zittrigen Händen hatte ich die Kette von meinem Hals gefingert und hielt sie ihm entgegen. Aber ich ließ sie nicht los. Zu groß war meine Angst, dass mich dieses Männchen da einfach so hintergehen wollte.

„Nicht schlecht...", murmelte der Zwerg und ließ die einzelnen Perlen durch seine Finger gleiten. „Nicht schlecht."

Doch mit einem Mal machte er eine Armbewegung, als wollte er mich von sich stoßen.

„Nein.", sagte er entschieden. „Ich nehme sie nicht."

„Dann sagen Sie mir also nicht, wohin die Gruppe verschwunden ist?" Mein letztes Stückchen Hoffnung war gerade dabei, sich in Luft aufzulösen.

„Nein." Entschieden schüttelte er seinen Kopf.

*Verdammte Kacke! Und jetzt?!*

„Gut." Ich atmete tief durch. Jetzt oder nie! „Ich weiß auch so, dass die Herren einfach nur geradeaus weiter gegangen sind.", blufte ich und grinste das Männchen triumphierend an. Mit einer solchen Antwort hatte es nicht gerechnet.

„Woher wollen Sie das denn wissen?", flüsterte der Zwerg erstaunt und erschrocken zugleich.

„Das weiß ich einfach.", behauptete ich. Hoffentlich stimmte meine Vermutung! „Eine Hilfe wie die von Ihnen bin ich nicht wert."

Mit größter Verachtung in den Augen blickte ich auf ihn hinab. Auch wenn mir der Bettler schrecklich leid tat - wenn mein Plan funktionieren sollte, musste ich ihn ausquetschen. Und das war nur auf diese Art und Weise möglich.

„Aber es ist falsch.", erwiderte das Männchen mit schnarrender Stimme. „Die Herren sind hier nach rechts gelaufen."

Ha! Ich hatte es geschafft!

„Vielen Dank für Ihre Hilfe."
Spöttisch blickte ich in die besagte Richtung. Doch keinen Atemzug später hatte sich meine Verachtung in ein mitleidiges Lächeln verwandelt.
„Ich würde Ihnen gerne helfen.", erklärte ich leise. „Aber ich kann es nicht."
Dem Zwerg war längst klar geworden, dass er einen gewaltigen Fehler begangen hatte. Geknickt ließ er seinen Kopf auf die Brust sinken.
„Bitte, seien Sie nicht traurig." Behutsam ging ich neben ihm in die Knie und hielt ihm das Kettchen vor die Augen. Doch er tat, als sähe er es nicht.
„Bitte, behalten Sie diese Kette. Sie haben mir einen großen Dienst erwiesen."
„Wirklich?", fragte er, wobei ich nicht wusste, ob er darüber erstaunt war, dass er mir geholfen hatte, oder ob er sich über die Kette freute. Jetzt aber schaute er mich an. Seine Augen glänzten. Noch nie in meinem ganzen Leben hatte ich einen Menschen gesehen, der so glücklich war.
„Ja.", antwortete ich und ohne zu überlegen, was ich da eigentlich tat, strich ihm mit meiner Hand über seine eingefallene Wange. „Nehmen Sie die Kette getrost an sich. Ich wünsche Ihnen Gottes Segen. Leben Sie wohl."
Ich war aufgestanden und wollte gerade gehen, als er nach mir rief. Erstaunt drehte ich mich nach ihm um.
„Junge Dame! Ich - ich habe noch etwas vergessen zu sagen."
Neugierig lächelte ich ihn an.
„Die Herren..." Er schluckte. „Die Herren haben auf ihrem Weg etwas gesagt. Ich - ich habe es verstehen können. Sie dachten, sie wären allein und könnten sich deshalb unterhalten. Sie waren fest der Meinung, niemand würde sie hören. Aber ich habe es dennoch verstanden."
Na, was hatte er denn gehört?
„Sie sagten..." Er leckte sich mit seiner Zunge über die ausgetrockneten Lippen. Seine abgemagerten Wangen vibrierten.

„Sie sagten, sie wollten die nächste Straße links und dann drei gerade aus. Am Haus des Seins, am Haus der Ewigkeit wäre das Ziel."

„Haus der Ewigkeit? Haus des Seins?" Verwundert blickte ich ihn an. Aber er konnte nicht anders als seine Schultern zucken.

„Es tut mir leid, Lady. Das ist alles, was ich weiß."

„Oh, bitte! Grämen Sie sich nicht! Sie haben mir soeben einen wunderbaren Dienst erwiesen. Wirklich... Ich danke Ihnen von ganzem Herzen!"

Er lächelte mich aus seinen müden Augen schwach an und grunzte einige unverständliche Laute. Dann richtete er seinen Blick auf die glänzende Kette in seinen zitternden Händen und ließ sie abermals durch seine ausgemergelten Fingerchen gleiten. Seine Augen begannen zu leuchten wie kleine Kristalle.

Ich seufzte.

Der Bettler tat mir unheimlich leid. Ich hätte so gerne mehr für ihn getan. Doch meine Pflicht rief: Ich musste die Entführer aufspüren.

Ein letzter Blick zurück zu dem krüppeligen Männchen. Schon im nächsten Augenblick war ich verschwunden. Mit flinken Schritten eilte ich vorwärts.

Was hatte der Bettler gleich nochmal gesagt? Erst hier rechts, die finstere Gasse entlang, dann die nächste Straße links und anschließend drei Kreuzungen immer geradeaus? Hoffentlich hatte er die Wahrheit gesagt! Dieser gruselig düstere Weg war mir wirklich nicht geheuer. Direkt vor meinen Füßen huschte eine dicke fette Ratte über den verdreckten Boden. Es stank gotterbärmlich.

Ich schüttelte mich vor Abscheu und zwang meinen Magen, sich nicht zu übergeben. Das hier war wirklich ekelerregend. In welche Gosse war ich eigentlich geraten?

Angestrengt versuchte ich meine Augen nur auf das Stückchen Weg vor mich zu lenken. Was sich rechts und links neben mir so alles befand, wollte ich lieber erst gar nicht wissen. Viel schlimmer wäre es wahrscheinlich aber nicht

gewesen. Den Anblick hätte ich bestimmt auch überlebt. Jedenfalls wäre ich auf diese Art und Weise gewiss nicht beinahe an der Abzweigung nach links weitergelaufen. - Ups, war es das schon?
Irritiert war ich stehen geblieben und drehte mich einmal um mich. Und richtig: Links neben mir zweigte eine (diesmal etwas appetitlicher wirkende) kleine Straße ab. Ich sah mich noch einmal um. Nein, es gab in den nächsten fünfzig Metern gewiss keine Abzweigung mehr. Na, wenigstens konnte ich dieses unheimliche Stück jetzt hinter mir lassen. Schnurstracks war ich abgebogen und huschte nun geradeaus weiter. Und während ich so Schritt für Schritt zurücklegte, musste ich unwillkürlich an meinen Bruder denken. Was der wohl gerade machte? Ob er es geschafft hatte, in Sir Pauls Haus einzudringen und die beiden Feueropale zu schnappen?
Vielleicht hatte er sie ja schon und war nun unterwegs zu Ellinors Haus. Oh weh... Wenn er anklopfte und niemand ihm die Türe öffnen würde, was er wohl denken würde? Würde er von dem Vorfall etwas ahnen? - Es soll ja Menschen geben, die wirklich ein bisschen hell sehen können. - Freilich, ich gehörte da nicht zu dieser Sorte.
*Ach, John!*, seufzte ich in Gedanken, schreckte aber plötzlich zusammen. Soeben hatte ich die erste der drei Kreuzungen erreicht. Rechts und links von mir zweigten zwei ebenfalls kleine Gässchen ab. Aber das war es nicht, was mich derartig überrascht hatte. Nein, es war ein Schatten gewesen. Ein flüchtiger Schatten an der gegenüberliegenden Hauswand.
Atemlos blickte ich um mich.
Wer um alles in der Welt hatte es hier so eilig? Das konnte doch nur jemand sein, der irgendwie Dreck am Stecken hatte...
...Ähm, wann hatte *Jack the Ripper* nochmal gelebt?
Oh je! Umso länger ich mich hier in dieser düsteren Vergangenheit aufhielt, desto seltsamer kamen mir die dämlichsten und banalsten Dinge vor. Ich wusste nicht einmal

mehr, ob der große Brand von London schon gewesen war oder erst noch bevorstand... Wirklich schlimm war das ja nicht - immerhin hatte John bestimmt schon die beiden Feueropale an sich gebracht und war damit auf direktem Weg zu mir. Und sollte im allerschlimmsten Falle morgen schon das riesige Feuer ausbrechen, wären John und ich dann schon längst über alle Berge. Naja, oder vielmehr: Über alle Zeiten.

Doch mittlerweile war mir ein neuer Gedanke gekommen: Wahrscheinlich war der hastige Schatten vor ein paar Sekunden gar nicht *Jack the Ripper*, sondern - Sir Paul!

Kalter Angstschweiß war auf meine Stirn getreten. Nervös nestelten meine Finger an meinem Handgelenk. Nein, der Stein war nicht etwa aus heiterem Himmel wieder aufgetaucht. Und nein, ich konnte mich auch nicht jetzt schon ins 21. Jahrhundert zurückzaubern...

Kaum hatte ich meine Gedanken wieder geordnet, war die unheimliche Gestalt auch schon verschwunden. Ich konnte mich um die eigene Achse drehen, so oft ich wollte: Aber weder von *Jack the Ripper* noch von Sir Paul war auch nur die Spitze eines Haaransatzes zu sehen.

Wahrscheinlich hatte ich mir das alles nur eingebildet. Meine Fantasie ging wohl wieder einmal mit mir durch.

Ich setzte also meinen Weg fort. Dass ich mich dabei alles andere als wohl fühlte, versteht sich ja eigentlich von selbst. Immerhin war bis vor wenigen Atemzügen noch dieser geisterhafte Schatten zu sehen gewesen, zumindest in meiner Einbildung.

Wie ich also mit schnellen Füßen über die staubige Straße tippelte, kam mir mit einem Mal ein ganz neuer Gedanke: Vielleicht war das soeben ja mein *eigener* Schatten gewesen?

Ich blieb stehen, zögerte einige Augenblicke lang.

Doch dann war ich mir sicher: Ja, das musste mein eigenes Abbild gewesen sein. Natürlich! Wie dumm hatte ich sein können?!

Beinahe hätte ich laut lachen wollen, aber die Vorsicht hielt mich davon ab. Und außerdem galt es hier nicht einen Wettbewerb im Wer-kann-am-besten-lachen-? zu gewinnen. Vielmehr wollte ich so schnell wie möglich an mein Ziel.
Zack. Schon war ich bei der zweiten Kreuzung angelangt. Diesmal schaute ich gar nicht nach rechts oder links, sondern lief schnurstracks weiter. Noch ein paar hundert Meter und schon war ich bei der dritten besagten Kreuzung angelangt. Und dann...
Wo um alles in der Welt war dieses blöde Haus?
*Haus des Seins, Haus der Ewigkeit.* - Wie bitte hatte ich diese seltsamen Anmerkungen des Bettlers nun zu deuten? Gerade überlegte ich, ob es nicht vielleicht besser wäre, wenn ich einfach wieder kehrt machte, den Weg, den ich soeben gekommen war, zurücklief und den krüppeligen Zwerg einfach nach einer besseren Beschreibung fragte. Aber höchstwahrscheinlich lachte er mich dann nur aus. Oder er hatte sich längst schon aus dem Staub gemacht, weil er nur zu gut wusste, dass er mich in die Irre geführt hatte.
*Denk nach, Katharina! Denk nach... Du stehst so kurz vor deinem Ziel...*
Meine Synapsen arbeiteten auf Hochtouren. Hoffentlich gab es keinen Kurzschluss...
Fieberhaft dachte ich nach.
Also schön. Mit an beinahe 100% angrenzender Wahrscheinlichkeit stand ich hier wohl völlig falsch. Was, wenn mich die Herren von vorhin schon in die falsche Richtung geschickt hatten?
Mit hängenden Schultern stand ich da und starrte die Häuser um mich herum an. Das eine hatte eine schwarz lackierte Türe. Richtig schaudererregend.
Das Haus daneben schien irgendwie ganz normal zu sein. Kam also auch nicht in Frage. Dann gab es noch ein Haus, über dessen Eingang eine altmodische Sonnenuhr prangte, deren Zeit ich allerdings nicht ablesen konnte, weil die

Sonne gerade hinter einer grauen Wolke verschwunden war. Und dann...

Wie aus dem Nichts spürte ich auf einmal eine eisige Hand auf meinem Gesicht. Jemand versuchte mir von hinten den Mund zuzudrücken. Verzweifelt wollte ich aufschreien. Aber mehr als ein armseliges Piepen brachte ich nicht heraus. Der mir unbekannte Täter stellte sich zu meinem Unglück als äußerst geschickt an.

Panik überfiel mich. Wie von Sinnen begann ich um mich zu schlagen. Das Blut rauschte in meinen Ohren. Mein Körper schien vor Adrenalin zu platzen. Als wäre ich eine Verrückte, trat ich mit den Beinen um mich, bis mir bewusst wurde, dass ich aufgrund meiner Röcke nichts auszurichten vermochte.

Aus heiterem Himmel packten mich zwei weitere, ebenfalls eisige Hände fest an meinen Armen. Sie drückten so stark, dass ich jeglichen Widerstand sofort aufgab.

*Eine Falle!*, schoss es mir durch den Kopf. Vielleicht hatten die fünf Herren den Bettler bestochen... Vielleicht... Doch zu weiteren Gedanken war ich nicht mehr fähig.

„Katharina Turner.", wisperte mir eine rauchige Stimme in mein Ohr.

Mit ängstlich klopfendem Herzen nickte ich. Eine andere Antwort wäre mir auch nicht möglich gewesen. Noch immer hielt die Person hinter mir meinen Mund zu.

„Das wird unseren William aber freuen.", lachte die zweite Gestalt, die ich allerdings auch noch nicht sehen konnte.

*William? Welcher William? Und was zum Teufel habe ich damit zu tun?*

„Eines sagen wir dir, Kleine: Wenn du uns nicht auf Schritt und Tritt folgst, hast du die längste Zeit gelebt."

Auch diesmal konnte ich nicht anders als nicken. Tränen stiegen mir in die Augen. Was hatten die mit mir vor? Was würde mit mir passieren? Wollten die mich etwa umbringen?!

„Gut, dann werden wir dir nun deine Äuglein verbinden. Du brauchst nicht zu wissen, wohin wir dich bringen."

Mühsam schluckte ich meine Tränen hinunter. Und spätestens jetzt wurde mir klar, dass der Bettler mich nicht angelogen hatte. Er hatte mich auch nicht ausgetrickst, veräppelt, verarscht oder sonst irgendeinen Mist gelabert. Nein, er hatte voll und ganz die reine Wahrheit gesagt. Mein Ziel war hier ganz in der Nähe. Nur dummerweise sollte ich nun auf andere Art dort ankommen. Und dummerweise hatten die fünf düsteren Herren wohl kapiert, dass sie ursprünglich wirklich die falsche Person entführt hatten - nämlich Ellinor. Doch das hatte sich ja nun geändert. Jetzt hatten sie ja mich. - Wie dumm hatte ich eigentlich sein können?

## - 6 -

Ich hatte nicht den leisesten Hauch einer Ahnung, wohin mich die Männer, die mich heimtückisch aus dem Hinterhalt überfallen hatten, nun hinbrachten. Man hatte mir ein langes schwarzes Tuch über die Augen gelegt und hinten an meinem Kopf fest verknotet. Obwohl es ja eigentlich heller Tag war, umfing mich nun stockfinstere Dunkelheit.

„Los! Mitkommen!", knurrte einer der Männer. Seine Stimme duldete keine Widerrede.

Was wäre mir auch anderes übrig geblieben als ihm zu folgen? Die Typen hatten mich sowieso vollkommen in ihrer Gewalt! Da konnte ich noch so sehr zappeln und mich wehren - letztendlich würde es das alles nur noch sehr viel schlimmer machen.

Mein Herz ging rasend vor Angst und mein Kopf hämmerte pausenlos, als man mich fest an meinem Oberarm packte und rücksichtslos nach vorne schob.

„Nicht so stur!", schimpfte die Stimme von soeben.

*Die Entführung!*, fiel es mir in diesem Moment wieder ein. Stimmte es also doch, dass man meine Namensvetterin, also die zumindest im 17. Jahrhundert „echte" Katharina Turner, entführt hatte? Nur, wurde sie dann zweimal entführt oder war das erst die eigentliche Entführung? - Das würde bedeuten, dass ich diese Katharina Turner aus der Vergangenheit wirklich wäre...

Oh Mann, schrecklich kompliziert das Ganze.

Mir rauchte der Kopf. Absurde Gedanken kreisten herum, fuhren Achterbahn und gaben der wenigen Klarheit, die noch in meinem bisschen Rosinenhirn vorherrschte, den Rest.

„So, Ziel erreicht."

Ein grober Stoß in den Rücken - ich taumelte vorwärts. Noch immer konnte ich nichts sehen. Panisch ruderte ich mit den Armen in der Luft herum. Endlich, endlich hatte ich mein Gleichgewicht wiedergefunden.

Völlig bewegungslos stand ich da, rührte mich nicht, wartete angstvoll. Angstvoll auf das, was als nächstes geschehen würde.
Doch - was würde geschehen?
Waren die Männer verschwunden?
„Was - wo...", stammelte ich, kam aber nicht dazu, eine vernünftige Frage zu stellen.
„Das wirst du früh genug erfahren, Katharina. Spätestens, wenn William dich besuchen kommt."
Offensichtlich war ich nicht alleine. Die Männer (oder zumindest einer von ihnen) waren noch immer bei mir.
„William?", flüsterte ich ängstlich.
Der Sprecher lachte höhnisch. „Ja, da freust du dich, was?"
Im nächsten Moment hörte ich eine Tür ins Schloss fallen.
War ich nun allein?
Waren meine Entführer endlich abgehauen?
Angespannt blieb ich einige Sekunden lang einfach nur stehen und wartete. Wartete darauf, ob noch irgendwelche Stimmen zu hören waren. Oder Schritte. Oder andere Geräusche. Doch um mich herum blieb alles still.
Totenstill.
Erst als ich realisiert hatte, dass ich offensichtlich wirklich alleine war, fingen meine Finger an, nervös an dem schwarzen Tuch herum zu nesteln, welches man mir in aller Eile um den Kopf gebunden hatte. Leider stellte sich das als nicht sonderbar einfach heraus. Dadurch, dass mein Kleid verdammt eng geschnitten war und ich mit meinen Armen ziemlich weit nach hinten greifen musste, um überhaupt an die Enden des Tuches zu gelangen, schränkte sich meine Bewegungsfreiheit beträchtlich ein. Ich seufzte.
Hätten die blöden Typen nicht einige meiner Haare in den schwarzen Lappen gebunden, hätte ich mir den ätzenden Stofffetzen schon längst vom Kopf gerissen.
Egal. Sei es drum. Die Strähnchen würden auch wieder nachwachsen. Ganz bestimmt.
Mit einem schmerzhaften Ruck hatte ich mich endlich von dem lästigen Übel befreien können.

Es dauerte mehrere Sekunden lang, bis ich kapiert hatte, wo genau ich mich befand. Man hatte mich anscheinend in eines der Häuser gebracht, die gleich an der besagten dritten Kreuzung standen. Das Zimmerchen, in dem ich mich befand, war gar nicht einmal so übel. Es standen ein paar nette Möbelstücke herum. Ein völlig überflüssiges, schreibtischartiges Etwas, ein paar verschnörkelte Stühlchen, eine gewiss schon uralte Kommode, die aussah, als würde sie im nächsten Augenblick ihren Geist aufgeben und zusammenklappen.
Hm, es schien mir, als wäre ich in einer Abstellkammer gelandet... War das möglich?
Etwas verwundert drehte ich mich um die eigene Achse. Als ich bereits nach 90° ein Gemälde entdeckte, auf dem außer ein paar Striche und Kratzer nicht viel zu sehen war, schien sich mein Verdacht bestätigt zu haben.
Das „Gemälde", also viel eher die Striche und Kratzer mit jeder Menge Staub, Dreck und Spinnweben, zog mich merkwürdigerweise auf seltsame Art und Weise in seinen Bann. Neugierig ging ich ein paar Schritte darauf zu, verharrte kurz und beschloss dann, mich ganz dem gemalten Etwas zu widmen. Vorsichtig wischte ich mit meinen Fingern über die Fläche. Der Staub, der dabei herab rieselte, ließ mich niesen. Wenigstens sparte ich mir dadurch eine größere Wischaktion, denn so hatte sich nun auch das letzte Körnchen Dreck gelöst.
Was ich nun sah, verblüffte mich: Da waren einige Männer zu sehen, vornehm gekleidet, die aus zwei Booten stiegen. Der Großteil von ihnen war bereits an Land gegangen und trat einer Gruppe von scheinbar „Wilden" entgegen. Diese zweite Personengruppe gestaltete sich als dunkelhäutige Nacktlinge. Das einzige, das sie trugen, war ein knapper Lendenschurz. Ach ja, bunte Federn trugen sie auch. Aber die waren ja eher als Kopfbedeckung gedacht und nicht als richtige Kleidungsstücke. Manchen von ihnen durchbohrten Ringe oder Stäbe die Nasen, Ohren oder Lippen, wodurch ihr Charakter etwas Unheimliches, ja sogar Gefährliches

erhielt. Einer dieser „befremdlichen" Menschen hatte sich auf den Boden geworfen. Und mit dem Kopf der Erde zugewandt, streckte er seine Arme weit von sich, um auf die kostbaren Schätze zu deuten, welche er einige Schritte vor sich ausgebreitet hatte. Ich würde mal auf Gold, Silber und Edelsteine tippen.
*Edelsteine.*
Hm, mal sehen. Einen Titel besaß dieses Bildnis nicht. Brauchte es auch nicht. Ich wusste ohnehin, dass es sich um die Entdeckung Amerikas 1492 durch Christoph Columbus handelte. Allerdings war ich mir nicht ganz schlüssig, wer von den fein gekleideten Herren denn nun der große Entdecker war.
Mein Blick wanderte abermals auf den Haufen von Schätzen, auf den der am Boden kauernde Indianer mit wilder Geste deutete.
*Edelsteine.*
Ich wurde diesen Gedanken nicht mehr los.
*Edelsteine. Feueropal. Edelsteine. Oval. Feueropal.*
Allmählich riss mir der Geduldsfaden. Am liebsten hätte ich das Bild von der Wand gerissen und einfach aus dem Fenster geworfen.
Apropos Fenster.
Wie vom Blitz getroffen fuhr ich herum.
Tatsächlich! Es gab ein Fenster. Ohne zu zögern, hastete ich dorthin, riss es auf und beugte mich weit nach vorne, um zu sehen, wie weit es nach draußen beziehungsweise nach unten war.
Doch meine anfängliche Freude erhielt einen jähen Dämpfer: Das waren bestimmt drei Meter nach unten. Vielleicht sogar noch mehr. Nein, alleine würde ich da nie hinunter kommen... Es sei denn, ich wollte mir sämtliche Knochen brechen oder gleich ins Jenseits abwandern. Ich war womöglich zu allem fähig. Nein, dann wartete ich doch lieber auf diesen William, von dem ich immer noch keine Ahnung hatte, wer er eigentlich war.

Wenigstens brachte der kühle Luftzug durch das geöffnete Fenster etwas Erfrischung!

Mit dem Rücken an das Sims gelehnt, stand ich da, die Augen geschlossen, als ich plötzlich leise Stimmen von draußen hörte.

„Ha! Wusste ich es doch, dass Sie hier herumschleichen!", knurrte eine empörte Stimme.

„Sir Paul!", grummelte es zurück - von einer Stimme, die mir nur allzu gut bekannt war: John!

Ruckartig hatte ich mich umgedreht, um aus dem Fenster zu sehen. Völlig regungslos starrte ich auf die beiden Gestalten dort unten auf der Straße.

„Was suchen Sie hier?", zischte mein Bruder.

„Dasselbe könnte ich Sie fragen.", erwiderte Sir Paul spitz.

„Werden Sie nur nicht frech!", erboste sich John. Seine Hand tastete bereits nach dem Griff seines Degens. Atemlos verfolgte ich die ganze Szene von meinem Logenplatz aus. Was passierte hier? Und wieso waren die beiden da?

„Und Sie, seien Sie nicht immer so unverschämt vorlaut!", kommentierte Sir Paul schon im nächsten Augenblick. Beide starrten sich aus zornesflammenden Augen böse an. Jeden Augenblick konnte es zur Explosion kommen. Die Hände an den Waffen, bereit zum Kämpfen, schlichen sie lauernd aufeinander zu.

„Um Gottes Willen! Nein!", rief ich plötzlich und schlug die Hände über dem Gesicht zusammen.

Nicht nur John war es, der überrascht nach oben blickte. Auch Sir Paul schien sichtlich erstaunt über mein Erscheinen aus heiterem Himmel.

„Ich flehe Sie an! Tun Sie es nicht!", rief ich mit Nachdruck.

„Fräulein Turner..." Meinem Bruderherz war erst einmal die Spucke weggeblieben. Dafür hatte sich Sir Paul erstaunlich schnell wieder gefangen.

„Ach, sieh einmal einer an!", lachte er spöttisch. „Sind Sie nun in zwei Wohnhäusern sesshaft?"

Wie bitte? Was sollte das denn nun auf einmal?!

„Nein, ich wohne hier nicht!", entgegnete ich und wandte mich gleich darauf an meinen Bruder. „Bitte, Turner, Sie müssen mir helfen. Ich bin hier oben gefangen."

Schon traten mir die Tränen in die Augen.

„Gefangen?!", platzte es aus beiden Männern hervor, woraufhin ich nur nicken konnte. Mühsam versuchte ich gegen den dicken Kloß in meinem Hals anzukämpfen.

„Von wem?", fragte John sogleich.

„Das weiß ich nicht!", erklärte ich jammernd. „Haben Sie die Nachricht gelesen?"

Mein Bruder bejahte. „Und Lady Ellinor ist mir begegnet. Aber das erzähle ich Ihnen später."

Auf einmal waren hinter der Türe Schritte zu hören. Erstarrt hielt ich inne.

„Mit wem sprichst du da?", fragte es bedrohlich.

„Mit niemandem!", rief ich schnell. „Ich führe aus Langeweile ein Gespräch mit mir selbst."

„Ja, natürlich.", lachte es von draußen.

„Sie sind selbst schuld, wenn Sie mir keinen Glauben schenken!", entgegnete ich schroff, in der Hoffnung, dass der Typ da vor der Türe endlich abdampfen würde, damit mich John befreien konnte.

„Dann wünsche ich angenehme Unterhaltung! Ach ja, und übrigens: In Kürze wird William eintreffen. Er freut sich schon unbändig. Das kannst du dir gar nicht vorstellen."

Lachend entfernten sich die Schritte.

Erleichtert atmete ich auf.

„Mit wem sprechen Sie denn?", wollte mein Bruder sofort wissen.

„Einer meiner Entführer.", raunte ich nach unten. Hoffentlich war der Typ von gerade eben schon weit genug entfernt, um mich nicht zu hören!

„Wir haben nicht mehr viel Zeit!", fuhr ich fort.

John nickte. „Machen Sie sich keine Sorgen, Fräulein Turner, ich werde Sie retten. - Haben Sie ein Seil? Oder einen Schal? Oder ein Tuch?"
Ich überlegte. Ein Seil? - Nein. Einen Schal? - Nein. Und ein Tuch? - Hm, auch nur das schwarze, welches mir die Entführer vor wenigen Minuten um den Kopf gebunden hatten.
„Ja!", flüsterte ich nach unten.
„Sehr gut, dann befestigen Sie es am Fenster."
Am Fenster? Befestigen? Wie?!
Mit gerunzelter Stirn blickte ich nach unten. Auch Sir Paul guckte ziemlich blöde drein. Anscheinend verstand er nicht so ganz, was hier gerade abging. Na, war ja auch kein Wunder. Die netten Herrn vom 17. Jahrhundert waren alles keine Schnelldenker.
„Knoten Sie es irgendwo fest!"
Irgendwo festknoten! Mein Bruder hatte leicht reden... Es stellte sich nämlich alles andere als leicht heraus. Dafür zitterten meine Finger schon viel zu sehr. Jede Minute konnte dieser William hier auftauchen. Und was dann geschehen würde, wollte ich lieber gar nicht wissen. Die Zeit drängte.
Endlich!
„Ja!", rief ich leise nach unten. Mein Bruder hatte verstanden.
Panisch blickte ich nach unten. Was würde als nächstes kommen?
„Setzen Sie sich auf das Fenster, schwingen Sie die Beine hinüber und lassen Sie sich an dem Tuch nach unten!"
Das meinte er jetzt nicht ernst, oder? Ich - da runter?
Moment mal: Hielt der Stofffetzen da überhaupt mein Gewicht aus? Also 70 kg waren ja keine Kleinigkeit.
„Ich schaff das nicht!", keuchte ich atemlos. Fieberhaft dachte ich darüber nach, wie ich denn sonst aus diesem Zimmer kommen würde. - Aber so sehr ich mein Gehirn auch anstrengte, schien das, was mein Bruder vorgeschlagen hatte, die beste Variante zu sein.

„Aber das Tuch wird niemals reichen!", wimmerte ich kläglich.

„Sorgen Sie sich nicht. Ich werde Sie auffangen. Ich verspreche es."

Auf dem Gang waren Schritte zu hören.

*Ok. Jetzt oder nie!!*

Ich atmete einmal tief durch, quetschte meinen Hintern auf das schmale Fenstersims und ließ meine Füße aus dem Fenster baumeln.

*Mist!* So wurde das nichts. Ich musste es anders machen...

Mit den Händen um das Fenstersims geklammert, versuchte ich mich nun auf den Bauch zu drehen.

Die Schritte vor der Türe waren nun schon verdammt nahe. Panisch krallte ich mich mit meinen Händen in das Stückchen Stoff neben mir. Es knackste verräterisch. Ok, eines war mir nun klar geworden: Das Tuch würde halten. Aber das Fenstersims...?

In diesem Moment wurde die Tür aufgerissen.

„Katharina Turner!", brüllte eine aufgebrachte Männerstimme. Ob das dieser William war? Egal. Ich musste so schnell wie möglich hier runter, ohne dass mich dieser Typ da erwischte...

Ein ängstlicher Blick nach oben.

Scheibenkleister, der stand schon am Fenster, das Gesicht mit einer dunklen Maske umhüllt - ganz wie bei Mozarts *Don Giovanni*, zumindest in der Aufführung, die ich einmal gesehen hatte, aber das half mir jetzt leider auch nicht viel. Schon hatte der Typ nach meinem Rettungsseil gegriffen und schüttelte es wie ein Verrückter energisch hin und her, als wäre ich ein Ungeziefer, das es abzuschütteln galt. Mittlerweile war ich, obgleich sich der mir Unbekannte noch immer wie wild an dem Tuch zu schaffen machte, fast am Ende meiner Lebensrettungsleine angekommen und baumelte nun wie eine überreife Birne kurz vor dem Runterfallen. Lange würde ich mich nicht mehr halten können, Schütteln hin oder her. Das Fensterbrett sah allerdings auch nicht mehr vertrauenserweckend aus...

„Kommen Sie sofort zurück!", schnaubte die maskierte Gestalt von oben. Irgendwie kam mir auch diese Stimme so seltsam bekannt vor. Aber ohne Gesicht konnte ich sie niemandem zuordnen. Erst recht nicht, wenn man sich in einer solchen Lage befand, wie ich es tat.

„Aaaaaahhh!" Mit einem Aufschrei des Entsetzens auf den Lippen spürte ich auch schon, wie meinen Fingern der Stoff entglitt und ich durch die Luft sauste. Selbstverständlich stets nach unten. Scheiß Gravitation!

Gleich wäre ich tot. Mausetot. Total verreckt.

„Ganz ruhig! Ihnen ist nichts passiert!" Die bekannte Stimme meines Bruders, der nur leider alles andere als gelassen war, weckte neue Lebensgeister in mir.

Oha, wie mir schien, hatte ich es also überlebt. Naja, von ganz oben war ich ja auch nicht gestürzt. Ganze eineinhalb Meter hatte ich mir dank des schwarzen Schals sparen können. Na, und außerdem hatte mich mein allerliebstes Bruderherz mehr oder weniger geschickt aufgefangen. Nun lagen wir beide wie ein Sandwich aufeinander, wenigstens ich oben.

„Tief durchatmen, Katharina!", zischte er mir in mein Ohr. „Es ist alles in Ordnung."

Ich nickte, blickte aber sicherheitshalber noch einmal nach oben.

„Hilfe!!", schrie die vermummte Gestalt am Fenster und fuchtelte dramatisch mit den Händen in der Luft herum. „Sie hat das Weite ergriffen! Sie ist geflohen!"

Mehr hörten wir nicht mehr. Denn mein Bruder hatte mich von sich gestoßen, um aufzuspringen und mir seine Hand entgegenzustrecken, damit ich ebenfalls auf die Beine kam.

„Wir müssen weg!", schrie er. „Und zwar so schnell wie möglich! Los! Was stehst du noch rum?!"

Mein Bruder rempelte mich an. Sein Gesicht glühte feuerrot und seine Augen funkelten wie die eines Tigers.

Eschrocken zuckte ich zusammen. Da erst wurde mir bewusst, dass Sir Paul schon längst auf und davon war.

„Hier entlang. Das ist die entgegengesetzte Richtung, die Sir Paul eingeschlagen hat.", schnaufte mein Bruder, der bereits losgelaufen war. Auch ich hatte mich mittlerweile in Bewegung gesetzt. Dank meiner Röcke war das mit dem Rennen gar nicht so einfach. Aber diese Erfahrung machte ich ja immerhin nicht zum ersten Mal.

„Ich habe nämlich keine Lust, diesem Dreckskerl gleich wieder zu begegnen!", japste John, der einige Meter vor mir um sein Leben rannte.

Na - ich hatte genauso wenig Lust, noch einmal in Bekanntschaft mit Sir Paul zu treten! Und ganz besonders wollte ich nicht noch einmal meinen Entführern in die Hände kommen...

„Verfolgen die uns?", schnaufte ich und rang nach Luft. Wieso musste mein Kleid nur so umständlich sein?!

„Wenn wir uns nicht beeilen, dann schon.", erwiderte John und japste noch mehr. „Die brauchen etwas Zeit, um zu kapieren, in welche Richtung wir sind und wo... - Achtung! Jetzt rechts."

Mein Bruder legte eine gekonnte Vollbremsung hin und verschwand in einer dieser schrecklich finsteren Gassen.

„Und jetzt hier wieder rechts.", hörte ich ihn noch rufen, bevor sein Haarschopf auch schon wieder um die nächste Ecke bog.

„Laufen wir nicht im Kreis?"

Doch mein Bruder hatte schon eine Antwort parat.

„Nein, wir laufen nicht im Kreis. Wir laufen nur ein Stückchen zurück, um sicher zu gehen, dass wir deine Entführer auch wirklich abhängen.", belehrte er mich.

Wenn er sich da so sicher war...

Naja, jedenfalls war es höchstwahrscheinlich besser, ihm brav und ohne Widerrede zu gehorchen, anstatt auf eigene Faust durch London zu streifen. Immerhin hatte ich ja bereits die Erfahrung machen dürfen, wie so etwas ausgeht...

Noch immer in der Angst, dass meine Entführer jeden Moment hinter uns aufkreuzen konnten, hatte ich gar nicht

bemerkt, dass mein Bruder stehen geblieben war. Und beinahe wäre ich an ihm vorbei gerannt. Aber nur beinahe.
Da standen John und ich nun also und schnauften um die Wette. Es beruhigte mich schon sehr, dass mein Bruderherz mindestens genauso sehr aus der Puste gekommen war wie ich, denn immerhin gab er Geräusche von sich wie zwei Walrösser auf einmal. Und das tat er sonst eigentlich nie. Er, die Sportskanone schlechthin!

„Es ist besser, wir legen eine kurze Rast ein.", presste er hervor und holte tief Luft. „Hier wird keiner der Entführer uns vermuten."
Erleichtert atmete ich auf.

„Hast du die Steine?" Meine Frage klang mehr wie das Hecheln eines Hundes im Hochsommer.

„Die Steine?" John starrte mich entgeistert an.

„Ja! Hast du sie?" Erwartungsvoll hatte ich meinen Blick auf ihn gerichtet. Mein Bruder schwieg jedoch erst einmal einige Augenblicke.

„Nein.", sagte er dann ziemlich leise - und wirkte mit einem Mal gar nicht mehr stark und allwissend und kräfteprotzend und ... Nein, er sah bedrückt aus, klein, zerbrechlich.

Dieses *Nein* hatte meine schlimmste Befürchtung auf einen Schlag wahr werden lassen. Hatte ich doch eben noch gehofft, nach dieser anstrengenden Flucht nun endlich zurück in die richtige Gegenwart zu können.

Aber jetzt, als mein Bruder diese Antwort nannte - so hilflos, schwach, hoffnungslos... Das war einfach alles zu viel für mich. Ich spürte, wie mich meine Kräfte verließen. Ich konnte nicht mehr.

Der Überfall bei Ellinor - das viele Blut - die Leiche - die Entführung - die überstürzte Flucht durchs Fenster - die verschwundenen Steine... Es war einfach alles zu viel gewesen.

Schluchzend sackte ich in mich zusammen. Auf den Boden zusammengekauert schlug ich die Hände vor dem Gesicht zusammen und fing an, hemmungslos zu weinen. In mir fühlte ich eine schreckliche Leere. Die Ungewissheit, ob wir jemals wieder zurück in unser Zeitalter kommen würden, trieb mich beinahe in den Wahnsinn.

Während ich kläglich schluchzte, spürte ich, dass mein Bruder irgendetwas sagen wollte. Etwas Tröstendes, etwas Beruhigendes, etwas Ermutigendes. Aber er fand keine Worte. Er, dem sein übergroßer Wortschatz doch sonst nie Probleme bereitete.

Um uns herum war es still geworden. Nur mein Weinen war zu hören. - Und eine Stimme, die plötzlich wie aus dem Nichts neben uns erklang.

„Nanu, Sie weinen?", tönte es verwundert.

Mit tränenverschmierten Augen blickte ich um mich. Doch wegen meines Heulens konnte ich nur eine verschwommene Gestalt ausmachen. Aber dank meines Bruders wurde ich sogleich eines Besseren belehrt.

„Sir Paul!", hörte ich ihn zischen. „Sie haben uns gerade noch gefehlt."

„Und Sie mir auch.", erwiderte der gelassen.

In mir spürte ich für einen Augenblick lang einen kleinen Hoffnungsschimmer. Vor meinem inneren Auge tauchte die Erinnerung an unsere Begegnung auf dem Ball bei Rosehill auf. Ich dachte an sein wunderbares Geigenspiel, an seine behutsamen Hände, als er mich zum Tanz führte, an seine glitzernden Augen, mit denen er wahrscheinlich jedes Mädchenherz zum Schmelzen brachte... Hastig wischte ich mir mit den Fingern über das feuchte Gesicht, nicht nur, um meine Augen von den salzigen Tränen zu befreien, sondern auch, um die Erinnerung an jenen Tag wegzuwischen, an den ich so gerne zurückdachte. Mit einem leichten Unbehagen hatte ich nämlich feststellen müssen, wie sehr ich mir noch immer wünschte, Sir Paul würde nicht auf die Seite unserer Feinde gehören, sondern zu unseren Freunden zählen.

Nachdem ich nun wieder klar sehen konnte, merkte ich, wie der plötzliche Besucher langsam einige Schritte auf uns zu ging.

Mein Herz stockte.
Wie aus dem Nichts waren nun erneute Erinnerungen aufgekommen, allerdings nicht an die Begegnung auf dem Ball, sondern an die Ereignisse aus meinem schrecklichen Traum.
Angstvoll tasteten meine Augen den jungen Mann ab. Ich wartete darauf, dass seine Hand nach der Waffe zuckte. Aber wie ich keinen Atemzug später feststellte, schien er überhaupt nicht an seinen Dolch zu denken. Er ließ seine Hände schlaff herabhängen, griff nicht im Geringsten nach der Waffe.
Eine erneute Träne kullerte über meine Wange. Diesmal aus Erleichterung darüber, dass Sir Paul offensichtlich nicht geruhte, uns ohne zu zögern umzubringen. Stattdessen ging er einige Schritte auf mich zu, kam vor mir zum Knien und reichte mir umständlich ein Taschentuch, das er sich irgendwo aus dem Ärmel seines Hemds hervorgezaubert hatte.
„Hier, junge Lady, beruhigen Sie sich." Er lächelte mich aus seinen eisblauen Augen an.
Zögerlich nahm ich sein Taschentuch und tupfte mir damit über die Augen. Hm, ob ich diesem Herrn trauen durfte? Er war zwar anfangs unglaublich nett gewesen und zwischenzeitlich hatten wir uns ja auch einmal verbündet, aber letztlich hatte er noch vor Kurzem böse Mordabsichten gehegt, zumindest was meinen Bruder betraf. Schnell reichte ich ihm das feuchte Tüchlein zurück und drehte meinen Kopf weg, um nicht länger in seine glitzernden Augen starren zu müssen.
„Junge Lady, möchten Sie mir nicht mitteilen, was Sie belastet?", sprach Sir Paul weiter, doch ich reagierte nicht.
„Weshalb weinen Sie? Machen Sie sich wegen eines *Steins* Gedanken?"
Über diese Worte war ich so erstaunt, dass ich das Gefühl hatte, meine Träne, die erneut aus meinem Auge tropfte, würde auf halbem Weg nach unten plötzlich stehen bleiben.

Überrascht hob ich meinen Kopf und blinzelte die Person vor mir an.
Was war denn in Sir Paul gefahren?
Ich ihm vertrauen?
Wo dachte der eigentlich hin?
Noch immer flackerten die Bilder aus dem Traum wie wild in meinem Gehirn umher. Doch so schnell wie sie gekommen waren, verblassten sie auch wieder. Und erneut spielten sich die Szenen auf Rosehills Ball vor meinem inneren Auge ab.
Ich schloss die Augen und dachte an seine eisblauen, so herrlich glitzernden Augen.
„Es war nicht *irgendein* Stein!", schniefte ich und spürte erneut die aufsteigenden Tränen in mir. Rasch fuhr ich mir mit dem Handrücken über das Gesicht.
„So? Aber weshalb bekümmert er sie so sehr?" Sir Paul ließ nicht locker. Doch ich zögerte.
„Nein, sagen Sie es ihm nicht!", fauchte mein Bruder aufgebracht. Mit einem raschen Schritt war er zu mir getreten, um mir schützend seine Hand auf die Schulter zu legen. Die Worte, die er soeben ausgesprochen hatte, fingen an, in meinem Hirn Achterbahn zu fahren. Doch irgendetwas stimmte nicht mit mir. Meine Gefühle spielten völlig verrückt. Ich hatte die Kontrolle über mich verloren und begann nun vollends auszupacken.
„Es waren *zwei* Steine.", erklärte ich schluchzend. „Nicht nur einer."
„Zwei Steine? Sie meinen damit aber nicht etwa, dass sich damit nur der rein materielle Verlust vergrößert hat?" Sir Paul lächelte mich milde an. Ich hörte den gefährlichen Unterton in seiner Stimme nicht.
„Naja, in gewisser Weise schon." Schnell wischte ich mir nochmal über die Augen. „Es waren besondere Steine. Zwei Feueropale - oval - facettiert. Und - und äußerst besonders."
„Psst! Schweigen Sie doch still! Das hat diesen Herrn ganz und gar nicht zu interessieren.", fiel mir mein Bruder

unfreundlich ins Wort. Seine Hand hatte er längst von meiner Schulter weggenommen. Sir Paul jedoch ignorierte ihn einfach.

„Aber dann können Sie doch diese beiden Steine einfach ersetzen!", schlug er mit freundlichem Lächeln vor. „Beschaffen Sie sich zwei neue Feueropale. Ich bin überzeugt, dass Sie diese ebenfalls in ovaler und facettierter Form erhalten werden."

Ja, der konnte gut reden! Dieser Sir Paul hatte doch nicht auch nur im Geringsten eine Ahnung davon...

„Sie liegen völlig im Unrecht.", erwiderte ich und schniefte lautstark. Dabei bemerkte ich nicht, wie sich Sir Pauls Augen zu zwei schmalen Schlitzen zusammen zogen. Stattdessen fuhr ich fort: „Es waren besondere Steine, weil - weil..." Ich stockte. Wie aus heiterem Himmel war mir der Gedanke in den Kopf geschossen, wie töricht und dumm es doch war, diesem hinterhältigen Morgan-Verräter alles zu erzählen. Und so brachte ich meinen angefangenen Satz mit einem anderen Schluss zu Ende: „Weil es *unsere* Steine waren."

Kaum hatte ich zu Ende gesprochen, als ein raubkatzenartiges Lächeln über Sir Pauls Lippen huschte. Und diesmal zuckte nicht nur die Hand meines Bruders verräterisch nach der Waffe.

Das Zuckerwattenbild von Sir Paul auf dem Ball hatte sich aufgelöst wie ein Luftballon, den man zerplatzten lässt. Schlagartig wurde mir klar, welchen fatalen Fehler ich begangen hatte.

Blitzschnell war Sir Paul auf die Beine gesprungen und funkelte meinen Bruder böse an.

„Ich rate Ihnen eines, Sir Paul: Verschwinden Sie! Und zwar so schnell wie möglich! Sonst..." Doch mein Bruder kam nicht weiter, denn unser Gegenüber hatte ihn rücksichtslos unterbrochen: „Geben Sie sich keine Mühe! Ich habe Sie ohnehin schon längst durchschaut."

Einen Augenblick lang herrschte betroffenes Schweigen.

„Nun, da staunen Sie, meine Herrschaften, was? Da staunen Sie!" Sir Paul scharrte mit seinem rechten Fuß im silbrig glänzendem Staub. Er genoss seinen triumphalen Auftritt, kostete jede Sekunde aus.

„Ich weiß ganz genau, wer Sie beide sind. Sie -" Damit wandte er sich an meinen Bruder.

John schnappte nach Luft. Doch Sir Paul ließ ihm keine Zeit, etwas zu erwidern.

„Sie sind John Turner - aber nicht der wissenschaftliche Gehilfe von Richard Turner.", erklärte er mit zynischem Grinsen im Gesicht. „Das wissen Sie so gut wie ich. Es gibt nämlich gar keinen John Turner in diesem Jahrhundert. - Aber nun zu Ihnen, junge Lady."

Eine eisige Gänsehaut kribbelte mein Rückgrat entlang, als Sir Paul mich ansprach und dabei mit seinen eisigen Augen zu mir hinunter blickte.

„Ihr Name lautet tatsächlich Katharina Turner. Aber Sie sind nicht die Base Richard Turners. - Oh nein!" Er lachte.

Und seine Stimme klang hohl - unnatürlich hohl.

Mir wurde übel.

Meine Gedanken kreisten um Blut. Viel Blut. Tod.

Ich wusste nicht warum, aber unwillkürlich musste ich an die vergangenen Szenen in Ellinors Haus denken.

*Der Butler...*

Panisch krallten sich meine Hände in die Falten meines Kleides. Mich überkam das ekelhafte Gefühl, mich übergeben zu müssen.

„Sie sind die Schwester des vor mir stehenden John Turner. Und Sie beide sind - *Zeitreisende*."

Ich brauchte meine ganze Kraft, um das zu verarbeiten. Unbarmherzig wie er war, gab Sir Paul gleich noch einen drauf: „Die beiden Feueropale, die Ihnen fehlen, benötigen Sie, um zurück in Ihr wirkliches Jahrhundert zu reisen."

Wieder einmal spürte ich diesen heißen stechenden Schmerz in meiner Seite. Innerlich schrie ich verzweifelt auf. Wieso entpuppten sich Menschen, die so sympathisch und freundlich wirkten, als wahre Monster?

*Die Newton-AG hatte Recht!*, jagte es in halsbrecherischem Tempo durch meinen Kopf, während ich verzweifelt gegen den Schwindel in meinem Inneren ankämpfte. *Die Newton-AG hatte so was von Recht, als sie uns vorwarnte. Und ich war so dumm und...*
Ja. Die Herren hatten uns vorgewarnt, bereits auf dem Hinflug nach London. Uns war im Voraus erzählt worden, dass wir uns deshalb nach London aufmachten und in die Vergangenheit reisten, weil sich bereits jemand dort befand, der offenbar über alles Bescheid wusste. Er war ebenfalls aus dem 21. Jahrhundert - wie wir. Sein Name lautete -
„Paul Morgan.", wisperte ich fassungslos. „Sie haben gelogen! Ihr wirklicher Name ist nicht Sir Paul, sondern Paul Morgan. Und auch Sie sind nicht aus diesem Jahrhundert."
Wie vor Kurzem bei Ellinor flackerten auch jetzt bunte Lichtpunkte auf und nieder. Nervös fasste ich mir an die Stirn. Wenn ich jetzt ohnmächtig werden würde, wäre das alles andere als gut.
„Sie kombinieren exzellent, Fräulein Turner.", antwortete Sir Paul, ach nein - Paul Morgan. Seine Stimme klang nicht mehr hohl, sondern honigsüß. Dieser hinterhältige Schleimer!
„Na, warten Sie! Ihnen werde ich es zeigen! Sie gemeiner Verräter, Sie unverschämter Fiesling, Sie -"
Wutentbrannt hatte John auch schon seinen Degen gezogen. Mit erhobener Waffe ging er bedrohlich auf Paul zu.
„Nein!", schrie ich verzweifelt. „Nein, John, tu das nicht! Nicht hier! Nein!"
Nachdem jetzt geklärt war, in welchem Verhältnis John und ich tatsächlich zueinander standen, nahm ich keine Rücksicht mehr darauf, ob ich meinen Bruder nun mit den richtigen Worten ansprach oder nicht. Es war mir so was von egal, ob die Etikette nun eingehalten wurde oder nicht.
Verzweifelt schrie ich noch einmal auf.
Aber mein Bruder nahm keine Rücksicht auf mich. Stattdessen näherte er sich zielstrebig seinem Rivalen. Im Ge-

gensatz zu John und mir blieb der völlig cool. Seine Hand ruhte zwar auf dem Griff seiner Waffe, aber dennoch machte er nicht den geringsten Eindruck, sie in den nächsten Sekunden zu ziehen.

„Sehen Sie nicht? Ihre Schwester fällt soeben in Ohnmacht!", wandte er sich vorwurfsvoll an John, der diese Bemerkung mit einem spöttischen Lachen quittierte.

„Stecken Sie Ihre Waffe weg!" Mit einem Mal war Pauls Gesicht angespannt. „Es hat keinen Sinn, wenn wir uns hier duellieren.", fauchte er, was meinen Bruder allerdings nicht davon abhielt, weiter den Degen in der Hand zu halten.

„Erstens würden wir unseren Verfolgern ein grandioses Ziel bieten. Und zweitens..." Er senkte seine Stimme. „Zweitens unterschätzen wir hier einen Aspekt. Und zwar gewaltig."

„Und das wäre dann was?" John schnaubte verächtlich, steckte aber seinen Degen wenigstens zurück in die Scheide.

„Erinnern Sie sich an den Überfall von damals?"

„Oh ja!", rief ich. Natürlich war mir das nur allzu gut in Erinnerung geblieben. Es war auf dem Weg zum Schloss gewesen. Wir hatten Sir Paul, also Paul Morgan, verletzt auf freiem Feld vorgefunden.

„Na, die Lady scheint sich ja bestens zu erinnern.", stellte Paul mit einem Lächeln fest. John biss eisern die Zähne aufeinander. Er sagte keine Silbe.

„Denken Sie noch einmal nach!", forderte Paul uns auf. „Als Sie mich liegen haben sehen, war Ihr Verdacht doch zuerst auf Räuber gefallen, nicht wahr?"
Ich nickte. In der Tat. So hatte es sich verhalten. Räuber. Wir waren der festen Überzeugung gewesen, dass es Räuber gewesen waren. Bis...

„Ich dagegen war der festen Überzeugung gewesen, dass Sie oder gar Richard Turner persönlich dahinter steckten.", fuhr Paul fort.

„Aber wir waren es nicht!", widersprach ich heftig, wofür ich von meinem Bruder einen strafenden Blick einfing.

„Lassen Sie sich nur nicht beirren, junge Lady!", ermutigte mich Paul und nickte mir zu. Er schien dankbar zu sein, dass wenigstens ich mich ihm nicht verschloss. „Jedenfalls konnte es nur jemand sein, der sowohl mir als auch Ihnen Schaden zufügen wollte."
Ich zuckte zusammen. Die Szenen spielten sich noch einmal vor meinen Augen ab. Sir Paul. Verletzt. Blut.
„Das Ganze bestätigte sich, als ich erfuhr, dass Ihre beiden Feueropale verschwunden sind."
„Spurlos verschwunden.", versicherte ich.
„Ja, weil *Sie* sie haben!", unterbrach John mich patzig. Seine Hand zuckte bereits erneut nach dem Degen.
„Falsch kombiniert, junger Zeitreisekollege!", ging Paul mit ruhiger Stimme dazwischen. „*Ich* habe Ihre Steine nicht."
„Ach ja? Und woher sollen wir uns da so sicher sein?", schnaubte mein Bruder. „Denken Sie allen Ernstes, dass wir Ihren lügnerischen Worten auch nur ein Fünkchen Glauben schenken werden?" Er lachte übertrieben. „Katharina, glaub ihm kein Wort!"
„Ach, nein?", fiel ihm Paul ungeniert kühl ins Wort. „Allmählich sollten Sie begriffen haben, wie der Hase lang läuft. Mir selbst nämlich wurde ebenfalls der Zeitreisestein gestohlen."
Schweigen.
Es dauerte eine Weile, bis ich kapiert hatte, was Paul da soeben gesagt hatte.
„Ein Feueropal?", murmelte ich.
Paul nickte.
„Oval, facettiert.", ergänzte er. „Damit wäre dann ja wohl endgültig geklärt, dass es jemand Dritten gibt, mit dem wir noch ganz und gar nicht gerechnet haben." Er holte tief Luft. „Ich war auf der Suche nach Ihnen. Nach Ihnen beiden." Dabei schenkte er mir ein leises Lächeln, das auf meine vom schnellen Laufen verschwitzte Haut eine Gänsehaut zauberte. „Aber ich habe stets nur Sie, John, ange-

troffen. Und leider war eine diplomatische Auseinandersetzung mit Ihnen nicht möglich."
Mein Bruder lachte kurz auf, aber es klang gekünstelt.
„Wunderbar! Weshalb sind Sie denn dann nicht persönlich vorbeigekommen? Ich bin mir sicher, meine Schwester hätte Sie wärmstens empfangen."
John bedachte mich mit einem tadelnden Blick.
„Ja, wahrscheinlich wäre die Dame weitaus dialogfähiger gewesen als Sie." Paul gab einige grunzende Laute von sich. „Jedenfalls wissen Sie ja nun Bescheid."
„Hm.", machte ich nur und wischte mir die letzte Träne aus dem Gesicht, die sich heimlich über meine Wange hatte stehlen wollen.
Mein Bruder nickte stumm.
Irgendwie fühlte ich mich unheimlich erleichtert.
„Und so viel kann ich Ihnen sagen: Dieser Dritte, den wir noch nicht kennen, wird alles daran setzen, uns aus dem Weg zu räumen. Er wird uns mit allen ihm zur Verfügung stehenden Mittel versuchen, uns unschädlich zu machen. Wenn wir das verhindern wollen, müssen wir zusammenhalten."
Seine Stimme hatte wieder den wohltuenden warmen Klang angenommen.
Mit fragenden Augen sah er uns an.
„Einverstanden?"
John und ich überlegten keine Sekunde mehr. Unsere Verfolger machten sicherlich gerade die Straßen und Gassen Londons unsicher. Die beiden Feueropale fehlten uns noch immer. Und immerhin gab es nun jemanden, der ebenfalls aus einem anderen Jahrhundert kam.
Paul Morgan hatte uns überzeugt.
„Einverstanden!"
„Dann nichts wie weg von hier! Ich habe das saudumme Gefühl, dass die Entführer nicht weit sind. Wir müssen verdammt vorsichtig sein."
Und schon war Paul Morgan um die nächste Ecke verschwunden.

## - 7 -

Die beiden Herren legten ein unheimliches Lauftempo vor, sodass ich große Mühe hatte, mit ihnen einigermaßen Schritt zu halten. Darüber verärgert war ich jedoch nicht. Immerhin hatten sie ja auch kein Kleid mit Rauscheröcken an, was für mich zumindest einen kleinen Trost bedeutete. Naja, sie hatten auch längst nicht so viele Kekse bei einer verrückten Dame verzehren müssen. Für einen flüchtigen Moment musste ich grinsen.

„Sind wir Ihnen zu schnell, Lady?" Paul hatte sich kurz nach mir umgedreht. Über sein völlig ungezwungenes Lächeln war ich so erstaunt, dass mir binnen weniger Sekunden eine unverschämt rote Farbe ins Gesicht stieg. Rasch lenkte ich meine Blicke wieder auf den Boden vor mir. Das wäre ja die Höhe! Nur wegen solch eines Typen rot anzulaufen! Sonst noch was!

„Nein...", erwiderte ich schnell und beschleunigte meine Schritte, obwohl ich ohnehin schon schnaufte wie eine alte Dampflock aus den Wild-West-Filmen. „Es geht schon."

„Wir können gerne auch etwas langsamer laufen.", erklärte unser Begleiter, wenn auch etwas verlegen. „Unsere Gegner haben wir ziemlich sicher erst einmal abgehängt."

„Ach, jetzt sagen Sir nur nicht, dass Ihnen bereits die Luft ausgeht!", unterbrach John ihn spöttisch grinsend, wofür ich ihm ein dankbares Lächeln schenkte.

Aber Paul wehrte sogleich ab. „Nein, glauben Sie mir, es hat wirklich nichts damit zu tun..."

„Schon gut!", fiel ich ihm ins Wort. Darin hatte ich eine unglaubliche Ähnlichkeit zu meinem Bruder. Der tat das nämlich genauso gerne. Leider auch zu Hause am Esstisch. Ach ja, wie sehr sehnte ich mich danach, endlich wieder...

„Erzählen Sie mir lieber, woher Sie wussten, wo ich mich befand!"

Paul grinste mich verschmitzt an.

„Das", sagte er, „fragen Sie am besten Ihren Bruder."

„John, schieß los! Das will ich jetzt wissen.", forderte ich ihn sofort auf. Ich brannte vor Neugierde.

„Vorerst wäre es doch besser, wenn wir endlich diesen blöden Vergangenheitskram beiseitelassen würden.", meinte mein Bruderherz jedoch nur und bog gerade um die nächste Ecke.

*Vergangenheitskram?!*

„Ach, zum Beispiel, dass wir Deutsch sprechen anstatt dieses altertümliche Englisch?", fing unser neuer Begleiter an. Anscheinend hatte er es kapiert, was John mit dem „Vergangenheitskram" gemeint hatte. Na, typisch Mann! Ein normaler Sterblicher konnte eine solche „Alien-Sprache" natürlich nicht verstehen.

„Deutsch? Sie sprechen auch *Deutsch*?" Unvermittelt war ich in meine Zweitsprache zurückgefallen. Mit einer solchen Antwort hatte ich wahrlich nicht gerechnet.

Wenigstens hatten wir unsere Schritte nun verlangsamt, sodass ich endlich wieder etwas besser atmen konnte. - Ja, es musste wohl wirklich an dem vielen Herumsitzen bei Ellinor liegen. Das Laufen war ich auf jeden Fall nicht mehr richtig gewohnt...

„Sie machen wohl Scherze, was?" Paul hatte es ebenfalls in deutscher Sprache gesagt. Nun lachte er. „Natürlich bin ich des Deutschen mächtig! Immerhin bin ich zweisprachig aufgewachsen."

„Was Sie nicht sagen!", fiel ich ihm überrascht ins Wort. „Wir auch." Bei diesen Worten deutete ich auf John und mich.

Mein Bruder lächelte verlegen.

„Das war es eigentlich nicht, was ich mit dem V*ergangenheitskram* meinte.", sagte er nur.

*Nicht?*

Na, wenigstens war Paul nun doch nicht schlauer als ich... - Für einen Moment hatte ich nicht aufgepasst und wäre beinahe über meine eigenen Füße gestolpert.

*Katharina, wo hast du aber auch nur immer deinen Kopf!*

„Also, falls es Sie beide interessiert: Das mit den zwei Sprachen bei Ihnen wusste ich bereits.", fuhr Paul ungehindert fort. - Hatte er meinem Bruder eigentlich gerade zugehört?

Ich nickte nur. Wahrscheinlich war er im Vorfeld schon bestens informiert gewesen, bevor er überhaupt ins 17. Jahrhundert aufgebrochen war. - Aber mein Bruder sollte schon endlich erzählen.

„Mit dem Vergangenheitskram meinte ich eigentlich, dass wir dieses alberne Siezen einfach sein lassen. Was spricht dagegen, dass wir uns duzen - zumindest in unserer Zweitsprache?"

„Sie haben Recht.", pflichtete Paul meinem Bruder bei. „Es wäre doch sinnlos. Jetzt, nachdem wir zusammenarbeiten."

John räusperte sich geräuschvoll, was Paul geflissentlich überhörte. Mir dagegen war längst klar, dass mein Bruder sich nur wegen der „Zusammenarbeit" geräuspert hatte.

„Oder haben Sie etwas dagegen, Lady?" Unvermittelt war Paul ins Englische zurückgefallen.

„Ich? Ähm - nein. - Wir kommen Sie denn darauf?", entgegnete ich stotternd.

„Na, weil du schon wieder so rot anläufst.", erklärte John schnell.

Typisch Bruder!

Ich seufzte.

„Mach dir nichts draus.", meinte Paul (diesmal auf Deutsch) und zuckte die Schultern.

„Na schön, dann möchte ich jetzt aber trotzdem bitte wissen, woher du wusstest, wo ich bin, John."

Mein Bruder nickte.

„Aber das dauert ein Weilchen!"

„Schon in Ordnung."

Komplizierte Antworten meines lieben Bruders war ich doch schon gewohnt. Zumindest aus dem 21. Jahrhundert.

„Also..." Er holte einmal tief Luft, was bedeutete, dass es jetzt etwas dauern konnte. „Ursprünglich hatte ich mich ja

auf den Weg gemacht, um unserem lieben Freund-" Dabei grinste er Paul aus zusammengekniffenen Augen an. „-Paul die beiden Feueropale abzuknöpfen, was theoretisch ja nicht funktioniert, weil er ja selber auf der Suche nach seinem ist." Er schüttelte seine braunen Haare. „Egal.", meinte er dann und fuhr fort: „Also jedenfalls bin ich nicht fündig geworden, wie du ja jetzt weißt. Aus diesem Grund wollte ich zurück zu euch, also zu Ellinor, wo du ja auch warst - oder nein! - wo du hättest sein sollen. Egal. Also stimmt das mit dem *euch* wieder."
Ich seufzte. Manchmal machte John das schon unnötig kompliziert.
Paul sah mich mit hochgezogenen Augenbrauen fragend an. *Redet er immer so schrecklich umständlich?*, schien er wissen zu wollen.
Ich nickte stumm.
Mein Bruder, der von unserem stillen Zwiegespräch nichts mitbekommen hatte, quasselte ungehindert weiter: „Nachdem ich an der Türe geklopft hatte, öffnete niemand. Zunächst dachte ich mir dabei nichts Böses. Aber als sich nach dem sechsten und schließlich dem siebten Mal Klopfen immer noch nichts rührte, kam mir die ganze Sache verteufelt merkwürdig vor. *Da stimmt was nicht!*, dachte ich mir und begann die Tür zu öffnen. Du willst lieber gar nicht wissen, was ich gefühlt und gedacht habe, als ich die Leiche auf dem Boden liegen habe sehen."
Während vor meinem inneren Auge die Bilder der Vergangenheit vorbeihuschten, merkte ich, wie mir bereits wieder schwindelig wurde. Nervös fasste ich mir mit meiner Hand an die Stirn. Nein, Fieber hatte ich zum Glück nicht.
Dabei entgingen mir nicht die verwunderten Blicke, die mir unser neuer Begleiter zuwarf. Doch ich tat, als bemerkte ich sie nicht.
„Wenigstens warst du so schlau und hast eine Nachricht hinterlassen.", hatte John den Gesprächsfaden seines Monologs wieder aufgenommen. „Allerdings wurde ich nicht so ganz daraus klug. Das mit dem *An John: Ellinor entführt -*

*statt ich* leuchtete mir irgendwie ein, auch wenn es weitaus schönere und galantere Möglichkeiten der Formulierungen gibt."
*Blablabla. Schon klar, Herr Klugscheißer.*
Was er an meiner Stelle getan hätte, wenn neben ihm eine Leiche lag und soeben eine Entführung stattgefunden hatte, wollte ich lieber gar nicht wissen. Höchstwahrscheinlich hätte er einen Roman fabriziert mit mindestens fünfhundert Seiten Umfang.

„Aber mit *Suche Täter* wusste ich zunächst nicht viel anzufangen. Warst *du* nun unterwegs auf der Suche nach den Entführern oder sollte *ich* sie suchen?"
Hm, das leuchtete mir irgendwie ein. Aber nachdem mein Bruder ja so einen supermäßigen IQ aufweisen konnte, durfte ihm ein solches „Rätsel" eigentlich keine Probleme bereiten.

„Spätestens nachdem ich das ganze Haus von oben bis unten abgesucht hatte, war mir klar, dass sowohl du als auch ich nach der verschwundenen Ellinor sehen sollten. Kurz entschlossen habe ich mich also auf die Socken gemacht. Zeit, um die Leiche aufzuräumen oder anderweitig sauber zu machen, ist mir leider nicht geblieben."
*Na, ich möchte mal lieber nicht wissen, wie es jetzt in Ellinors Haus riecht... Nach Tod und Blut.*

„Ich bin sofort raus auf die Straße und habe angefangen zu suchen."

„Aber du hattest doch überhaupt keine Ahnung, wo du beginnen solltest!", warf ich ein.

„Eben." John nickte. „Deshalb bin ich einfach losgelaufen, habe hier gefragt und dann dort. *Entschuldigen Sie, haben Sie eine Frau gesehen, die entführt worden ist?* Alle, denen ich diese Frage stellte, haben mich blöd angegafft. Einer meinte sogar schließlich, ob ich vielleicht schwachsinnig oder so sei. Naja, das *oder so* hat er weggelassen."
*Verstehe.*

„Auf einmal, glaub es oder glaub es nicht, bin ich auf meiner Suche Ellinor begegnet."

„Ellinor?", platzte ich verwundert dazwischen. Wie war es möglich gewesen, dass er sie hatte treffen können? Sie war doch in der Gewalt ihrer Entführer? Oder hatte sie sich losreisen oder anderweitig befreien können?

„Ja, Ellinor.", bekräftige mein Bruder ungerührt. „Es ist gar nicht lange her, dass ich sie getroffen habe. - Sie war völlig durch den Wind, hat gezittert und irgendwelche unmissverständlichen Worte daher gefaselt."

„Und was hast du dann gemacht?", wollte ich wissen. Mann, warum machte er es nur immer so spannend!

„Lass mich doch ausreden, Schwesterlein!" John verdrehte die Augen. „Ich habe sie erst einmal beruhigt, solange bis sie mir von selbst alles erzählte, was geschehen war. Und danach ging es ihr gleich viel besser."

„Und das war *was*? Die Entführung?"
Mein Bruder nickte bestätigend.

„Sag schon, wie ist sie freigekommen?", hackte ich nach.

„Nun, das stellte sich als relativ simpel heraus." John lachte kurz auf. „Nachdem die Männer, laut Ellinors Beschreibung waren es genau fünf, sie an ihr Ziel gebracht hatten, mussten sie feststellen, dass sie sich in der Person geirrt hatten. Jedenfalls behauptete das ein *William* - und nein, ich habe auch keine Ahnung, wer das ist! Kurz und gut haben sie die arme Ellinor wieder laufen lassen. Die Männer selbst wollten sich umgehend auf die Suche nach *dir* machen."

„Was sie auch getan haben.", führte ich Johns Gedanken zu Ende. „Ich habe einen Bettler getroffen, der mir die Richtung gesagt hat. Kurz vor dem eigentlichen Haus haben mich Ellinors Entführer aus dem Hinterhalt überfallen."
Zumindest war davon auszugehen, dass es Ellinors Entführer waren. Wer sonst?

„Na, jedenfalls bist *du* ja jetzt gerettet.", unterbrach John meine Gedanken.

„Und Ellinor?"

„Die wird unterwegs zu ihrer Wohnung sein."
Paul räusperte sich.

„Dann werden wir sie ja ohnehin bald treffen.", sagte er nur.
Mein Bruder und ich nickten stumm.
Und in der Tat: Wir hatten beinahe 90% unseres Weges zurückgelegt, als Ellinor um eine Ecke bog. Einen Moment lang hielt sie erschrocken inne. Aber sobald sie uns erkannt hatte, lief sie mit ausgebreiteten Armen hektisch auf uns zu.
„Stellen Sie sich vor!", rief sie aufgeregt. „Ich habe soeben meine Entführer gesehen!"
Wir drei blieben stehen und blickten für ein paar Sekunden verdutzt drein.
„Sie haben - wie bitte?"
„Es waren die fünf Männer, die mich entführt haben!", schnaufte die Dame.
„Und?", drängte John. Er wusste nicht, ob er lachen oder weinen sollte. Seine Augen glänzten jedenfalls äußerst merkwürdig.
„Ich konnte sie leider nicht lange verfolgen.", gestand Ellinor und blinzelte verlegen. „Die Herren waren einfach zu schnell für mich."
Schon blickte ich meinen Bruder enttäuscht an.
„Sind Sie sich sicher, dass es Ihre Entführer waren?", fragte Paul vorsichtig.
„Natürlich! Wo denken Sie hin?" Ellinor stemmte die Hände in die Hüften. „Es waren die gleichen Herren, die mich erst gefangen genommen und anschließend wieder hatten laufen lassen. Dabei..." Ihre Blicke schweiften zu mir hinüber. „Dabei waren die Herren ja ursprünglich hinter Katharina her."
Ich zuckte zusammen. Mir war plötzlich ein unangenehmer Gedanke gekommen: Wenn die Herren wirklich hinter mir her waren - und das waren sie ja offensichtlich, oder? -, dann musste es doch einen Grund dafür geben! War am Ende etwa das *Vermächtnis* schuld daran?
„Wer sind *Sie* eigentlich, wenn ich fragen darf?" Mit einem Mal hatte sich Ellinor an unseren Begleiter gewandt. „Ich meine, Sie schon einmal gesehen zu haben."

„Er ist...", fing ich an, kam aber nicht weiter, denn John unterbrach mich: „...ein Freund von uns."

Paul lächelte geschmeichelt.

Ich zwinkerte ihm verschwörerisch zu, wobei ich mich im Stillen darüber wunderte, dass Ellinor schon einmal Bekanntschaft mit ihm geschlossen hatte. Wann und wo sollte das bitte gewesen sein?!

Da ich höchstwahrscheinlich keine Antwort darauf bekommen würde, beschloss ich, meine Frage für mich zu behalten. Auf jeden Fall war ich froh, dass Paul (zumindest vorläufig) nicht zu unseren Feinden zählte!

„Natürlich habe ich die Herren erkannt!" Ellinor schloss die Augen, als ob sie sich die Gestalten noch einmal ins Bewusstsein rufen wollte. „Sie trugen pechschwarze Mäntel, die mit einer goldglitzernden Brosche zusammengehalten wurden. Es waren die gleichen Herren, die auch..." Sie brach ab.

„Haben die Herren Sie bemerkt?", wollte John wissen.

„Aber nein!" Ellinor kicherte. „Sonst hätten sie sich doch nicht unterhalten, nicht wahr?"

„Was sprachen sie denn?"

Musste man dieser Frau eigentlich alles aus der Nase ziehen? Sonst war sie doch auch so gesprächig!

*Seufz.*

„Sie sprachen, dass sie auf dem schnellsten Weg zum Schloss seien."

Wir hielten den Atem an.

„Das Schloss der Liebe?", platzte aus Paul heraus.

„Ja, zu Lady Dorothy!" Ellinor verdrehte dramatisch die Augen.

Ein kurzer Blick zu John verriet mir, dass auch er sich nicht ganz wohl zu fühlen schien.

„Und was machen wir jetzt?", fragte ich verunsichert. Nervös trat ich von einem Bein auf das andere.

„Aber warum... ?"

John brach ab. Es würde ohnehin nicht viel Sinn machen, die Dame danach zu fragen. Wahrscheinlich war das das einzige gewesen, das sie gehört hatte.

„Die Herren sagten nur, sie würden so schnell wie möglich zum Schloss reiten. Ich weiß nicht, was sie dort vorhaben. Aber wahrscheinlich - wahrscheinlich wollen sie meiner Freundin - Lady Dorothy - etwas antun."

*Oder vielmehr nach dem Vermächtnis suchen! Naja, aber das liegt ja jetzt bei unserem Isaac - also bei Isaac Newton.*

„Wir müssen augenblicklich hinterher!", rief Paul sofort.

„Genau! Das dürfen wir nicht dulden!" John stimmte ihm zu.

„Aber womit wollen Sie Ihnen denn folgen? Und jetzt auf einmal? So plötzlich?" Diesmal war es Ellinor, die völlig aus dem Häuschen war. „Wie dumm, dass ich die Herren nicht verfolgen hatte können!"

„Lady Ellinor, haben die Herren Sie wirklich nicht gesehen, als Sie ihnen gefolgt sind?"

Die Dame schüttelte den Kopf.

John atmete hörbar auf.

„Wie erhalten wir auf schnellstem Wege einen Wagen?" Doch auf Pauls Frage wusste Ellinor keine Antwort.

„Egal.", murmelte mein Bruder. „Lady Ellinor, die Tür zu Ihrem Haus ist nicht verschlossen. Bitte erschrecken Sie sich nicht... Aber für Ihren Butler haben wir leider nichts mehr tun können."

„Mein Butler? Ist er denn tot?"

„Ja." John hatte seine Stimme gesenkt.

Wie ich ihn kannte, wartete er nun (wie ich übrigens auch) auf einen Tränenausbruch der Lady.

Doch dem war nicht so.

„Mein Butler ist wirklich *tot*, sagen Sie?"

Wir nickten stumm.

„Aber meine Herrschaften, was schauen Sie so bekümmert?" Mit einem Lächeln im Gesicht breitete sie die Arme aus. „Ich konnte ihn ohnehin nicht sonderbar gut leiden."

Eindeutig: Diese Frau war schwachsinnig oder hatte sonst einen an der Klatsche.

„Lady Ellinor, leider können wir nicht länger bei Ihnen verweilen. Wir werden Ihre Entführer verfolgen und versuchen, jedes weitere Unheil zu verhindern."

Ellinor nickte, als sei dies eine Selbstverständlichkeit. So langsam aber sicher blickte ich bei ihr nicht mehr durch.

„Das Fräulein Turner bleibt aber doch hier, nicht wahr?", meinte sie nur. Wahrscheinlich hoffte sie, dass ich ihr wieder bei ihrem Keksverzehr Gesellschaft leisten würde.

Doch mein Bruder schüttelte den Kopf.

„Nein, wer weiß, ob Ihre Entführer noch weitere Verbündete haben. Es wäre zu gefährlich, wenn sich Fräulein Turner noch länger hier in London aufhielte. Wir werden sie umgehend zu Lady Dorothy bringen."

Was für schlaue Ausreden mein Bruderherz doch immer hatte! Wirklich beneidenswert...

Wenigstens ließ Ellinor diese Antwort gelten.

„Dann werde ich Sie nicht weiter aufhalten." Die Lady streckte sich etwas in die Höhe. - Kaum zu glauben! Selbst wenn sie sich nach oben reckte, war ich immer noch um eine ganze Kopflänge größer als sie.

„Lady Ellinor - es war uns eine große Freude, dass wir bei Ihnen weilen durften.", fing mein Bruder an, doch Ellinor schüttelte rasch den Kopf.

„Keine Sorge, mein werter Herr, es war für mich ein Vergnügen!" Dabei lächelte sie. „Für Ihre Reise wünsche ich Ihnen alles erdenklich Gute! Geben Sie gut auf sich Acht! Und denken Sie auf dem Weg zum Schloss an Lord Hunter!"

Um Gottes Willen! Fing sie auch schon mit *dem* wieder an! Ich warf einen flüchtigen Blick zu meinem Bruder und bemerkte dabei Pauls irritiertes Gesicht. Er hatte von alldem, was unsere Gastgeberin schwatzte, keinen blassen Schimmer.

„Danke, Lady Ellinor, wir werden unser Möglichstes tun.", versicherte ihr John mit Honiglächeln.

„Ach - und richten Sie unserem lieben Richard die besten Grüße aus! Er wird Ihnen weiterhelfen können hinsichtlich eines Wagens."

Gerade noch rechtzeitig hatte ich mich zusammenreißen können. Ansonsten hätte ich wohl lauthals losgeschnaubt. Das war doch die absolute Höhe! Also erst sagte diese Ellinor, sie wisse nicht, wie wir an einen Wagen kämen, und dann riet sie uns plötzlich dazu, Richard zu fragen. Naja, immerhin hatten wir jetzt einen kleinen Anhaltspunkt.

„Solange kann sich Fräulein Katharina Turner gerne bei mir ausruhen.", fügte die Dame noch rasch hinzu.

Schon sah ich, wie mein Bruder den Mund aufklappte, um ihr dankend zuzusagen, als Paul ihm knallhart zuvorkam: „Das ist wirklich ein dankenswertes Angebot, aber leider muss Fräulein Katharina Turner augenblicklich mit uns kommen. Wir dürfen nicht zulassen, dass noch etwas passiert." Seinen Worten hatte ich mittels eines entschiedenen Kopfnickens bestätigend zugestimmt.

„Och, das ist aber schade.", meinte Ellinor nur und zuckte die Schultern.

„Ja, das finde ich auch." Hui! Offensichtlich hatte es mein Bruder ziemlich eilig, sonst hätte er nicht so grob geantwortet. Aber die Zeit drängte wirklich!

Ehe ich es mir versah, hatten wir Ellinor, den toten Butler und das mittlerweile bestimmt nach Leiche riechende Haus hinter uns gelassen und steuerten zielstrebig auf Richard Turners Wohnung zu.

„Der Butler ist wirklich tot?", erkundigte sich Paul vorsichtig.

„Also ich habe mit eigenen Augen gesehen, wie er abgeschlachtet wurde.", antwortete ich und presste die Lippen aufeinander.

„Oh - Scheiße!", entfuhr es ihm. „Dafür ist bestimmt das *Vermächtnis* verantwortlich." Er holte Luft. „Eines sage ich euch: Wir müssen verdammt vorsichtig sein. Wer auch immer das war mit der Leiche - die scheuen gewiss nicht davor zurück, noch jemanden umzubringen."

John nickte stumm.

„Wenn es euch nichts ausmacht, werde ich alleine zu Richard gehen."

„Wie bitte?" Ich hatte mich doch wohl nicht verhört?!
Auch Paul schaute verwundert drein.

„Du hast richtig gehört, Katharina.", fuhr mein Bruder seelenruhig fort. „Aber wir können Paul schlecht mit zu Turner nehmen. Du verstehst?"
Nein. Ich verstand zwar nichts, aber das hatte ja nichts zu bedeuten.

„Und damit unser netter Begleiter nicht verloren geht, wirst du bei ihm bleiben."
Bitte was?
Empört schnappte ich nach Luft.

„Keine Widerrede!"
Schon spürte ich, wie mich Paul von der Seite mitleidig ansah.

„Katharina Turner!", flötete er. „Ihnen ist hoffentlich bewusst, wie gefährlich Sie leben?"

„Haha, sehr witzig!" Ich bemühte mich um ein vergebliches Grinsen.
Wollte mein Bruder unseren Begleiter etwa testen, wie weit er ihm vertrauen konnte, also ob er mich etwa auch entführen wollte oder möglicherweise sogar - umlegen...
Ich schluckte.

„An Ihrer Stelle würde ich meine Worte ernst nehmen.", fuhr Paul mit geisterhaft gruseliger Stimme fort. „Sobald Ihr Bruder hinter der nächsten Ecke verschwunden ist, kann ich Sie entführen und weiß Gott alles mit Ihnen anstellen."
Na, herzlichen Glückwunsch! Da wäre ich von alleine natürlich nicht draufgekommen...
John grinste uns verschmitzt an.

„Wieso, Paul, wieso bist du uns nicht schon im 21. Jahrhundert über den Weg gelaufen, he? Dann hättest du mich schon früher von diesem Übel befreien können!"

„Ja, nicht wahr?" Paul hüstelte affektiert. „Aber Scherz beiseite, jetzt mach dich schon endlich auf die Socken. Katharina und ich bleiben solange hier und warten."
Damit nickte er meinem Bruder ein letztes Mal zu, bevor der sich umdrehte und schnurstracks in irgendeiner der vielen unbekannten Gassen verschwand.

„Aber beeil dich!", rief ihm Paul noch einmal zu. Dann drehte er sich zu mir. Und unwillkürlich mussten wir grinsen. Doch bereits nach wenigen Augenblicken waren wir wieder ernst.
Es hatte sich eine unheimliche Stille in den Gassen breit gemacht. Ein leichter Lufthauch wehte mir übers Haar. Ohne dass ich es wollte, musste ich an Ellinors (und damit auch meine) Entführer denken.
Auch Paul schien sich nicht sehr wohl zu fühlen. Nervös ging er ein paar Schritte auf und ab.
Schließlich begann er zu reden.

„Es ist, also... Es ist - ich wollte dir schon länger einmal etwas sagen."
Oh, jetzt wurde es aber spannend! Prima!

„Und das wäre?", erkundigte ich mich und tat dabei so, als würde es mich nicht sonderlich interessieren. Natürlich war ich bis zum Zerreißen gespannt, was es denn gab, das mir Paul erzählen wollte.

„Das ist... Erinnerst du dich an das Fest bei Sir Rosehill?" Überrascht blickte ich vom schmutzigen Straßenboden auf, den ich die ganze Zeit über angestarrt hatte.
Was war denn mit Paul auf einmal los? Er wirkte ja richtig betreten. So kannte ich ihn gar nicht...

„Ja, ich erinnere mich.", antwortete ich schnell. „Aber worauf willst du hinaus?"

„Es ist - erinnerst du dich? Ich war auch dort."
Ja, richtig! - Als ob ich das hätte vergessen können!

„Du willst lieber gar nicht wissen, wie mich mein Bruder anschließend aufgezogen hat.", erklärte ich anstelle der Antwort, die Paul eigentlich hatte hören wollen.

„Ach, er hat dich aufgezogen?" Mit einem Mal wandelte sich sein angespanntes Gesicht in ein relaxtes Lächeln. „Mit was denn, wenn ich fragen darf?"
Schon merkte ich, wie mir die Farbe ins Gesicht schoss.
„Aber, du brauchst doch nicht gleich rot zu werden!", sagte mein Gegenüber sogleich. War ja klar, dass ihm das nicht entgangen war.
„Hat es etwas mit mir zu tun?" Er sah mich aus seinen eisblauen Augen an.
Und spätestens jetzt wurde mir wieder klar, was man mir damals auf dem Hinflug nach London so oft gepredigt hatte: Die eisblauen Augen - das wirklich beste Mittel der Welt, um eine junge Frau wie mich komplett um den Finger zu wickeln. Wieso fiel ich nur andauernd darauf herein?!
„Ach, das ist nicht so wichtig." Ich winkte ab und atmete einmal tief durch, um meine pubertären Hormone wieder in den Griff zu bekommen.
„Ach so." Paul bemühte sich um ein verständnisvolles Lächeln, aber es wirkte eher wie ein spöttisches Grinsen.
„Jetzt fang du nicht auch noch damit an!", patzte ich etwas garstig. „Und überhaupt fände ich es weitaus angebrachter, wir würden uns wieder in der dem 17. Jahrhundert angemessenen Sprache unterhalten."
„So abweisend, Fräulein Turner? - Ich bin mir sicher, dass Sie nur vom Thema abzulenken versuchen."
„Ach, tu ich das, ja? Dann träumen Sie mal schön weiter, Herr Morgan."
Wie das klang! *Paul* stand ihm irgendwie viel besser.
Verlegen strich ich mir eine meiner Haarsträhnen aus dem Gesicht.
„Damals, als ich Sie bei dem Fest in Sir Rosehills Londoner Wohnsitz sah, kannte ich Sie bereits."
*Wie bitte?*
In meinem Gehirn drehten sich die Schräubchen auf Hochtouren. Doch mir wollte beim besten Willen nicht einfallen, woher er mich denn kennen sollte...

„Ihren Blicken nach zu urteilen, scheinen Sie mit einer derartigen Aussage nicht im Geringsten gerechnet zu haben."

„In der Tat, Sie liegen mit Ihrer Vermutung zu 100% im Recht."

„Ich muss schon sagen - Ihre Ausdrucksweise erstaunt mich immer wieder aufs Neue."

„Ja, nicht? Ist eben nicht jeder so wortgewandt wie ich."

„Katharina, darum geht es nicht." Unvermittelt war er zurück ins Deutsche gefallen. „Als wir uns bei Rosehill sahen, war es nicht unsere erste Begegnung."

„So? War es nicht?"

„Nein." Er schluckte. Wenn ich mich nicht täuschte, war er gerade am Überlegen, ob er mir das, was er wusste, nun sagen sollte oder nicht. Doch er fackelte nicht lange herum. „Kannst du dich an den *Gasthof zum Goldenen Stein* erinnern?"

Na, als ob ich das nicht täte! Meine Erlebnisse dort waren ja wirklich besonders reizend gewesen. Und allmählich begann ich mich zu erinnern. Als John und ich Paul bei einem abendlichen Spaziergang in London begegnet waren und es zwischen ihm und meinem Bruder zu einem Duell gekommen war, hatte er noch gerufen, dass er das damals nicht hätte tun sollen beim *Gasthof zum Goldenen Stein*...

„Jetzt sag nicht, du warst wirklich dort!", erwiderte ich. Hatten seine Worte also gestimmt?

„Ich war dort.", antwortete Paul sichtlich gelassen. Ich dagegen spürte, wir mir abwechselnd heiß und kalt wurde. *Der Überfall!*, zischten mir die Gedanken durch den Kopf.

„Ich muss dir eine kleine Geschichte erzählen."

„Da bin ich jetzt aber mal gespannt."

„Hör auf, mich zu veräppeln."

Beleidigt verschränkte ich meine Arme vor der Brust.

„Tu ich doch gar nicht!", maulte ich.

„Dann sei mal kurz still! Wenigstens für ein paar Minuten. - Ich muss mich konzentrieren."

Also schön.

„Es war ein Abend im August gewesen.", fing Paul an. „Ein ziemlich schöner Abend. Ich war mit meinem Pferd unterwegs gewesen. Mein Urahn Thomas Morgan war seit mehreren Tagen ermordet, die ganze Verschwörung in vollem Gange. Also hatte ich mich auf die Suche gemacht nach potentiellen Tätern."
Meinte er damit etwa John und mich?
„Dummerweise hatte ich dabei völlig die Zeit vergessen." Er zuckte entschuldigend die Schultern. „Jedenfalls wurde es früher dunkel, als dass ich London noch rechtzeitig hätte erreichen können. Da ich mich in der Gegend zumindest ein klein wenig auskannte, beschloss ich, zum *Gasthof zum Goldenen Stein* zu reiten."
Genau dort, wo mein Bruder und ich ebenfalls unterwegs gewesen waren!
„Du warst alleine unterwegs?", fragte ich dazwischen.
Paul nickte.
„Ich war ganz alleine unterwegs. Nur mein Pferd und ich. Sonst niemand."
Ein verlegenes Lächeln stahl sich über seine angespannten Lippen.
„Der Gasthof war nicht mehr weit. Doch schon aus der Ferne konnte ich hören, dass dort offensichtlich eine handfeste Auseinandersetzung stattfand."
So viel zu *aus der Ferne*!
„Ich gab meinem Pferd also die Fersen in die Flanken und wie der Wind sausten wir auf den Gasthof zu. Kaum waren wir dort angekommen, als ich aus dem Sattel sprang und meinen Degen zog. Wie ich trotz der mittlerweile vorherrschenden Dunkelheit auf den ersten Blick hatte feststellen können, ging hier ein ziemlich heißer Kampf ab: Ein junger Mann mit einer ebenfalls ziemlich jungen Begleiterin gegen eine Bande Räuber. Skrupellos wie die Gauner nun einmal waren, hatten sie die junge Frau zu Boden gestochen. Ihr Begleiter war ebenfalls nicht mehr weit weg davon, ins Reich der Träume oder gar ins Jenseits abzuwandern. Ohne groß zu überlegen, kämpfte ich mir einen Weg durch die

Schurken und schaffte es, zu der jungen Frau zu gelangen, packte sie und trug sie in eines der Zimmer, die der Gasthof anbot. Ich wäre gerne länger bei ihr geblieben, um nachzusehen, ob sie bereits tot war oder - egal, jedenfalls rief mich der Wirt leider nach draußen. Ansonsten hätte ich ja länger - na, du weißt schon. Das Räuberpack war kurz davor, mit meinem Pferd das Weite zu suchen. Na - und ohne Pferd würde ich nicht weit kommen! Also, ich nichts wie raus, ein paar Degenstiche verteilt und ab zu meinem Pferd. Die Bösewichte hatten sich verzogen. Es war weit und breit nichts mehr von ihnen zu sehen. Daher beschloss ich, wieder ins Haus zu gehen, um nach der Verletzten zu sehen. Aber als ich dort ankam, war sie nicht mehr dort. Auch von ihrem Begleiter fehlte jede Spur."
Ich schluckte. Die ganze Geschichte kam mir irgendwie merkwürdig bekannt vor. Zumindest - was die Sache mit dem Überfall zu tun hatte.
Sollte es am Ende wirklich Paul gewesen sein, der mich in Sicherheit gebracht hatte?
„Was ist, Katharina? Du siehst ziemlich mitgenommen aus. Kennst du diese Geschichte? Oder..." *...bist du gar diese junge Frau gewesen?*
„Nein." Ich schüttelte den Kopf. „Nein, das ist ja unfassbar! Dass Räuber nicht einmal vor Frauen zurückschrecken!"
Paul nickte bedächtig.
„Ja, das ist wirklich merkwürdig. Mir war es so vorgekommen, als sei hier ein gezielter Überfall geplant gewesen."
„Ach ja? Und woher willst du das wissen? Hast du die Räuber etwa gar noch belauscht?"
„Ja, natürlich.", lachte Paul. „Ich habe ja sonst nichts Besseres zu tun."
Eine Weile starrte er mich wortlos von der Seite an. Dabei wurde ich das dumme Gefühl nicht los, dass er wesentlich mehr wusste, als er gerade zugegeben hatte.
„Du meinst also, es könnte etwas mit..."

Weiter kam ich nicht, denn leise, aber dafür dennoch ziemlich deutlich, war das Trommeln von Pferdehufen zu hören.

„Meinst du, dass John schon zurückkehrt?", fragte ich schnell. Doch Paul tat, als hätte er meine Frage nicht gehört.

Neugierig, wie ich nun einmal war, fasste ich nach meinen Röcken und tippelte nervös einige Schritte nach vorne. Wenn es wirklich John war, der sich gerade näherte, dann wollte ich ihn unbedingt zuerst sehen. Er war immerhin mein Bruder.

Gespannt hielt ich die Luft an. Theoretisch, also meinem Gehör nach zu urteilen, müsste der, der sich da gerade näherte, in den nächsten Sekunden um die Ecke biegen.

Und tatsächlich: Schon war das Maul eines Pferdes zu sehen. Und gleich daneben das Maul des zweiten Pferdes. Beide waren an einen Wagen angeschirrt, der von außen bequemer aussah, als er sich innen wahrscheinlich anfühlte. Auf dem Kutschbock saß zu meiner Überraschung - niemand. - Ja, wie? Liefen die Pferde etwa allein?!

Schon wollte ich etwas rufen, als hinter der Mähne von einem der Pferde auf einmal das grinsende Gesicht meines Bruders auftauchte.

„John!" Erleichtert atmete ich auf.

„Also ich würde mich auch freuen, wenn Sie mich mit einer solchen Leidenschaft begrüßen würden.", hörte ich Pauls Stimme in meinem Nacken.

Mit einer solchen Bemerkung hatte ich in diesem Moment ganz und gar nicht gerechnet. Deswegen war es wohl auch kein Wunder, dass ich jetzt erst einmal nur sprachlos war.

„Respekt, Paul, dass du meine Schwester zum Schweigen gebracht hast! Wirklich großes Kompliment." John hatte die beiden Pferde mit einem äußerst übertriebenen Grinsen auf den Lippen zum Stehen gebracht.

„Dass du so etwas sagst, sieht dir mal wieder ähnlich, Bruderherz.", entgegnete ich leicht gereizt.

„Tatsächlich? Ist sie denn so schlimm?", wunderte sich Paul. Ich drehte mich mit Absicht nicht nach ihm um. Dass ich sonst nur in sein dämlich grinsendes Gesicht hätte gaffen müssen, war mir auch so klar.

„Oh ja! Den ganzen Tag labert sie nur." John lachte.

„Sehr gut erfasst, mein liebes Brüderchen. Schade nur, dass du von Montag bis Freitag ja sowieso nur in der Uni bist."

„Du studierst?", fragte Paul verblüfft.

„Ja, wieso sollte ich nicht?" John grinste.

Doch Paul entzog sich jeglicher Antwort durch ein schwaches Kopfschütteln.

„Könnten wir uns vielleicht so langsam aber sicher auf den Weg machen? Was haltet ihr davon?" Es war mir völlig gleichgültig, ob ich die Herren nun in ihrem Gespräch gestört hatte oder nicht.

„Dass mit dem *ständig-Labern* würde ich mir nochmal durch den Kopf gehen lassen." Die Aussage von Paul galt ausschließlich meinem Bruder. „Das, was die Lady nämlich von sich gibt, ist durchaus interessant. Und so stimme ich ihrem Vorschlag zu. Ihr beide verkrümelt euch jetzt schön im Inneren des Wagens und ich werde die Pferde lenken."

Nicht nur ich starrte Paul nun entgeistert an, sondern auch John.

„Keine Sorge!", lachte Paul. „Ich werde euch nicht in die Hölle fahren - nur raus aus London. Wenn wir draußen sind, kannst du gerne zu mir auf den Kutschbock steigen. So wie ich sehe, hast du nicht den leisesten Hauch einer Ahnung, wie man eine Kutsche lenkt, nicht wahr?"

Mein Bruder nickte.

„Aber Katharina bleibt im Wagen.", fügte er schnell hinzu, woraufhin Paul mir ein mitleidiges Lächeln schenkte.

„Sie können einem wirklich leidtun, Fräulein Katharina Turner.", zwitscherte er. „Aber ich verspreche Ihnen: Ihr Bruder wird das Wagenlenken gewiss erlernen."

Wohl oder übel musste ich also in den Wagen kriechen. Gerade wollte ich meinen Fuß auf die kleine Trittfläche stellen, als sich mir eine Hand vordrängte.

„Gestatten?"

Paul grinste mich herausfordernd an.

„Ich danke Ihnen.", entgegnete ich mit spitzer Stimme, legte meine Hand in die von Paul und ließ mir in den Wagen helfen.

„Sie müssen leider selbst einsteigen.", murmelte Paul meinem Bruder zu.

## - 8 -

Eines musste man Paul lassen: Kutsche fahren beherrschte er leidenschaftlich gut. Immerhin war es keine Kleinigkeit, zwei Pferde durch die Straßen Londons zu lenken. Ich hätte es mir jedenfalls nicht zugetraut. Er hingegen meisterte es bravourös.
Kaum hatte sich der Wagen in Bewegung gesetzt, als John die Vorhänge vor die Fenster zog. Es müsse uns niemand hier sehen, sagte er nur. Man könne ja nicht wissen, ob die Herren Entführer noch irgendwo hier herumlungerten. Nicht auszudenken, wenn sie uns sehen und dann möglicherweise sogar erkennen würden!
Ja, vor allem natürlich mich.
*Er* war ja nicht entführt worden!
Im Wageninneren war es nun also schummrig geworden. Das Licht fiel nur spärlich hinein. Dennoch war es noch hell genug, um das Gesicht meines Bruders deutlich genug zu erkennen und festzustellen, dass er mich schon die ganze Zeit über musterte.
 „Ist irgendetwas?", fragte ich mit einem schnippischen Unterton in der Stimme. Es passte mir ganz und gar nicht, dass John mich spöttisch und nachbohrend zugleich anstarrte. Er wusste doch, dass ich es nicht leiden konnte, wenn man mich so anglotzte.
 „Du siehst aus wie ein verliebter Gockel.", sagte er nur.
 „Ein verliebter Gockel?! Du hast sie wohl nicht mehr alle!"
*Und außerdem heißt das verliebte Henne. - Ich bin doch kein Gockel!*
 „Na, so wie du diesen Paul jedenfalls immer anstarrst..."
Ärgerlich unterbrach ich ihn: „Halt du bloß deinen Mund! Ich kann nichts dafür, wenn der mich anbaggert."
 „Hey, immer noch Liebesproblemchen?"
Seine Stimme hatte diesen vertraulichen Du-kannst-mir-alles-sagen-Ton angenommen, bei dem mir augenblicklich ganz anders zumute wurde.

Vorsorglich wischte ich mir schon mal mit dem Handrücken über die Augen, nur um ja nicht loszuheulen.

„He, Katharina, du kannst es mir echt erzählen. Ich bin doch dein großer Bruder!"

„Ja, danke, großer Bruder!" Ich räusperte mich verlegen. „Es ist - ich weiß nicht, woran ich bei diesem Paul wirklich bin. Wenn es das ist, was du wissen willst."

Ein Weilchen war es still im Wagen.

Eigentlich zu still für meinen Geschmack.

Irgendwann holte ich tief Luft und fuhr fort: „Im einen Moment ist er mir sympathisch, im anderen dagegen werde ich das Gefühl nicht los, dass er uns hintergeht."

Johns Augen flackerten auf.

„Du meinst, das hier ist eine Falle?", fragte er und beugte sich nach vorne.

Doch ich schüttelte den Kopf.

„Nein.", erwiderte ich leise. „Das glaube ich nicht."

Mein Bruder lächelte zufrieden, lehnte sich in seinen Sitz zurück und verschränkte die Arme vor der Brust.

„Siehst du!", meinte er. „Wenn du mich fragst, dann hat dieser Paul mit uns ziemlich viel gemeinsam."

Überrascht horchte ich auf. Diese Aussage hätte ich John nicht unbedingt zugetraut. Er, der doch immer so gegen Paul war!

„Immerhin ist er ebenfalls auf der Suche nach seinem Zeitreisestein.", erklärte John seine plötzliche Meinungsänderung über unseren neuen Verbündeten. „Und wenn mich nicht alles täuscht, gibt es hier offensichtlich wirklich jemand Dritten im Bunde, der sowohl uns als auch Paul schaden will. Aber das haben wir ja bereits auf dem ersten Hinweg zum Schloss überlegt und vorhin erneut angesprochen."

„Also bleibt es so wie bisher.", unterbrach ich ihn und führte damit seinen Gedanken zu Ende: „Paul und wir halten zusammen, solange bis Klarheit in der Sache ist."

Mein Bruder nickte.

„Du kannst dich also gerne noch in ihn verlieben.", meinte er zuversichtlich grinsend.

„In Paul?"

„Na, in wen sonst!" Er kicherte. Und irgendwie musste ich dabei an Ellinor denken. Nervös zupfte ich an meiner Unterlippe herum, schob den Vorhang ein Stückchen zur Seite und starrte eine Weile hinaus. Doch noch hatten wir London nicht verlassen. Also ließ ich den Vorhang wieder in seine alte Position fallen.

„Was meinst du?", fragte ich plötzlich.
John zuckte erstaunt zusammen.

„Wird Ellinor den Tod ihres Butlers wirklich verkraften oder hat sie vorhin einfach nur so getan, als mache ihr das alles nichts aus?"
Mein Bruder legte die Stirn in Falten. Offensichtlich dachte er nach.
Mensch, so kannte ich ihn ja gar nicht! Mein Bruder und nachdenken! Der wusste doch sonst immer alles...

„Nein.", entschied er dann. „Ich bin fest überzeugt davon, dass sie eine Frau ist, die fest im Leben steht."

„*Ah...*", meinte ich gedehnt. „Eine Frau, die fest im Leben steht. Also gewissermaßen das volle Gegenteil von mir. Keine, die ständig herum heult wegen Liebeskummer und so, hm?"

„Kann man wohl so sagen."

„Dir ist schon klar, dass ich dir jetzt eventuell eine über die Rübe ziehe, oder?"
Aber mein Bruderherz zuckte nur gleichgültig mit den Schultern.

„Du weißt ja ohnehin, dass ich dann einfach zurückschlagen würde."
Ja, das wusste ich. Schließlich kannten wir uns ja auch schon mehr als eineinhalb Jahrzehnte.
Ich seufzte in Gedanken an diesen Zeitraum: Leider hatte John es bisher perfekt beherrscht, fester zuzuschlagen als man es vorher selbst getan hatte. Aus Erfahrung wusste ich, dass man davon ordentliche Pferdeküsse bekam.

„Fängst du jetzt schon an wie Ellinor?"
Das war natürlich auf mein Seufzen bezogen. Doch mein Bruder musste sich mit einem genervten Augenverdrehen als Antwort begnügen.
„Ich mein ja nur..." Doch er brach von selbst wieder ab.
„Schon gut." Mit einer flüchtigen Handbewegung gab ich ihm zu verstehen, dass die Sache für mich bereits erledigt war.
„Falls es dich interessiert: Ich denke gerade an etwas, das mir Paul zuvor erzählt hat - also in der Zeit, in der du uns die Kutsche besorgt hast."
„Ist es interessant?", wollte mein Bruder sogleich wissen. In dieser Hinsicht glichen wir uns ebenfalls wie ein Ei dem anderen: Wir beide waren extrem neugierig.
„Oh ja.", erklärte ich. „Es ist sogar ganz besonders interessant. Denn, stell dir vor: Paul war es, der mich damals beim *Gasthof zum Goldenen Stein* gerettet hat!"
„Er hat *was*?" John starrte mich einige Sekunden lang ungläubig an. „Dann ist es also doch wahr!"
„Wenn du möchtest, erzähle ich dir das, was Paul mir vorhin gesagt hat.", bot ich ihm an.
Da mein Bruder keinen Einwand entgegenbrachte, fing ich also an, Pauls Worte möglichst originalgetreu wiederzugeben. Ich erzählte, wie er mit seinem Pferd unterwegs gewesen und dann wegen der einbrechenden Dunkelheit auf den Gasthof zugesteuert war und dabei Geräusche gehört hatte, die ihn ganz darauf schließen ließen, dass sich hier offensichtlich jemand ein Gemetzel ablieferte. Wie er sich dann ins Kampfgetümmel gestürzt und mich persönlich in Sicherheit gebracht hatte. Ganz so, wie man es in jedem James-Bond-Film sehen konnte... Naja, nicht so ganz.
Kaum hatte ich geendet, als John durch die Zähne pfiff.
„Nicht schlecht, Katharina, was du so alles herausgefunden hast! Jedenfalls werden mir nun ein paar Dinge klarer."
Das klang aber spannend! Er sollte schon endlich erklären...
„Na, ist es denn so schwer?" Er wollte mich anscheinend erst noch auf die Folter spannen.

„Och komm schon! Du weißt so gut wie ich, dass mein Gehirn aus einer vertrockneten Rosine besteht. Also, jetzt sag schon, was dein Superhirn gerade kombiniert hat!"

„Na schön." Er seufzte. „Tatsache Nummer eins: Wir beide werden von unbekannten Tätern bei einem Gasthof überfallen. Tatsache Nummer zwei: Paul Morgan persönlich ist es, der dich rettet. - Wobei, unter uns gesagt: Ich glaube ja nicht, dass er wissen hätte können, dass du eine Zeitreisende bist. - Aber zurück zur Sache. Tatsache Nummer drei: Wir finden Paul halb totgeschlagen auf dem Weg zum Schloss. Wie wir bereits feststellen mussten, wurde er von ebenfalls unbekannten Tätern überfallen. Das heißt im Klartext: Es kann niemand aus unserer Reihe gewesen sein, denn dann hätten wir ja davon Bescheid gewusst, nicht wahr?"

Ich nickte.

Also zusammengefasst: Es gab nun zwei Überfälle zu verzeichnen, bei denen die eigentlichen Täter nicht zu identifizieren waren und deren Opfer einmal aus Turners und einmal aus Morgans Verwandtenkreis stammten.

„Nachdem Paul mit dem ersten Überfall nichts zu tun hatte, konnte es niemand aus seinen eigenen Reihen sein.", war John mittlerweile fortgefahren.

„Ebenso wie wir genauso wenig mit dem zweiten Überfall zu tun hatten.", schloss ich mich den Worten meines Bruders an.

„Richtig. Ergo *muss* es wohl tatsächlich jemand Dritten im Bunde geben. Und wenn ich jetzt nicht falsch kombiniere, steckt da eine ganze Organisation dahinter. Wie bitte schafft man es sonst, ganze Überfälle zu inszenieren?"

Er kniff seine Augen zusammen und dachte angestrengt nach.

„Meinst du, dieser *William* könnte etwas damit zu tun haben?", fragte ich unvermittelt.

„William? Welcher *William*?"

„Na, *der* William, der mit Ellinors, beziehungsweise meiner Entführung in Zusammenhang steht."

„Ach so, ja!" John stöhnte. „Natürlich! Weshalb bin ich nicht schon früher draufgekommen!"
Er rieb sich seine Stirn.
„Es muss dieser William sein, der hinter allem steckt!" John nickte dabei abwesend. „Wenn ich nur wüsste, wer genau er ist!"
Da ihm augenscheinlich keine Lösung in den Sinn kam, beschloss ich, einfach mal wieder ein klein wenig nach draußen zu spitzeln. Als ich den Vorhang beiseite zog, hob ich erstaunt meine Augenbrauen. - Wir hatten London bereits hinter uns gelassen! Draußen hatte sich die übliche Landschaft abgezeichnet. Nicht besonders spannend, aber immerhin entspannender als die graue Stadt.
Erschöpft von all den Geschehnissen des heutigen Tages schloss ich die Augen.
„Müde, was?", hörte ich John murmeln.
„Hm.", machte ich nur. Konnte man wohl sagen... Andererseits - mein Bruder klang auch nicht gerade fit wie ein Turnschuh.
„Dann mal gute Nacht." Mein Bruderherz gähnte herzhaft und steckte mich gleich damit an. Aus den Augenwinkeln sah ich noch, wie er sich in seinen Sitz lehnte und die Augen schloss. Eigentlich gar keine schlechte Idee. Allerdings... Bei jedem Steinchen, das unter die Räder kam, hüpfte ich mit meinem gepolsterten Hintern auf der schmerzhaft harten Sitzbank auf und ab. Nicht unbedingt die idealen Voraussetzungen für ein gutes Mittagsschläfchen.
Wie ich also so auf und ab wippte, gelegentlich etwas größere Sprünge überstand und dabei stets nur den Gedanken im Kopf hatte, mich jetzt bloß nicht zu übergeben, gab es plötzlich einen harten Ruck. Ehe ich es mir versah, war ich von meinem Sitz abgehoben und dank der physikalischen Kräfte nach vorne direkt in den Schoß meines Bruders geflogen.

„Wow!", quiekte John erschrocken auf. Wie ich vermutete und er mir später erzählte, war er gerade aus seinem Tiefschlaf aufgewacht.

„Katharina, was machst du denn?"
Verwirrt hatte ich mich wieder aufgerichtet und versuchte mein zerknautschtes Kleid in Ordnung zu bringen. Erst da fiel mir auf, dass wir ja gar nicht mehr fuhren, sondern standen.

„Ach, ich verstehe!" John rieb sich seinen Kopf. „Paul wollte mir doch zeigen, wie das mit dem Lenken der Kutsche funktioniert."
Toll! Wenn das das größte Problem meines Bruders war... Genervt ließ ich mich in meinen Sitz zurück plumpsen, was ich jedoch schon im nächsten Moment zutiefst bereute, da die Sitzfläche ja nicht gepolstert und dadurch einfach nur schrecklich hart und unbequem war.

„Und das muss er so ruckartig machen?", beschwerte ich mich sogleich, kam aber nicht dazu, noch irgendwelche dummen Kommentare abzugeben, denn schon im nächsten Moment wurde die Türe neben uns aufgerissen.

„Mein Herr? Darf ich Sie bitten, auszusteigen, damit ich Sie in die Kenntnisse des Fahrens einweisen kann?"
Klar, dass das niemand anderes als Paul war. Eigentlich hatte ich ihn tadeln wollen. Doch als ich seinen Haarschopf sah und dazu diese genial eisblauen Augen, schmolz mein anfänglicher Zorn dahin...
Oh Mann! Langsam aber sicher sollte ich meine Hormone dann doch mal wieder in den Griff bekommen.

„Natürlich dürfen Sie das, mein Herr!" Johns Antwort hatte mich zusammen zucken lassen. Da hatte ich mich also schon wieder einmal dabei erwischt, wie ich einfach so in Gedanken versunken war. Komischerweise passierte mir das häufiger in Pauls Nähe...
Wie Paul meinem Bruder und mir mittels weniger Worte klarmachte, wollte er John nur zeigen, wie er die Pferde zu lenken hatte, um sich anschließend zu mir zu gesellen.

Also gut, dann musste ich mich beeilen mit dem Mittagsschläfen.

Inzwischen war John nach draußen gekraxelt, hatte sich neben Paul auf den Kutschersitz geschwungen und nun die Zügel in die Hand genommen. Zumindest ging ich davon aus, denn schon hatte sich der Wagen wieder in Bewegung gesetzt.

Um mich von nichts mehr ablenken zu lassen, zog ich die Vorhänge einfach wieder zu. Allerdings fand ich auch so nicht meinen Schlaf. Meine Gedanken kreisten nämlich immerzu um - Paul.

Ach herrje, der sah aber auch verdammt gut aus! Und irgendwie war er ja auch ziemlich höflich. Noch dazu konnte er fechten, reiten, Pferde lenken... Bestimmt beherrschte er auch noch jede Menge anderer Sportarten. Außerdem musizierte er wie ein Weltmeister...

Es dauerte gar nicht allzu lange, bis der Wagen erneut hielt. Ich war natürlich längst noch nicht eingeschlafen. Doch immerhin tat ich so, als schliefe ich tief und fest. Den Kopf an die harte Lehne hinter mir gelehnt, hatte ich meine Augen geschlossen und versuchte, so ruhig und gleichmäßig zu atmen als ob ich tatsächlich gerade meinen Erholungsschlaf nachholte.

Dass es Paul war, der zu mir in den Wagen kletterte, erkannte ich daran, dass die Türe wieder mit einer derartigen Wucht aufgerissen worden war, wie es meinem Bruder niemals in den Sinn gekommen wäre. Daraufhin blieb es einen Moment lang völlig ruhig, bis schließlich ein überraschtes Grummeln zu hören war...

„So einen festen Schlaf will ich auch mal haben."

Ok, anscheinend spielte ich meine Rolle glaubwürdig. Aber im Moment wäre ich ohnehin viel zu aufgeregt gewesen, um wenigstens ein paar halbwegs vernünftige Worte auf die Reihe zu bekommen. Mein Herz fuhr gerade Achterbahn.

Leise seufzend nahm ich zur Kenntnis, dass John die Pferde in Gang gesetzt hatte. Der Wagen ruckelte in seiner bisherigen Gemütlichkeit vor sich hin.

Nachdem ich also immer noch nicht schlafen konnte, musste ich mir etwas einfallen lassen, über das es sich lohnte, näher nachzudenken. Kurzerhand kam mir wieder dieser William in den Sinn.
Wer dieser Typ wohl sein mochte?
Hm, irgendwie - den Namen William kannte ich doch von irgendwoher. Nur - woher genau?
War es einer meiner Mitschüler?
Angestrengt ließ ich die Namen sämtlicher mir bekannter Schüler aus meinen und den anderen Jahrgängen auf- und ablaufen. Doch so sehr ich darüber nachgrübelte, meine Gedanken kehrten nach ihrer gewöhnlichen Runde, die bei meiner Freundin Susan Taylor begann, sich über Olle Janssen (besser bekannt als Olle von Hinten) bis hin zu Carlos Martinez (die Nervensäge, gegen die selbst die Gregory nichts ausrichten konnte) erstreckten, unentwegt zu *ihm* zurück: *Paul*.
Wieder und wieder dachte ich an ihn und an den Tag, als er mir zum ersten Mal bewusst begegnete.
Es war auf dem Fest von Sir William Rosehill gewesen.
Sir William Rosehill. Dieser total verliebte Gockel. - Ups, war mir da soeben ein Gedanke meines Bruders in den Sinn gekommen? - Ach, nein, da hatte ich mich bestimmt geirrt...
Das alles war nur geschehen, weil der Newton-AG ein gewaltiger Fehler unterlaufen war. Anstelle mich direkt nach London abzuliefern, hatten sie mich mitten in der Pampa Englands ankommen lassen. Wenigstens gab es in der Nähe eine Villa, deren Hausherr mich als sein neues Dienstmädchen anerkannte. Tja, und als ich eines Abends in meinem Strohsargschlaflager festgestellt hatte, dass ich meinen Feueropal wohl oder übel aus Nachlässigkeit in der Küche liegen hatte lassen, und folglich heimlich durch die nächtlichen Gänge des Hauses huschte, um ihn wieder an mich zu bringen, überraschte mich der Sohn des Hausherrn, Sir William Rosehill, bei meinem Bruder und mir besser bekannt als Junior Rosehill. Oder einfach: Arroganter ein-

gebildeter Schnösel, völlig hormongesteuert und völlig verknallt. Leider in mich.
*Seufz...*
Das war dann letztendlich auch der Grund dafür gewesen, dass mein Bruder und ich ihn auf dem Fest besuchen mussten, das er für sämtliche Freunde und sonst irgendwelche abgefahrenen Typen veranstaltete. Und da war mir dann Paul begegnet.
Meine Gedanken begannen sich bereits zum dritten Mal zu wiederholen. - Falsche Landung. Fehlender Edelstein. Echt abgefahrene Typen. Ähm, Party. Und Paul.
Sir William Rosehill. Rosehill Junior. William, der Junior. William... William...
*William!!!*
„Aaaahhh!!" Mit einem markerschütternden Schrei hatte ich meine Augen wieder aufgeschlagen. Noch im selben Atemzug spürte ich, wie ich entgegen der Schwerkraft aus meinem Sitz geschleudert wurde und geradewegs auf Paul zusteuerte. Laut krachend knallte ich ihm vor die Füße.
Was zum Geier war denn nun schon wieder los?!
„Katharina!" Sofort fühlte ich eine kalte Hand an meiner Wange. „Hörst du mich? Geht es dir gut?"
Wenn mir mein Gegenüber noch länger meine Wange bearbeitete, würde ich wahrscheinlich einen Kieferbruch erleiden...
„Ja...", murmelte ich schwach und versuchte mich aufzurichten. Aber es misslang mir völlig. Meine butterweichen Knie hatten mich gegen meinen Willen einfach im Stich gelassen.
„Was - ist - los?" Ich konnte gar nicht richtig sprechen, sondern brachte nur etwas zustande, das sich zwischen Stammeln und Lallen bewegte.
„Ich weiß nicht.", erwiderte Paul nur und strich mir eine verlorengegangene Strähne aus dem Gesicht. „Ist wirklich alles in Ordnung bei dir?"
„Ja, immerhin ist das hier der zweite Sturz mittels wie vieler Minuten nochmal? Verdammt, ich..."

Stöhnend rieb ich mir den Kopf, während Paul mich aus übergroßen Augen pausenlos anstarrte.

„Leute, Leute, stellt euch vor... Ich hab wirklich nichts gemacht. Es ist nur... Also, ich - es war die ganze Zeit über nichts - und dann plötzlich - glaubt mir, ich hab wirklich nichts gemacht - ich kann da nichts dafür - es ist -" Panisch hatte John die Türe unseres Wagens aufgerissen. Nun ließ er seine Augen unruhig zwischen Paul und mir hin und her wandern.

„Hey!" Paul richtete sich auf. „Ist doch alles gut, ok? Jetzt halt erst mal die Luft an. Und dann erzähl uns alles schön der Reihe nach."

John schloss die Augen. Er atmete tief durch. Doch noch bevor er wirklich zur Ruhe gekommen war, prasselten die Worte nur so auf uns nieder: „Es ist - also ich habe die Pferde so gelenkt wie immer - und alles war wie immer - und auf einmal - ich weiß nicht - aber - der Wagen fährt nicht mehr - und ich glaube - ein Radbruch - es - ich - weiß nicht -"

„Ein Wagenradbruch?" Entsetzt starrte ich meinen Bruder an.

„John, irrst du dich da auch nicht?", fragte Paul vorsichtshalber nach.

„Na, aber hallo! Mein Bruder hat ein Abi von 1,2 hingelegt! Da wird er doch noch wissen, was ein Wagenradbruch ist und was nicht...", platzte ich aufgebracht dazwischen.

„Hey, alles gut, ja?" Paul legte mir beruhigend seine Hand auf meine Schulter. „Mann, wenn du deinen Freund mal genauso verteidigst wie deinen Bruder, dann werde ich ganz schön neidisch."

Also mit einer derartigen Aussage hatte ich jetzt wirklich nicht gerechnet!

Total aus dem Häuschen und überhaupt völlig perplex war ich einfach an Ort und Stelle sitzen geblieben - nämlich mitten auf dem Boden.

Paul indessen machte sich gerade daran, umständlich über die Schichten meines Kleides zu steigen, was angesichts der

Enge in diesem schrecklichen Ungetüm von Wagen dann doch nicht so leicht war, wie er es sich anscheinend vorgestellt hatte. Zumindest stieß er sich erst mit seinem Kopf an der Decke an, anschließend rempelte er mir seinen Ellenbogen an die Nase. Naja, knapp daneben, aber trotzdem. Zurück blieb jedenfalls ein stechender Schmerz.

„Da wollen wir doch erst einmal sehen.", hörte ich ihn draußen murmeln, bevor es erst einmal eine ganze Weile still war. Ich blieb auf dem Boden sitzen, rieb mir mit den Händen die schmerzende Nase und dachte nach.

Sollte tatsächlich ein Wagenrad gebrochen sein? Nicht auszudenken!

„Mist! Das sieht gar nicht gut aus." Das war wieder Pauls Stimme. Mein Bruder antwortete mit irgendwelchen Flüchen. „Verdammte Kacke" war dabei noch so ziemlich das harmloseste, das man zu hören bekam.

Und noch immer hatte ich mich nicht von der Stelle gerührt. Meine Gedanken fuhren jetzt nicht mehr nur Achterbahn (so wie vorhin), sondern schlugen Loopings in Dauerschleife.

- Was war mit Sir William Rosehill? - Und was zum Henker ging da draußen ab? - Und wieso verriet mir niemand die Wahrheit? - Warum taten alle immer so, als sei ich ein kleines Kind? - Oder taten sie das gar nicht und ich bildete mir das letzten Endes nur ein? - Oder hatte ich etwa schon Wahnvorstellungen? -

Langsam aber sicher merkte ich, dass mir das alles hier zu viel wurde. Ich wollte nur noch nach Hause.

Das Gesicht in meine Hände vergraben, kauerte ich am Boden. Ein leises Schluchzen schüttelte meinen Körper.

Das 17. Jahrhundert war ja an und für sich ganz nett und interessant. Aber allmählich brauchte ich mal wieder Tapetenwechsel, zum Beispiel etwas Vernünftiges zu essen: am besten Pizza. Und außerdem vermisste ich mein Bett und meine Freundin Susan.

„Schwesterlein?" Ohne dass ich es gemerkt hatte, hatte John seinen Kopf zu mir ins Wageninnere gesteckt. Offensichtlich hatte sich seine Aufregung wieder gelegt.

„Hm?", schluchzte ich auf. „Was ist?"
Er seufzte.
„Wir haben tatsächlich einen Wagenradbruch und können nicht weiterfahren."
*Und reparieren?*
„Reparieren funktioniert leider nicht."
Die Enttäuschung war mir wohl deutlich genug anzusehen.

„He, Schwesterlein, lass den Kopf nicht hängen. Wir haben ja noch zwei Pferde."
Er lächelte mich aufmunternd an. Als er fortfuhr, senkte er seine Stimme: „Du kannst auch gerne mit Paul zusammen auf einem Pferd sitzen."
Toll! Leider war das nur ein schwacher Trost.

„Mensch, kapier es doch! Wir haben jetzt zwar eine halbe Stunde oder so eingebüßt, aber trotzdem können wir weiterreisen."

„Also schön... Wenn du meinst."
Etwas widerwillig kämpfte ich mich aus dem Wagen. Mit zittrigen Knien stand ich wenig später neben einem der beiden Pferde. Das Ganze erinnerte mich irgendwie ein klein wenig an unsere letzte Reise zum Schloss...

„Wie beim letzten Mal!" Ich stöhnte.
„Ja, aber deshalb sind *wir* ja hier. Wir können reiten und passen auf, dass du nicht vom Pferd fällst. Wenn du willst, musst du also nicht auf einem Pferd alleine sitzen." Paul war von hinten zu mir heran getreten. Nun ruhte seine Hand locker auf meiner Schulter. Ohne dass ich es gewollt hätte, machte sich in meiner Magengegend ein merkwürdiges Kribbeln breit.
Rasch schüttelte ich die Hand ab.

„John, ich werde zu dir aufs Pferd klettern, ja?"
Wahrscheinlich war es besser, dass Paul gerade neben und nicht vor mir stand, sonst hätte ich nur in seine enttäuschten Augen blicken müssen.

„Naja, du musst ja nicht mit mir reiten.", hörte ich ihn murmeln. „Aber für den Radbruch kann dein Bruder wirklich nichts. Die Wege hier im 17. Jahrhundert sind hier eben nicht die besten, nicht wahr?"
John antwortete mit einem verlegenen Lachen. Wenigstens hatte er nichts dagegen einzuwenden, dass ich zu ihm aufs Pferd kletterte. Und so fand ich mich kurz darauf auf dem blanken Pferderücken direkt in den Armen meines Bruders wieder.
Der warme Körper unter mir setzte sich gemütlich in Bewegung. Bei jedem Schritt federte ich auf und ab.
Und ehe ich es mir versah, waren meine Gedanken zurück zu William gekehrt.
„Du, John...", flüsterte ich leise.
„Was ist?", raunte mir mein Bruder ins Ohr.
„Mir ist da ein Gedanke gekommen."
„So? Dann will ich es aber wissen, ja?"

# - 9 -

„Du meinst also, Sir William Rosehill steckt hinter der ganzen Sache?", wiederholte John noch immer etwas ungläubig. Seit der Sache mit dem Wagenradbruch hatte sein Super-Hirn irgendwie eine kleine Macke abbekommen.

„Aber ja doch!", erwiderte ich - nun bestimmt schon zum fünften Mal. Also irgendetwas stimmte nicht mit meinem Bruderherz.

„Denk doch mal nach!", meinte ich. „Das passt alles irgendwie zusammen: Das erste Fest bei der Familie Rosehill. Da waren sämtliche Vertreter der Newton-AG anwesend. Und dann denk noch einen Schritt weiter: Die Sache mit dem Überfall auf uns und anschließend auf Paul. Das erklärt doch einiges! Dieser William arbeitet sowohl gegen Turner als auch gegen Morgan."

„Und höchstwahrscheinlich auch gegen Newton."
Ich nickte. Wenigstens hatte mein Bruder endlich meine Gedankengänge verstanden.

„Dieser Rosehill Junior missbraucht einfach das Vertrauen der Newton-AG.", empörte ich mich weiter. „Über sie hat er von dem Vermächtnis erfahren. Er weiß, was es damit auf sich hat und will nun verhindern, dass wir den Auftrag der Newton-AG erfüllen."

„Eines jedoch macht mich allerdings schon stutzig.", warf John dazwischen. „Es ist schon merkwürdig, dass dann überall behauptet wird, Thomas Morgan habe das Vermächtnis für sich benutzen wollen, obwohl doch der Junior der eigentliche Bösewicht ist..."
Diese Überlegung brachte mich für einen kurzen Moment ins Stocken.

„Vielleicht wollte das dieser Morgan ja auch wirklich - und William, der ebenfalls nach dem Vermächtnis trachtet, nutzt genau diesen Aspekt aus.", murmelte ich. „Er ist der festen Überzeugung, alle würden denken, dass Thomas Morgan allein derjenige ist, der den Übeltäter spielt. Das nutzt er aus und spielt selbst den Bösen. Auf jeden Fall hat

er eine organisierte Bande, die ihm den Rücken stärkt. Wie sonst wären die Überfälle sonst möglich? - Kein Zweifel!"
Auch wenn ich meinen Bruder gerade nicht sehen konnte, war ich mir sicher, dass er zustimmend nickte.
„Weißt du eigentlich, dass du manchmal ganz schön schlau sein kannst, Schwesterlein?"
Ich konnte mir ein Grinsen nicht länger verkneifen.
„Ach ja? Bin ich das? Wirklich?"
„Aber sicher doch!" Er grunzte ein paar unverständliche Worte in meinen Nacken. „Also deinen Freund möchte ich auch mal beneiden!"
Damit boxte er mich brüderlich in die Seite.
Mit letzter Not gelang es mir, nicht laut aufzulachen. Das hätte der derzeitigen Situation wirklich nicht entsprochen.
„Ich bin mal gespannt, ob diesmal alles gut gehen wird.", murmelte mein Bruder gedankenverloren.
Diesmal war ich es, die nickte.
„Hm, es werden hoffentlich nicht schon wieder solche Räuber antanzen." Ich seufzte. Das wäre jetzt wirklich so ziemlich das Letzte, das ich jetzt noch gebrauchen konnte!
„Auf jeden Fall können wir die Nacht nicht durchreiten."
„Wieso?", wunderte ich mich lautstark.
„Ganz einfach: Es wäre zu gefährlich." Paul hatte offenbar unsere letzten Sätze gehört und nun anstelle meines Bruders geantwortet.
„Wenn alles gut geht", fuhr er mit klarer Stimme fort, „dann erreichen wir bis heute Abend die Hütte, bei der wir auf der letzten Reise Halt gemacht haben."
Das klang ja mal vielversprechend!
„Und wenn wir einfach schneller reiten?", schlug ich hoffnungsvoll vor. Schon wieder draußen übernachten zu müssen, klang nicht sonderbar verlockend.
„Die Pferde müssen sich schließlich ein wenig erholen.", erklärte John sachlich-nüchtern. „Außerdem werden wir abwechselnd Wache halten. Es gibt also keinen Grund für dich, auch nur annähernd nervös zu werden."

„Ach was!" Ich schnaubte verächtlich. „Wer weiß? Vielleicht werde ich ja wieder entführt?"

„Hm, das wäre gar nicht so ganz undenkbar." Paul grinste verschmitzt. „Also ich würde schon einen Grund dafür finden."

„Danke!"

Wenn ich das als Kompliment auffassen durfte, dann stand für mich sonnenklar fest: Entweder war dieser Paul ein totaler Schleimer oder er meinte es wirklich ernst (und damit wäre er dann der erste Verehrer meines Lebens - von William einmal abgesehen).

Nach weiteren mal eher scherzenden, mal eher derben Auseinandersetzungen stellten wir unsere Gespräche weitestgehend wieder ein. Schließlich mussten wir uns auf den Weg vor uns konzentrieren.

Als wir bei der Stelle ankamen, an der man angeblich (zumindest nach Ellinors Auskunft) den in ganz London ziemlich bekannten Sir Hunter erhängt aufgefunden hatte, gab es immer noch nicht mehr zu sehen als die drei berühmt-berüchtigten Bäume.

Kopfschüttelnd ritten wir daran vorbei.

„Also echt, jetzt komme ich hier bereits zum dritten Mal vorbei - und jedes Mal stelle ich es mir richtig gruslig vor.", murmelte ich gedankenverloren.

„Für dich werde ich eigens mal ein paar Gummispinnen aus dem 21. Jahrhundert mitbringen und Glibberschleim und lauter so Zeug." John lachte.

„Möchte mich bitte mal jemand aufklären, was an dieser Stelle so besonders sein soll, dass es einen Grund gibt, sich zu gruseln?"

Paul warf uns fragende Blicke zu, was mich nicht verwunderte, denn immerhin kannte er die ganze Vorgeschichte ja nicht.

Aber dafür gab es ja...

„Katharina! Du könntest es unserem neuen Begleiter doch erklären, nicht wahr?"

...eigentlich John. - Und nicht mich.

„Katharina?"
*Hm?*
Hatte er soeben was gesagt?
„Paul wartet noch auf eine Antwort."
„Ach so." Ich seufzte.
*Also, falls du wissen möchtest, was es mit dieser Stelle auf sich hat, dann reite doch einfach zurück und frag die nette Lady Ellinor. Sie wird dir gewiss alles bis ins letzte Detail erzählen.*
„Katharina, bitte!" Paul schenkte mir ein zuckersüßes Lächeln.
Urplötzlich geriet unser Pferd ins Straucheln. Und auch wenn es sich binnen kürzester Zeit wieder gefangen hatte und normal weitertrabte, war das Grund genug für mich, um beinahe das Gravitationsgesetz unseres Freundes Isaac auszuprobieren. Hätte John mich nicht von hinten mit einer Hand fest umklammert, wäre ich sofort zu Boden gesegelt.
„Also eigentlich ist an dieser Stelle wirklich nichts besonders.", sagte ich schnell, um mir ja nicht anmerken zu lassen, dass mir der Schreck ordentlich in den Gliedern saß. „An den drei Bäumen, die wir soeben hinter uns gelassen haben, hat man angeblich mal den erhängten Sir Hunter gefunden."
„Klingt ja gruselig." Paul schüttelte sich. „War es denn Selbstmord?"
Ich zuckte die Schultern.
„Wenn ich mich richtig erinnere, hat uns Lady Ellinor erzählt, er habe sich selber umgebracht, weil alle Frauen nur hinter seinem Geld her waren - oder so ähnlich."
Paul bemühte sich um ein verständnisvolles Lächeln. Aber irgendwie wirkte er eher wie ein zerquetschter Frosch im Mixer.
„Und was denkst du?", wandte sich unser dritter Mann elegant-höflich an mich. Wahrscheinlich wollte er nur ein bisschen schleimen.
„Ich persönlich bin ja der festen Überzeugung, dass man den armen Sir Hunter einfach umgebracht hat."

„Das, ehrlich gesagt, liegt meiner Vermutung auch näher. Wer bringt sich denn schon wegen ein paar Frauen um? Von dem Geld hatte er anschließend ja ohnehin nichts mehr."
Ich nickte. Auf erstaunlich verblüffende Art und Weise waren dieser Paul und ich uns ziemlich ähnlich. Nicht ganz so wie mein Bruder und ich natürlich. Aber immerhin: Viel fehlte nicht dazu.
„Schade, dass es niemanden gab, der die Leiche näher untersucht hat.", meinte ich.
„Man könnte doch zurück reisen. Wann soll dieser Sir Hunter nochmal gelebt haben?"
Aber das wusste nicht einmal mein superschlaues Brüderchen zu beantworten. Also ritten wir einfach schweigend weiter.
Es dauerte noch eine ganze Weile, bis unser geplantes Ziel endlich erreicht war. Wir hatten gewiss geschlagene Stunden auf dem Pferderücken verbracht. Wie lange genau, das vermochte niemand von uns zu sagen. Und schätzen ließ sich das Ganze leider nur schwer. Im Nachhinein sieht man die Dinge ja gerne mal etwas anders...
„Hey! Ich glaube, dort vorne steht die gute alte Hütte!" John klatschte voller Vorfreude in die Hände.
„Ja.", erwiderte ich relativ träge. Von dem vielen Reiten schmerzte mein Hintern bereits jetzt schon wieder wie damals bei Margit...
„Zeit wird es ja, nicht wahr?", grummelte ich, woraufhin mich nicht nur mein Bruder, sondern auch Paul erstaunt ansahen.
„Was ist los, Schwesterherz? Ist dir die Lust am Reiten etwa vergangen?" John hatte natürlich längst begriffen, dass was nicht ganz stimmte. Etwas mitleidig verzog er sein Gesicht zu einem Grinsen.
„Ist schon in Ordnung.", antwortete ich schnell. Also vor Paul wollte ich mir keine Blöße geben!

„Ja, Katharina hat Recht.", fiel der mir ins Wort. „Schaut nur! Es dämmert bereits. Wer weiß, wie lange wir noch bei halbwegs akzeptablen Lichtverhältnissen..."

„Ja - und wir haben nichts zu essen.", unterbrach ich ihn.

„Wie gut, dass John für alles vorgesorgt hat!" Mein Bruder strahlte triumphierend in die Runde.

Also wenn ich mich für den zweiten Teil unserer Reise weiterhin so oft nach ihm umdrehen würde, hätte ich bis spätestens morgen Abend Nackensteife.

„Es ist nur ein bisschen Brot.", erklärte John und grinste. „Wahrscheinlich ist es schon super hart."

„Ach, das macht nichts!" Paul schüttelte den Kopf. „Ist doch besser als nichts, oder?"

Ja, besser als nichts.

„Absitzen!"

Wie mir schien, hatte mein Bruder nun das Kommando übernommen. Na, dann sollte er mal schön weiter seine Befehle verteilen...

„Ich schlage vor, wir binden die Pferde wieder dort drüben an."

Dabei deutete er auf zwei fest in die Erde gerammte Pfosten, von denen es früher wohl einmal etwas mehr gegeben haben mochte. Wahrscheinlich hatten sie irgendwann einmal so etwas wie ein Dach getragen.

„Ist schon in Ordnung. Ich mach das für dich." Paul war neben mich getreten und nahm mir die Zügel von Johns und meinem Pferd aus der Hand.

Überrascht starrte ich ihn einige Sekunden lang an. Bis mir auffiel, dass ich ja noch meinen Mund offen hatte.

„He, ist wirklich kein Problem." Er zwinkerte mir zu. Und ich wusste nicht, ob er nun die Sache mit den Pferden oder mit meinem Mund gemeint hatte.

Egal.

Rasch hatte ich mich umgedreht, damit er nicht sah, wie rot ich im Gesicht geworden war.

„Also mir kannst du auch gerne helfen!", nörgelte John. Er hatte sich mit dem Brot, das er irgendwie den ganzen

Weg über unbemerkt transportiert hatte, auf ein Fleckchen Boden plumpsen lassen und war nun damit beschäftigt, das bisschen Essen in möglichst gleich große Stückchen zu zerschneiden.

„Na, du bist aber ein Gentleman!", lachte Paul, während er seinem Pferd den Hals tätschelte und ihm ein hastig abgerissenes Grasbüschel an die Nüstern hielt. Gierig schnappte das Tier danach.
Hm, ich hatte auch Hunger...
„Gentleman? Ich?" John kicherte.
„Kaum nehme ich der Lady die Arbeit ab, da nörgelst du auch schon rum, dass sie dir helfen soll."
Mein Bruder hatte den Kopf schief gelegt.
„Ich glaube, du hast da was in den falschen Hals gekriegt.", meinte er nur und zwinkerte.
„Bitte, Jungs, keine weiteren Scherze! Es sei denn, ihr wollt, dass Lady Ellinor in ihre Geschichte noch eine weitere Leiche aufnehmen kann."
„Oh ja! Wer ist es denn diesmal? Der gruselige Räuber vom dichten Finsterwald drüben am Horizont?"
John und Paul kringelten sich vor Lachen.
Da konnte man wieder nur sagen: Typisch Jungs!
Das Gesicht auf die Hände aufgestützt, saß ich da und hörte mir das Gackern der hochpubertierenden Jungs ein Weilchen mit geschlossenen Augen an.
Zu meiner großen Erleichterung hatten sie es ziemlich bald kapiert, dass bei mir so langsam aber sicher mal der Ofen aus war. Und zwar im wahrsten Sinne des Wortes.
John reichte mir ein Stückchen von seinem fein säuberlich geschnittenen Brot. Auch Paul bekam etwas zu kauen. John selbst steckte sich als letzter einen großen Happen in den Mund.
„Wie sieht es denn eigentlich mit der Nachtwache aus?", erkundigte ich mich und schluckte meinen Bissen hinunter.
„Wenn es in Ordnung ist, fange ich wieder an.", erklärte sich mein Bruder sofort bereit.
„Prima. Und dann weckst du mich, ja?"

Aber Paul sah das offensichtlich komplett anders.

„Nichts da!", unterbrach er mich sogleich. „Du brauchst überhaupt keinen Wachdienst übernehmen."

„Aber das habe ich beim letzten Mal auch gemacht. Und wie du siehst, hat es super funktioniert. Sonst wären wir ja nicht mehr hier." - Naja, oder wir hatten einfach nur Glück gehabt.

Aber das brauchte ich nicht laut auszusprechen. Mein Bruder und Paul wussten das genauso gut wie ich.

„Trotzdem." Paul schüttelte entschieden den Kopf. „Beim letzten Mal war ich ja auch verletzt."

„Ja, kurz davor, das Zeitliche zu segnen." Ich lachte bitter auf.

„Es waren ein paar unschöne Kratzer. Mehr nicht.", wehrte Paul ab. Der Held schlechthin.

„Da hast du es dir als Frau also doppelt verdient, einfach mal nichts zu tun."

Hätte er mich in diesem Moment nicht mit seinem zuckersüßen Hey-hör-auf-dich-zu-ärgern-ich-weiß-genau-was-gut-für-dich-ist-Lächeln angegrinst, hätte ich mir wahrscheinlich noch irgendeine Ausrede einfallen lassen. So aber gab ich mich geschlagen. Ich seufzte und blinzelte verlegen. Wenigstens kam ich so zu meinem dringend nötigen Schönheitsschlaf...

-

*Wie aus dem Nichts taucht mit einem Mal das Schloss der Liebe vor meinen Augen auf. Pechschwarze Nacht umgibt die spärlich beleuchteten Zimmerchen des Schlosses.*

*Zusammengekauert hocken mein Bruder, Paul und ich im Gebüsch mitten im Schlossgarten und warten auf den günstigen Augenblick. Der Zeitpunkt, zu dem wir uns ins Schloss schleichen können. - Aber seltsamerweise hat sich noch keine Gelegenheit ergeben.*

*Gerade spitzelt der Mond in milchig weißer Gestalt hinter dem Schlosstürmchen hervor. Eine Fledermaus flattert lautlos über unsere Köpfe hinweg. Irgendwo raschelt es geheimnisvoll im Gras.*

*„Pst, keine Sorge! Es ist alles gut!", höre ich eine leise Stimme hinter vorgehaltener Hand flüstern. Klar, dass das mein Bruder ist. Seine Stimme würde ich auch unter tausend anderen rausfinden. Und zwar auf Anhieb. Doch seine Stimme zu hören, ist nicht Grund genug für mich, um vollkommen beruhigt zu sein...*

*„Aber da war was!", flüstere ich aufgeregt. Schon spüre ich mein Herz angstvoll schneller schlagen.*

*„Nein." Wie mein Bruder schüttelt auch Paul seinen Kopf. „Du musst dich geirrt haben."*

*Doch ich lasse mich von seinen Worten nicht beirren, sondern lausche weiterhin angestrengt in die Dunkelheit hinein. Aus irgendeinem Teil des Gartens klingen leise Knackgeräusche an unsere Ohren. Unweigerlich überfällt mich das dumme Gefühl, dass wir drei hier nicht die einzigen sind.*

*Und das soll sich leider auch bewahrheiten...*

*„Ha! Wusste ich es doch, dass ihr hier herum schleicht!", keift eine mir nur allzu bekannte Person lautstark aus dem Hinterhalt.*

*„Sir William Rosehill!" Mit den Händen hilflos in der Luft herum rudernd, versuche ich vergeblich, mein Gleichgewicht wiederzugewinnen, das ich bei meinem überstürzten Sprung nach oben verloren habe.*

*„Ah, das Fräulein Katharina Turner! Wie schön, dich wieder einmal zu sehen." Er lächelt mich aus bitterbösen Augen gehässig an.*

*„Was wissen Sie über das Vermächtnis?", schreit ihm mein Bruder mit zornesflammenden Augen ins Gesicht.*

*„Das Vermächtnis?" Der Junior hüstelt affektiert. „Aber darum geht es doch gar nicht. Ich bin nur wegen der Lady gekommen. - Erinnerst du dich, Liebste?"*

*Hastig schüttle ich den Kopf. Wenigstens habe ich wieder festen Halt gefunden. Noch dazu fühle ich die warmen*

*Hände meines Bruders beruhigend auf meinen Schultern ruhen. John ist nämlich ebenfalls aufgesprungen.*

*„Du hast es also vergessen?" Der Junior flucht leise. „Oh, ich hätte es wissen müssen! Ich hätte dich damals nicht mit diesem Herren da gehen lassen dürfen! - Und wer zum Teufel ist diese spärliche Gestalt?"*

*Er deutet mit spöttischem Blick zu Paul, der den plötzlichen Ankömmling aus weit geöffneten Augen sprachlos anstarrt, während er sich zögerlich aufrichtet. Erst als der Junior auf ihn zu sprechen kommt, scheint er aus seiner Starre zu erwachen.*

*„Diese spärliche Gestalt ist ganz und gar nicht so spärlich, wie Sie meinen, mein Herr!", erwidert Paul gelassen. Dennoch zuckt seine Hand bereits nach dem Degen, womit mir klar wird, dass die ganze Situation hier alles andere als entspannt für ihn ist.*

*„Ach ja! Was Sie nicht sagen..." Junior Rosehill mustert ihn aus zusammengekniffenen Augen. Und unweigerlich habe ich dabei das Gefühl, Paul beschützen zu müssen. Ohne ein Wort zu verlieren, reiße ich mich von meinem Bruder los und stürze auf Paul zu. Genau in diesem Moment allerdings zieht Sir William Rosehill seinen Degen und springt auf die eisblauen Augen zu.*

*Ich spüre einen brennenden Schmerz in meinem Gesicht, als die Degenspitze meine rechte Wange durchbohrt. Für den Bruchteil von Sekunden glaube ich, die Englein singen zu hören. Im nächsten Moment jedoch kann ich wieder klar sehen.*

-

Direkt über mir entdeckte ich das angstvoll verzerrte Gesicht von - Paul. Und gleich daneben erkannte ich meinen Bruder, der mindestens genauso entsetzt drein schaute wie sein Gegenüber. Nur einer fehlte.

„Wo ist Sir William Rosehill?", kam es wie aus der Pistole geschossen aus meinem Mund.

Aber sowohl mein Bruder als auch Paul schüttelten nur die Köpfe.

„Wo verdammt nochmal ist der Junior?" Ich hatte es fast geschrien. Panisch versuchte ich mich aufzurichten. Doch die starke Hand meines Bruders hielt mich zu Boden gedrückt.

„Mensch, Katharina, du hast geträumt!" Er fluchte leise irgendwelche Worte, die ich allerdings nicht verstehen konnte, was wahrscheinlich besser war.

„Geträumt?" Völlig verwundert starrte ich erst meinen Bruder, dann Paul an. Und abermals wanderten meine Augen zurück zu meinem Bruder.

„Aber ich bin doch verletzt.", murmelte ich fassungslos und fasste dabei ungläubig nach meiner rechten Wange. Doch wie ich noch im selben Atemzug feststellen musste, war da nichts. Nicht einmal eine Schramme.

„Aber das gibt es doch nicht...", murmelte ich irritiert. „Du, Paul und ich - wir waren beim Schloss - im Gebüsch und haben gewartet, als auf einmal völlig unvermittelt Sir William Rosehill auftauchte."

„He, ist gut. Du brauchst nicht zu zittern." John streichelte mir beruhigend über meine Wange.

Erst bei seinen Worten war mir aufgefallen, dass mein ganzer Körper bebte. Und das ganz gewiss nicht vor Kälte.

„Er hat sich einfach hinterrücks angeschlichen. Ich habe keine Ahnung, woher er kam. Nur war er auf einmal da."

„Und dann wollte er dich entführen?", fragte Paul vorsichtig nach.

„Nein." Ich schüttelte meinen Kopf. „Er wollte sich auf *dich* stürzen, Paul."

„Auf mich?" Verwundert legte er seine Stirn in Falten. Ganz im Gegensatz zu meinem Bruder stand ihm das irgendwie.

„Ja.", fuhr ich mit kläglicher Stimme fort. „Und da habe ich mich dazwischen geworfen und - der Junior hat mich mit seinem Degen erwischt. Direkt hier an der Wange."

Ich hatte mit meinem Finger auf meine rechte Backe gedeutet.

„Du bist echt krass, Schwesterlein." John wiegte seinen Kopf hin und her. „Das ist genau die Stelle, auf die ich dich geschlagen habe, damit du wach wirst. - Du hast im Traum ja regelrecht geschrien!"

„Hab ich das?"

Mit großen Augen starrte ich meinen Bruder an. Und dann konnte ich nicht anders. Hilflos wie ein kleines Kind saß ich da. Die Tränen kullerten mir nur so über die Wangen. Liebevoll, wie große Brüder es eben sind, nahm John mich in seine Arme.

„Ach, Katharina, es ist doch alles gut. Das war nur ein böser Traum. Das kommt eben mal vor. Du weißt das so gut wie ich."

Natürlich hatte er Recht. Und wie sogar! Es war die wirklich banalste Tatsache der Welt, dass man mal einen Albtraum hatte. Wieso führte ich mich da eigentlich so auf, verdammt nochmal?

Paul schien die Welt nicht mehr zu verstehen. Aus meinen tränenverschmierten Augenwinkeln konnte ich nur schwach erkennen, dass er einfach nur mit hängenden Schultern da saß und nicht so wirklich wusste, was er tun sollte.

„John, erinnerst du dich?", fragte ich schluchzend. „In der Nacht bevor du ihm begegnet bist..."

Mein Bruder wusste so gut wie ich, dass damit die Sache mit Paul gemeint war. Damals noch Sir Paul.

„In der Nacht habe ich davon geträumt - und am nächsten Tag ist es Wirklichkeit geworden."

„So etwas kannst du?" Überrascht und erstaunt zugleich war Paul zusammen gezuckt.

„Ja, irgendwie ist das, was sie geträumt hat, auch tatsächlich eingetroffen.", räumte mein Bruder ein. „Aber normalerweise hat sie so etwas nicht. Sie ist keine Hexe, keine Hellseherin, keine Wahrsagerin - und überhaupt... Nein, sie ist meine liebe kleine Schwester, die sich einfach nur zu viele Sorgen macht. Sorgen um dich."

Dabei schaute er Paul lange und ziemlich gedankenverloren an, während es um uns herum geisterhaft-schaurig still geworden war.

„Wir werden morgen verdammt vorsichtig sein müssen.", sagte mein Bruder dann auf einmal. „Das ist kein gutes Omen. Und ich glaube wirklich nicht an Magie und so einen Schmarrn. Und außerdem lässt sich die Sache irgendwie auch erklären."
Er musterte mich einige Sekunden lang.
*Der Gasthof zum Goldenen Stein!*
Natürlich! Weshalb war ich nicht gleich darauf gekommen! Naja, bei so vielen Erlebnissen an einem Tag konnte man aber auch nicht gleich an alles auf einmal denken.
Mein Bruder musste mit seiner Gedankenübertragung richtig gelegen sein, denn damals, als wir beim *Goldenen Stein* überfallen worden waren, hatte ich ebenfalls als einzige das Gefühl gehabt, dass uns jeden Moment jemand aus dem Hinterhalt angreifen könnte, was dann schließlich ja auch geschehen war.
Und jetzt war die Sache mit dem Rosehill Junior dazu gekommen. Sir William Rosehill - der offensichtliche Verschwörer und Bösewicht der ganzen Geschichte hier. Kein Wunder also, dass ich von ihm schon Albträume bekam...
So einen Geliebten wollte ich auf keinen Fall haben!!
Naja, und dann die Sorge um Paul.
Rasch drehte ich meinen Kopf zur Seite.

„Ich glaube, es ist dann mal besser, wenn ich mich wieder hinlege.", murmelte ich, woraufhin mein Bruder nur nickte.
*Ja,* sagten seine Augen. *Leg dich hin und schlaf. Aber träum diesmal weder was von einem Rosehill Junior noch von einem Paul Morgan, verstanden?!*

„Okay.", seufzte ich, wofür mir Paul ein sonderbares Lächeln schenkte.

„Du kannst getrost schlafen.", hörte ich ihn noch sagen, als ich mich längst wieder hingelegt hatte. „Ich übernehme jetzt die Wache."

Ob das meinem Bruder galt? Oder hatte er es mit leichter Verspätung zu mir gesagt?
Egal. Diesmal würde ich auf jeden Fall etwas wunderbar Schönes träumen. Von Schokoherzen mit Marzipan.

# - 10 -

Als ich am nächsten Morgen verschlafen blinzelte, spürte ich eine warme Hand auf meiner ruhen. Obwohl ich nicht sehen konnte, um wessen Hand es sich dabei handelte, bedurfte es wirklich keiner hellseherischen Künste. Ich wusste auch so, dass das nie und nimmer mein Bruder sein konnte.
Ich seufzte leise.
Das war schon ein schönes Gefühl!
Und abermals konnte ich ein flüchtiges Seufzen nicht unterdrücken.
Keine zehn Sekunden darauf war die Hand verschwunden.
Also meinetwegen hätte sich Paul damit ruhig etwas mehr Zeit lassen können!
„Guten Morgen, John!", hörte ich ihn flüstern. „Na, deine Wache gut überstanden?"
„Sieht ganz so aus."
Auch wenn ich ihn nicht sehen konnte, wusste ich doch, dass mein Bruder gerade von einem Ohr zum anderen grinste.
Typisch Bruder eben!
„Ich denke, wir können die Lady dann mal wecken...", hörte ich ihn noch murmeln.
Jetzt waren mal wieder alle meine schauspielerischen Fähigkeiten gefragt - eine super Übung für das kommende Schuljahr, denn da würde ich im Schultheater mitspielen. Und Mr Rowland, der das Schultheater schon seit gefühlten Jahrzehnten leitete, hatte sich für die nächste Saison Shakespeares *Much ado about nothing* ausgesucht. Die Rolle der *Beatrice* und keine andere war es, welche ich unbedingt bekommen wollte. Aber leider, wie ich auf dem Schulklo über die Wand hinweg kurz vor unserer überstürzten Reise nach London mitbekommen hatte, interessierten sich auch jede Menge anderer Mädchen für die heißbegehrte Frauenrolle - neben dem zuckersüßen Hero-Püppchen.

Wenn ich die Rolle ergattern wollte, musste ich mir einige schauspielerischen Fähigkeiten antrainieren... Ich hatte nämlich keine Lust, den *Don Juan* zu spielen. Und in die Rolle von *Pater Franziskus* wollte ich lieber auch nicht schlüpfen. Und *Borachio* und *Konrad* kämen ja schon überhaupt nicht in Frage...

„Katharina?" Behutsam hatte sich eine warme Hand auf meinen Oberarm gelegt. „Katharina, bist du schon wach?"
Wie schade, dass ich meinen Bruder in diesem Moment nicht sehen konnte! Ich bin mir heute noch hundertprozentig sicher, dass er beinahe vor Lachen geplatzt wäre. Und selbst jetzt weiß ich noch nicht, wie er es geschafft hatte, überhaupt kein Lachen von sich zu geben...
Aber ich tat erst mal so, als schliefe ich noch tief und fest.
„Ne, ne, so wird das nichts."
Auch wenn ich meine Augen noch geschlossen hatte, wusste ich doch, dass John in diesem Moment seinen Kopf schüttelte.
Mit einem Mal war die warme Hand verschwunden, denn...: „Katharina! Schwesterlein! Aufstehen. Zack - zack, dalli - hopp!"
Nach einem nicht gerade angenehmen Schlag auf die Wange tat ich nun also so, als würde ich gerade aufwachen...
„Ohhh... Mann! Welcher Idiot..." Ich gähnte und fasste mit der Hand an die Stelle, an der mich John soeben geohrfeigt hatte.
„Guten Morgen, Schwesterherz!" Direkt vor mir tauchte das Gesicht meines heißgeliebten Bruders auf.
„John...", murmelte ich und tat dabei ganz verschlafen. „Warst du das schon wieder?"
Ich rieb mir meine Wange.
Da wäre mir Pauls Weckmethode doch um einiges lieber gewesen.
„Tut mir leid. Wirklich! Aber das war echt nötig gewesen..."
„Jaja, schon gut.", grummelte ich und wischte mir mit der Hand kurz über die Augen, um auch das letzte Sandkörn-

chen der vergangenen Nacht von seiner Aufgabe zu befreien. So ein Sandkörnchen zu sein, war doch bestimmt mehr als nur stinklangweilig.

„Beim nächsten Mal könntest du dich ja darum bemühen, etwas freundlicher zu sein!"
Ich zwinkerte ihm zu.
„Werde es versuchen." John zog seine Mundwinkel nach oben. „Wenn es euch nichts ausmacht, dann reiten wir gleich weiter. Mein Hintern kribbelt schon wieder so. Und das kann nur eines bedeuten: Auf in den Sattel und weiterreiten!"
Auf in den Sattel und weiterreiten...
Auweia - im Gegensatz zu meinem Bruder verspürte mein Hintern nicht die geringste Lust zu jeglichem Tatendrang. Er kribbelte nicht, aber dafür machte sich ein wirklich „angenehmer" Muskelkater bemerkbar.
Das konnte ja mal heiter werden!
„Moment mal, Brüderchen - wir haben doch gar keinen Sattel!", unterbrach ich John schmunzelnd - trotz meines Muskelkaters.
„Ja, so was aber auch!" Er schlug sich gespielt mit der flachen Hand vor die Stirn. „Da habe ich ja glatt etwas vergessen! Nein, so ein Pech aber auch."
Paul, der verständnislos über unsere geschwisterliche Ironie den Kopf geschüttelt hatte, stand mittlerweile neben seinem Pferd und tätschelte dessen Hals.
„Ich schlage vor, dass wir das Gewicht diesmal anders auf die Pferde verteilen. Also wird mein Pferd heute zwei Reiter tragen.", meinte er.
„Und wer bitte muss dann diesmal auf das andere Pferd?", wollte ich sogleich wissen und bereute es schon im nächsten Moment wieder, dass ich diese Frage gestellt hatte.
„Na - du, liebes Schwesterlein! Oder glaubst du im Ernst, du könntest alleine ein Pferd reiten? Noch dazu, wo es ja gar keinen Sattel trägt?!"

Anstatt meinem Bruder irgendetwas zu erwidern, machte ich mich also auf den Weg hinüber zu Paul, der mich mit schiefgelegtem Kopf aus seinen eisblauen Augen angrinste.
 „Tja, Pech gehabt.", meinte er.
 „Danke für deine Bemerkung!", murmelte ich und raffte meine Röcke zusammen.
 „Keine Sorge, Paul! Katharina tritt nicht zum ersten Mal ins Fettnäpfchen."
Und schon kicherte mein Bruder wieder sein super albernes Das - hat - man - halt - davon - wenn - man - die - kleine - Schwester - ist - Lachen. Wenigstens tat Paul so, als hätte er nichts gehört.
 „Soll ich dir aufs Pferd helfen?", fragte er nur.
Also wenn er Augen im Kopf hatte, dann musste er doch längst bemerkt haben, dass man mit solch einem bauschigen Kleid, wie ich es gerade trug, ganz besonders „leicht" auf ungesattelte Pferderücken kam.
 „Keine Sorge, Paul, ich mach das schon."
Ganz unvermittelt war mein Bruder zu uns herangetreten und mit einem kräftigen Schwung hatte er mich nach oben aufs Pferd gehievt.
 „Weißt du, so eine Tonne lässt sich nicht so leicht bewegen." Demonstrativ schnaufte er ein paar Atemzüge lang wie eine alte Dampflock.
Also jetzt blieb mir wirklich die Spucke weg! Das war doch die Höhe! Empört wollte ich gerade nach Luft schnappen, als ich auch schon Pauls Hand auf meiner Schulter ruhen spürte.
 „Keine Sorge!", flüsterte er. „Ich pass schon auf dich auf."
 „Ja, aber vergiss nicht, Paul: Sobald die Sache mit dem Vermächtnis geklärt ist, legen wir dich um.", unterbrach John ihn, wobei er sich ebenfalls aufs Pferd schwang.
Prima, so sportlich wäre ich auch gerne gewesen...
 „Also *du* magst ihn ja vielleicht umbringen...", warf ich dazwischen. „...aber dann vergiss bitte nicht, dass ich eine

Frau bin! Ich weiß ja noch nicht mal, wie ich einen Degen in der Hand zu halten habe."

„Wie bitte?", meldete sich Paul direkt hinter mir.

John räusperte sich lautstark.

„Ich denke, es wäre besser, wenn wir jetzt losreiten. Unterwegs wird uns genügend Zeit bleiben, uns zu unterhalten, nicht wahr?"

Damit gab er seinem Pferd mit etwas Schenkeldruck zu verstehen, dass es nun losging. Pauls Reittier folgte unverdrossen hintendrein.

„Du kannst also nicht fechten?", fragte mein Hintermann neugierig.

Ich schüttelte stumm den Kopf.

„Hat man es dir denn nicht beigebracht?"

„Wie denn bitteschön beigebracht? Meinst du, wir hätten über Jahre hinweg Unterricht bekommen oder was?"

„Nein, so war das nicht gemeint. Ich dachte, dass man euch im Vorfeld der Vorbereitungen auf die bevorstehende Reise - ach, du weißt schon - jedenfalls, dass man euch kurz vor knapp was gesagt hat."

Ich seufzte. Umständlicher ging das jetzt auch nicht mehr. Naja, was half es schon? Wenigstens hatte ich begriffen, was er meinte.

„Doch, das schon.", antwortete ich schnell. „Aber ich bin leider nicht so sporttalentiert wie mein Bruder."

„So? Aber dann hast du doch sicher andere Stärken."

„Ja.", nickte ich und bereute auch schon im selben Moment meine Antwort.

„Und die wären dann?"

Mann! Der wollte aber auch wirklich alles wissen!

„Also ich spiele ziemlich gut Flöte." Zumindest behauptete das mein Flötenlehrer. Aber das brauchte Paul ja nicht zu wissen.

„Weiß ich doch.", antwortete er allerdings.

Wusste er? Woher??

- Ach ja! Sir William Rosehill. - Danke.

„Ich kann auch singen.", fuhr ich fort.

„Nicht schlecht. Eher Pop? Oder in Richtung Rock? Oder Wagner-Werke..."
„Am liebsten singe ich Arien aus Mozarts Opern."
„Also auch so was wie die Königin der Nacht und so?"
„Ja, auch so was wie die Königin der Nacht und so." Das war jetzt aber mein Bruder. Er lachte.
„Im Ernst?"
Ich drehte mich demonstrativ nicht nach Paul um. Sein Gesicht wollte ich jetzt besser nicht sehen.
„Finde ich echt stark.", meinte er - zu meiner großen Überraschung.
„Wirklich?", fragte ich ungläubig nach.
„Klar, oder meinst du, ich veräppel dich?" Er lachte kurz auf.
„Hm." Ich zuckte nur mit den Schultern. Man konnte ja nie wissen.
„Mozart ist mein Lieblingskomponist.", erklärte ich dann.
„Ja, und mindestens genauso gern hört sie Beethoven.", kommentierte John sogleich. Diese Nervensäge!
„Falls es dich interessiert, finde ich Beethovens *Pastorale* ziemlich gut.", fuhr ich ungehindert fort, Paul meine Musikneigungen zu erklären. „Meine Freunde in der Schule finden das zwar ziemlich uncool, aber wenigstens lassen sie mich in Ruhe. - Und du, allerliebstes Bruderherz, brauchst dich überhaupt nicht über meinen Musikgeschmack zu beschweren!"
Doch mein Bruder reagierte nur mit einem gelangweilten Ist-mir-doch-egal-Schulterzucken.
„Er studiert nämlich Musik mit Hauptfach Cello.", erklärte ich Paul, für den Fall, dass er das nicht ohnehin schon längst wusste.
„Und wenn es dich noch interessiert: Mein Lieblingsfach ist Geschichte."
Bei diesen Worten pfiff Paul anerkennend durch die Zähne.
„Respekt! Ein nicht gerade leichtes Fach."
Über meine Lippen war ein verlegenes Lächeln gehuscht. Zum Glück konnte Paul nichts davon sehen.

Der weitere Ritt entpuppte ich als leider ziemlich langweilig. Paul wusste ja immerhin jetzt alles, was er hören hatte wollen. Daher schwieg er zu 99% der restlichen Wegstrecke. Nur mein Bruder war es, der gelegentlich eine Bemerkung von sich gab. So etwas wie „Schau mal, Katharina! Dieses Grasbüschel dort drei Meter links von uns! Genau das hat uns Lady Ellinor auch beschrieben." oder: „Also beim letzten Mal waren das da vorne ja nur zwei Steine gewesen und nicht drei." war dabei noch ziemlich spannend anzuhören. Gegen Mittag hatten wir dann eine kurze Rast eingelegt, in der die Pferde etwas Gras fressen und wir etwas von unserem Brot essen durften. Von meinem Muskelkater, den ich anfangs noch beim Aufwachen gespürt hatte, war nun weit und breit nichts mehr zu merken, wahrscheinlich deshalb, weil sich mein Hintern schon anfühlte wie ein Reibeisen. Hinzu kam, dass mich allmählich der Durst quälte.

Paul erklärte, er kenne einen kurzen Weg zu einer gar nicht weit entfernten Wasserquelle, aus der man bedenkenlos trinken könne. Und er versprach, uns dorthin zu führen. Diese weitere kleine Zwischenpause kostete uns allerdings mehr Zeit, als wir einberechnet hatten. Als wir endlich in die Nähe des Schlosses kamen, dunkelte es bereits.

„Wir müssen jetzt äußerst vorsichtig sein!", zischte John. Mir war längst klar, dass er nervös war. Mindestens genauso wie ich. Mein Herz klopfte bereits wieder wie wild. Nur Paul schien als einziger wirklich gelassen zu sein. - Oder er war einfach der bessere Schauspieler.

„Ich schlage vor, wir machen es wie beim letzten Mal.", sagte er leise. „Wir binden die Pferde dort drüben an und schlagen uns in die Sträucher."

Ganz wie in meinem Traum...

*Komm schon! Du schaffst das! Jetzt hör bloß damit auf, dich verrückt zu machen... Du hast schon ganz andere Sachen überstanden.*

*Die letzte Matheschulaufgabe zum Beispiel.*

Oh je! Mein „Lieblingsfach" verfolgte mich aber auch wirklich auf Schritt und Tritt!

„Und dann der alte Trick, oder?", fuhr John ebenso leise fort.

Paul hinter mir nickte kaum merklich.

Ich seufzte auf, erleichtert darüber, nicht länger an Mathe denken zu müssen.

Wenig später war es dann soweit. Um die Pferde hatte sich unser Begleiter gekümmert. John und ich waren inzwischen vorgeschlichen und hatten uns hinter den Sträuchern im Schlossgarten heimlich zusammengekauert. Nun hieß es warten. Warten darauf, dass Paul kommen würde. Und warten, dass es im Schloss ruhiger wurde.

Wir saßen eine geschlagene Stunde da (oder vielleicht sogar länger, aber das konnte niemand von uns wirklich genau ausmachen). Meine Beine waren längst eingeschlafen. Meine Augen klappten schwer nach unten. Ich war hundemüde und wollte mich eigentlich nur noch hinlegen und einschlafen.

Meine Gedanken kreisten um das Vermächtnis und von da zu Newton. Ja, unser guter alter Isaac Newton mit der Gravitation und dem Zeitreisen. Und auch der Isaac Newton, der die Verantwortung dafür trug, dass wir Schüler uns so sehr in der Schule quälen mussten. Andererseits war er ja nicht der einzige Schuldtragende. Da gab es ja noch jede Menge anderer schlauer Leute...

„Katharina? Bist du so weit?"

Erschrocken zuckte ich zusammen. Hatte da soeben wirklich jemand gesprochen oder bildete ich mir das nur ein?

„John?", wisperte ich leise.

„Ja.", antwortete er im Flüsterton. „Der Zeitpunkt wäre jetzt da."

Mühsam brachte ich ein Nicken zusammen. Mir war ja ganz und gar nicht wohl dabei, dass wir uns jetzt schon wieder ins Schloss hineinstahlen und heimlich dort herum wuseln würden. Aber wir mussten unbedingt wissen, was die heimtückischen Entführer vorhatten. Im Geheimen hegte ich den saudummen Verdacht, dass es bereits zu spät und Lady Dorothy irgendetwas zugestoßen war.

Paul streckte mir freundschaftlich seine Hand entgegen, um mir auf die Beine zu helfen. Ich brauchte meine ganze Kraft, um nicht augenblicklich wieder ins Gras zurück zu plumpsen. Meine Glieder schienen völlig ihren Geist aufgegeben zu haben.

„Dann wollen wir uns mal auf die Socken machen...", hörte ich John noch murmeln. Im nächsten Augenblick war er hinter einer der nächsten Strauchgruppen in der Finsternis verschwunden.

Paul nickte mir aufmunternd zu.

„Kopf hoch!" Er lächelte verlegen. „Wird schon schief gehen."

Und damit folgte ich ihm, wenn auch etwas zögernd.

„Pst! Wir müssen ganz leise sein!" John legte seinen Finger warnend an die Lippen und drehte sich nach Paul und mir um. Mit einem stummen Nicken gaben wir ihm zu verstehen, dass wir alles verstanden hatten. - Als ob wir nicht von alleine drauf gekommen wären, möglichst kein Geräusch zu verursachen!

Auf leisen Sohlen hatten wir uns durch die Küche geschlichen. Diesmal war es nicht nötig gewesen, wie beim letzten Mal Steinchen an die Fenster zu werfen, um einen Einbruch vorzutäuschen. Diesmal war John ganz einfach durch ein offen stehendes Fenster im Erdgeschoss gestiegen und hatte uns, also Paul und mir, anschließend von innen die Küchentüre geöffnet.

Nun huschten wir aus der Küche, verharrten einige Sekunden auf dem durch geheimnisvoll flackernde Kerzen spärlich erleuchteten Gang und verschwanden dann so lautlos, wie wir gekommen waren, im berühmt-berüchtigten Wandschrank, um den Geheimgang entlang zu laufen.

„Mann, ist das ekelhaft!", murmelte ich und zog angewidert meinen Kopf ein, um mit meiner hochsensiblen Frisur nicht die komplette Lage an Spinnweben von der Decke zu fegen. Schon beim letzten Mal hatte ich mich nur mit Mühe dazu bewegen können, diesen unheimlichen Gang entlang zu gehen.

„Zu deiner Beruhigung: Es gibt immer noch keine Fledermäuse hier drinnen.", versicherte mir mein Bruder.

„Vor Fledermäusen habe ich sogar überhaupt keine Angst mehr!", sagte ich schnell.

„Ach ja?" John kicherte leise in sich hinein, was ich aber nicht weiter zur Kenntnis nahm.

„Ja.", meinte ich stattdessen. „Ich finde jetzt sogar, dass sie richtig süß sind."

„Sozial sind sie außerdem.", erklärte Paul von hinten. „Schon mal was von *Altruismus* gehört?"

„Oh bitte! Jetzt fang bloß nicht mit Biologie an!" Genervt verdrehte ich die Augen. „Das Thema haben wir dieses Schuljahr wirklich lange genug durchgekaut."

„Also ich fand Bio früher ziemlich spannend.", erklärte Paul sachlich-nüchtern. War er jetzt etwa beleidigt?

„Ja, so schlecht ist es ja auch nicht.", entgegnete ich rasch. „Aber was nützt es mir, wenn ich weiß, wie sich eine Ratte in der Skinner-Box verhält? Meine Kinder werde ich jedenfalls mal nicht auf eine solche Art programmieren."

„Du hast ja auch keine *Rattenkinder*...", witzelte John.

„Haha! - Ich wollte damit nur klarstellen, dass ich es wesentlich wichtiger finde, zu wissen, wie beispielsweise die Schilddrüse funktioniert und ob sie in einem Zusammenhang zur Leber steht und wenn ja, wie -"

„Um deine Frage zu beantworten..." Paul hatte gerade zu einer Erklärung angesetzt, als mein Bruder einen überraschte Ruf von sich gab.

„Alle Achtung!", hörten wir ihn mit unterdrückter Stimme. „Beim letzten Mal war mir der Weg wesentlich länger vorgekommen. Aber wir sind da."

„Heb dir deine Antwort für später auf, ja?", wandte ich mich noch kurz an Paul, bevor mein Bruder die Türe nach draußen auf den Flur öffnete.

„Tut mir leid, aber das wird sich höchstwahrscheinlich nicht einrichten lassen.", antwortete Paul neben mir. „Ich

fürchte nämlich, dass sich die Sache mit der Entführung, dem Vermächtnis und den Feueropalen innerhalb der nächsten Minuten geklärt haben wird - und dann bist entweder du mit deinem Bruder tot oder ich werde das Zeitliche segnen."
Meinte er das wirklich ernst?!

„Dann übernimm doch *du* bitte den Vortritt...", hörten wir John noch murmeln. Er war gerade dabei, die Türe vor sich zu entriegeln.
Endlich! Mit einem leisen Ächzen schwang das Holz auf. Bevor ich allerdings aus dieser dunklen Höhle abhauen konnte, musste mein Bruder erst noch testen, ob die Luft auch wirklich rein war, weshalb er eine gefühlte Minute lang seinen Kopf im Türspalt stecken ließ und dabei unverständliche Worte grunzte.

„Ich glaube, wir können jetzt wirklich hier raus.", meinte Paul und gab John einen leichten Ruck. Mein Bruder, der damit überhaupt nicht gerechnet hatte, taumelte mehr oder weniger elegant nach draußen.
Ich schlüpfte zielstrebig hinterher und keine Minute später stand ich auch schon neben meinem Bruder und Paul vor den wandhohen Bücherregalen in Lady Dorothys Bibliothek.

„Das Vermächtnis ist weg. Eindeutig." Paul kratzte sich nachdenklich am Kinn. Er hatte noch immer keine Ahnung, dass John und ich es gewesen waren, die es zu Newton gebracht hatten... „Ich möchte nur wissen, wer es geschafft hat, es an sich zu bringen."

„In der Tat. Das möchte ich auch."
Blitzschnell hatten wir uns umgedreht. Nun standen wir da wie erstarrte Salzsäulen und trauten unseren Augen nicht. Mein Gehirn hatte es noch gar nicht realisieren können, wer da aus heiterem Himmel ganz plötzlich aufgetaucht war, als mein Bruder bereits seine Sprache wiedergefunden hatte.

„Sir William Rosehill!", zischte er. Nur mit Mühe konnte er jegliche weitere Bemerkungen verhindern. Ihm passte

das Erscheinen des Juniors genauso wenig wie mir. „Sie schon wieder!"
Das war ja wie beim letzten Mal! Nervös trat ich von einem Fuß auf den anderen. Meine Hände fühlten sich schweißnass an.

„Richtig." Rosehill lächelte verbissen. „Und die Lady ist ja auch da. Wie nett. - Erinnerst du dich noch?"
Er machte mich schon wieder so saudumm an!
Blöderweise blieben mir immer in genau solchen Momenten die passenden Worte aus.

„Und einen neuen Begleiter habt ihr beiden jetzt, wie ich sehe." Er lachte affektiert, wobei ich schwer bedauerte, dass er sich dabei nicht verschluckte.
Dieser arrogante Schnösel von und zu Heini konnte Lady Dorothy ja auch an einem anderen Tag besuchen kommen. Warum musste er immer dann anwesend sein, wenn wir uns heimlich ins Schloss geschlichen hatten?!

„Sie glauben ja gar nicht, was für einen Schrecken Sie der armen Lady Dorothy bei Ihrem letzten unangemeldeten Besuch eingejagt haben!", wandte er sich nun an alle. „Die gute Frau leidet noch heute unter Albträumen."
*Ja, ich auch.*

„Ich bin zutiefst enttäuscht, dass Sie beide -" (Bei diesen Worten waren natürlich John und ich gemeint.) „nun mit diesem hinterhältigen Verräter zusammenarbeiten." (Damit war Paul gemeint.)

„Ach - vorher haben Sie also gemeinsam..."
Paul schaute überrascht drein. Dachte er etwa wirklich, dass Rosehill mit meinem Bruder und mir zusammengearbeitet hatte? Zumindest seinen Blicken nach zu urteilen, musste er das denken.
Mein Bruder ließ Paul jedoch gar nicht erst zu Wort kommen: „Leider völlig falsch kombiniert, lieber *Sir Paul*." Er grinste wichtigtuerisch. „Sir William Rosehill und wir haben rein gar nichts miteinander zu schaffen. Die Aufregung bei unserem letzten Zusammentreffen rührte schlichtweg davon her, dass niemand von uns auch nur den blassen

Schimmer eines leisen Anhauchs einer möglichen Vermutung hatte, wer nun eigentlich mit wem im Bündnis steckt."
Puh! Das war ein ganz schön langer und wirklich extrem umständlicher Satz gewesen. Doch Paul hatte kapiert.
Was studierte er eigentlich, dass er so immens schlau war? Vielleicht Medizin oder so?
„Demnach kämpfen Sie und die Lady sowohl gegen Sir Rosehill als auch gegen mich?" Pauls Gesicht hatte sich vor Aufregung enorm gerötet. Er sah aus, als habe er ein zweistündiges Gesichtsbad in heißer Tomatensuppe genommen. Hatte er denn immer noch so wenig Vertrauen ins uns? Jetzt, wo wir uns auf dem Hinweg zum Schloss schon so gut verstanden hatten? Anscheinend wechselte er gerne ziemlich schnell die Seiten...
„Wieder falsch kombiniert, lieber *Sir Paul*." Diesmal war ich es, die ihn unterbrach. „Solange die Sache noch nicht eindeutig abgeklärt ist, werden Sie und wir zusammenhalten. Vergessen Sie das nicht!"
Es bedurfte keiner weiteren Worte. Paul hatte auch so verstanden, dass mit der *Sache* nichts anderes als das *Vermächtnis* gemeint war.
„Ich bin zutiefst enttäuscht.", knurrte Rosehill Junior währenddessen und blickte mich aus zusammengekniffenen Augen hasserfüllt an. „Damals hast du mir hoch und heilig versprochen, meine Geliebte zu sein!"
Er stand kurz vor der Explosion.
„Ich war und bin nie und nimmer Ihre Geliebte!", widersprach ich ihm heftig. „Und ich möchte Sie sehr darum bitten, mir nicht noch weitere derartige Unterstellungen an den Kopf zu schmeißen!"
„Was für eine Ungezogenheit! Ich werde Sie anklagen! Jawohl! Sie alle drei!" Er hielt inne. „Oder nein..."
Seine Hand zuckte gefährlich nach etwas...
Oh nein... *Bitte nicht schon wieder kämpfen!!*
„Fechten wir eben!"
Mit zornesrotem Gesicht hatte er seine Waffe aus der Scheide gezogen. Einen entsetzten Aufschrei auf den Lip-

pen sprang ich gerade noch zur Seite, wobei ich nicht verhindern konnte, dass ich mit dem Rücken gegen eines der Bücherregale prallte, von dem sich ein Regen aus Abhandlungen über das Staatswesen und die neuesten Erkenntnisse der Mathematik auf uns ergossen.
Meinem Bruder war eines der Dinger schmerzhaft auf die Nase gefallen. Doch tapfer hielt er den Mund. Statt irgendetwas zu sagen, zog er nur wortlos seinen Degen. Auch Paul hatte bereits seine Fechtstellung eingenommen.

„Jeder gegen jeden.", zischte er.
Doch mein Bruder schüttelte den Kopf.

„Falsch.", sagte er. „Sir Rosehill gegen uns."
Und schon im nächsten Moment klirrten die Waffen.
Beinahe ohnmächtig lehnte ich an der Wand - die Augen halb geschlossen - und wartete darauf, dass es endlich aufhörte.

„Das hätte ich nie von dir erwartet!", empörte sich der Junior. Natürlich wusste ich, dass seine Worte nur mir galten. „Du bist so eine unverschämte Göre! Frech und verzogen und überhaupt - wie kann es nur sein, dass du adeligen Kreisen entstammst!"

„Machen Sie nicht einen solchen Lärm.", wies ihn Paul mit scharfer Stimme zurecht. „Sagen Sie uns lieber, wo Sie unsere Feueropale aufbewahrt haben."

„Feueropale? Welche Feueropale?!" Aus weitgeöffneten Augen starrte er meinen Bruder und Paul an. Im nächsten Augenblick war er hinter einem der Bücherregale verschwunden. Wollte er etwas das Weite suchen?

„Wir kreisen ihn ein! Dann hat er keine Chance.", raunte mein Bruder Paul zu.

„Aber das wäre unfair!", entgegnete der.

„Das ist mir jetzt sowas von scheißegal!!"

„Na gut! Dann mir auch."
Mit zitternden Knien wankte ich taumelnd ein Bücherregal weiter, von wo aus ich nun beste Sicht auf das Fechtgetümmel hatte und jede Bewegung der drei Kämpfenden herrlich gut verfolgen konnte.

Mein Hirn fuhr gerade wieder einmal Achterbahn. Hoffentlich warteten die Magensäuren noch ein Weilchen damit, sich gegenseitig zu attackieren...

„Sie haben unsere Feueropale gestohlen! - Als wir das letzte Mal hier waren.", erklärte mein Bruder und prasselte weiter mit Degenhieben auf seinen Gegner ein.

Sir William Rosehill, der offenbar gar nicht mehr wusste, wie ihm geschah, konnte nicht anders, als stetig zurückspringen. Keine Minute später stand er mit dem Rücken an der Wand und konnte nicht mehr weiter.

„Ich warne Sie.", drohte Paul mit einem gefährlichen Unterton in seiner Stimme und hielt ihm die Spitze seines Degens an die Brust. „Sagen Sie uns, wohin Sie die drei Feueropale gebracht haben oder wir werden Sie rücksichtslos niederstechen!"

Aber noch zögerte der Junior.

Letztlich würde ihm jedoch nichts anderes übrig bleiben, als endlich zu verraten, wohin er unsere Steine gebracht hatte. Denn er - und kein zweiter - konnte es gewesen sein, der sie uns hinterrücks abgeluchst hatte, damals, hier bei Lady Dorothy in der Bibliothek. Er hatte uns heimtückisch überrascht. Und erst danach war uns das Verschwinden der Steine bewusst geworden. *Er* musste es also gewesen sein. Er - und niemand anderes.

„Vor den Augen Ihrer *Geliebten* zu sterben - nicht gerade angenehm, ist es nicht so?", zischte mein Bruder und machte einen Schritt auf seinen noch immer völlig wehrlosen Gegner zu.

„Ich weiß überhaupt nicht, von was Sie eigentlich sprechen!", presste William hinter seinen zusammengebissenen Zähnen hervor.

„Stellen Sie sich nicht so an!", ging ich mit einem Mal dazwischen. Bis heute weiß ich nicht, was mich dazu bewogen hatte, plötzlich das Wort zu ergreifen. Aber höchstwahrscheinlich hätte die ganze Aktion sonst vielleicht einen völlig anderen Ausgang genommen...

„Sie wissen genau, von was die beiden Herren sprechen!", fuhr ich ungehindert fort. „Es handelt sich um drei Feueropale - Edelsteine. Wir alle trugen Sie bei uns. Und Sie wissen so gut wie wir, welchem Zweck diese Steine dienen."

„Es stimmt also.", murmelte der leichenblasse Sir Rosehill fassungslos.

Triumphierend blickten John, Paul und ich uns an.

„Nur zu! Wir sind geduldige Zuhörer!" Paul grinste ihn spöttisch an.

„Die drei Steine... Ich bin in einem Auftrag hierhergekommen."

„Wessen Auftrag?", bohrte mein Bruder sofort nach.

„Das geht Sie nichts an!" Sir William Rosehill atmete tief durch. „Ich bin geschickt worden, Ihnen die Steine abzuknöpfen."

„Etwa von denjenigen, die mich entführen wollten?", platzte ich unvermittelt dazwischen.

„Ha! *Ich* war es, der für die Entführung verantwortlich war!" Der Junior schaute triumphierend in die Runde. „Die ganze Angelegenheit verhielt sich nämlich so: Ich sollte die Steine besorgen und im Gegenzug dafür würde man dich für mich entführen."

Aha.

„Und die Steine benötigen Sie für *was*?", übernahm nun Paul das Wort.

„Die Steine waren bei Ihnen in den falschen Händen!", erklärte Rosehill und wischte sich hastig die Schweißperlen von der Stirn. - Der Jüngste war er auch nicht mehr gerade.

„Ach, und dort, wo Sie nun aufgehoben sind, ist der richtige Ort?", fragte Paul spöttisch.

„Oh ja!" Er nickte beschwörend. „Die Newton-AG kümmert sich um alles."

Erschrocken hielt er sich die Hand vor den Mund.

Jetzt war es raus.

Die Newton-AG steckte hinter allem?

Ausgerechnet die Newton-AG?!

Krampfhaft krallten sich meine Finger in das Bücherregal hinter meinem Rücken. Hoffentlich würde es meinem Gewicht noch ein Weilchen standhalten.

„Die Newton-AG hat Ihnen also den Auftrag erteilt, in den Besitz der Feueropale zu gelangen.", wiederholte John. In seinen Augen stand die pure Fassungslosigkeit geschrieben.

„Ja - und im Gegenzug hierfür entführten sie die Lady für mich.", erklärte William kleinlaut.

...Wobei sie Lady Ellinor einen gewaltigen Schrecken eingejagt und noch dazu das Leben ihres Buttlers auf dem Gewissen hatten...

Rosehill schluckte und fuhr mit kläglicher Stimme fort: „...Obwohl es mir eigentlich nicht richtig erschien."
Heulte er etwa?
John und Paul hatten längst ihre Degen sinken lassen.

„Was sollen wir nun mit Ihnen machen?", fragte mein Bruder. „Jetzt, nachdem Sie die Wahrheit gesagt haben..."

„Bitte, ich weiß noch mehr! Aber - verschont mein Leben!"

Mit klappernden Zähnen und schweißbedeckter Stirn sank William vor den beiden Herren auf die Knie.

„Die Newton-AG war es, die Lady Ellinor fälschlicherweise entführen ließ. Nachdem Fräulein Turner heimlich durchs Fenster entflohen war, entschlossen sie sich, zum Schloss der Liebe aufzubrechen. Natürlich bin ich ihnen ohne Zögern gefolgt. Doch kaum war ich bei Lady Dorothy eingetroffen, als ich feststellen musste, dass sich die Herren der Newton-AG bereits auf dem Rückweg befanden."

„Der Lady ist nichts geschehen?", wollte Paul wissen.
Doch William schüttelte nur den Kopf.

„Sie werden nun unterwegs zu ihrem Wohnsitz sein.", erklärte er leise.

„Wo befindet sich dieser Wohnsitz?", forschte mein Bruder nach.

„Es bringt nichts, wenn ich Ihnen eine genaue Beschreibung abliefere. Sie würden es ja doch nicht finden. Deshalb

so viel: Es ist das Haus des Seins und das Haus der Ewigkeit."
*Haus des Seins? Haus der Ewigkeit?*
Meine Gedanken überschlugen sich. Diese Worte hatte ich doch schon einmal gehört...

„Und weiter? Was haben die Herren der Newton-AG vor?", drängte John. Mit seiner Hand wischte auch er sich nervös über seine Stirn.

„Ich weiß nicht viel... Ich bin der Newton-AG erst vor kurzer Zeit beigetreten. Aber ich werde Ihnen alles sagen, was ich weiß."
John und Paul nickten zufrieden.
Sir William Rosehill fuhr also fort: „Die Herren der Newton-AG wollten unbedingt an das *Vermächtnis* gelangen. Aber hier konnten sie es nicht finden." Bei diesen Worten nickte der Junior hinüber zu der Stelle, an der genau ein Buch im Regal fehlte. Die Stelle, an der das Vermächtnis hätte stehen sollen.

„Nun werden sie zurück auf dem Weg nach London sein.", ergänzte er mit zittriger Stimme.

„Sie wollen das Werk also in ihre Gewalt bekommen.", mutmaßte John und kratzte sich verärgert am Kinn. „Das müssen wir unbedingt verhindern!"

„Sie stehen also auf meiner Seite?", piepte Rosehill beinahe atemlos.

„Was meinen Sie damit? Welche Seite vertreten Sie?"

„Ich habe nun erkannt, dass die Newton-AG nur Böses will. Wer bereit ist, meine Geliebte zu entführen..." Er kämpfte mit den Tränen. - Oh Gott! Nicht losheulen! Bitte nicht losheulen! Sonst kämen mir auch die Tränen...
Er atmete tief durch.

„Also, wer bereit ist, meine Geliebte zu entführen nur wegen eines Edelsteines, der... - Nein, ich werde keinen Atemzug länger im Dienste dieser vom Teufel besessenen Versammlung stehen!"
Bei diesen Worten ließ er seinen Kopf schlapp nach unten hängen.

„Sir William Rosehill, grämen Sie sich nicht." Beinahe tröstend legte Paul ihm seine Hand auf die schlaffen Schultern. „Wir werden alles regeln und umgehend nach London reiten. Bleiben Sie bei Lady Dorothy und erholen Sie sich von all dem Schrecklichen."
Junior Rosehill nickte mit kläglichem Gesicht.
„Wir wollen uns im Frieden trennen. Aber wir wären Ihnen zu größtem Dank verpflichtet, wenn Sie Lady Dorothy erklären könnten, dass wir keinerlei Einbrecher, Diebe oder sonstiges Gesindel sind. Wir stehen lediglich im Dienste der Wissenschaften."
*Wir im Dienste der Wissenschaften?!*
Rosehill nickte abermals.
„Und richten Sie der Dame bitte aus, dass wir umgehend drei gesattelte Pferde benötigen."
„Aber - die Lady kann doch gar nicht reiten!", fiepte der völlig am Boden zerstörte Rosehill fassungslos.
„Und ob sie reiten kann!", erwiderte John gereizt. „Sie kann alles, was sie will. Und deshalb wird ihr auch niemand widersprechen."
„Sir Rosehill..." Mit immer noch äußerst wackeligen Knien näherte ich mich der am Boden kauernden Gestalt. „Wir danken Ihnen von tiefstem Herzen für Ihre Aufrichtigkeit. Leben Sie wohl."
Rasch hatte ich seine Hand gefasst und drückte einen flüchtigen Kuss darauf. Überrascht blickte Rosehill Junior zu mir auf. Ein schwaches Lächeln stahl sich über sein Gesicht.
„Ich werde Ihren Dank zu schätzen wissen.", entgegnete er leise. „Sorgen Sie sich nicht. In baldiger Kürze stehen drei gesattelte Pferde für Sie bereit."
Bei diesen Worten verließen wir den Raum.

## - 11 -

*Ha! Wir - im Dienste der Wissenschaften... Dass ich nicht lache!*

„Kannst du nicht ein bisschen schneller laufen?", drängte John, der hinter mir her wackelte.

„Wir können gerne unsere Klamotten tauschen. Ich würde alles dafür geben, ebenfalls in einer solch schicken Herrenkleidung des 17. Jahrhunderts zu stecken.", unterbrach ich ihn mit hochroten Wangen. Mir war schon ganz heiß in meinem wieder mal viel zu unbequemen Kleid...

„Mit einem Rauschekleid zu laufen, ist nämlich gar nicht so einfach, wie es aussieht...", schnaufte ich angestrengt.
Die letzten Tage bei Ellinor hatten natürlich den Rest dazu gegeben.
Kaum hatte ich zu Ende gesprochen, als eine dicke fette Spinne direkt auf meinem Gesicht gelandet war. Nur mit allerletzter Mühe gelang es mir, einen spitzen Aufschrei zu unterdrücken. Diese ekelhaften Viecher! Mussten die denn immer überall lauern?!
Als wäre das nicht ohnehin schon schlimm genug, bohrte sich nun auch noch ein spitzer Ellenbogen unangenehm in mein Schulterblatt.

„He, pass doch auf!", raunte mir mein Bruder ins Ohr. Wegen des lästigen Ungeziefers auf meiner Nase war ich nämlich stehen geblieben und er mir folglich hinten rein geknallt.

„John, nimm das eklige Spinnentier weg!", fiepte ich panisch und fuchtelte nervös mit den Fingern vor meinem Gesicht herum. „Schnell! Oder ich schreie, dass die ganze Bude hier einstürzt."

„Na, lass mal sehen."
Seufzend quetschte sich mein Bruder in dem schmalen Gang an mir vorbei. Ich wollte lieber gar nicht wissen, wie viele Spinnen nun in seiner Jacke krabbelten oder an seinen Schuhsohlen klebten... - Wobei ich Letzteres wesentlich angenehmer empfand. Denn auf diese Art und Weise konn-

ten mir die Spinnen ja schließlich nichts mehr anhaben. Tot war schließlich tot - da gab es dann kein Krabbeln mehr.
Vorsichtshalber hatte ich meine Augen lieber mal geschlossen. Wie mein Bruder da gerade die Spinne auf meiner Nase operativ entfernte, wollte ich lieber gar nicht mit ansehen...

„So, Kunigunde ist weg.", meinte John nach zwei Sekunden und wischte sich seine Hand an der bröseligen Wand ab.

„Kunigunde?" Paul, der inzwischen gute zehn Meter vor uns war (kein Wunder, er war ja auch weiter gelaufen), lachte leise auf.

„Sei bloß froh, dass sie nicht *Paul* heißt.", erklärte mein Bruder mit beleidigter Stimme. Es passte ihm anscheinend gar nicht, dass Paul seinen Witz nicht verstanden hatte. Bis jetzt hatte er nämlich jedem spinnenartigen Tier einen Namen verliehen. Meistens waren es irgendwelche Kunigunden, Emilien, Agathen oder...

„Und überhaupt brauchen wir uns gar nicht so sehr beeilen!", hörten wir Paul mit einem Mal sagen. Hatte ich vorhin irgendwas verpasst? Irgendwas, das er noch erwähnt hatte?

*Hm.*

Doch er lieferte die Antwort gleich noch hinterher: „Es wird doch ein Weilchen dauern, bis unsere Pferde gesattelt sind, oder?"

Erst als John nickte, wurde mir klar, dass William zunächst einmal ein bisschen Zeit brauchen würde, um Ellinor klarzumachen, drei gesattelte Pferde unten bereitzustellen. Dann musste dieser Auftrag natürlich auch weitergegeben werden an sämtliche Bedienstete, die für das Satteln und Zäumen der Pferde verantwortlich waren, und letztendlich dauerte das Ausführen des Auftrages - ach, ich dachte wieder einmal viel zu kompliziert. Naja, jedenfalls würde es zusammengerechnet eine halbe Ewigkeit sein, bis wir uns endlich in den Sattel schwingen könnten...

„Dann schlage ich vor, machen wir hier einfach eine kleine Pause und picknicken ein wenig." Mein Bruder gab einige grunzende Laute von sich.

„Also wirklich, John! Ich muss dich schon bitten - wir sind hier ja in keinem Schweinestall."
Diesmal war es Paul, der zu grunzen anfing. Aber nicht, weil er sich hier *sau*-wohl gefühlt hätte, sondern weil er über meine Aussage lachte.

„Wenn ihr beiden euch so köstlich amüsiert, könnt ihr ja gerne hier bleiben und ein wenig weiter lachen. Ich jedenfalls sehe keinen Grund, mich noch länger hier aufzuhalten. Es ist wirklich furchtbar ekelerregend - mit den ganzen vielen Spinnentieren."
Schon der Gedanke an die vielgliedrigen Tierchen ließ mir eine Gänsehaut über Mark und Bein kriechen, sodass ich mich schütteln musste.
Vorsichtshalber betastete ich noch einmal mein Gesicht, bevor ich mich weiter durch den Gang arbeitete. Bei Paul war meine Bahn allerdings zu Ende. Mit verschränkten Armen und breitbeiniger Supermacho-Stellung versperrte er mir grinsend den Weg.

„Tja, Katharina-Häschen, so hast du dir das nicht gedacht, was?", lachte er, löste aber schon im selben Moment seine Position. Nachdem ich noch etwas verdattert dreinschaute, erklärte er: „Na los, du kannst gerne an mir vorbei und die Führung übernehmen. Mir macht das Dunkle hier drinnen nichts aus. Und ich fürchte mich auch nicht vor Spinnen."
Mit zusammengepressten Lippen raffte ich meine Röcke und walzte mich zwischen Paul und der spinnenübersäten Wand hindurch. Kurz darauf stand ich auch schon vor der viel besagten Türe.

„Kommt ihr?", flüsterte ich. So ganz alleine wollte ich dann doch nicht nach draußen, dann lieber bei den Spinnen bleiben. - Immerhin wäre es doch möglich, dass mich jemand bei meinem heimlichen Erscheinen im Schloss beobachtete oder (und das wäre noch viel schlimmer) ich den

Weg gar nicht mehr hinaus fände... - Bei mir konnte man ja nie wissen.

„Wir sind schon da.", hauchte mir eine dunkle Stimme leise in meinen Nacken. Über das plötzliche Auftauchen der beiden Jungs hinter mir überrascht, zuckte ich erstaunt zusammen.

„Na, worauf wartest du?", wisperte Paul. „Oder haben wir dir vergessen zu sagen, dass es ja *Sesam öffne dich* heißt?" *Haha! Was für ein netter Witz!*

„Vielen herzlichen Dank für deine bemerkenswert klugen Worte, *liebster Sir Paul*.", erwiderte ich mit leicht gekränkter Stimme. Die letzten drei Wörter hatte ich dabei ganz bewusst auseinander gezogen.

Doch Paul tat so, als hätte er meine Worte überhaupt nicht gehört. Wenigstens wusste ich nun, dass sie ihm nicht gerade passten.

Nachdem wir durch die Türe hinaus in den Gang getreten waren, stellten wir fest, dass sich außer uns niemand hier befand. Erleichtert über diese Tatsache setzten wir unseren Weg in die Schlossküche fort. Um diese Uhrzeit war dort auch längst niemand mehr.

Mein Bruder hatte die Vorläufer-Position eingenommen. Ich bildete das Schlusslicht - wie übrigens auch immer während der Achthundertmeterläufe bei den Bundesjugendspielen, was aber mit Sicherheit nur daran lag, dass ich immer in der letzten Gruppe starten musste, was dann nach Adam Riese schon zur Mittagszeit war - und da plagten mich ganz andere Probleme, als die schnellste auf 800 m zu sein...

Kaum war ich an der besagten Türe angekommen, als mich mein Bruder und Paul auch schon von draußen angrinsten. Mit leicht errötetem Gesicht (was eine Folge meiner leichten Zornesbereitschaft war und nicht, weil ich außer Atem gekommen wäre...) schlüpfte ich hinterher.

„Lehn die Türe nur leicht an.", wisperte John. Wortlos tat ich, wozu er mich aufgefordert hatte. Anschließend huschten wir wie die Mäuschen durch den Schlossgarten zurück

zum Eingang, öffneten leise das Tor und waren keine zehn Sekunden später von der Bildfläche verschwunden. Jetzt galt es nur noch zu warten...
Doch - halt!
Bewegte sich dort drüben hinter den Büschen nicht etwas? Schon spürte ich, wie mein Herz bereits anfing, schneller zu schlagen. Sollte irgendjemand auf uns lauern? Uns hinterrücks überfallen, angreifen oder...?
Ein leises Schnauben verriet mir jedoch, dass meine Angst völlig unbegründet war, denn...
„Echt krass! Ich fass es nicht - die haben die Pferde schon gesattelt.", flüsterte Paul. Offensichtlich war er derartig erstaunt, dass er völlig vergessen hatte, in welchem Jahrhundert wir uns eigentlich befanden. Mir wäre es an seiner Stelle wahrscheinlich ziemlich ähnlich ergangen... Aber glücklicherweise hielt ich meinen Mund.
„Ich glaube, du irrst dich, Paul.", unterbrach ihn mein Bruder leise zischend. „Da stehen nur zwei Pferde."
*Zwei?!*
Oh je! Musste ich jetzt schon wieder vor Paul auf dem Pferd sitzen?
Um sicherzugehen, dass John sich ja auch nicht verzählt hatte oder von irgendwoher ein drittes Pferd erschien, machte ich einige Schritte auf die dunklen Schatten in der Finsternis zu und bog um die Büsche.
Schon nach wenigen Metern war mir klar, dass sich mein Bruder ebenfalls getäuscht hatte.
„Fehlgeschlagen, meine Herren!" Mit einem triumphierenden Lächeln drehte ich mich nach John und Paul um, die mich aus offenen Mündern anstarrten. „Die Pferde sind nicht gesattelt, sondern vor einen Wagen gespannt."
In diesem Moment wurde ein energisches Räuspern hörbar.
„Wenn ich entschuldigen darf, die Herrschaften..."
Völlig perplex fuhr ich herum - und erkannte erst jetzt, dass bereits der Kutscher auf seinem Bock saß.

Was für ein Glück, dass wir uns die ganze Zeit über nur auf Deutsch unterhalten hatten! Es wäre ja nicht auszudenken, was alles passieren würde, wenn...

„Möchten die Herrschaften nicht einsteigen?", fuhr die knarrende Stimme fort.

„Mit Verlaub!" John nickte dem Kutscher grüßend zu, wobei ich stark bezweifelte, dass dieser es überhaupt zur Kenntnis nahm. Es war wirklich stockfinster um uns herum. Charmant, wie meine beiden männlichen Begleiter jedenfalls waren, geleiteten sie mich natürlich zum Wagen und halfen mir selbstverständlich beim Einsteigen.

Solch einen Service würde ich im 21. Jahrhundert ganz gewiss vermissen!

Gerade hatte ich es mir auf der bockharten Sitzfläche gemütlich gemacht (naja, was man halt unter gemütlich so alles versteht), als mir ein kurz aufeinander folgendes Plumpsen verriet, dass sowohl mein Bruder als auch Paul Platz genommen hatte.

Und los ging die Fahrt.

Obwohl mir sonst ja eigentlich ziemlich bald übel wurde in diesen engen und viel zu unbequemen Reisedingern, blieb ich auf dieser Fahrt von jeglichen Schwindelattacken und sonstigen Unannehmlichkeiten verschont: Ich schlief die ganze Zeit über tief und fest. Wahrscheinlich war das dann doch etwas viel Aufregung heute gewesen. Oder gestern? Wie spät war es denn eigentlich? Schon nach Mitternacht? Oder... Oder...

Ach, ich war wirklich hundemüde.

Wie lange ich geschlafen hatte?

Keine Ahnung.

Irgendwann blinzelte ich, stellte fest, dass es draußen bereits hell war und nicht nur mein Bruder, sondern auch Paul wach waren. Hatten sie in der Nacht überhaupt ein Auge zugetan?

„Guten Morgen, allerseits.", murmelte ich verschlafen und rieb mir gähnend den Sand aus meinen Augen.

„Guten Morgen, Schwesterlein.", kam es von John mit brüderlichem Lächeln zurück. Auch Paul sagte irgendwas von *Gutem Morgen* oder so. Doch da ich ja völlig übernächtigt war, konnte ich mich leider nur auf eine Stimme konzentrieren. Und so galt meine ganze Aufmerksamkeit meinem Bruderherz.

„Du siehst ja ganz schön fertig aus.", meinte John, wobei er mich mitleidig anlächelte.

„Danke." Ich gähnte noch einmal. „Hast du zufällig Streichhölzer oder so?"

Doch mein Bruder schüttelte nur lächelnd den Kopf.

„Damit musst du warten, bis wir wieder zurück im 21. Jahrhundert sind.", erklärte er. „Du kannst aber gerne die Zeit über weiterschlafen."

„Siehst übrigens ziemlich niedlich dabei aus.", kommentierte Paul mit einem unverschämt sexy Lächeln.

„Na, wenn es weiter nichts ist.", murmelte ich. Die Augen hatte ich bereits wieder geschlossen. „Dann schlaf ich mal noch 'ne Runde. Weckt mich auf, wenn wir in London sind, ja?"

Von einer Antwort bekam ich nichts mehr mit. Falls überhaupt eine kam, schlief ich dabei schon tief und fest.

Zu meiner großen Überraschung wachte ich von ganz alleine auf - und dass, obwohl wir London noch nicht erreicht hatten. Zwar konnte ich das nicht erkennen (einer der beiden Herren Mitreisenden hatte nämlich die Vorhänge zugezogen, sodass mir jegliche Sicht nach draußen versperrt blieb), doch wusste ich anhand der Antwort „Na, Schwesterlein, auch schon wach? Hättest dir ruhig noch Zeit lassen können. Wir sind noch nicht in London." bereits alles.

„Ist es noch weit?", entgegnete ich daraufhin mit einem unterdrückten Gähnen, was diesmal kein Zeichen der Übermüdung, sondern des zu viel Schlafens war. Ganz sicher.

„Hm, die berühmt-berüchtigte Stelle mit Sir Hunter haben wir bereits hinter uns gelassen.", erklärte mein Bruder sachlich-neutral.

„Dann ist es ja gut.", meinte ich. Immerhin bedeutete dies, dass nun langsam aber sicher das Ende unseres Ausflugs bevorstand.
Den Rest der Fahrt verbrachten wir weitestgehend über stillschweigend. Gelegentlich hatte mein Bruder seine Augen geschlossen. Auch Paul döste hin und wieder chillig vor sich hin. So wie die beiden Jungs aussahen, relaxten sie hier außerordentlich gut.
Dieses Talent hätte ich auch gerne besessen!
Jedenfalls war ich mehr als nur heilfroh, als wir endlich in London ankamen. Obgleich ich ja mehr als 80% der Fahrt über geschlafen hatte, hatte ich es am Ende schier nicht mehr auf der harten Sitzfläche ausgehalten. - Wieso um alles in der Welt hatte unser Urahn mit Isaac Newton nur diese mathematische Anleitung für das Elixier erfinden müssen? Genauso gut hätten sie doch Federungen für Reisewägen entwerfen können!
Irgendwann aber waren wir endlich angekommen.
„Darf ich bitten?" Mit einem charmanten Lächeln auf den Lippen hielt mir Paul höflich schleimend die Wagentüre auf. Wahrscheinlich lag es einfach nur an der katastrophalen Fahrt, die ich hinter mich gebracht hatte. Jedenfalls konnte ich dem netten jungen Herrn rein gar nichts erwidern. Mein Bruder behauptet ja heute noch, dass mir nur die Spucke weggeblieben ist wegen Paul (und nicht wegen der Reisestrapazen und so).
Nachdem der Kutscher mit dankenden Worten verabschiedet worden war und er sich auf den Rückweg machte, ergriff mein Bruder sogleich das Wort: „Ich schlage vor, dass wir uns nun erst einmal daran machen, die Wegbeschreibung, die uns Sir William Rosehill abgeliefert hat, auszukundschaften. Was meint ihr?"
Nachdem keiner von uns - weder Paul noch ich - widersprach, wurde den Worten meines Bruders also Folge geleistet. Oder zumindest versuchten wir es.
„Haus des Seins. Haus der Ewigkeit.", hörte ich Paul neben mir gedankenverloren murmeln.

„Ja, merkwürdig, nicht wahr?", unterbrach ich ihn nachdenklich. „Ich habe diese Worte schon einmal gehört."

„Klar, von Sir William Rosehill!" John lachte gekünstelt.

Ich gab ihm mit einer abfälligen Handbewegung zu verstehen, was ich von seiner Antwort hielt.

Wo hatte ich diese Worte nur schon einmal gehört? Bei unserem letztem Besuch im Schloss der Liebe hatte ich mich doch schon daran erinnert...

*Denk nach, Katharina! Denk nach...*

Natürlich!

Wieso war ich nicht schon gleich darauf gekommen?!

„Der Bettler!", flüsterte ich atemlos.

Mein Bruder und Paul hatten sich ruckartig zu mir umgedreht. Nun starrten mich beide aus völlig entgeisterten Gesichtern an.

„Als man Lady Ellinor entführt hat, da habe ich mich auf den Weg gemacht, um sie zu suchen. Unterwegs bin ich auf einen Bettler gestoßen, der mir den Weg beschrieben hat, den ich zu gehen hatte.", erklärte ich und bemerkte nicht, wie sich eine nachdenkliche Falte über das Gesicht meines Bruders zog.

„Von Ellinor aus gesehen muss man zuerst rechts abbiegen, die Straße entlang, die nächste Kreuzung rechts in eine finstere Gasse, dort die nächste links und dann drei gerade aus.", erinnerte ich mich.

„Im Ernst?", platzte aus Paul hervor. Seine Augen schienen fast aus ihren Höhlen treten zu wollen. Offensichtlich war er völlig aus dem Häuschen.

„Und dann steht man vor dem Haus der Ewigkeit und dem Haus der Zeit?", wunderte sich John, wobei er sich grübelnd am Kinn kratzte.

„Ja.", gestand ich schüchtern.

„Dann nichts wie hin!"

Völlig abrupt hatte sich Paul umgedreht und war auch schon losgelaufen. Ich brauchte einige Sekunden, um zu kapieren, was eigentlich gerade geschehen war. Bis ich es begriffen hatte, war Paul beinahe schon am Ende der Straße

und damit zugleich am Ende der ersten Kreuzung angelangt. Erst jetzt, während ich ihm - so schnell ich konnte - hinterher lief, wurde mir bewusst, dass uns einige Leute, die auf den Straßen Londons unterwegs waren, kopfschüttelnd nachblickten.
Doch das war mir jetzt so was von schnurzpiepegal. Wir würden das Haus des Seins und das Haus der Ewigkeit finden, uns die Steine schnappen und dann ab damit zurück ins 21. Jahrhundert. Auf das Vermächtnis hatte ich nicht die geringste Lust mehr. Ich wollte nur noch nach Hause! Ganz gleich, wie spannend es hier war. Den Feueropal würde ich mir einfach aufheben und zu einem späteren Zeitpunkt zurückkreisen, wenn ich Lust dazu hatte.
Ja, so würde ich es machen.
„Da bist du ja endlich, Katharina!", wurde ich von den beiden Jungs begrüßt. „Wir dachten schon, du schlägst Wurzeln."
„Haha."
Kaum war ich stehen geblieben, als sich meine männlichen Begleiter auch schon wieder in Bewegung setzten. Kein Wunder, dass die noch so viel Energie besaßen! Immerhin hatten sie ja eine ordentliche Verschnaufpause genießen dürfen!
Viel Zeit, um mich groß darüber zu ärgern, blieb mir nicht. Es galt nun, mich voll und ganz auf das vor mir liegende Rätsel zu konzentrieren.
*Das Haus des Seins. Das Haus der Ewigkeit.*
Was zum Geier hatte es mit diesen Worten auf sich?!
Ich war mir todsicher, dass ich mich nicht geirrt hatte und es tatsächlich im Zusammenhang mit der Aussage des Bettlers stand, an die ich mich zu erinnern glaubte.
Aber was, wenn wir dann an der letzten Kreuzung stünden und nicht wüssten, welches Haus es nun war?
*Denk nach! Denk nach, Katharina... Streng dein Spatzenhirn an. Los, mach schon!*
*Das Haus des Seins und der Ewigkeit... Zeit und Ewigkeit - für immer getrennt und für immer zusammen.*

Auf die Schnelle war mir nichts anderes eingefallen als der Zauberspruch, mit dem wir ins 17. Jahrhundert gekommen waren.
*Moment mal: Zeit und Ewigkeit - für immer getrennt und für immer zusammen - der Schlüssel der Zukunft, der Schlüssel der Vergangenheit.*
Das musste es sein! Ja, der Spruch!
Wieso nur war es mir nicht früher eingefallen?
*Zeit und Sein - Werden und Vergehen - Verbinden und Trennen. Alles eins und alles nichts.*
Ja, das war es! Das also war des Pudels Kern! - Ha!
Vor lauter Euphorie hatten sich meine Schritte verdreifacht. Das Haus des Seins und das Haus der Ewigkeit - diese Bezeichnung musste einfach mit dem Zeitreisen zusammenhängen. Und damit erklärte es sich auch von selbst, dass die Newton-AG mit in die Angelegenheit verwickelt war. Schließlich waren sie es, die sich dem Zeitreisen annehmen würden. - Oder hatten sie es vielleicht gar schon getan?

„Und jetzt?"
Die Hände atemlos in die Seite gestemmt, blickte mich John einige Sekunden lang bohrend an. „Wir sind an der letzten Kreuzung angekommen. Wo aber befindet sich dieses dämliche Haus?"

„Hm."
Einen Moment lang war ich völlig ratlos.

„Das Haus des Seins und der Ewigkeit. Zeit und Sein... Zeit und Ewigkeit...", murmelte ich und ließ meine Blicke an den einzelnen Häusern, die uns umgaben, entlang schweifen. Solange, bis sie an etwas hängen blieben.

„Das ist es!"
Völlig aus dem Häuschen deutete ich mit meiner Hand auf die Sonnenuhr, die direkt über der Eingangstür von einem der Häuser prangte.

„Die Sonnenuhr - ein Symbol für Zeit! Das Haus der Zeit! Das bedeutet: Das Haus, an dem ein Symbol der Zeit angebracht ist - die Sonnenuhr. Erinnert euch: Bei unserem

Zeitreisespruch heißt es doch: Zeit und Ewigkeit... Zeit und Ewigkeit! Die beiden hängen unmittelbar zusammen!"
Mit einem Stöhnen rieb sich Paul die Stirn.

„Na klar!", seufzte er. „Mann, wieso ist mir das nicht auch eingefallen!"
Meinem Bruder war kurzerhand die Sprache abhanden gekommen. Er starrte einfach nur abwechselnd zwischen der Sonnenuhr und mir hin und her.„Ich fass es nicht!", murmelte er. „Das ist das Haus, aus dem du geklettert bist, nachdem dich die Entführer geschnappt haben..." Er verdrehte die Augen. „So langsam aber sicher merke ich, wie uns dieses Jahrhundert zusetzt!"

„Was ist los?", fragte ich ungeduldig. „Wollen wir nicht rein?"

„Ja, natürlich!"
John war ruckartig zusammen gezuckt. Nun bewegte er sich mit flinken Schritten auf die Haustüre zu.

„Du willst da jetzt nicht allen Ernstes einbrechen, oder?", ging Paul dazwischen.

„Einbrechen? Ach Quatsch!" Mein Bruder grinste. „Bist nur eifersüchtig, weil du es nicht kannst, oder wie?"

„Nein, aber überleg doch mal: Wenn die da jetzt drinnen sitzen und -"

„Ja und? Selbst wenn die da drinnen sitzen - uns kann es doch völlig egal sein, oder?"
Ich stimmte John mit einem entschiedenen Kopfnicken zu, wobei seine Finger bereits am Türschloss hantierten.

„Das ist uns wirklich egal. Wir gehen rein, schnappen uns die Steine und dann ab zurück in die Gegenwart.", bestätigte er sein eigenes Tun.

„Nein. In die Zukunft." Seufzend verdrehte ich meine Augen.

„Fängst du schon wieder an!"
Mein Bruder hätte gewiss noch mehr erwidert, wenn in diesem Moment nicht die Türe aufgesprungen wäre. Laut knarrend schwang sie nach innen auf.

Wie gebannt starrten wir in das dämmrige Licht des Flures, der uns mit düsterer Atmosphäre begrüßte.
Doch aus dem Inneren des Hauses drangen keinerlei Geräusche hervor. Das Gebäude schien völlig unbewohnt zu sein, obwohl dort über dem Treppengeländer ein pechschwarzer Umhang baumelte.
Sollte etwa jemand hier...?
„Sir William Rosehills Mantel!", wisperte John in mein Ohr. „Der gehört doch zu der Verbrecherbande. Dann muss das hier sein Mantel sein - den hat er auf dem Schloss nämlich nicht getragen!" Kaum merklich nickte ich. Mit einer Gänsehaut auf den Armen musste ich feststellen, dass das genau ein solcher Mantel war, wie ihn auch Ellinors Entführer getragen hatten.

„Wir müssen schauen, ob jemand hier ist!", bestimmte Paul sofort und zögerte nicht, seinen Beschluss auch gleich in die Tat umzusetzen:
„Hallo!", rief er mit lauter Stimme. „Ist hier jemand? Hallo?"
Aber es blieb totenstill.
Mit einem Nicken gab John zu verstehen, dass wir eintreten sollten.
„Katharina, bleibst du im Erdgeschoss und schaust nach den Steinen?"
John spazierte soeben die Treppe hinauf.
„Keine Sorge, ich bleibe auch hier unten.", versicherte mir Paul und nickte bestätigend, was mich jedoch auch nicht sonderbar mehr beruhigte.
„Sobald einer von uns fündig geworden ist, werden die anderen in Kenntnis gesetzt!", hörten wir meinen Bruder noch von oben rufen.
Mit ängstlich klopfendem Herzen hatte ich eines der unteren Zimmer betreten. Flink ließ ich meine Augen über sämtliche Einrichtungsgegenstände wandern.
Oh je! Wo sollte ich hier denn bitteschön anfangen zu suchen?

Die Steine konnten überall liegen! In dem Schränkchen dort drüben oder in der Schublade hier oder...

„Verdammte Kacke!", fluchte Paul hinter mir. „Hier finden wir ja nie was!"
Den Gedanken, dass er genauso vor den Kopf geschlagen war wie ich, fand irgendwie tröstlich. Denn damit war ich immerhin nicht der einzige Depp hier.

„Was soll's?", murmelte ich und fing auch schon an, in die erste Schublade zu greifen. Doch ich erwischte nicht mehr als einen Stapel alter und noch dazu völlig verstaubter Blätter, bekritzelt mit lateinischen Wörtern. Ich konnte zwar kein Latein, doch ging ich einfach mal davon aus, dass es Latein war. Oder was hätte es sonst sein sollen?

*„Hoc temporum miraculum..."*, las ich auf der ersten vergilbten Seite. Englisch war es mit Sicherheit nicht. Und Französisch auch nicht. Und welche Sprache war noch so geläufig in diesem vergilbten Jahrhundert?
*Hoc temporum miraculum* - aber was half es, wenn ich hier darüber grübelte, welche Art von Schrift ich vor mir hatte? Solange wir nicht die Feueropale wiederfanden, war das hier alles umsonst.

„Hast du schon was?", fragte Paul. Sehen konnte ich ihn nicht. Er hatte sich in irgendeine Kiste gebeugt, worin er nun zur Hälfte verschwunden war.
Stumm schüttelte ich den Kopf, wobei mir erst ein paar Sekunden später klar wurde, dass er das ja nicht sehen konnte. Sein Hintern besaß ja keine Augen.

„Nein.", sagte ich daraufhin schnell.

„So ein verdammter Mist... Das ist nicht zu fassen! Sämtliche Abhandlungen über das Staatswesen und lauter so komisches Zeug. Hör mal: *Wie regiere ich einen Staat korrekt?*, *Philosophie und Staat* oder *Die Zahlen der Ewigkeit* - Wer um alles in der Welt liest solch einen Schmarrn?"

„Irgendwelche schlauen Typen, die dann wiederum mathematische Formeln entwickeln, mit denen man in der Zeit herumreisen kann.", versuchte ich ihn zu trösten.

„Wunderbar! Dann sind wir genau deswegen hier."

Mittlerweile hatte sich Paul wieder aus der Kiste befreit und stand nun vollständig ausgestreckt da.

„Ich fass es nicht!"

Wie ein Verrückter begann er nun auf die Kiste, in der eben noch gesteckt hatte, einzutreten.

„Ich fass es einfach nicht!!"

Wie er so da stand und vergeblich gegen den hölzernen Gegenstand ankämpfte, überkam mich plötzlich ein Gefühl der völligen Machtlosigkeit. Gleichzeitig fühlte ich in meiner Magengegend ein dumpfes Grummeln. Wann hatte ich das letzte Mal etwas gegessen?

Benommen taumelte ich hinüber zu dem Tisch, der die Mitte des Raumes ausfüllte.

Es war mir völlig gleichgültig, ob ich gerade gegen irgendwelche Etiketten des 17. Jahrhunderts verstieß, als ich mich auf die Tischplatte hinaufzog und, den Kopf in die Hände gestützt, sitzen blieb. Paul benahm sich doch auch völlig daneben. Da spielte mein Verhalten auch keine Rolle mehr. Und außerdem waren wir ja allein.

Ja, wir waren allein. Und vielleicht war gerade das der Grund, weshalb Paul mit einem Mal zu mir hinüber kam. Ich hatte es nur schwach aus den Augenwinkeln wahrgenommen, überhaupt nicht sonderbar darauf geachtet.

Doch mit einem Mahl fühlte ich einen Arm, der sich sanft um meine Schulter legte.

„Katharina, es tut mir leid.", murmelte er leise. „Ich wollte dir nicht irgendwie Angst machen oder so... Ich - jetzt reicht es aber! Hier liegt schon wieder so ein Papierscheiß rum! Nicht zu fassen!"

Wutentbrannt war er aufgesprungen und hatte nach dem Papier gegriffen, das ich zur Hälfte mit meinem Kleid verdeckt hatte. Gerade wollte er es zerknüllen, als sein Blick auf die Buchstaben fiel.

„Oh Backe...", hörte ich ihn atemlos flüstern.

„Was ist los?"

Irritiert starrte ich ihn an. Seine Augen hatten sich zusammengezogen. Auf seiner Stirn zeichnete sich eine düstere Falte ab.

„Hör dir das an, Katharina!" Aufgeregt wedelte er mit dem Papier vor meiner Nase herum.

„An Sir William Rosehill."

„Gib her!"

Rasch hatte ich ihm das Papier aus der Hand gerissen. Meine Augen überflogen die Zeilen, die in hastiger Schrift gekrakelt worden waren. Als ich las, was da geschrieben stand, traute ich meinen Augen nicht.

*An Sir William Rosehill!*

*Guter Freund, Verbündeter und Geheimmitglied der Newton-AG, wir grüßen Sie mit diesem Schreiben und hoffen, Sie sind wohlauf, um Ihre Aufgabe zu erfüllen.*
*Aus unverhofften Gründen mussten wir so bald als möglich vom Schloss der Liebe aufbrechen, um hierher nach London zurückzukehren. Deshalb haben Sie uns auch nicht mehr auf dem Schloss erreicht.*
*Unsere Mission scheint ihren Höhepunkt zu erreichen. Falls Sie uns, hochverehrter Freund, hier nun suchen, werden Sie es vergeblich tun. Der Kreis der Magischen Fünf ist aufgebrochen, um das Vermächtnis nun endgültig in den Besitz der Newton-AG zu bringen. Denn nur dies ist der wahre und einzig geeignete Aufenthaltsort dieser wissenschaftlichen Höchstleistung! Unser Weg führt uns direkt zu dem Verfasser des Werkes. Die Feueropale tragen wir bei uns.*

*Mit den besten Grüßen*
*der Kreis der Magischen Fünf*
*bestehend aus Gregory Ashton, Lord Timothy, Robert John, Edgar Earl, Sir Eduard*

„Katharina, wir müssen sofort zu Newton!"
Paul hatte es fast geschrien. Aus riesigen Augen starrte er mich an und zeigte atemlos zur Türe.
Wortlos nickend war ich mehr oder weniger elegant von der Tischplatte gerutscht und mit beiden Beinen auf dem Boden gelandet.
„John!", brüllte ich nun aus Leibeskräften. „John, wir haben es!"

## - 12 -

John war wie der Blitz die Treppe hinuntergesprungen. Nun stand er mit hochrotem Gesicht in der Türe und blickte uns erwartungsvoll entgegen.

„Die Newton-AG ist zu Newton aufgebrochen!", verkündete ich mit zittriger Stimme. Krampfhaft hielten meine Hände das Stück Papier umklammert, das für unser Ziel so wegweisend zu sein schien.

„Dann nichts wie hinterher! Es zählt jede Sekunde!"
Ohne sonderbar groß nachzudenken, hatte sich John auch schon umgedreht und war wie von der Tarantel gestochen zur Türe hinausgestürmt.
Paul und ich hatten unterdessen große Mühe, ihm zu folgen. Wie die Verrückten rannten wir die Straße entlang. Einmal mehr bereute ich es dabei, so viele faule Stunden bei Ellinor zugebracht zu haben.
Wir hatten Newtons Wohnung noch nicht erreicht, als uns völlig unvorbereitet jemand über den Weg lief...

„Sir William Rosehill!"
Beinahe wäre mein Bruder in die uns bereits bestens bekannte Person hineingestolpert. Gerade noch rechtzeitig hatte er es geschafft, abzubremsen. Paul und ich kamen neben ihm zu stehen. Fassungslos starrten wir den Junior an.
Wie um alles in der Welt war William Rosehill so mir nichts dir nichts hier aufgetaucht? Konnte er etwa zaubern? Oder hatte er ein fliegendes Pferd als Reisebegleitung?
Paul war der erste von uns, der seine Überraschung nicht länger zurückhalten konnte.

„Was machen Sie denn hier?", platzte es aus ihm heraus.
Doch nicht nur wir waren völlig aus dem Häuschen. Auch den Rosehill Junior hatte es eiskalt erwischt. Er schien absolut nicht damit gerechnet zu haben, uns sprintend durch die Straßen Londons zu begegnen.

„Was ich hier mache?" Seine Stimme bebte. „Glauben Sie denn, dass ich bei Lady Dorothy lange Däumchen drehe?"
Er lachte hohl. Seine angespannten Gesichtsmuskeln verrieten jedoch nur allzu deutlich, dass er alles andere als relaxed war.

„Nachdem ich meine einstigen Verbündeten nicht auf dem Schloss angetroffen habe, habe ich es dort nicht länger ausgehalten. Noch dazu die innerliche Zerrissenheit, die Sie in mir geweckt haben! Ich habe diese ständige Ungewissheit, ob auch alles gut gehen wird, nicht länger ertragen. Das war der Grund, weshalb ich auf dem schnellstem Wege zurück nach London bin." Er nickte entschuldigend. „Aber nun sagen Sie: Wohin sind Sie unterwegs?"
Stellvertretend für uns alle übernahm John die Antwort. War er doch zumindest mir gegenüber um einiges gewitzter und wortgewandter als ich. Sollte er also ruhig sprechen.

„Wir sind auf direktem Wege zu Newton."
Naja, das war jetzt kein Beispiel seiner diplomatischen oder sprachlichen Gewandtheit.
Kaum hatte Rosehill begriffen, um wen es hier gerade ging, als er auch schon energisch mit dem Kopf nickte. Und er hörte gar nicht mehr damit auf.
Leicht verunsichert schaute ich abwechselnd zwischen meinem Bruder und Paul hin und her und ließ gelegentlich meine Augen zu Rosehill wandern. Nein, beim besten Willen konnte ich mir keinen Reim darauf machen, was dieses merkwürdige Kopfnicken zu bedeuten hatte - erst, als der Junior endlich wieder seine Sprache gefunden hatte.

„Genau dorthin bin ich ebenfalls unterwegs.", erklärte er schnell. „Mich belastet das untrügliche Gefühl, dass die Herren der Newton-AG einen hinterhältigen Plan aushecken, der für unseren Freund Sir Isaac Newton nur tödlich enden kann."
*Tödlich enden?*
Nicht schon wieder Kämpfen! Bitte!!

Ehe ich es mir versah, waren sie alle losgelaufen: Sir William Rosehill, Paul und auch mein Bruder. Ich war wieder einmal das Schlusslicht. Aber das war ich ja bereits gewohnt. Nicht nur von den Bundesjugendspielen...
Vor der verschlossenen Türe angelangt, überlegte John nicht lange, sondern fing an, wie verrückt an dem Schloss zu hantieren.

„John, was fällt dir ein?", wisperte ich - noch völlig atemlos vom schnellen Laufen - ihm ins Ohr, als das Türschloss auch schon geräuschvoll knackte und die Tür leise knarrend aufschwang.
Voller Anspannung starrten wir in das Innere des Hauses. Von Newtons Dienstpersonal war weit und breit nichts zu sehen. Merkwürdig, wo doch sonst überall seine Gehilfen herumlungerten. Überhaupt übte das gesamte Haus eine bedrückende, beinahe gefährliche Stimmung aus. Sogleich fühlte ich wieder eine schaurige Gänsehaut über meine Arme kribbeln. Irgendetwas war hier faul. Und zwar ganz gewaltig.

„Pst!"
Paul hatte den Finger an seine Lippen gelegt und lauschte angestrengt.
Hörte er etwas?
Sofort sperrte auch ich meine Lauscher auf. Aber im Gegensatz zu Paul konnte ich nicht das allerkleinste Geräusch vernehmen.

„Von oben sind Stimmen zu vernehmen!", flüsterte unser Begleiter leise und deutete in Richtung Treppe, die geheimnisvoll in einer gewundenen Krümmung im Obergeschoss verschwand.

„Nichts wie hinterher!"
Bevor ich die Worte mit meinem Rosinengehirn überhaupt richtig verarbeitet hatte, hatte mich mein Bruder auch schon nach vorne geschoben. Und ob ich gewollt hätte oder nicht, musste ich notgedrungen Stufe um Stufe erklimmen, dicht gefolgt von John und Paul. Ach ja, außerdem befand sich ja auch noch Sir William Rosehill im Schlepptau, dem die

ersten Schweißperlen über das Gesicht rannen, wie ich bemerkte, als ich die letzte Stufe hinter mich gebracht hatte und kurz über meine Schulter blickte. Unsicher war ich stehen geblieben und schaute nervös um mich.

„Wir warnen Sie, Newton! Wo haben Sie das Vermächtnis aufbewahrt?", dröhnte da auf einmal eine finstere Stimme aufbrausend durch eine der zahlreichen Türen.

Ihr folgten eine Reihe seltsamer Geräusche. Es klang so, als hätte man jemandem den Mund zugebunden - und dieser jemand versuchte nun zu antworten. Jedoch vergeblich.

„Sir Isaac Newton! Bei Ihrem Leben, sagen Sie endlich, wo Sie die geheimnisvollen Schriften aufbewahrt haben!"

Panisch blickten wir uns an.

Und nicht nur mir war klar, dass hier etwas nicht nur gewaltig schief lief, sondern es zudem auch noch höchst gefährlich war.

Wenn sich das, was ich gerade vermutete, bewahrheitete, dann schwebte Newton in Lebensgefahr. Und damit auch das Vermächtnis, denn...

Meine Gedanken wurden urplötzlich durcheinander gewirbelt, als ich bemerkte, dass mein Bruder seine Hand bereits auf die Türklinke zu dem Zimmer gelegt hatte, aus dem die Stimmen hervordrangen.

„Jetzt oder nie!", zischte er.

Mein Herz raste wie wild.

Im nächsten Augenblick sprang die Türe auf.

Uns starrten fünf völlig entgeisterte Männer entgegen, außerdem noch einer, dessen Augen beinahe größer waren als der gesamte Kopf. Ganz wie ich vermutet hatte, war sein Mund mit einem Tuch verbunden. Und ehrlich, wäre die ganze Situation nicht so verdammt ernst gewesen, hätte ich wahrscheinlich laut aufgelacht. Denn das Tuch, mit dem man den Mann offensichtlich geknebelt hatte, war genau dasselbe, mit dem man mir die Augen verbunden hatte. Und der Herr, den das Tuch am Sprechen hinderte, war niemand anderes als Newton.

„Was zum Henker..."

Doch die gruselige Stimme, die dem Mann gehörte, dessen Name am ehesten Sir Dracula geheißen hätte und der mich unweigerlich an Sir Eduard aus dem 21. Jahrhundert erinnerte, wurde rigoros von meinem Bruder unterbrochen: „Ergeben Sie sich! Nehmen Sie die Hände hoch! Lassen Sie Sir Isaac Newton frei!"
Mit erhobenem Degen näherte er sich Schritt für Schritt den fünf Gestalten, die noch immer nicht genau wussten, wie ihnen eigentlich geschah. Doch an eine Reaktion ihrerseits war überhaupt nicht zu denken.
Mein Bruder beschleunigte seine Schritte.
 „Ich warne Sie noch einmal! Binden Sie Sir Isaac Newton augenblicklich los oder wir werden kämpfen!"
Wie ich erst jetzt bemerkte, hatte man unseren guten Freund Isaac nicht nur geknebelt, sondern auch noch mithilfe einiger rauer Stricke gnadenlos an einen Stuhl gefesselt, sodass er nun völlig hilflos da saß und uns dabei wie unser Nachbarshund aus großen Augen hilfesuchend anflehte.
Aber die Newton-AG - oder wie es eigentlich richtig heißen musste: der *Kreis der Magischen Fünf* - zeigte noch immer keinerlei Reaktion.
 „Nun gut!", knurrte mein Bruder. „Sie haben es ja nicht anders gewollt!"
Er trat einen Schritt auf Newton zu. Offensichtlich wollte er ihn befreien. Doch da stürzte mit einem lauten Aufschrei der erste der Magischen Fünf auf ihn zu. Und binnen weniger Sekunden waren mein Bruder, Paul und die fünf düsteren Herren in ein wildes Gefecht verwickelt. Nur Sir Rosehill setzte etwas zögerlich ein. Wahrscheinlich konnte er nicht sonderbar gut fechten.
Einen Augenblick lang war ich wie versteinert dagestanden und wusste gar nicht, wie mir eigentlich geschah, als ich auch schon einen Schlag im Gesicht spürte.
*Der Gasthof zum Goldenen Stein!*, war das Letzte, das mir durch den Kopf ging, bevor meine Sinne für ein paar Sekunden in eine andere Sphäre wanderten.

Der Schlag ins Gesicht. Es war exakt derselbe wie beim *Goldenen Stein*.
Zu weiteren Gedanken kam ich nicht. Ich merkte nur noch, wie ich einige Schritte nach vorne taumelte, anschließend zu Boden ging und dort benommen liegen blieb.
Als mir bewusst wurde, dass ich keineswegs schon ins Gras gebissen hatte, sondern mich noch waschecht unter den Lebenden befand, beschloss ich, meine Augen vorsichtig zu öffnen. Um mich herum lärmte es. Das Kampfgetümmel war noch in vollem Gange. Derbe Beschimpfungen und hässliche Flüche schallten laut durch den Raum, dazu das Klirren der Waffen.
„Sie vermaledeiter Dreckskerl!", hörte ich meinen Bruder einen Mann anschreien, dessen Aussehen mich seltsamerweise an Lord Timothy erinnerte. Nur sah er irgendwie um einige Jährchen jünger aus - und wesentlich sportlicher. Lord Timothys Doppelgänger erwiderte etwas, was ich allerdings nicht verstehen konnte, da Paul im selben Moment unverständliche Worte dazwischen brüllte.
Mit zitternden Händen versuchte ich mich aufzurichten. Erst als ich mich mit weichen Knien wieder auf meinen eigenen Füßen befand, wurde mir das viele Blut bewusst, das über die Hälfte meines Kleides bedeckte.
Voller Entsetzen starrte ich an mir herab, auf den Boden, auf die Stelle, an der ich soeben noch gelegen hatte...
Der Mann, der aussah wie Dracula, lag da - ob tot oder lebendig: keine Ahnung. Er war von Blut besudelt. Von oben bis unten. Überall Blut.
Schon spürte ich, wie mir übel wurde.
*Nicht übergeben! Nur nicht... Ganz ruhig. Tief durchatmen. Bleib ruhig! Es ist alles gut.*
Doch nichts war gut.
Der ganze Raum bebte vor wildem Kampfgeschrei. Haarscharf an meiner Nase vorbei sauste ein blutverschmierter Degen durch die Luft. Ein heftiger Stoß mit dem Ellenbogen in die Seite ließ mich einige Schritte nach hinten taumeln.

„Platz da!", hörte ich John noch schreien, ehe ich rückwärts über Sir Issac Newton stolperte. Verzweifelt versuchte ich mit rudernden Armbewegungen mein Gleichgewicht zurück zu bekommen, ging aber noch im gleichen Atemzug gemeinsam mit Newton zu Boden. Der hochbegnadete Wissenschaftler faselte irgendwelche Ausdrücke daher, schimpfte und fluchte und beschwerte sich lautstark, was hier los sei und überhaupt und er könne das gar nicht nicht verstehen. Und was mir überhaupt einfiele und bliblablub. Was fiel diesem Typen eigentlich ein, hier so rumzumotzen! Immerhin waren wir gerade dabei, sein kleines bisschen Leben zu retten!
Verärgert und völlig außer Atem richtete ich mich auf.
Zudem sollte unser Herr Wissenschaftler froh sein, dass ich ihm dabei geholfen hatte, seinen lästigen Störenfried, das schwarze Tuch, loszuwerden. Wäre ich nämlich nicht über unseren wissenschaftlichen Freund gestolpert und hätte ich ihm dabei nicht mit meinen Fingern das Tuch aus dem Gesicht gerissen, hätte er noch immer keinen Mucker von sich geben können. Aber wie heißt es so schön? - Undank ist der Welten Lohn.

„Waaaahhh, Katharina! Bring dich in Sicherheit!", brüllte es von irgendwoher.
Ohne zu überlegen, hatte ich mich flach auf den Boden geworfen. Keine Sekunde zu spät. Schon fühlte ich die spitze Klinge des Degens um meine Ohren zischen. Gleich darauf stolperte jemand über mich. Von seiner unsanften Bauchlandung konnte ich nur einen dumpfen Aufprall hören.

„Wo zum Teufel haben Sie das vermaledeite Vermächtnis?", schrie einer der Newton-Herren den armen Wissenschaftler aus vollem Halse an.

„Ich habe es nicht!", erwiderte der mit bebender Stimme.

„Lügen Sie nicht länger! Wo ist das Vermächtnis?"
Ich hörte Newton nach Luft schnappen.

„Es ist nicht mehr hier.", sagte er mit fester Stimme. „Ich habe es verbrannt."

Für einen Moment herrschte atemloses Schweigen im Raum.

„Niemand sollte es mehr missbrauchen. Es ist doch völlig gleich, ob das Vermächtnis nun existiert oder nicht. Für alle Jahrhunderte und Generationen hinweg wird die Gefahr bestehen, dass jemand es zu seinen eigenen Zwecken benutzen wird. Vor nichts und niemandem wird es sicher sein. Ich arbeite im Dienste der Wissenschaften. Wissenschaft, das bedeutet nicht, sich einen großen Namen zu machen, berühmt zu werden, reich zu sein, in der Erinnerung der Menschen zu bleiben."

Er schüttelte angewidert seinen Kopf.

Noch immer schien die ganze Kampfszene wie eingefroren zu sein. Und Newton fuhrt fort: „Wissenschaftler, das bedeutet, den Menschen zu dienen, ihnen mit den erforschten Dingen zu helfen. Fortschritte und Erfindungen zu schaffen. Es heißt, das Leben angenehmer zu gestalten, aber nicht, andere Leute zu belasten..."

„Hör auf zu reden, Alter!", knurrte eine tiefe Stimme direkt neben mir und ehe ich es mir versah, hatte Newton eine ordentliche Ohrfeige erhalten.

„Hat noch jemand irgendetwas einzuwenden?", grummelte der Bösewicht weiter. „Nur zu deiner Information, Alter - wenn du wüsstest, dass die Sache mit Morgan nur wegen uns entstanden ist..." Er gab ein hässliches Lachen von sich. „Jawohl, wir waren es. Wir - und niemand anderes. Wir haben das Gerücht in die Welt gesetzt, Thomas Morgan wolle die Erfindung für sich selbst. - Aber das kannst du ja schon gar nicht mehr hören, Alter..."

Das war doch die Höhe!

Thomas Morgan war es also gar nicht gewesen, der das Vermächtnis hatte stehlen wollen! Dafür waren einzig und allein die Herren von der Newton-AG verantwortlich. Sie waren es, die...

Ich zögerte keine Sekunde, sondern sprang sofort auf, um mir die Waffe zu schnappen, die demjenigen aus der Hand gefallen war, der soeben über mich geflogen war. Sogleich

ging ich auf den Erstbesten los. Allerdings war es ein fataler Fehler, mich nicht wenigstens kurz umzusehen. Doch das begriff ich erst, als es bereits zu spät war und mich ein erneuter Schlag auf den Kopf außer Gefecht setzte.
Wie lange ich ohne Bewusstsein war, daran konnte ich mich später beim besten Willen nicht mehr erinnern. Und leider konnte es mir auch niemand sagen. Mein Bruder war genauso wie Paul damit beschäftigt gewesen, sämtliche Angriffsstöße abzuwehren und dabei (wenn möglich) selbst auch noch welche zu verteilen.
Ich wäre auch gewiss nicht so schnell ohne fremde Hilfe aufgewacht...
„Katharina... Katharina, Mensch, wach doch auf! He, Katharina!", klang es wie aus fremden Sphären sanft und leise an mein Ohr.
*Oh nein, höre ich schon wieder die Englein singen?*
„Katharina!" Die Stimme wurde nun eindringlicher, energischer.
„Hast du irgendwas, mit dem wir sie verbinden können?", schaltete sich nun ein zweiter Sprecher mit ein.
„Nein." Die erste Stimme seufzte. „Verdammte Kacke!"
„Jetzt hör endlich auf zu fluchen! Das macht die Sache auch nicht besser."
Ok, das war eindeutig Paul. - Dann musste die andere Person wohl oder übel mein Bruder sein.
Behutsam blinzelte ich.
„Hey, ich glaube, sie kommt zu sich!"
In der Tat.
„Katharina! Kannst du mich hören? Sag doch irgendetwas!"
Erst etwas zögerlich, dann aber zunehmend fester werdend, tätschelte eine kräftige Hand meine Wange.
„John!"
Mit einem Mal hatte ich meine Sprache wiedergefunden. Völlig verwirrt starrte ich abwechselnd auf ihn und Paul. Beide knieten direkt vor mir und blickten mich sprachlos an.

„Was ist los?"

War der Kampf etwa schon beendet? Wo waren dann die Herren von der Newton-AG? Und wo war William, der Junior? Und Newton - was war mit ihm geschehen?

Doch mein Bruder schüttelte nur stumm den Kopf.

„Katharina, es ist..." Paul schluckte. „Wir haben es geschafft, die Newton-AG aus dem Haus zu jagen, aber - Rosehill - er - er hat den Angriff nicht überlebt."

Wie bitte? Rosehill Junior war tot?

„Ganz ruhig atmen.", redete John sogleich beruhigend auf mich ein, während er dabei unentwegt über meinen Arm streichelte. „Dir ist nicht viel passiert."

„Naja, abgesehen von einer kleinen Platzwunde am Kopf.", ergänzte Paul.

„Und ihr beide?", presste ich mühsam hervor.

Das Hemd meines Bruders war, genauso wie mein Kleid, von unzähligen Blutflecken bedeckt. An seiner Wange klebte ein dunkelroter Fleck.

„Das?" Er tastete mit seiner Hand nach der Stelle, die ich die ganze Zeit über angestarrt hatte. „Also das im Gesicht ist quasi nur Show."

Er bemühte sich um ein möglichst gelassenes Grinsen, was ihm aber deutlich misslang.

„Mich hat es nur ein kleines bisschen hier am Arm erwischt."

Bei diesen Worten drehte er seinen linken Unterarm ein wenig, sodass ich deutlich genug erkennen konnte, dass ihn jemand mit seinem Degen ein bisschen aufschlitzen hatte wollen.

„Ist aber nur ein Kratzer.", fügte John sogleich hinzu, was Paul nur bestätigen konnte.

„Paul hat sich seinen Ellenbogen ordentlich an einem dieser beknackten Wandschränke angehauen.", fuhr mein Bruder unbeirrt fort. „Wird einen ziemlich üblen blauen Fleck geben und ein paar Tage lang Armschmerzen."

Paul zuckte die Schultern.

„Ist dir irgendwie schwindelig oder so?", wandte er sich an mich.
Ob mir schwindelig war?
Hm, eigentlich nicht.
Also schüttelte ich meinen Kopf.

„Rosehill Junior - wie - ich meine - wer -"

„Der Typ, der aussah wie Robert John, zumindest behauptet das dein Bruder, der hat ihm von hinten den Degen durch die Brust gestoßen.", unterbrach Paul mein Stammeln.

*Den Degen von hinten durch die Brust gestoßen. Wirklich ekelhaft.*

Angewidert schüttelte ich mich.

„Nicht unbedingt ein Anblick für eine Lady.", ergänzte er noch.

„Und Newton?"

Ängstlich ließ ich meine Blicke im Raum auf und abwandern.

„Der ist ins Reich der Träume abgewandert.", antwortete mein Bruder schulterzuckend. „Er schläft ziemlich fest. Der arme Kerl hat einen ordentlichen Schlag auf den Kopf bekommen. Ein bisschen fester als bei dir."

Ich nickte stumm.

„Eine Wunde hat er nicht davongetragen. Aber wenn er aufwacht, wird er lange Zeit einen ziemlichen schmerzenden Kopf haben. Tja, da muss er durch. Er kann von Glück sprechen, dass ihm nicht mehr passiert ist."

Paul nickte bestätigend.

„Der Typ versteht weniger vom Fechten als du."

Als ich? Woher wusste er denn, wie gut ich das Fechten beherrschte? Naja, oder besser: Woher wusste er, wie schlecht ich focht?

„Keine Sorge. Ich habe dich nicht belauscht oder gar visuell überwacht." Er lachte. „Aber dein Bruder hat mir von deinen Fechtkünsten berichtet, die seiner Meinung nach ziemlich kläglich sind."

„Ja, leider.", seufzte ich und richtete mich vollständig auf.

„Brauchst du was zum Verbinden?", wechselte Paul nun unvermittelt das Thema.
Doch ich wehrte mit einem Kopfschütteln ab.
„Wieso sind wir eigentlich noch hier?", fragte ich statt einer vernünftigen Antwort.
„Du meinst, weshalb du nicht schon wieder zurück im 21. Jahrhundert bist, so wie damals beim *Goldenen Stein*?"
Ich blinzelte verlegen.
„Ich finde es jedenfalls äußerst interessant, dass wir uns bereits bei deinem ersten Aufenthalt hier in der Vergangenheit getroffen haben.", schmunzelte Paul und zwinkerte dabei.
„Also ich würde sie auf jeden Fall noch einem Arzt zeigen.", unterbrach mein Bruder ihn ungeniert. „Wenn du mich fragst, hat mein Schwesterlein nämlich eine kleine Macke abgekommen."
*Ich und eine Macke? Da gackern doch die Hühner!*
„Das mit dem Arztbesuch könnt ihr euch sparen. Ich kümmere mich drum."
„Aber bitte erst nachher.", fiel ich Paul ins Wort. „Kann mir einer von euch jetzt bitte endlich sagen, wo unsere Steine geblieben sind?"
Mit einem Mal verschwand das Grinsen auf Pauls Gesicht schlagartig. Mein Bruder sah aus, als hätte er drei Leichen zum Frühstück bekommen.
„Die Steine - wir haben sie nicht."
John schluckte. Paul räusperte sich verlegen. Und ich hatte mit den Tränen zu kämpfen.
„Die Newton-AG hat sie wieder mitgenommen?", fragte ich mit erstickter Stimme.
Mein Bruder zuckte die Schultern. Offensichtlich wusste hier niemand so genau, wo die Steine abgeblieben waren.
„Und jetzt?" Ratlos sah ich meine beiden Gefährten an.
„Sieht ganz so aus, als stünden wir wieder mal am Anfang.", antwortete Paul leise.
„Fast. Nur Rosehill ist nicht mehr dabei."
Hastig wischte ich mir eine Träne von der Wange.

„Er hat dich geliebt.", krächzte mein Bruder.

„Ist er meinetwegen - meinetwegen gestorben?", presste ich hervor.

Doch John zuckte die Schultern.

„Als er starb..." Seine Stimme brach ab. Er musste erst einige Male schlucken, ehe es ihm gelang, fortzufahren: „Als er starb, sagte er nur noch, dass du seine einzige Geliebte gewesen bist... - Und dass er nie ohne dich hätte leben wollen... Und er dir für immer und ewig seine Treue versprochen hätte..."

Gerührt wischte ich mir mit der Hand über mein Gesicht.

„Hast du ihn auch geliebt?", fragte Paul leise.

Was sollte ich ihm nun sagen? Die Wahrheit?

Moment mal: War Rosehill auch wirklich tot?

„Ich - ich habe ihn nicht geliebt.", erwiderte ich im Flüsterton, die Augen geschlossen. „Ich habe ihn nicht geliebt - aber-"

Meine Stimme brach ab. Schluchzend hatte ich mich in die Arme meines Bruders geworfen, der mir tröstend meine Haare aus dem Gesicht streifte.

„Es ist doch alles gut.", flüsterte er immer und immer wieder. „Es ist doch alles gut."

Doch ich schüttelte meinen Kopf.

„Nichts ist gut.", schluchzte ich. „Oh, John! Es ist überhaupt nichts gut."

Wie ein kleines Baby hielt mich John umklammert. Minutenlang redete er beruhigend auf mich ein. Minutenlang kauerte Paul neben uns und sagte keinen Ton.

„Katharina, komm wieder runter. Hör auf zu heulen."

Mittlerweile schien mein Bruder zu verzweifeln.

Erst viel später tat er mir wirklich dafür leid. Was hatte er mit seiner kleinen pubertierenden Schwester alles durchstehen müssen!

„Es wäre gar nicht so unklug gewesen, den Rosehill Junior ebenfalls zu lieben. Das 17. Jahrhundert hat es dir ja eigentlich schon irgendwie angetan..."

Ja, trotzdem wollte ich aber auch mal wieder zurück nach Hause...

„Und außerdem hätte er dir bestimmt nie dein Herz gebrochen."

Bei diesem Satz war Paul unwillkürlich zusammengezuckt.

„Wer hat dir dein Herz gebrochen?", murmelte er mit einem leicht aggressiven Unterton in der Stimme. „Soll ich ihm eins überziehen?"

Mein Bruder lachte auf.

„Dann mal viel Spaß dabei!", grunzte er. „Überleg dir schon mal was. Du kannst dir ja deinen Finger abschneiden oder..."

Mit einem plötzlichen Ruck hatte ich mich aus Johns Armen gerissen und starrte ihn aus tränenverschmierten Augen funkelnd an.

„Oh...", murmelte Paul und hob abwehrend die Hände. „Vielleicht - sollten wir dann doch mal lieber Sir Rosehill nach draußen schaffen, bevor Newton wieder zu sich kommt. Er braucht von alldem ja nichts zu erfahren."

Erleichtert atmete ich auf. Wenigstens auf einen konnte man sich verlassen.

„Ach ja - übrigens hat dich unser Begleiter bereits zum zweiten Mal gerettet.", bemerkte mein Bruder noch, als er bereits aufgestanden war und mir brüderlich die Hand hinstreckte, um mich nach oben auf die Beine zu ziehen.

Etwas irritiert sah ich ihn an. Aber es bedurfte keiner weiteren Worte. Mein Bruder hatte mich auch so verstanden.

„Ja, Paul war es, der größeres Unheil verhindert hat. Unsere Gegner hätten uns auch noch wesentlich mehr zusetzen können."

Aus übergroßen Augen starrte ich Paul fassungslos an.

„Du hast was?", stammelte ich verlegen.

Doch er schüttelte nur den Kopf.

„Gar nichts.", sagte er schnell. „Alles in Ordnung."

Mit unsicheren Schritten tappte ich zu Rosehill hinüber. Es war ein komisches Gefühl, ihn so liegen zu sehen. Sein Hemd war blutdurchtränkt. Aus seinem Mund war ein

Rinnsal dunklen Blutes gelaufen. Eine verkrustete Stelle hatte sich gebildet, auf der es sich zwei Fliegen gemütlich machten. Die Augen hatte er zu. Oder - und davon ging ich stark aus - jemand anderes hatte sie ihm geschlossen.
Vorsichtig kniete ich mich neben ihn.
Seine Hände hatten sich krampfhaft zu zwei Fäusten geballt.
„Es war kein schöner Tod.", sagte Paul leise. „Er hat bis zum letzten Atemzug gekämpft und muss ziemlich starke Schmerzen gelitten haben."
Stumm nickte ich.
„Von der Newton-AG hat es keinen einzigen erwischt. Sie haben es alle irgendwie geschafft, das Haus zu verlassen, mehr oder weniger unverletzt."
„Und sie haben es geschafft, die Steine mitzunehmen.", ergänzte mein Bruder mit bitterer Miene.
Behutsam hatte ich nach der Hand des Toten gefasst. Seine Finger fühlten sich merkwürdig steif an. Ich wollte sie öffnen, um dem Mann, mit dem mich doch so viel verbunden hatte, wenigstens einmal meine Hand zu reichen. Er hätte mich niemals in seinem Leben geheiratet. Sobald wir wieder in den Besitz der Steine gekommen wären, hätte uns nichts mehr hier gehalten. Wir wären auf und davon ins 21. Jahrhundert. In die Gegenwart. In die Zeit, in der zu leben ich bestimmt war. Die Zeit, in die auch mein Bruder gehörte und - Paul.
Während meine Finger sich um die Hand des Toten legten, ließ ich die vergangenen Stunden noch einmal vor meinem inneren Auge abspielen. Für einen kurzen Moment schloss ich leise seufzend die Augen. Als ich sie wieder öffnete, hatte ich die Faust des toten Juniors vollständig geöffnet in meiner liegen. Ungläubig starrte ich auf die Hand vor mir und stutzte. Zwischen der blutverschmierten Handinnenfläche des Toten und meinen Fingern glitzerte etwas...
„John!", wisperte ich tonlos. „Paul! Seht doch!"
Wie gebannt starrten die beiden, während sie sich über meine Schulter beugten, auf die Leiche.

„Ich glaube, das hier ist ein Abschied für immer.", hörte ich meinen Bruder flüstern. Paul schnappte nach Luft.
Die Feueropale! Sir William Rosehill hatte sie fest in seine Hände gekrallt. Er hatte gewusst, dass sie für uns von ganz besonderem Wert waren. Er hatte gewusst, dass sie mir sehr viel bedeuteten. Er hatte sie für mich erobert. Er war für sie gestorben. Für mich.

„Es sind nur zwei.", riss Paul mich aus meinen Gedanken. Zu Tode erschrocken musste ich feststellen, dass er Recht hatte. Es waren wirklich nur zwei Feueropale.

„Katharina hat sie gefunden. Folglich wird Katharina einen von ihnen für die Rückreise bekommen. Und wer den zweiten Stein bekommt, wird sie entscheiden."
Beschützend hatte John einen Arm um mich gelegt.
Doch ich schob ihn kopfschüttelnd mit sanftem Händedruck von mir. In mir keimte eine Vermutung.
Sir William Rosehills Hand hatte ich auf sein rotgefärbtes Hemd gelegt. Nun griff ich nach der zweiten Hand. Auch sie war zu einer Faust geballt.
Wir alle hielten den Atem an, als ich die leichenblassen Finger auseinanderbog. Etwas kleines, hell Leuchtendes kam unter den toten Fingern zum Vorschein.

„Der dritte Stein.", wisperte ich mit beinahe feierlicher Stimme. „Wir können alle zurück. Alle. Nichts hält uns mehr hier."
Eine ganze Zeit lang blieb es vollkommen still. Totenstill.

„Er hat sein Leben für uns gelassen.", krächzte Paul mühsam hervor. „Ich finde, wir sollten ihn wenigstens..."
Mitten in seinem Satz hatte er abgebrochen. Ein lautes Poltern war von unten zu hören.

„Die Übeltäter sind hier nach oben! Nachdem sie Sir Newton überwältigt und gefesselt hatten, wollten sie sein Vermächtnis stehlen!"
Moment mal! Diese Stimme klang irgendwie so seltsam vertraut in meinen Ohren...
*Edgar Earl!*

„Bitte, hier entlang, meine Herren, immer hier entlang. Direkt nach oben!"

Schon waren Schritte auf der Treppe zu hören.

Hastig sahen wir uns im Zimmer um. Doch im ganzen Raum gab es nichts, hinter oder in dem wir uns hätten verstecken können. Hieß das etwa, wir mussten schon wieder kämpfen?

Oh jemine! So wie es aussah, hatte der *Kreis der Magischen Fünf* Verstärkung geholt. Und zwar jede Menge.

Immer mehr Schritte polterten die Treppe nach oben.

Bevor ich es kapiert hatte, hatte mich eine eiskalte Hand an meinem Oberarm gepackt und mit sich mitgerissen. Als ich mich von dem plötzlichen Schock erholt hatte, stellte ich fest, dass ich mitten in einer Art Kleiderschrank steckte. Mein Bruder dicht an mich gedrängt. In meinem Nacken spürte ich Pauls warmen Atem.

„Bitte, hier entlang!" Hinter der geschlossenen Schranktüre klangen die Geräusche von draußen so seltsam verzerrt. „Sie haben Newton zusammengeschlagen, das Vermächtnis an sich gerissen und unseren Verbündeten Sir Rosehill gnadenlos niedergestochen."

Das war doch die absolute Höhe! Jetzt wollten die uns auch noch die ganze Schuld in die Schuhe schieben!

„Warum zögert ihr noch? Sucht das ganze Zimmer ab! Los, macht schon!", bellte eine finstere Stimme dazwischen.

„Los, nimm den Stein und halte ihn fest umklammert!", raunte mir mein Bruder seitlich ins Ohr. Ich tat, wie er gesagt hatte. Es war ein verdammt komisches Gefühl, den Feueropal in der Hand zu halten, an dem noch etwas Blut klebte.

„Und dann der Spruch!"

Hastig nickte ich.

Wie war der gleich nochmal?

Ängstlich wollte ich nach der Hand meines Bruders greifen, doch da war nichts. Direkt vor meinen Augen war John

spurlos verschwunden. Bei ihm hatte der Zauber also schon gewirkt.
Die Schritte kamen näher.
„Weißt du den Spruch nicht mehr?", flüsterte da eine Stimme neben mir.
Ich schüttelte schwach den Kopf.
„Ich kann dir leider nicht helfen. Mein Spruch lautet anders - ich bin nämlich zu einem anderen Zeitpunkt in die Vergangenheit gestartet."
Schon schossen mir die Tränen in die Augen.
Draußen kamen die Schritte immer näher.
*Ok, durchatmen. Du schaffst das! Du kannst das! Du hast schon ganze andere Dinge hinter dich gebracht - Mathe zum Beispiel - oder die Sache mit Margit - oder -*
Mist! Mussten alle Dinge, die mir in meinem Leben nicht gerade Freude bereiteten, eigentlich mit einem M beginnen?!
Die Schritte draußen waren näher gekommen.
*Egal. Jetzt oder nie!!*
„Dreimal w plus x ins Quadrat minus Wurzel r mal drei durch n.", hauchte ich. - Ob es der richtige Spruch gewesen war?
Das Letzte, das ich sehen konnte, war, wie jemand ruckartig die Türe aufriss und mir mit triumphierendem Grinsen entgegen starrte.

# - 13 -

„Na, gute Reise gehabt, Lady?"
Mit einem Strahlen im Gesicht wie ein Honigkuchenpferd grinste mich Paul aus seinen eisblauen Augen an.
„Gute Reise? Hm." Ich runzelte meine Stirn. Von einer Reise hatte ich nichts mitbekommen, vielmehr hatte ich den Aufprall danach gespürt, der sich für mein Steißbein ganz schön schmerzhaft anfühlte - trotz der bauschigen Röcke.
„Mit dem Landen hättest du dir jedenfalls etwas mehr Zeit lassen können." Paul grinste noch breiter. „Dann hätte ich dich aufgefangen."
Bei diesen Worten hatte er mir seine Hand entgegengestreckt. Lachend schüttelte ich meinen Kopf, schlug dann aber ein und ließ mich von Paul hoch auf die Beine ziehen.
„Na, ihr beiden? Bereit für den Heimweg?"
Nicht nur ich war gehörig zusammengezuckt, als mit einem Mal das Gesicht meines Bruders neben uns auftauchte.
„John!", rief ich erstaunt. „Wo warst du denn die ganze Zeit?"
Doch mein Bruder gab mir mit einer flüchtigen Handbewegung nur allzu deutlich zu verstehen, dass ich jetzt keine Antwort von ihm erhalten würde.
„Sag ich dir später, Schwesterlein. Wenn du keinen Ärger mit der Polizei willst, würde ich dir raten, schleunigst von hier abzuhauen. Ach ja, für Paul gilt das natürlich auch."
Irritiert blickte ich um mich.
Wo um alles in der Welt war ich denn eigentlich genau gelandet?
Hm. Vor ein paar Sekunden (oder eher Jahrhunderten?) war ich noch mitten in einem Wandschrank gesessen. Jetzt lehnte ich an der Wand - von einem Schrank weit und breit keine Spur.
„Wir sind hier im Haus der Familie *Smith* - oder so ähnlich." John lächelte verlegen. „Ist ja auch egal. Jedenfalls hat die Hausbesitzerin sofort die Polizei angerufen. *Ja, hier*

*Smith!*, hat sie in den Hörer geschrien. *Einbrecher im Haus! Oberes Stockwerk... Kommen Sie schnell!"*
Kopfschüttelnd stand ich da und lauschte ungläubig den Worten meines Bruders.
„Naja, nachvollziehbar ist es ja irgendwie. Unsere Ankunft war ja nicht zu überhören. Besonders *deine*." - Womit er mir einen bemerkenswert spöttischen Blick schenkte.
„Ach, hör du bloß auf!", fauchte ich.
Das war ja nicht zu fassen! Kaum befand man sich wieder in Sicherheit (na, oder zumindest außer Lebensgefahr), da wurde einem gleich die Polizei auf den Hals gehetzt und noch dazu von seinem großen Bruder veräppelt. Das war jetzt wirklich das Allerletzte, das ich noch gebrauchen konnte!
„Und wohin?", riss mich Paul ruckartig aus meinen Gedanken. Seine Frage hatte wohl meinem Bruder gegolten. Aber so superschlau er auch sonst immer war - in diesem Augenblick wusste er auch keine rechte Antwort.
„Aus dem Fenster!", schlug ich daher vor, woraufhin mich zwei völlig entgeisterte Augenpaare anstarrten.
„Aus dem Fenster?! Hast du sie noch alle?" Die Stimme meines Bruders überschlug sich fast.
„Naja, bei der Newton-AG hat es doch auch funktioniert..."
„Genau - und deshalb machen wir das jetzt gleich nochmal, wie? - Ne, ohne mich!" John verschränkte die Arme.
„Genau genommen war es ja nur ich, die durchs Fenster...", plapperte ich dazwischen.
„Dann durchs Haus.", entschied Paul, ohne auf meinen noch nicht zu Ende geführten Satz Rücksicht zu nehmen. „Bis die Polizei eintrifft, wird es ja wohl noch ein Weilchen dauern. Solange haben wir Zeit, das Weite zu suchen. Jeder von uns läuft in eine andere Richtung. Dann finden sie uns nie und nimmer."
Hm, so übel klang der Vorschlag gar nicht... Aber einen Hacken gab es dann doch an der ganzen Sache.
„*Wo* treffen wir uns dann?"

Überrascht sah Paul mich an.

„Nicht schlecht, mein Fräulein.", meinte er anerkennend.
„Du denkst aber auch an alles!"
Mein Bruder hatte für solche Komplimente jedoch nicht viel übrig.

„Jetzt sag lieber, wo wir uns treffen!", unterbrach er Paul mit gefährlich bedrohlichem Unterton.
Oh je! Wenn jetzt nicht gleich was passierte, dann...

„Kennt ihr das *Tate Modern Restaurant*?", wollte Paul wissen.

„Das was??"
Johns Blicke sprachen Bände.

„Ja, klar!", sagte ich schnell, bevor mein Bruder irgendetwas von sich geben konnte.

„Das *Tate Modern Restaurant* an der Themse, oder?"
Paul nickte.

„Bankside, London...", fing er an, die genaue Lage zu erläutern.

„Danke, wir werden schon hinfinden!", unterbrach ihn mein Bruder gnadenlos. „Lasst uns lieber loslaufen, bevor hier noch was gehörig nach hinten losgeht. Wenn ich mich nicht täusche, höre ich da schon was..."
Ehe ich es auch nur annähernd begriffen hatte, waren Paul und mein Bruder bereits losgerannt. Die Türe hatten sie freundlicherweise gleich offen gelassen. - Ich also nichts wie hinterher. Beinahe wäre ich dabei direkt in eine kleine Kommode draußen auf dem Gang gerannt.
Mist! Was musste es hier auch anders eingerichtet sein als zu Newtons Zeiten?!

„Katharina, beeil dich!", hörte ich John noch nach mir rufen. Keine Sekunde später stolperte ich auch schon die Treppe hinunter. Wäre das Geländer nicht dagewesen, hätte ich mir wahrscheinlich einen weiteren blauen Fleck am Hintern zugezogen.
Obwohl wir einen solchen Lärm bei unserer Flucht veranstalteten, erreichte ich den Ausgang ungesehen. Frau Smith (oder wie die Hausbesitzerin auch immer heißen mochte)

hatte sich wohl vor lauter Furcht vor den „Einbrechern" in ihrer Küche oder sonst wo verschanzt.
Glück für uns - auch wenn wir eigentlich ja gar nichts für unser plötzliches Auftauchen konnten...

„Alles klar *so far*?", begrüßte mich Paul und schmunzelte.

„Ja, bei mir passt alles so weit.", erwiderte ich und grinste ihn mit schiefgelegtem Kopf breit an.

„Ähm, ja, ich glaube, wir sollten uns dann mal auf die Socken machen. Die Leute hier schauen schon so komisch.", wies uns mein Bruder dezent auf die Passanten hin, die im Vorübergehen stehen geblieben waren und uns mit weit aufgerissenen Augen anstarrten. Auch wenn ich im ersten Moment ziemlich verärgert darüber war, konnte man es ihnen ja eigentlich nicht verübeln. Wer von uns hätte nicht selbst dumm aus der Wäsche geschaut, wenn da plötzlich drei Menschen in Barockkleidung vor einem auftauchten, noch dazu mit Blut besudelt und -

„Dann bis zum *Tate Modern*!", hörte ich Paul noch rufen, bevor er auch schon um die Ecke gebogen war.
Mein Bruder und ich schauten ihm ein paar Sekunden lang verblüfft hinterher.

„Also wenn der beim Küssen auch so ein Tempo vorlegt...", murmelte John neben mir, wofür er einen ordentlichen Ellenbogenstoß in die Seite erhielt. „Hey!"

„Na, lauf schon los!", forderte ich ihn auf. „Noch hast du die Wahl: Geradeaus oder rechts?"

„Am liebsten mit dir zusammen."

„Dann geradeaus."

Ohne ein weiteres Wort zu verlieren, waren wir auch schon losgerannt.

„Hattest wohl Angst, dass ich mit Paul durchbrennen könnte, was?", lachte ich unterwegs. Trotz der vielen letzten Keks-Tage bei Lady Ellinor konnte ich mittlerweile wieder erstaunlich gut laufen. Ich glaube, das würde ich jetzt öfter machen. Joggen gehen oder so. Oder besser gleich reiten. Immerhin hatte ich es ja inzwischen gelernt.

Und wenn ich es mir jetzt so überlegte - irgendwie hat es doch Spaß gemacht.

„Du und Paul? - Ha!" John lachte. „Dann würde mich wenigstens keiner mehr auslachen, wenn ich wieder mal was zu Fall bringe."

„Du meinst mit deinem Cello-Kasten?"

Mein Bruder antwortete mit einem eindeutigen Kopfnicken. Ich seufzte. Ach ja, jetzt würde bald wieder der normale Alltag eintrudeln. John würde wieder regelmäßig zur Uni gehen - wenn die Semesterferien sich zu Ende neigten. Wobei... Viel Zeit blieb meinem Bruder ja nicht mehr.

Ich seufzte erneut.

Für mich würde bald die Schule beginnen. Genauer gesagt die zwölfte Klasse. Das bedeutete jede Menge Stress: Wieder die ganzen Schulaufgaben, Referate, Exen (oder wie die Gregory immer zu sagen pflegte: „Kleine Leistungsnachweise") und natürlich die Seminararbeit. Ich seufzte zum dritten Mal.

Da hatte ich ja noch jede Menge Arbeit vor mir liegen. In Gedanken an die Seminararbeit fühlte ich ein unangenehmes Grummeln in meiner Magengegend. Verärgert ballte ich meine Hand zu einer Faust. Wieso hatte ich nicht meinen Favoriten bekommen können? *Frauengestalten in der antiken Mythologie* interessierte mich zu 150% (jaja, ich weiß schon, dass ich in Mathe keine Leuchte bin...) mehr als *An analysis of the political situation which brought Margaret Thatcher and her Tories to power*.

Aber ändern konnte ich es ja leider nicht. Da musste ich jetzt durch. Ob ich wollte oder nicht. Wenigstens hatte es meine Freundin Susan genauso schlimm erwischt wie mich. Ach ja, Susan! Was die wohl gerade machte?

Klar, dass ich darüber nur Rätsel raten konnte. Ich wusste ja noch nicht einmal, wie spät es war. Meine kleine Inkognito-Uhr hatte ich bei meiner überstürzten Zeitreise wohl verloren. Naja, jedenfalls war sie nicht mehr da.

Abrupt blieb ich stehen. Was für ein Glück, dass wir gerade an einem Uhrengeschäft vorbeikamen!

Neugierig spähte ich durch die Schaufensterscheibe.
18:15 Uhr zeigte der Zeiger der großen Standuhr in der Mitte an.
Zufrieden ging ich weiter.
18:15 Uhr. Um diese Zeit hatte Susan immer ihren Tanzunterricht. Außer am Montag und Donnerstag. Und heute war nochmal welcher Tag...?
„So was Dummes!", riss mich mein Bruder aus meinen Gedanken. Was war denn in den auf einmal gefahren? Wie vom Blitz getroffen drehte ich mich nach ihm um. Er lehnte stöhnend an der Glasscheibe des Uhrengeschäfts. „Jetzt dachte ich, es ist erst halb vier und dabei geht keine der Uhren richtig." Er deutete mit einer flüchtigen Handbewegung in Richtung Uhrenladen.
*Wie bitte?!*
Ich huschte nochmal einige Schritte zurück und starrte durch das Schaufensterglas. Aber erst beim zweiten Hingucken fiel mir auf, dass jedes Ziffernblatt eine andere Einstellung hatte: Bei der einen Uhr war es elf Uhr morgens (oder abends), bei der anderen genau 12:00 Uhr. Die nächste gab drei Uhr (nachmittags?) an, und die Zeiger einer weiteren Uhr standen auf Viertel nach acht.
„Also meinem Magen nach zu urteilen..." John seufzte und strich sich über seinen grummelnden Bauch. „Ich glaube, wir haben bestimmt schon halb sechs."
Also war Susan dann vielleicht doch nicht beim Tanzen. Wahrscheinlich las sie gerade ihre Seminararbeit Korrektur. Wie ich sie kannte, hatte sie gewiss auch den kompletten Mathestoff des letzten Schuljahres wiederholt. Naja, irgendwie musste sie ja die Vier Punkte aus der letzten Ex wiedergutmachen.
Ein klein wenig ärgerte ich mich darüber. Ich hätte nämlich auch nichts dagegen gehabt, endlich einmal die alten Schulsachen zu wiederholen. In den kommenden Monaten würde mir gewiss nicht mehr viel Zeit dafür bleiben... Und dann stand ja noch das Abi vor der Tür...
Ich seufzte zum vierten Mal.

„Sag mal, fehlt dir Lady Ellinor? Oder hast du schon einen Tick bekommen?"
Verwundert blickte ich meinen Bruder an, schüttelte dann aber nur den Kopf.
John hatte verstanden und wechselte das Thema.
 „Irgendwie müssen wir unsere Klamotten wegbekommen.", murmelte er nachdenklich. „Wir können unmöglich in solchen Dingern weiter herumlaufen."
Dabei betrachtete er sein Herrengewand, das einmal ziemlich schick ausgesehen hatte, jetzt aber nur noch wie ein zerlumpter Haufen altmodischer Klamotten wirkte.
 „Egal.", meinte ich. „Das spielt doch jetzt keine Rolle."
 „Wir haben nicht einmal Geld dabei, um von einer Telefonzelle aus unsere Mum anzurufen!", jammerte mein Bruderherz auch schon weiter.
 „Hallo? Schon mal was von Optimismus gehört?"
Doch John hörte mir schon gar nicht mehr zu. In Gedanken versunken, war er längst wieder weitergelaufen. Also folgte ich ihm wohl oder übel.
Gedankenverloren seufzte ich dabei bestimmt noch ein halbes Dutzend Mal. Das war aber auch wirklich zum Seufzen! Immerhin hatte ich in den letzten Tagen so einiges durchgestanden...
Vor meinen Augen begannen sich die Szenen der letzten Tage noch einmal abzuspielen.
 „Katharina?"
Doch ich hörte nichts.
 „Katharina! Jetzt bleib doch mal stehen!"
Erst als mich eine Hand unsanft am Ärmel packte und zum Stehenbleiben brachte, fand ich mich von meinem kleinen Gedankensprung in der wirklichen Gegenwart wieder.
 „Was ist?" Fragend starrte ich meinen Bruder an.
 „Wir sind doch schon da, oder?", entgegnete der nur und deutete schräg neben sich. „Das ist doch das *Tate Modern*, hm?"
 „Äh, klar." Ich nickte.
 „Sollen wir reingehen?"

Was sollte ich darauf antworten? Ich hatte ja selbst keine Ahnung.
Also zuckte ich nur mit den Schultern.
„Na gut, dann setzen wir uns aber wenigstens auf die Bank hier."
Mit einem dumpfen Geräusch hatte sich mein Bruder auf die schnuckelige Sitzbank plumpsen lassen.
Stirnrunzelnd nahm ich neben ihm Platz.
„Das sieht aber gar nicht gut aus.", murmelte mein Bruder noch.
Hm, was er wohl damit meinte? Nachdenklich kratzte ich mich am Kinn. Wenigstens hatte John die gute Eigenschaft, die meisten seiner Fragen gleich selbst zu beantworten. So auch jetzt: „Na, das Wetter! Schau doch mal die schwarzen Wolken an."
In der Tat. Als ich meine Augen nach oben zum Himmel richtete, war mir alles schlagartig klar.
„Wahrscheinlich wird unser armer Paul eine ordentliche Dusche abbekommen.", meinte John, wobei er gleichgültig mit den Schultern zuckte.
„Irrtum. Er wird keine ordentliche Dusche abbekommen. Er ist nämlich schon hier."
Blitzschnell hatte ich mich nach der plötzlichen Stimme umgedreht.
„Paul!" Überrascht pfiff ich durch die Zähne. „Also ich muss schon sagen, du stellst jedes Mal aufs Neue einen Weltrekord auf."
„Wie meinst du das?" Herausfordernd grinste er mich an.
„Na, du kannst enorm gut fechten, reitest spitzenmäßig und rennst wie Usain Bolt..."
„So übertreiben brauchst du jetzt aber auch nicht.", wehrte Paul lächelnd ab.
„Wo meine Schwester Recht hat, hat sie Recht.", fiel ihm John jedoch gleich ins Wort und sprang auf. „Was ist, gehen wir nicht rein?"
Doch Paul bewegte sich keinen Millimeter.
„In *den* Klamotten?!", fragte er entgeistert.

„Ja, oder willst du vielleicht einen Striptease hinlegen?"
Ungläubig schüttelte John seine Haarmähne.

„Einen Striptease nicht, aber doch zumindest einen Klamottenwechsel.", antwortete Paul gelassen.

„Und wie bitteschön stellst du dir den vor?", bohrte mein Bruderherz gleich nach.

„Meine Mutter bringt uns Wechselkleider."

„Wie - deine - Mutter?"

Völlig verblüfft starrten wir Paul an. Der jedoch blieb weiterhin vollkommen gelassen.

„Ja, meine Mutter.", bestätigte er grinsend. „Ich habe sie von einer Telefonzelle aus angerufen.", erklärte er.

„Aber - du hast doch gar kein Geld!", platzte es aus mir heraus.

„Ach, nein?" Paul lächelte mich mitleidig an. „Bevor ich in die Vergangenheit bin, habe ich mir ein kleines Budget mitgenommen. Und zwar so viel, dass es reicht, um meine Mutter anzurufen, sobald ich wieder im 21. Jahrhundert bin."

„Ich muss schon sagen, Herr Morgan, Sie überraschen mich jedes Mal erneut.", zollte ich ihm meine vollste Anerkennung.

„Sagte ich nicht schon, dass Sie nicht immer so übertreiben sollen, Lady?", erwiderte er mit schmeichelnder Stimme. „Ein paar Minuten wird es noch dauern. Aber dann sind wir wenigstens diese ätzenden Klamotten los. - Darf ich?" Damit deutete er auf die freie Stelle neben mir.

„Ja klar.", sagte ich nur und rutschte ein wenig zur Seite.

„Ach, wenn du gerade neben ihr sitzt...", fing John mit einem Mal an. „Hatten wir nicht vereinbart, dass du dich um ihren Kopf kümmerst, bevor..."

„Ach so, du meinst die Macke?" Paul lachte. „Klar, kein Problem."

„Was? Nein - bei mir schaut hier niemand was - und eine Macke habe ich überhaupt nicht - und -"

„Du darfst mein Angebot gerne annehmen.", schnitt mir Paul das Wort ab. „Andererseits gäbe es auch die Möglichkeit, einen Arzt aufzusuchen..."
„Arzt? - Bitte nicht!"
Wie ich es hasste, zum Arzt zu gehen! - Nein, wenn es ging, vermied ich Arztbesuche jedes Mal erneut.
„Darf ich?"
Paul hatte mich vorsichtig am Kinn gegriffen und drehte mein Gesicht zu ihm. Rasch schloss ich meine Augen. Seinem Blick konnte ich nicht widerstehen. Dann doch lieber Augen zu.
„Ähm, du müsstest dann deine Augen *doch* aufmachen...", wies er mich freundlich zurecht.
Ok, dann also Augen wieder auf.
*Oh Mann!* Wie konnte man nur einen so honigsüßen Blick draufhaben?!
*Hey! Jetzt bloß nicht überschnappen, Katharina! Der hat gewiss schon ein paar Mädels durch...*
Mein inneres Ego hatte natürlich die wunderschönen Schmetterlinge in meiner Magengegend vertreiben müssen. Na, wenn wir wieder zu Hause waren, würde ich das kleine miese Ego mal ordentlich zusammenstampfen...
„Sieht alles in Ordnung aus.", hörte ich Paul murmeln. „Die kleine Platzwunde blutet nicht sonderbar stark. Am besten, wir desinfizieren sie nachher gleich. Klammern werden wir sie nicht müssen."
*Klammern? Bloß nicht!*
Bevor Paul auf weitere dumme Gedanken kommen konnte, brauste auf einmal ein Auto heran.
„Ah, das wird meine Mutter sein..."
Ein klein wenig enttäuscht war ich schon, als Paul seine Hand von meiner Wange nahm. Es war ein schönes Gefühl gewesen.
*He, du hormongesteuerte Honigpuppe! Renk mal wieder dein Rosinengehirn ein! Aber dalli!*
„Hallo! Hier sind wir!" Paul sprang auf und lief seiner Mutter entgegen. Sie hatte ein Taxi genommen und war

längst ausgestiegen. In ihren Händen hielt sie ein kleines Köfferchen. Doch als Paul sie erreicht hatte, ließ sie das Gepäck einfach fallen und umarmte ihn.

„Ach, Paul!", hörten wir sie seufzen. „Was bin ich froh, dass alles so gut gelaufen ist!"
Sie hielt ihn an den Schultern und blickte ihm einige Sekunden lang fest in die Augen.

„Du hast dich ganz schön verändert.", sagte sie zärtlich.
Paul lächelte verlegen.

„Alles dabei?", wechselte er schnell das Thema.
Seine Mutter nickte.

„Ja.", antwortete sie. „Zwei Mal Jeans mit Sakko und Hemd und einmal ein Kleid."

„Wunderbar. Du bist wirklich die Beste!" Dankbar fiel Paul seiner Mutter um den Hals.

„Na, ist schon gut.", wehrte sie ab. „Und jetzt sieh zu, dass du zu deinen beiden Freunden kommst."
Rasch drückte Paul seiner Mutter einen Kuss auf die Wange. Dann schnappte er sich das Gepäck und rannte damit zu uns hinüber.

„Los, worauf warten wir noch?", rief er uns entgegen. „Ab aufs Klo zum Umziehen!"
Klar, dass John und ich uns das nicht zweimal sagen ließen. Beinahe gleichzeitig stürmten wir durch die Türe - naja, mein Bruder war wieder einmal ein klitzekleines bisschen schneller als ich.

„Mach dir nichts draus.", raunte mir Paul ins Ohr, dem die kleinen Rivalitäten zwischen John und mir längst nicht mehr entgangen waren. „Der Klügere gibt nach."
*Die Klügere!*, verbesserte mein inneres Ego. Ich hütete mich aber, es auszusprechen.
Schon hatte mich Paul ins Männerklo geschoben. Etwas hilflos stand ich zwischen ihm, meinem Bruder und den ganzen Pissoirs herum, wobei mir wieder einmal klar war, weshalb ich froh war, kein Mann zu sein. Mit sämtlichen Typen in einer Reihe zu stehen und friedlich vor sich hin zu pinkeln, stellte ich mir wirklich schrecklich ätzend vor.

Was für ein Glück, dass wir Frauen wenigstens unsere Ruhe auf dem Klo hatten.

„Hier, das ist für dich. Ich hoffe es passt dir." Schon streckte mir Paul ein samtgrünfarbenes Kleid entgegen. Überrascht nahm ich es an mich.

„Bist du irre?" Empört schnappte ich nach Luft.

„Aber Quatsch! Du darfst es ruhig anziehen.", erklärte Paul und fügte schnell hinzu: „Und du brauchst auch kein schlechtes Gewissen zu haben."

*Ach ja, wirklich?*

Paul nickte energisch. Und während er bereits die ersten Knöpfe seines altmodischen Barockhemdes öffnete, fuhr er fort: „Meine Mutter hat die Sachen ausgesucht. Es ist eines ihrer Kleider. Also wenn sie es dir freiwillig gibt, ist da überhaupt nichts dran."

„Und was bitte hast du ihr erzählt, damit sie es überhaupt erst freiwillig rausgerückt hat?", fragte ich lächelnd, während ich bereits im Türrahmen stand und Pauls unglaublich durchtrainierten Oberkörper bewunderte.

„Ich habe einfach gesagt, du seist meine Freundin."

Ich - seine - Freundin.

Für einen Moment war mir die Spucke weg geblieben.

„He, kannst den Mund ruhig wieder zumachen! Es zieht nämlich.", kommentierte mein Bruder mit miesmuscheliger Stimme.

Irritiert kniff ich meine Augen zusammen und legte meine Stirn in Falten.

„Und die Tür zum Klo am besten auch.", fügte John noch schnell hinzu. Keinen Augenblick später war ich durch den Türspalt gehuscht. Jetzt stand ich in der Damentoilette.

„Aaaahhh!"

Ein entsetzter Schrei riss mich aus meinen Ich-bin-ja-so-verliebt-Gefühlen. Der Grund dafür war mir sofort klar: Durch mein plötzliches Erscheinen in einem völlig blutverschmiertem Barockkleid hatte ich die anwesende Dame in einen ziemlichen Schockzustand versetzt. Das war aber auch wirklich kein Wunder.

Beinahe hätte ich selbst aufgeschrien, als ich einen Blick in den Spiegel an der Wand warf. An meiner Stirn hatte ich eine etwa ein Zentimeter große Platzwunde, aus der ein mickriges Rinnsal Blut herausrann. Meine Augenringe kamen nicht von ungefähr. Noch dazu hatte meine Haut eine gelblich-schimmelige Färbung angenommen. Also ehrlich: Ich sah aus wie der tote Sir Rosehill Junior.

Mit einem selbstmitleidigem Seufzen nahm ich zur Kenntnis, dass ich da ganz schön hart an mir arbeiten musste: Mit einmal Gesicht-Waschen war die Sache noch längst nicht erledigt. Ich musste meine Hautfarbe wieder normalisieren, meine Haare einigermaßen frisieren und -

„Um Gottes Willen! Was ist denn mit dir passiert, Mädchen?", kreischte die arme Frau vor dem Spiegel am Waschbecken.

„Och, also, das..." Jetzt musste mir schnell etwas einfallen! Doch ich wäre nicht ich, wenn ich nicht immer diese grandiosen Ideenblitze hätte...

„Also das ist alles nur Theaterblut.", erklärte ich hastig und deutete auf mein Kleid.

„Theaterblut?", hackte die Frau am Spiegel ungläubig nach. Ok, ich hätte es an ihrer Stelle auch nicht abgenommen. Schließlich sah ich auch wirklich fürchterlich aus.

„Naja, also ich bin angehende Schauspielerin.", versuchte ich mich aus der Sache rauszureden und knetete nervös meine Finger. „Wir haben gerade ein Stück von Shakespeare geprobt."

„Dann spielst du die Julia?"
*Ich? Die Julia?!*
Was sollte das denn auf einmal?
Mein Gehirn arbeitete auf Hochtouren - bis mir ein Geistesblitz kam.

„Ja, klar.", antwortete ich gedehnt.

„Aber die Wunde an deinem Kopf - die ist doch echt?" Entsetzt deutete die Frau auf mich.

„Ähm, was?" Rasch war ich nach vorne zu einem weiteren Waschbecken getreten, streckte meinen Hals nach vorne und begutachtete mit zusammengekniffenen Augen meine wunderschöne Platzwunde aus allernächster Nähe.

„Ach so, das...", murmelte ich und wischte mir mit der Handfläche etwas Blut von der Wange. „Das war ein Unfall."

„Ein Unfall?", fiepte die Frau neben mir entsetzt vor ihrem Waschbecken. Nur mit knapper Not war der Eyeliner ihrem Augapfel ausgewichen.

„Bitte, es ist nicht so schlimm.", versuchte ich sie zu beruhigen. „Das kommt schon einmal vor. Eine falsche Bewegung und -"

„Ach so, dann war Romeo also schuld!" Mit einem Mal lachte sie quietschvergnügt auf.

„Ja.", murmelte ich. „Romeo. Ähm, ja."

„Was trägst du denn da unterm Arm?", wollte die Tante mit dem Eyeliner in der Hand neugierig wissen.

„Also, das - ähm - ja, also - das ist mein Wechselkleid."

„Ja, richtig!" Sie schlug sich mit der flachen Hand an die Stirn und fing dabei so kindisch an zu kichern, dass vor meinem inneren Auge unwillkürlich die Gestalt von Ellinor auftauchte.

Hatte Ellinor vielleicht doch irgendwann mal irgendwelche Nachkommen gehabt?

„Da hätte ich ja auch von selbst draufkommen können!" Dabei seufzte sie dieses ätzende Ellinor-Seufzen, bei dem mein Gemütszustand normalerweise ziemlich schnell ins Aggressive überging, was sich jetzt jedoch glücklicherweise in Grenzen hielt. Ich war einfach nur froh, dass die ahnungslose Tante einfach so wunderschön mitspielte und mir dabei auch noch die perfekten Vorlagen lieferte.

„Ich kann dir auch gerne beim Umziehen helfen.", sagte sie plötzlich. Ihr albernes Kichern hatte sie eingestellt und auch ihr Seufzen hatte ein Ende gefunden.

Ich stockte und musterte sie einige Sekunden lang verunsichert. Meinte sie das ernst?

„Aber ja doch!", versicherte mir die Frau, deren Namen ich noch immer nicht kannte.

Ok, immerhin war sie alt genug, um selbst zu entscheiden, was sie tun wollte und was nicht. Wenn sie also nichts dagegen hatte...

„Gerne." Fröhlich lächelte ich sie an. „Sie müssen wissen, das ist immer so schrecklich umständlich..."

„Ja, das glaube ich dir!", lachte sie. „Du kannst übrigens Elly zu mir sagen. Ich bin erst 25."
*Wie bitte? 25?*
Also eigentlich hatte ich diese Elly ja auf Mitte bis Ende 30 geschätzt... Ups!

„Ich bin Katharina.", antwortete ich schnell, bevor mir irgendeine meiner berühmt-berüchtigten und noch dazu saublöden Bemerkungen über die Lippen kam.
Voller Tatendrang machte sich Elly also daran, mein Kleid aufzuschnüren und mir aus meinem Pseudo-Fischbein-Korsett zu helfen.

„Das ist echt sowas von genial!", seufzte sie immer und immer wieder. „So ein Kleid hätte ich auch gerne! Das ist echt abgefahren. Total krass."
Hm. Eigentlich brauchte ich es ja nicht mehr. Sollte ich es ihr schenken?
Aber was würde die Newton-AG dazu sagen?
Vorsichtshalber hielt ich mal lieber meine Klappe.

„Mensch, dein Wechselkleid ist ja bombastisch!" Staunend hielt sie es nach oben und drehte es immer wieder aufs Neue. Dabei schnitt sie sich blöde Grimassen im Spiegel zu.
Unruhig trat ich von einem Bein aufs andere. In BH und Unterwäsche musste ich jetzt wirklich keine Stunden auf den kalten Fliesen der Damentoilette verbringen. Außerdem warteten John und Paul bestimmt schon auf mich.

„Ach, tut mir leid!"
Mit einem entschuldigenden Schulterzucken hielt mir Elly das Kleid von Pauls Mutter entgegen. Kaum war ich hineingeschlüpft, als mich die hilfsbereite Dame auch schon mit einem Schwall voller Anerkennung überschüttete.

„Mann, das ist wirklich heftig! Mit dem Kleid verdrehst du ja jedem Jungen die Augen... Da kann man richtig neidisch werden." Sie lachte.
*Ok. Ruhig bleiben.* - Hatte diese Frau eigentlich keine anderen Probleme?
„Nur deine Hautfarbe sieht noch nicht so optimal aus.", plapperte Elly einfach weiter. Den einzigen Vorteil, den ihr fortwährendes Gelaber bot, war, dass ich wenigstens nichts antworten musste.
„Hier, nimm doch den Puder da..."
Kaum war ich mit meinem Gesicht unter dem Wasserstrahl hervorgetaucht, als Elly mir auch schon ihr Puderdöschen in die Hand drückte.
„Ist echt genial, mal eine Schauspielerin zu treffen.", flötete sie weiter.
Hm, eher *Zeitreisende*, nicht wahr?
Ich kam gar nicht richtig dazu, den Puder aufzutragen, da hielt sie mir auch schon ihren Eyeliner vor die Augen.
„Den leihe ich dir auch gerne."
„Ähm... Danke!"
„Sag mal, wo probt ihr eigentlich? Ich meine, normalerweise zieht man sich ja in der Theatergarderobe um, oder?", überraschte sich mich plötzlich.
„Ähm..." Mist! Das hätte ich ja wissen können... Jetzt hatte ich das Schlamassel... Ich druckste ein wenig herum.
„Ihr hattet eine Auswärtsprobe?", forschte meine neue Bekanntschaft weiter.
„Ja, genau..." Dankbar über diese erneute Vorlage reichte ich ihr den Eyeliner zurück. „Wir haben gleich in der Nähe geprobt. Aber es war heute eine einzige Katastrophe. Deshalb sind wir gleich hierher... Naja, außerdem brauchen wir dringend was zu essen. Es war enorm anstrengend."
Elly war mit dieser Antwort offensichtlich zufriedengestellt und reichte mir einen Kosmetikartikel nach dem anderen. Überrascht und dankbar zugleich nahm ich ein Angebot nach dem anderen an.

Als ich mich schließlich kritisch im Spiegel begutachtete, war mir, als stünde da eine völlig andere Person vor mir. Die Gestalt vor mir strahlte wie ein Honigkuchenpferd. Die Lippen genial geschwungen, die Hautfarbe unglaublich schön und der Duft um meine Nase umwerfend atemberaubend.

„Ich glaube, du solltest dem Theater mal vorschlagen, ob sie dich als Julia nicht in diesem Outfit spielen lassen wollen.", hörte ich Ellys Kommentar neben mir.

Völlig in die Person aus dem Spiegel vertieft, nickte ich. Kein Atemzug darauf riss mich auch schon ein lautes Klopfen aus meiner Ruhe.

„Katharina? Bist du da drinnen? - Komm raus! Los, mach ein bisschen schneller!", war ein lautes Rufen von draußen zu hören.

„Ist das dein Romeo?", wollte Elly wissen und fing gleich darauf mit ihrem albernen Gekicher an.

„Äh - ja."

„Katharina? Bist du jetzt da drinnen oder nicht?" Die Stimme draußen wurde immer lauter.

„Ja!", rief ich zurück, in der Hoffnung, dass mein Bruder die Türe nicht jeden Moment zu Kleinholz zerschlagen würde.

„Du gehst hier zu keinem Schönheitswettbewerb.", rief er noch, doch ich hörte ihm gar nicht mehr zu, denn Elly forderte meine ganze Aufmerksamkeit.

„Du kannst deinem Romeo ruhig mal sagen, dass er etwas freundlicher sein kann.", säuselte sie mir in die Ohren, während sie mich vergnügt grinsend in Richtung Türe schob. „Und vergiss nicht, den Vorschlag fürs Theater zu machen! Und sag mir, wann die Premiere ist - da will ich nämlich unbedingt zuschauen..."

Schnell hatte sie mir einen Zettel in die Hand gedrückt, auf dem einige Zahlen hastig gekritzelt waren. Wahrscheinlich ihre Handynummer.

Das Pseudo-Fischbein-Korsett-Kleid unter den Arm geklemmt trat ich aus der Türe.

„Wow!", war das erste, das ich zu hören bekam. „Du siehst bezaubernd aus!"
Von wem das wohl kam...?
Na klar! Von niemand anderem als...

## - *14* -

„Was darf es denn zu trinken sein?"
*Oh...*
Ohne, dass ich es bemerkt hätte, war der Kellner an unseren Tisch getreten.
Die Antwort übernahm Paul.
Was bitte? *La Source*? - Noch nie gehört.
Nervös schielte ich zu meinem Bruder hinüber. Doch der tat, als sähe er mich nicht.
Egal. Ich atmete durch. Es gibt immer ein erstes Mal.
„Für alle? Oder möchte jemand von Ihnen eigens bestellen?", erkundigte sich der Kellner höflich weiter, während er sich einige Notizen machte.
„Ja, für mich bitte einen Orangensaft.", erklärte ich, ehe Paul erwidern konnte, dass das so in Ordnung wäre und *La Source* für alle wäre...
„Einen Orangen-Saft. Ja." Der Kellner nickte eifrig. „Haben Sie sich bereits für einen Starter entschieden?"
*Starter?*
Rasch beugte ich mich über die Speisekarte, von der ich trotz meiner guten Englisch-Kenntnisse irgendwie nur die Hälfte verstand.
„Für mich bitte *fried devilled chicken*.", bestellte John ohne zu zögern.
„Ich möchte bitte *scottish razor clams*."
Wussten die beiden Jungs eigentlich, was sie da gerade bestellten?
„Und Sie, junges Fräulein?", wandte sich der Kellner nun an mich.
Ich? - Ähm, was sollte ich denn nehmen...?
Mal gucken.
Also da stand was von *liver* - Nein, danke.
Hm, was gab es denn noch so alles...?
Ah, *grapefruit*. Zumindest stand das da schwarz auf weiß.
Gut, dann würde ich eben diesen Starter nehmen.

„Ich nehme *herb crustedgoats' cheese.*", lautete also meine Antwort. Zumindest laut Speisekarte waren da ja noch die viel besagte *grapefruit* dabei und *candied beetroot* (was auch immer das sein mochte).
Während mein Bruder mich halb entsetzt, halb ungläubig anglotzte, hatte der Kellner bereits eine neue Seite seines Notizblockes aufgeschlagen.
„Dann wissen Sie gewiss auch schon, was sie für den Hauptgang wählen?"
Also John und Paul ganz bestimmt. Ich dagegen beäugte unschlüssig die halbgeöffnete Speisekarte schräg vor mir.
„*Monkfish loin, vinaigrette of citrus, saffron and...*", bestellte Paul sogleich los. Als der Kellner zu nicken begann, brach er ab. Pauls Menü war jedenfalls gesichert. Mal sehen, auf was für grandiose Ideen mein liebes Bruderherz kommen würde...
„Ich bekomme bitte..."
Danke, auf *Gressingham duck breast* konnte ich gerne verzichten. - Konnte man denn nicht irgendwas Leichtes zu sich nehmen?
Ha! Endlich hatte ich etwas gefunden...
„Was?", flüsterte mein Bruder verständnislos, als der Kellner mit einem zufriedenen Lächeln verschwunden war.
Da ich die Bemerkungen meines Bruders bereits von zu Hause gewohnt war, machte es mir folglich nichts aus. Ich fand die *Heritage tomato* mit *baby gem salad* völlig in Ordnung, auch wenn es nur eine Zwischenmahlzeit war.
Es dauerte keine zwei Minuten, bis der Kellner uns das sagenumwobene Getränk *La Source* an den Tisch trug und auf übertrieben elegante Art und Weise John und Paul zwei Gläser davon einschenkte. Mein Orangensaft folgte eine halbe Minute später.
„Zum Wohl!", prostete Paul uns zu und hob sein Glas. Während ich an meinem Orangensaft nippte, kam ich mir mit einem Mal ziemlich dämlich vor.
„Trinkst du keinen Wein?", fragte mich Paul über sein Glas hinweg.

„Ähm..."
Zu mehr kam ich nicht, denn mein vorlauter Bruder hatte natürlich schon wieder eine passende Antwort parat: „Naja, eigentlich trinkt sie ihn ja ganz gerne. Aber weißt du, sie ist ja erst *siebzehn*."
Also jetzt wurde er aber frech!
Empört zog ich meine Augenbrauen nach oben, um ihm eindeutig klarzumachen, was ich von seinen bemerkenswert dummen Kommentaren hielt.
Zwar trank ich nicht sonderbar gerne etwas, aber das lag ganz und gar nicht daran, dass ich noch minderjährig war, sondern, dass mir das Zeug einfach nicht schmeckte. Und gesund war es auch nicht sonderbar - zumindest, wenn man in Übermaßen davon Gebrauch machte.
„Also mich stört es nicht, wenn du keinen Alkohol trinkst.", erklärte Paul sogleich, womit er mir ein verlegenes Lächeln auf die Lippen zauberte.
Glücklicherweise tauchte in diesem Moment der erste Teller vor unserer Nase auf, sodass die peinliche Stille, die höchstwahrscheinlich entstanden wäre, problemlos überbrückt werden konnte.
Vorerst waren wir also mit Essen beschäftigt...
Wir hatten gerade die Hauptspeise hinter uns gebracht und warteten eigentlich nur noch auf die Rechnung, als John etwas unruhig auf seinem Stuhl hin und her rutschte und schließlich meinte, er müsse mal dringend wohin. Dafür, dass er es so eilig hatte, ließ er sich dann aber doch gemütlich viel Zeit, zum Klo zu laufen: Gemächlich schlenderte er an den anderen Tischen entlang.
Paul hatte ihm dabei unentwegt nachgesehen. Als mein Bruder endlich durch die Türe verschwunden war, drehte sich mein Gegenüber zu mir um und sah mich einige Atemzüge lang schweigend an.
Wie so oft in seiner Gegenwart spürte ich auch jetzt wieder dieses atemberaubende Kribbeln auf meiner Haut. Überhaupt fühlte ich mich in seiner Gegenwart so explosiv wie -

wie - wie ein verrosteter Gasofen. - Schlechter Vergleich. Ja, ich weiß schon.
Oh Mann, wieso fuhren meine Gedanken während Pauls Anwesenheit immer so gerne Achterbahn? Und wieso konnte ich, sobald ich ihm in die Augen sah, nicht mehr so klar denken?
„Braucht dein Bruder eigentlich lange auf dem Klo?", schaltete sich Pauls Stimme in unser eisernes Schweigen.
Hm. - Ob er lange brauchte?
Ich dachte kurz nach.
„Das kommt ganz darauf an.", meinte ich dann und zuckte die Schultern. Naja, also so wie ich meinen Bruder kannte, könnte es durchaus sein, dass er heute etwas länger beschäftigt wäre...
Wieso starrte Paul mich denn die ganze Zeit so ungeniert an?
„Eigentlich bin ich ganz froh, dass John mal kurz weg ist.", sagte Paul leise und grinste dabei verstohlen in sich hinein.
*Oder lange.* Das kam immer auf den Blickwinkel an.
„Ich wollte dir schon länger mal etwas sagen...", fuhr er fort.
Kein verrosteter Gasofen. Vielmehr ein Vulkan. Jetzt war mir der passende Vergleich eingefallen.
Ok, entweder würde ich gleich explodieren oder vor lauter Aufregung dahin schmelzen...
„So?", fragte ich und bemühte mich um ein scheinbar überlegenes Lächeln, was aber wohl eher an das Gesicht eines Hundebabys erinnerte. „Ich höre..."
„Also..." Paul holte erst einmal tief Luft.
„Los, jetzt sag schon! Mach's nicht so spannend."
„Weißt du eigentlich, dass du ziemlich gut aussiehst?"
Einen Augenblick lang guckte ich ihn verdutzt an.
„Ach, deshalb starrst du mich so an!", versuchte ich mein Erstaunen zu überspielen.
„Was, soll ich etwa sagen, dass du hässlich bist?"

„Also ganz so direkt brauchst du jetzt auch nicht zu werden.", widersprach ich ihm lächelnd.

„Siehst du, aus eben diesem Grund habe ich mich für die erste Variante entschieden."

„Du bist so was von ein arroganter Schnösel!" Ich lachte vergnügt in mein Orangenglas hinein, aus dem ich rasch einen kleinen Schluck nahm, um Paul nicht merken zu lassen, dass mein Gesicht bereits rot wie eine Tomate leuchtete.

„Hey, Kompliment! Das hat noch nie ein Mädchen zu mir gesagt."

Empört schnappte ich nach Luft.

„Du kannst es ruhig sagen, dass du in mir immer noch den Morgan-Feind siehst.", hörte ich ihn auf einmal sagen. Seine Stimme klang ruhig. Übernatürlich ruhig. Aber es war nicht zu überhören, dass er sich zu dieser Gelassenheit zwang.

„So, tu ich das?", erwiderte ich mit steifem Ton und klammerte mich mit meinen Händen an meinem Orangensaftglas fest.

„Also ich muss ehrlich gestehen, dass ich mich lange Zeit nicht mit dem Gedanken abfinden konnte, dich als einen Feind betrachten zu müssen, auch wenn es vielleicht nicht so aussah.", erklärte Paul.

Oh ja! Zwischenzeitlich hatte ich wirklich geglaubt, er wollte mich jede Sekunde umbringen.

„Zum Beispiel bei unserem ersten Ritt zum Schloss.", fuhr mein Gegenüber seelenruhig fort. „Ausgerechnet DU mein größter Feind!"

Er fuhr sich mit der Hand durch seine Haare.

„Na, wohl eher mein Bruder.", entgegnete ich knapp. „Ich kann ja noch nicht mal einen Degen führen."

Aber Paul ignorierte meine Worte einfach.

„Schon damals beim *Gasthof zum Goldenen Stein*, da spürte ich es."

„*Was* hast du denn gespürt?"

Wieso hatten Jungs eigentlich immer die lästige Angewohnheit, ständig in Rätseln zu sprechen?

„Dass du besonders bist.", erklärte Paul leise.

„Im Sinne von Zeitreisen?"

Ich meine, es ist doch wirklich nicht ganz normal, wenn man dank seines Urahnen so mir nichts dir nichts in der Zeit herumreisen konnte.

Mit schiefgelegtem Kopf musterte ich Paul eingehend. Dann seufzte er.

„Nein. Es ist nicht die Tatsache, dass du ebenfalls eine Zeitreisende bist, sondern - dass du für MICH etwas ganz BESONDERES bist - dass du mir etwas bedeutest."

Sollte das etwa eine *Liebeserklärung* sein?

Oh Mann, ich hatte noch nie eine bekommen - in meinen ganzen 17 Jahren nicht. Wie sollte ich jetzt reagieren? Weinen? Lachen? Ihn umarmen?!

„Irgendwie kann ich das schon verstehen, wenn du in mir noch den Feind siehst.", übernahm Paul wieder die Gesprächsführung - oder besser: seinen Monolog. „Aber überleg doch mal: Eigentlich ist das sinnlos. Ich meine, die Sache ist doch jetzt aufgeklärt: Die Newton-AG im 17. Jahrhundert als die Bösen... Wie du ja mittlerweile weißt, wollte mein Vorfahre das Vermächtnis nur an sich bringen, um es vor den eigentlichen Übeltätern zu schützen. Aber jetzt, da alles geklärt ist..."

„Paul...", unterbrach ich ihn sanft, wenngleich auch mit Nachdruck. „Es ist nur - ich bin einfach völlig überwältigt."

„Ja, das verstehe ich.", nickte Paul verständnisvoll. „Das verstehe ich sogar gut, sehr gut. Die ganze Aufregung. Und überhaupt..."

Er hatte noch gar nicht zu Ende gesprochen, da schüttelte ich entschieden meinen Kopf.

„Nein.", fiel ich ihm ungeniert ins Wort. „Es ist nicht so sehr das, sondern vielmehr die Tatsache, dass so etwas noch nie jemand zu mir gesagt hat."

„Ach, und was ist dann mit Sir Rosehill?" Pauls Augen funkelten wie kleine Kristalle.

Der Junior? - Um Himmels Willen! Den sollte er mir bloß vom Leib halten...

„Der hat ja nur gesagt, dass er etwas von mir will. Mehr nicht.", erklärte ich.

„So, du denkst also, dass ich es bei einem Dinner einfach so belassen werde?"

Er grinste mich herausfordernd an. Gleichzeitig tastete seine Hand vorsichtig nach meiner, bis sich seine Finger behutsam um meine schlossen.

„Im Gegensatz zu Sir Rosehill Junior hast du Geschmack.", sagte ich schnell.

„Ach ja, hab ich das?"

Er lächelte gerührt, bis sich mit einem Mal ein dunkler Schatten auf der Tischdecke vor uns abzeichnete. Rasch zog ich meine Hand beiseite und hätte dabei beinahe das Orangensaftglas umgeworfen.

„John!", rief ich verärgert und stöhnte genervt.

„Störe ich etwa?", erwiderte er lachend. „Also wenn ihr euch küssen wollt, habe ich ja nichts einzuwenden, aber geht zum Knutschen bitte nach draußen, ja?"

„Du verstehst uns aber auch so was von falsch.", entgegnete ich mit einem schleimigen Lächeln auf den Lippen.

„Genau." Paul grinste verschmitzt.

„So? Dann hast du dich also nur bei deinem Lebensretter bedankt, was?"

Einen Moment lang stutzte ich verblüfft.

„Genau, hat sie.", sagte Paul und grinste noch breiter.

Er hatte es sich natürlich nicht nehmen lassen, am Ende die Rechnung für uns zu bezahlen. Wie viel es kostete, konnte ich nicht genau erkennen. Paul hatte das Blatt mit seinen flinken Fingern sofort eingesteckt und dem Kellner das Geld so überreicht, dass ich nur den obersten Schein sehen konnte. Den fälligen Betrag nachzurechnen, war genauso unmöglich - dafür hatte ich die Preise beim Bestellen zu hastig überflogen. Außerdem war ich ein Niete im Kopfrechnen. Es hätte also ohnehin nicht viel gebracht. So sehr John unseren Begleiter auch zu überreden versuchte, dass

wenigstens er sein eigenes Menü bezahlte - Paul ließ nicht locker und betonte immer und immer wieder, dass es schon in Ordnung sei und er sich ja irgendwie bei uns hatte revanchieren müssen dafür, dass wir ihm auf der Mission geholfen hatten, und so weiter und so fort.
Als wir nach draußen auf den Gehsteig traten, leuchteten bereits die ersten Sterne am Firmament. Die Dunkelheit war erstaunlich schnell hervorgekrochen. Susans Tanzstunde jedenfalls war jetzt bestimmt schon um.
Paul machte uns den Vorschlag, ob wir uns nicht besser von seiner Mutter abholen lassen sollten. Doch dem wehrten mein Bruder und ich entschieden ab: Etwas Bewegung konnte ja wohl nicht schaden - nach dem üppigen Essen!
Ja, vor allem wenn man *Gressingham duck breast* mit *leg rissole* und *baby carrots* bestellte.
Unterwegs überfiel mich ein Hustenfall nach dem anderen, was wahrscheinlich auf die plötzliche Umstellung der Luftverhältnisse vom 17. auf das 21. Jahrhundert zurückzuführen war - oder vielleicht auch nur, weil ich die kühle Nachtluft zu tief eingeatmet hatte.
Paul jedenfalls war so freundlich, sich gleich danach zu erkundigen, ob ich etwas krank sei *oder so.*
Hastig schüttelte ich den Kopf, nur um im nächsten Atemzug erneut los zu husten. Es lag wohl wirklich an der Luftumstellung. Ja, ganz bestimmt.
Doch unser Begleiter war da anderer Meinung...
„Also ich könnte dir ein super-effektives Eukalyptus-Bonbon anbieten."
Auf der Stelle hielt mir Paul eines dieser in giftgrünes Papier eingewickelten Bonbons vor die Nase, die ich früher als Kind eigentlich sogar recht gerne gelutscht hatte.
Damals hatte mir Pfefferminze irgendwie noch geschmeckt...
„Hm.", machte ich nur und zögerte.
„Du kannst es ruhig nehmen, sozusagen als Freundschaftsdienst." Lächelnd streckte er es mir weiterhin entge-

gen. Solange, bis ich es schließlich packte, auswickelte und mir in den Mund steckte.

„Danke.", murmelte ich und hustete erneut.

„Na, wenn das mal nicht nach einer angehenden Erkältung klingt!", hörte ich Paul, den Besserwisser und Klugscheißer, noch sagen.

„Quatsch!", erwiderte ich mit entschiedenem Nachdruck.

„Also ich an deiner Stelle würde, wenn es schlimmer wird, zum Arzt gehen.", erklärte Paul mit gewichtiger Miene. - Klar, ich hatte ja sonst keine Hobbys.

„Bloß nicht.", widersprach ich also auf der Stelle.

Als Paul mich daraufhin unmissverständlich anstarrte, fasste mein Bruder den Entschluss, ihm die ganze Sache zu erklären: „Sie hasst Ärzte wie die Pest."

„Dann wird das nie was aus uns zweien." Paul seufzte.

„Wieso? Sag bloß nicht, du liebst Ärzte?", fragte ich ironisch und zog eine Augenbraue in die Höhe.

„Nicht unbedingt. Kommt ganz darauf an. - Aber als Beinahe-Arzt..."

„Wie?" Ich stutzte. Hatte ich da richtig gehört? „Du wirst Arzt?"

„Wenn alles gut geht, ja."

„Dann studierst du gerade?"

„Medizin, ja."

So was Blödes. Aber wirklich! Ich trat doch auch immer ins Fettnäpfchen...

„Wow!" Mein Bruder konnte ein anerkennendes Pfeifen natürlich nicht unterdrücken.

„Tja, da kannst du leider nicht mithalten.", kommentierte ich ihn. Meine Laune war ziemlich weit im Keller.

„So?" Paul musterte meinen Bruder.

„Tja, Musik ist halt nicht Medizin.", meinte ich. „John studiert Musik mit Hauptfach Cello. Aber ich dachte, dass wir dir das schon einmal erzählt haben..."

„Also ich finde Musik gar nicht so schlecht.", unterbrach mich Paul einfach. „Und Musik fängt ja auch mit M an, genau wie Medizin."

„Danke!" Ich stieß ein kurzes ironisches Lachen aus. „Du hast nur noch Mathe vergessen. Hat auch ein M."
Leider verstand Paul meine Anspielung nicht. Dazu kannte er mich (noch) zu wenig.

„In München?", fragte er deshalb meinen Bruder. „Du studierst also in München?"

„Ja, in Bayerns Landeshauptstadt." John nickte bestätigend.

Paul grinste von einem Ohrläppchen zum anderen, bis er sich mit einem Ruck zu mir hindrehte und mich mit durchbohrenden Blicken anstarrte.

„Und? Was machst du?"

„Ich?" Über die plötzliche Frage überrascht, schaute ich etwas verständnislos zwischen meinem Bruder und ihm hin und her.

„Sie geht noch zur Schule.", antwortete John für mich. Dem konnte ich natürlich nichts entgegensetzen.

„Na - und dann?", löcherte Paul auch schon weiter. „Ich meine, irgendwann bist du ja wohl fertig, oder?"

„Ach, wenn Katharina Lust hat, dreht sie gerne auch noch ein paar Runden."

Verständnislos über seine wirklich saudoofen Bemerkungen schüttelte ich nur meine Haare.

„Dir ist schon klar, dass du manchmal so ziemlich der bescheuertste Typ auf diesem Erdkreis bist, oder?", maulte ich ihn an. John quittierte es mit einem Ist-mir-doch-egal-Schulterzucken.

„Falls es dich interessiert: Ich komme jetzt in die zwölfte Klasse, werde also dieses Jahr mein Abitur ablegen und anschließend etwas studieren, das irgendeinen Bezug zu Geschichte hat."

„Etwas mit Geschichte?" Verwundert zog Paul die Augenbrauen zusammen.

„Ja. Ist leider nicht mit Medizin zu vergleichen. Ich weiß."

Ich seufzte.

„Nein, bitte..." Paul hob entschuldigend die Hände. „Das sollte jetzt nicht abwertend oder so gemeint sein."
Oder so.

„Schon verstanden. Dann wäre es vielleicht doch ganz angebracht, wenn wir jetzt mal zu unseren Eltern *oder so* gehen würden, ja?"
Nachdem weder Paul noch mein oberpeinlicher Bruder etwas einzuwenden hatten, liefen wir noch bis zur nächsten Kreuzung, wo wir uns anschließend höflich voneinander verabschiedeten und uns gegenseitig eine gute Nacht wünschten.
Wie sehr ich meine Mum eigentlich vermisst hatte, wurde mir erst so richtig bewusst, als ich sie im Türrahmen stehen sah. Sie hatte die Arme verschränkt und sich mit einer Schulter lässig an dem dunkelbraunen Holzrahmen angelehnt, der die Türe säumte. Vereinzelt fielen ihr ein paar ihrer Haarsträhnen über die Schultern. Über ihre Stirn hatte sich eine tiefe Falte gezogen. Doch kaum waren John und ich um die Ecke gebogen, da verwandelte sich ihr besorgtes Gesicht in ein strahlendes Lächeln.

„Katharina, John!", rief sie und binnen weniger Sekunden lagen wir drei uns halb lachend, halb weinend in den Armen.

„Ihr glaubt ja gar nicht, wie sehr ich euch beide vermisst habe!", hörten wir sie japsen.

„Und wir erst!"
Unsere Wiedersehensfreude währte noch ziemlich lange an. Miss Polly, unsere nette Haushälterin, hatte sogleich eine Flasche Champagner geköpft und die besten Sektgläser aus dem Regal geholt. Obwohl ich ja, wie schon angemerkt, eigentlich kaum alkoholische Getränke zu mir nahm - diesmal ließ ich es mir nicht entgehen.
Zu viert prosteten wir uns etwas später in Miss Pollys gemütlich eingerichteter Küche zu, die im gesamten Haus zu den wenigen Räumen zählte, die nicht komplett dunkel ausstaffiert waren. Natürlich mussten John und ich erzählen, was uns alles passiert war, was wir erlebt hatten, wie es

uns ergangen war, ob es uns gelungen war, die Mission zu erfüllen und so weiter und so fort.
Es tat gut, über all die vielen Eindrücke und Emotionen zu sprechen, zu lachen und zu weinen. Und als ich irgendwann gegen Mitternacht vom Badezimmer in Richtung meines Zimmers taumelte, saß Mum bereits wartend auf meiner Bettkante und strahlte mir grinsend entgegen.

„Mensch, Katharina! Jetzt hast du dein schickes Kleid einfach gegen den Schlafanzug ausgetauscht. Ts, ts, ts..." Sie musterte mich gespielt vorwurfsvoll. „So geht das aber nicht."

„Ach, komm schon, Mum!" Liebevoll legte ich meine Arme um ihren Nacken und drückte ihr einen Gute-Nacht-Kuss auf die Wange. „Du weißt genau, dass das Kleid von Pauls Mutter ist. Ewig könnte ich es also ohnehin nicht tragen."

Mit diesen Worten hatte ich mich in mein Kopfkissen fallen lassen.

Ach! Wie herrlich das war! Endlich wieder ein Kopfkissen... Auch wenn das 17. Jahrhundert eine wirklich spannende Zeit war, fand ich die Bequemlichkeit unserer Gegenwart nicht übel.

„Ich weiß." Mum seufzte.

„Was weißt du?" Irritiert blinzelte ich sie an.

„Na, Pauls Mutter hat mich bereits über alles informiert."

„Wie?"

Also irgendwie war das heute doch eindeutig zu viel für mich.

Stöhnend rieb ich mir meine Stirn und wurde dabei gnadenlos an meine nicht sehr prickelnde kleine Platzwunde erinnert, die ich ja leider Gottes immer noch hatte. Mittlerweile klebte ein schönes Pflaster darauf.

„Paul hat seine Mutter doch angerufen.", fing Mum mit ihrer Erklärung an.

Ich nickte.

„Na, und Grace Morgan hat mich daraufhin automatisch angerufen und mir alles erzählt. Die Nummer hat sie über den Club rausbekommen, der sich um Pauls Zeitreise gekümmert hat. Auch so ein Laden wie die Newton-AG, wie mir scheint."

„Alles?" Hatte Mum also schon Bescheid gewusst, bevor wir eingetroffen waren?
Besorgt blinzelte ich sie an. Aber sie hob beruhigend die Hände.

„Natürlich nicht alles. Aber, dass ihr drei noch essen geht und anschließend nach Hause kommt. - Oder was denkst du? Meinst du allen Ernstes, dass ich täglich meine Freizeit im Türrahmen verbracht habe, um auf euch zu warten?"
Sie lachte ihr herzliches Weißt-du-eigentlich-wie-gern-ich-dich-habe-Lachen und streichelte mir liebevoll über meine Haare.

„Falls es dich interessiert.", fügte sie schmunzelnd hinzu. „Die Newton-AG ist ebenfalls schon benachrichtigt. Übermorgen werden wir den Heimflug antreten."

„Schon übermorgen?"
Die Enttäuschung war mir wohl nur allzu deutlich ins Gesicht geschrieben.

„Ja, Liebes, übermorgen. Ganz genau: Um 13:50 Uhr."

„Sicher nicht 13:50 Uhr und 14 Sekunden?"

„Ach, Katharina!" Mum lachte. „Jetzt schlaf erst einmal. Und morgen machen wir noch was Schönes. Versprochen."

## - 15 -

Das „Und morgen machen wir noch was Schönes..." stellte sich dann als wunderschöne Bummeltour durch die Straßen Londons heraus. Überhaupt war es ein grandioser Tag. Einer von diesen Tagen, die es leider nicht allzu oft gibt. Vielleicht, weil man einfach viel zu gern im Sumpf des Alltagsstresses versinkt.
Schon der Morgen verriet, dass ein herrlicher Tag vor der Tür stand: Die zarten Strahlen der sanften Septembersonne hatten mich behutsam wachgekitzelt.
Ganz anders als bei unserem ersten Trip durch London hatten wir diesmal jede Menge Zeit, um die Stadt einmal etwas genauer unter die Lupe zu nehmen. Mum hatte sich nämlich in all den Tagen, in denen wir in der Vergangenheit mit Fechten, Rätselraten, Reiten oder einfach auch nur mit Kekse-Futtern bei Ellinor beschäftigt waren, sämtliche Reiseführer besorgt und durchgelesen. Dadurch wusste sie nun bestens über alles Wesentliche hier Bescheid. Und mit Miss Polly als „Ureinwohnerin" Londons konnte natürlich gar nichts mehr schief gehen. Es machte auch nichts aus, dass Mum einen Orientierungssinn wie ein Faultier besaß, das den ganzen Tag nur an demselben Ast auf seinem Baum hing. (Da halfen selbst ihre schlauen Stadtpläne nichts.)
Leider war unser Ausflugstag viel zu schnell vorbei. Allmählich mussten wir uns auf den Rückweg machen...
Von Paul hatte ich die letzten 48 Stunden nichts mehr zu hören oder sehen bekommen. Na, wie denn auch? Er besaß ja nur die Handynummer meiner Mum (aber die wusste er auch nur wegen seiner Mutter). Nein, wahrscheinlich hatte er mich ohnehin schon längst wieder vergessen. Bestimmt hatte er jede Woche eine andere Freundin... - Oh je, da war es: Dieses kleine eifersüchtige Stechen in meiner Brust.
So sehr ich es auch versuchte, Paul einfach aus meinem Kopf verschwinden zu lassen - je mehr ich es versuchte, desto schlimmer wurde es. Umso mehr ich mich darum

bemühte, ihn einfach aus meinem Gehirn zu streichen, umso stärker funkelten seine eisblauen Augen in meinen Synapsen.

War es Zufall oder nicht? Jedenfalls hatte meine Mum das wunderschöne Kleid seiner Mutter über einen Kleiderbügel gezogen und direkt vor den Wandschrank in meinem Zimmer gehängt, sodass es mir jetzt, beim Kofferpacken, ständig ins Auge fiel. Von daher war es auch wirklich nicht verwunderlich, dass ich alle paar Sekunden zu seufzen begann, wobei ich mit einem Mal Lady Ellinor zu verstehen glaubte. Wahrscheinlich trauerte sie auch nur ihrem Wunschfreund hinterher. Oder so ähnlich.

Verärgert biss ich mir auf die Unterlippe. Ich litt aber auch an Gefühlsduselei! Konnten sich meine Emotionen nicht wenigstens einmal im Zaum halten? Im Geheimen hoffte ich, dass mein Bruder nicht schon die ganze Zeit über vor der Türe stand. Denn sonst würde er sich ganz gewiss fürchterlich über mich und meine Hormonprobleme lustig machen. Andererseits bräuchte ich ihm ja nur erzählen, wie anstrengend das Kofferpacken sei... Zumindest in diesem Punkt würde mich mein Bruder voll und ganz verstehen. Er war ja immerhin das „Genie" schlechthin im Kofferpacken: Würde es ein Schulfach „Kofferpacken" geben, so wäre das wohl das einzige Fach, in dem mein Bruder jemals die Note „ungenügend" erzielte...

Die Sache mit der Liebe ist aber auch wirklich verzwickt: Dass ich mich in Paul verliebt hatte, ließ sich ja wirklich nicht länger leugnen. Das Gemeine dabei war nur, dass ich im Grunde nicht wusste, ob ich ihm ebenfalls etwas bedeutete oder ob er einfach nur zu der Sorte von Männern gehörte, die zu jeder Frau super-schleim-freundlich waren.

So sehr ich auch seufzte, mein Koffer war irgendwann dann doch gepackt - und das bedeutete, dass unser anstehender Heimflug immer näher rückte. Noch ein Grund mehr, um aufzuseufzen. London gefiel mir wirklich gut.

Mum beschloss, das Kleid von Grace Morgan, also Pauls Mutter, dann doch bei sich ins Gepäck zu legen, worüber

ich mich ehrlich gesagt ein klein wenig erleichtert fühlte. Meinen Bruder hörte ich den restlichen Abend hinter seiner Zimmertüre fluchen. Er bekam seine Sachen auf mysteriöse Art und Weise einfach nicht in seinen Koffer. - Woran das wohl lag?
Mit der Newton-AG kam ich erst wieder am nächsten Tag in Kontakt, exakt um 13:00 Uhr, denn da trafen wir uns am Gate im Flughafen.
Über den Ausgang unserer Mission schienen die Herren nicht sonderbar erstaunt zu sein. Als John und ich ihnen erklärten, dass wir Sir Isaac Newton das Vermächtnis quasi zum Aufpassen anvertraut hatten, dieser es aber letztendlich eigenständig verbrannt hatte, nahmen sie es erstaunlich regungslos auf. Mein Bruder zischte mir auf dem Weg zum Flugzeug zwar noch ins Ohr, dass die N-AG exakt die gleiche Konstellation aufwies wie die aus der Vergangenheit, doch ich quittierte seine Bemerkung nur mit einem verständnislosen Kopfschütteln. Erstens war ich einfach nur froh, dass ich das 17. Jahrhundert heil überstanden hatte. Zweitens drehten sich die Gedanken in meinem Kopf ohnehin die meiste Zeit nur um Paul. Und drittens galt der letzte Rest meiner momentanen Aufmerksamkeit dem Flug vor uns, der in wenigen Minuten beginnen würde. Wie schon beim letzten Mal machte sich auch diesmal ein unheimliches Ist-mir-mulmig-Gefühl in meinem ganzen Körper breit. - Apropos, wenn wir schon mal beim Thema Flugzeug waren: In welcher Maschine Paul wohl nach Hause düsen würde?
Mittlerweile hatten wir den Elefantenrüssel alias Gangway ganz durchwandert und während John bereits im Innern des Flugzeugs verschwunden war, kramte ich aus meiner Handtasche schnell mein Ticket hervor.

„Thank you...", hörte ich die brünette Stewardess noch murmeln - während sie mein Ticket begutachtete - und so etwas wie „wish you a pleasant flight...". Hatte das nicht noch Zeit bis zum Start?

Unbeholfen wankte ich meinem Bruder hinterher, der offensichtlich wieder einmal den totalen Überblick hatte und genau wusste, wohin wir uns im Flugzeug zu bewegen hatten.

„Reihe 18, Platz A.", meinte er und deutete grinsend auf einen der Sitze schräg vor mir. „Direkt am Flügel. - So wie es aussieht, haben sich die Herren der Newton-AG diesmal andere Sitzplätze ausgesucht. Es wird wohl jemand Drittes zu uns kommen."

„Mum?"

„Gebongt." John lachte. „Es wird ja langsam, Schwesterlein!" Bei diesen Worten hatte er sich umgedreht, um mir brüderlich auf die Schulter zu klopfen. „Deinem Gehirn scheint der Ausflug ins 17. Jahrhundert enorm gut getan zu haben."

*Hahaha...*

Etwas genervt stopfte ich mein nicht übermäßig dimensionales Handgepäck in das Fach über den Sitzen und ließ mich anschließend direkt auf den Platz am Fenster nieder. Wenigstens war der Sitz bequem gepolstert. Naja, auch nur ein schwacher Trost, falls wir abstürzen würden...

Leicht beunruhigt ließ ich meine Augen über meine Armbanduhr schweifen. Wenn alles nach Plan lief, dann würden wir in exakt achteinhalb Minuten durch die Wolkendecke schießen und bis spätestens heute Abend wieder zu Hause sein. Vorher würde es bestimmt noch was zu essen geben. Ach ja, das Trinken natürlich nicht zu vernachlässigen! Wenn ich gerade beim Thema war: Sollte ich mir wieder diesen bitter schmeckenden Tomatensaft antun?

„Hallo, Katharina!", riss mich da plötzlich eine mir sehr gut bekannte Stimme aus meinen Gedanken. Überrascht richtete ich mich auf und ließ meinen Blick von den unzähligen Flugzeugen, die ich durch die Fensterscheibe draußen beim Starten und Landen beobachtet hatte, um 180° direkt zum Gang schweifen.

„Wie schön, dass du auch hier bist.", fuhr die Stimme in der Zwischenzeit fort.

Ein verlegenes Lächeln huschte über meine Lippen, bevor ich noch im nächsten Moment ein überraschtes „Paul!" rief. Mehr bekam ich nicht raus.
Dafür meldete sich mein inneres Ego wieder einmal...
*Jetzt hör doch endlich mal auf mit deinem blöden Getue! Paul ist einfach nur ein ganz normaler Junge. Du brauchst also nicht ständig in Atemnot gelangen, wenn er in deiner Nähe ist! Beherrsch dich doch endlich einmal...*
„Ähm... Ja, also..." Ich stammelte irgendwelche Verbindungen von Konjunktionen und sämtlichen anderen Wortdingern herum. Wahrscheinlich lachte Paul sich dabei halb tot. Möglicherweise überlegte er auch gerade, ob ich nicht vielleicht einen Sprachfehler davongetragen hatte. Wie dem auch sei: Zumindest seinem Gesichtsausdruck nach zu urteilen, ließ er sich nichts dergleichen auch nur anmerken.
  „Reihe 18, oder?", fragten die eisblauen Augen, obwohl er (das fiel mir aber erst später ein), ja genauso gut die kleinen Täfelchen an den Sitzreihen ablesen konnte.
Wortlos nickte ich.
Wie hatte das nur passieren können, dass ich mich derartig in ihn verknallte?
Ok, eindeutig: Ich war auf Schulentzug. Es wurde höchste Zeit, dass ich endlich wieder was zum Schreiben in die Finger bekam, irgendwelche langweiligen Aufsätze über den Realismus oder die Analyse eines dieser ätzenden Gedichte aus der Romantik, die ja sowieso immer nur die gleichen Themen behandelten (Nacht und Traum und Reisen und Wandern und Mittelalter... - zumindest, wenn das stimmte, was unser Deutschlehrer stündlich referierte). Wieso konnte man nicht seine gesamte Deutsch-Zeit mit Schiller und Goethe verbringen?
Aber Paul riss mich sogleich wieder aus meinen Gedanken...
  „Wie schön - ich sitze genau eine Reihe hinter dir."
Ähm... Reihe 19. Tja, also... Vielleicht würde *Mathe* ja etwas Klarheit in meine überhitzten Gedanken bringen, denen schon ganz schlecht war vom Achterbahn-Fahren der

Gefühle. Eindeutig: Ich musste mich schleunigst darum kümmern, meine Hormone endlich wieder in den Griff zu bekommen, bevor ich noch völlig durchdrehte.

„Bist du eigentlich schon öfters geflogen?", hörte ich Paul hinter mir fragen.

Oh nein! Er saß auch noch direkt hinter mir. Also auch am Fenster. Also wirklich *direkt* hinter mir - und nicht schräg dahinter *oder so.*

„Mein Rückflug.", erklärte ich, wobei meine Stimme schon wieder ihren Pieps-Ton annahm, wie es sonst eigentlich nur bei Referaten und anderen grauenhaften Vorträgen der Fall war. „Ähm... Mein zweiter Flug. Also erst der Hin- und jetzt der Rückflug."

„Ach so!" Paul lachte vergnügt. Machte er sich jetzt etwa lustig über mich? Kein Wunder. Ich stellte mich aber auch wirklich dämlich an.

„Du bist schon öfter geflogen, was?", mischte sich John in unser kleines Gespräch neugierig mit ein. Erleichtert atmete ich auf. Manchmal war es schon gut, einen großen Bruder zu haben.

„Ja, schon einmal nach Asien.", fing Paul an. „Um genau zu sein: Es war Peking. Dann war ich zweimal in Amerika, davon ging es einmal nach New York und einmal nach San Francisco. Und nach Lissabon bin ich ebenfalls schon geflogen."

„Wow! Da könnte man ja glatt neidisch werden.", meinte John voller Bewunderung und hatte mir dabei voll und ganz aus der Seele gesprochen.

„Naja, um dich zu beruhigen..." Paul wandte sich damit eindeutig an mich. „Du brauchst dir wirklich keine Gedanken über das Abstürzen und so zu machen."

Anscheinend hatte er mein völlig verdattertes Benehmen meiner Flugangst zugeschrieben. Wie nett!

„Jaja, ich weiß schon.", unterbrach ich ihn rasch und meine Stimme hatte dabei endlich wieder ihre Normaltonlage gefunden. „Runter kommt das Flugzeug ja sowieso von allein..."

Obgleich ich ihn nicht sehen konnte, weil er ja *direkt* hinter mir saß, wusste ich doch, dass Paul in diesem Moment grinste.

Keine fünf Minuten später setzte sich unser Flugzeug auch schon in Bewegung. Mit voller Wucht rasten wir die Startbahn entlang. Es ratterte und knatterte und für Bruchteile von Sekunden hegte ich den unguten Gedanken, unser Flugzeug könnte jeden Moment auseinanderbrechen. Der Flügel neben mir wackelte, als wollte er demnächst das Zeitliche segnen - doch dann spürte ich auch schon dieses Kribbeln im Bauch. Wir gerieten in Schieflage und die Landschaft vor dem Fenster verschwamm zu kleinen undeutlichen Bildpunkten, bis wir schließlich durch die milchig-weiße Wolkendecke schossen und nichts mehr zu sehen war außer ein Brei aus grau-weißen mit etwas himmelblau gespickten Farbtönen.

Es dauerte nicht sonderbar lange, da wackelten auch schon wieder die Stewardessen an, die sich bis vor wenigen Augenblicken noch hinter den Vorhängen vorne im Flugzeug zurückgezogen hatten. Wie gewohnt startete eine von ihnen ganz vorne, eine ganz hinten und eine in der Mitte. Genauer gesagt bei Paul eine Reihe hinter mir.

„Was darf es denn zu trinken sein?", fragte sie höflich. Als daraufhin die einfache Antwort „Tomaten- und Orangensaft, bitte!" kam, fiel mir meine Wahl nicht länger schwer. Während mein Bruder es sich mit einer Cola gemütlich machte, bestellte ich exakt die gleiche Konstellation wie der Passagier direkt hinter mir.

Unser „Mittagessen" kam gleich noch hinterher: Ein belegtes Brot mit einer schinkenähnlichen Auflage und seltsamer Creme. Wie ich erst im Nachhinein auf der Packung las, handelte es sich um Creme Freche mit Truthahn. Es schmeckte aber wirklich viel besser als es klang.

Für den restlichen Flug über hörte ich das höchst langweilige Musikprogramm unserer Airline. Aber es war immer noch besser als nichts zu tun. Viel sehen konnte ich ja oh-

nehin nicht. Die Landschaft vor meinem Fenster war einfach nur blau-weiß. Ganz wie unsere Landesfarben.
*Ach ja, Bayern.*
Bald würde es uns wieder haben! In Gedanken an zu Hause seufzte ich leise. Wie lange der Flug wohl noch dauern mochte?
Gerade als ich meinen Bruder an stupsen und ihn danach fragen wollte, ertönte eine Durchsage, dass wir in etwa fünfzehn Minuten unser Ziel erreichen würden. Es folgten noch die üblichen Sicherheits- und sonstigen Hinweise und dann neigten wir uns auch schon in Richtung Erde.
Wir waren soeben erst gelandet, als wir bereits mit den übrigen Passagieren von Bord gingen. Gerade noch hatte ich nach meiner Tasche im Handgepäcksfach greifen können, bevor mich der Strom der Masse in Richtung Tür mitgezogen hatte. Unterwegs zum Ausgang drehte ich mich noch einmal um, doch von Paul war weit und breit nichts mehr zu sehen.
Erst bei der Kofferausgabe konnte ich ihn zwischen einer Gruppe von Asiaten entdecken. Er sah ziemlich unglücklich aus. Wenn mich nicht alles täuschte, war er soeben das Foto-Objekt unserer Landesgäste geworden.
Ich versuchte ihm zuzuwinken, doch er bemerkte mich nicht, sondern starrte scheinbar geistesabwesend auf die direkt an ihm vorbeirollenden Koffer.
„Na, Schwesterlein? Hat dein Koffer Verspätung?", scherzte mein Bruder, der gleich neben mir stand, nun nach seinem Koffer griff und sich anschließend davon trollte.
Aber ich schüttelte nur den Kopf. Momentan war mir nicht wirklich zum Witzeln zumute. - Wann würde bloß endlich mein doofer Koffer antanzen?
Endlich! Gerade sah ich, wie er mit einem weiteren Koffer aus dem Loch in der Wand auftauchte. Mit ruckelnden Bewegungen näherte er sich auf dem schwarzen Band.
Hastig lief ich ihm entgegen. Ich wollte meine Familie nicht unnötig lange warten lassen. Mum wirkte ohnehin schon ganz gestresst. Offensichtlich litt sie unter der glei-

chen Flugangst wie ich. Na - und meinem Bruder konnte es ja nie schnell genug gehen.

Doch es hatte noch jemand zweites große Eile: Gerade wollte ich mit meiner Hand nach dem Griff meines Koffers fassen, als ich einen höchst unsanften Stoß in die Rippen erhielt und dabei beinahe mein Gleichgewicht verloren hätte.

„He!", rief ich empört und drehte mich nach der Person um. Dummerweise hatte ich meinen Koffer dabei losgelassen, sodass der bereits wieder ein paar Schritte von mir entfernt weiter vor sich hin ruckelte und damit für mich quasi unerreichbar wurde.

„Tut mir leid.", hörte ich jemanden murmeln. Es klang ziemlich geistesabwesend. Und doch erkannte ich die Stimme wieder.

„Paul!"

Überrascht sah ich mir die Gestalt genauer an. Und wirklich: Ich hatte mich nicht geirrt.

„Mensch, Katharina..." Als Paul begriff, dass ich es gewesen war, die er soeben an gerumpelt hatte, wirkte er zerknautscht. „Mann, tut mir echt leid.", murmelte er verlegen.

Mit einer flüchtigen Handbewegung gab ich ihm zu verstehen, dass er sich deshalb keine Vorwürfe zu machen brauchte.

„Ist schon okay.", erklärte ich, bevor er noch irgendetwas sagen konnte (etwa, dass es ihm schrecklich leid tue und er ja wirklich nicht hatte ahnen können und...).

„Das kommt halt mal vor." Ich zwinkerte ihm aufmunternd zu, woraufhin mein Gegenüber erleichtert aufatmete. Einen Augenblick lang herrschte trotz des regen Betriebs am Kofferband tiefes Schweigen.

„Tja", meinte ich, um mich aus der peinlichen Stille zu befreien. „Dann muss ich mal schauen, ob ich meinen Koffer noch einholen kann."

Paul hatte seinen ja bereits in den Händen. Für ihn hatte es sich immerhin gelohnt, mich weg zu checken.

Schon wollte ich losspurten, um mein Gepäck einzuholen, als Paul mich an der Schulter festhielt.

„Vergiss es.", sagte er leise. „Den holst du nicht mehr ein. Aber wenn du ohnehin noch warten musst, wollte ich dich fragen, ob du vielleicht so etwas wie eine Handynummer besitzt."

Damit hatte ich ihm sein unhöfliches Benehmen von geradeeben endgültig verziehen.

„Aber klar doch.", erwiderte ich schnell, wobei ich ihn unentwegt angrinste.

„Und die wäre?"

Bis er sich meine Nummer auf seinem Handy eingespeichert und ich seine erfahren hatte, fuhr mein Koffer noch ganze zwei Mal an uns vorbei. Bei der dritten Runde fiel Paul ein, dass wir uns ja auch noch die E-Mail-Adressen austauschen konnte. So pflückte ich meinen Koffer also erst in der fünften Runde vom Band. Aber das war mir dann auch egal. Als Paul und ich uns verabschiedeten, umarmte er mich zum Abschluss.

Wie ich so mit meinem Koffer in der Hand durch den Menschenauflauf auf meine Familie zu stapfte, fühlte ich mich wie der glücklichste Mensch der Welt. Und selbst Johns vorwurfsvolles „Mensch, wo bleibst du denn die ganze Zeit? Hättest ruhig ein bisschen Dampf machen können!" konnte mich nicht von meiner Wolke Sieben holen. Das war aber auch so was von unfassbar: Wer bitte tauscht schon mit einem Jungen seine Kontakte aus, der die schönsten Augen auf der ganzen Welt besitzt?

Leider wurde ich nur wieder allzu schnell von meiner rosaroten Wattewolke auf die knallharten Tatsachen der Realität geschleudert. Die Newton-AG hatte zwei Limousinen bestellt, von denen eine für Mum, John und mich bestimmt war. Mit der anderen düsten die sonnenbebrillten AG-Herren davon. Obwohl in München ohnehin stets Hochbetrieb herrschte, zumindest was den Verkehr anging, waren wir erstaunlich schnell zu Hause, sodass uns noch genügend

Zeit blieb, um in Ruhe eine Pizza zu belegen und anschließend gemütlich zu Abend zu essen.

Gegen halb neun beschloss ich, mich auf mein Zimmer zurückzuziehen. In meine kuschelige Decke eingemummelt, überlegte ich gerade, ob ich Paul vielleicht nicht gleich eine SMS schreiben sollte. Oder besser eine E-Mail. Oder einfach auch gar nichts von beiden. Bis plötzlich die Türe zu meinem Zimmer aufgerissen wurde.

„Oh, John!", rief ich leicht verärgert, als ich erkannte, welcher Störenfried soeben hereingeplatzt war. Ich wollte ihm noch etwas an den Kopf werfen, als er mir auch schon einen Briefumschlag entgegenstreckte.

„Hier!", sagte er nur. „Ich hoffe, dir macht es nichts aus, dass ich es schon gelesen habe."

„Von wem ist das Schreiben denn?", fragte ich schnell.

„Das musst du schon selbst herausfinden."

Und damit war die Tür hinter ihm ins Schloss gefallen.

Von wem der Brief wohl sein mochte?

Es war kein Absender genannt. Nicht einmal eine Briefmarke war aufgeklebt. Das Ding war also nicht per Post gekommen.

Unschlüssig drehte ich das Kuvert in meinen Händen, bis ich dann schließlich doch das gefaltete Papier herausnahm und zu lesen begann.

---

*<u>**Dies ist ein Schreiben an John und Katharina Turner**</u>*

*Nach erfolgreichem Beenden eurer Mission werden wir uns noch einmal treffen, weshalb wir euch bitten, morgen um **16:00 Uhr** zu erscheinen - wie gewohnt am ersten Treffpunkt. Mitzubringen habt ihr nichts, ausgenommen die beiden **Feueropale**.*

*Es grüßt der Kreis der Magischen Fünf*
*als Vertreter der gesamten Newton-AG*

*Lord Timothy, Robert John, Edgar Earl, Sir Eduard, Gregory Ashton*

Ich hatte das Schreiben kaum zu Ende gelesen, als ich das Papier hastig zusammen faltete und zurück in den Umschlag stopfte, den John mir gereicht hatte. Dann sprang ich auf und stürmte wie eine Verrückte aus meinem Zimmer, nur um gleich darauf beinahe mit meinem Bruder zusammenzustoßen, der sich gerade mit einer dampfenden Tasse Kaffee einen Weg zwischen unseren Koffern, die wir mehr oder weniger achtlos auf dem Gang stehen gelassen hatten, in Richtung Zimmer bahnte.

„He!", empörte er sich und strich sich etwas verwirrt und noch dazu überrumpelt seine Haarsträhnen aus dem Gesicht, während die andere Hand fest den Henkel seiner Tasse umklammerte. „Was ist denn in dich gefahren?"

„Du hättest mir auch gleich sagen können, dass der Brief von der Newton-AG stammt!", schnaufte ich atemlos und stemmte die Hände in die Seite.

„Ja - und? Was ist dabei?" Er zuckte die Schultern und wollte schon wieder weiter laufen.

„John, die wollen unsere Feueropale wieder!"
Doch mein Bruder runzelte nur die Stirn.

„Tut mir leid, Schwesterlein.", sagte er entschuldigend und wiegte etwas verständnislos seinen Kopf hin und her. „Ich verstehe kein Wort von dem, was du mir gerade klarmachen willst. Könntest du dich vielleicht *etwas* deutlicher ausdrücken?"

„John - die - wollen - unsere - Steine - wieder - haben!"
Ich seufzte.

„Ach so!" Übertrieben (wie so oft) schlug er sich mit der flachen Hand vor die Stirn, wobei beinahe sein Kaffee überschwappte. Aber nur beinahe.

„Da hätte ich ja auch gleich so draufkommen können. - Tja, weißt du, Schwesterlein, irgendwann musste unsere Mission ja zu Ende gehen, oder? Wie heißt es so schön? Alles, hat ein Ende, nur die Wurst hat zwei..."
Als er meine schier verzweifelten Blick sah, hielt er kurz inne.

„Ach, komm schon. Jetzt hab dich nicht so!", meinte er, wobei er mir noch im nächsten Atemzug auf die Schulter klopfte, sich umdrehte und im selben Augenblick lautstark zu singen anfing: „Alles hat ein Ende, nur die Wurst hat zwei, jawohl mein Schatz..."

Schon war er in seinem Zimmer verschwunden, aus dem noch die restlichen Töne seines wunderbar gesungenen Liedes dumpf hervor klangen. Ich dagegen stand mit hängenden Schultern da und starrte ihm ein paar Sekunden lang hinterher.

Es war einfach nicht zu fassen! Da hatte mein Bruder einen super Notenschnitt von 1,2 in seinem Abi geschafft und trotzdem nicht kapiert, auf was ich es letztendlich abgezielt hatte. Oder hatte ich mich einfach mal wieder nur zu undeutlich ausgedrückt?

Mein Gesicht zu einer enttäuschten Grimasse verzogen, schlurfte ich hinüber zu meiner Zimmertüre, ließ sie hinter mir ins Schloss fallen und plumpste gleich darauf in mein weiches Bett. Keine zwei Sekunden später hielt ich bereits mein Handy ans Ohr.

„Ja, hallo?", meldete sich eine mir nur zu gut bekannte Stimme.

„Hallo, Paul! Ich bin's - Katharina." Schon seufzte ich in den Hörer.

„Hey, was ist los?", hörte ich ihn fragen.

„Was mit mir los ist?", wiederholte ich und zuckte die Schultern, obgleich mein Gesprächspartner das ja nicht sehen konnte. Egal.

„Sag, gibt es Stress zu Hause?", forschte Paul sogleich nach.

„Stress?" Ich lachte auf. „Schön wäre es!"

„Lass mich raten: Dein Bruder nervt."

„Tut mir leid, Paul, da muss ich dich enttäuschen."

„Dann ist *was* bitte los?"

„Die Newton-AG hat geschrieben."

„Wie? Eure Auftraggeber?"

Er klang mehr entsetzt als überrascht. Und für einen Moment herrschte vollkommene Stille am Ende der Leitung.

„Auftraggeber? Hm, wohl eher der Boss schlechthin.", murmelte ich und konnte mir ein Schmunzeln nicht verkneifen.

„Und was schreiben sie?", meldete sich die Stimme am anderen Ende der Leitung wieder.

„Sie sagen, dass wir uns morgen um vier bei ihnen treffen."

„Hm."

„Obwohl unsere Mission eigentlich schon beendet ist."

„Hm."

„Paul? Bist du noch dran?"

Aber er gab wieder nur ein nachdenkliches „Hm." von sich.

„Paul?"

„Hm. - Ähm... Ja, bitte?"

„Findest du nicht auch, dass es irgendwie seltsam ist?"

„Was?"

„Dass wir uns treffen, obwohl es keinen Anlass dazu gibt?"

Schweigen am anderen Ende.

Okay, heute war Paul definitiv nicht nach Reden zumute.

„Nerv ich dich eigentlich?", wollte ich deshalb wissen.

„Nerven? Du? - Nein - wirklich nicht."

Es kam mir so vor, als lachte er leise in den Hörer. Ein kleines, amüsiertes Lachen. Irgendwie niedlich.

„Sie sagen, dass wir die Feueropale mitbringen sollen.", fuhr ich fort.

„Und *wer* sagt das?", fragte es am Ende der Leitung.

*Oh je!*

Ich stöhnte leise.

Irgendwie war heute der Wurm drinnen.

„Die Newton-AG.", erklärte ich - um einen möglichst neutralen Ton bemüht. Langsam wurde es anstrengend.

„Die Newton-AG will, dass wir unsere Steine mitbringen. Aber es gibt keinen Grund dazu!", wiederholte ich also.

„Ah, ok, langsam kapier ich das Ganze..."

Erleichtert seufzte ich auf.

„Die wollen also eure Feueropale wieder, damit ihr mit der Sache nichts mehr zu tun habt.", schlussfolgerte er.

„Genau." Ich nickte, obwohl Paul mich ja immer noch nicht sehen konnte.

„Wie ich dich kenne, liegt dir überhaupt nichts daran, dein Steinchen wieder herzugeben.", hörte ich ihn weiterreden.

„Exakt."

„Weißt du was?"

„Ne, woher soll ich denn etwas wissen, was ich gar nicht weiß?"

Es stöhnte am anderen Ende der Leitung. „Katharina?"

„Ja?"

„Hör zu: Du sagst ihnen einfach, dass du den Stein verloren hast."

Hatte ich soeben richtig gehört?!

„Sag, er ist dir irgendwie abhanden gekommen. Irgendwo am Flughafen oder so. Du weißt nicht mehr viel davon, halt nur so viel, dass er eben nicht mehr da ist. - Klar?"

„Klar. Und *dein* Stein? Will deine Clique den auch wieder haben?"

„*Mein* Feueropal?" Er lachte. „Klar darf ich den behalten. Was sollte denn *Morgans Verwalter* damit?"

„*Morgans Verwalter*? Das klingt ja komisch." Ich kicherte.

„Jaja, lach nur!", witzelte Paul in mein Ohr. „Immerhin nicht so bescheuert wie eure *AG*."

Womit er leider Recht hatte.

„Du, hör zu."

Neugierig horchte ich auf.

„Ich sitze gerade über meinen Uni-Unterlagen - muss ziemlich viel lernen. Du verstehst?"

„Klar." Ich nickte.

„Also, ich kann dir nur zu einer Sache raten: Erklär den Typen morgen einfach, dass du nicht mehr im Besitz des

Steines bist. Folglich kannst du ihn auch nicht zurückgeben. Ja?"

Ich nickte.

„Und dann werden die es schon akzeptieren, hoffe ich doch."

„Ich auch."

„Aber mach dir keine Vorwürfe deswegen. Ich an deiner Stelle würde meinen Stein auch um keinen Preis der Welt hergeben. Es ist immerhin der Schlüssel in die Vergangenheit."

„Nur, dass uns das Buch dazu fehlt."
Eine Sekunde lang schwieg mein Handy.

„Hm, *dir* vielleicht.", hörte ich Paul dann sagen. „Mir jedenfalls nicht."

„Wie? Du hast das Buch?" Vor lauter Aufregung hatte meine Stimme (wie leider so oft!) zu fiepen begonnen.

„Das Buch? Mit den Anleitungen?" Er lachte vergnügt. „Hm, schon möglich."

„Hast du es abgeschrieben?", flüsterte ich atemlos ins Handy.

„Sag mal, bist du Hellseherin oder so?"
Ich konnte mir ein Grinsen nicht verkneifen.

„Zufällig nicht.", antwortete ich. „Aber ich kann eben gut kombinieren. - Sieht dir übrigens sehr ähnlich, Morgan."

„Ja, nicht wahr?"

„Hast du das alles in der Vergangenheit gemacht?"

„Klar, in der Zeit, die du und dein Bruder wohl im 21. Jahrhundert verbracht habt, hatte ich jede Menge Zeit."

„Woher weißt du, dass wir..."
Doch Paul unterbrach mich noch, bevor ich meinen Satz zu Ende gebracht hatte.

„Na, so wie du nach dem Vorfall beim *Goldenen Ochsen* zugerichtet warst, musste ich ja nur eins und eins zusammenreimen."

„Nicht schlecht!"

„Nur nicht übertreiben... Also, ich muss Schluss machen. Meine Uni-Sachen warten. Anatomie und lauter so Zeug. Du glaubst ja gar nicht, wie sehr die sich nach mir sehnen."
„Na, dann - bis bald!", lachte ich. „Und gute Nacht."
„Mach's gut. Und träum was Schönes."
„Hm, von dir?"
„Tu dir keinen Zwang an."
„Okay."
„Gute Nacht."
Damit knackte es am anderen Ende.
Draußen war es mittlerweile stockdunkel geworden. Und so langsam aber sicher kroch die Müdigkeit in meine Augen. Gähnend massierte ich mir mit meinen Fingern die Schläfen. Was wohl Susan gerade machte?
Susan Taylor, meine Freundin, beste Klassenkameradin, zuverlässigste Geheimnis-für-sich-Bewahrerin der Welt und noch jede Menge mehr.
Wie gern hätte ich ihr von unseren Abenteuern in der Vergangenheit erzählt!
Meine Bettdecke bis ans Kinn hochgeschlagen, lag ich da, fest in meine kuscheligen Kissen eingemummelt, umgeben von orangenen Farbtönen, die von der kleinen Lampe auf meinem Schreibtisch aus durch mein Zimmer tanzten.
*Ach ja, Susan...*
Hm, ob es wirklich eine so gute Idee wäre, ihr alles zu erzählen? Von der Newton-AG, unserer Reise nach England (genauer gesagt: London), unseren Einführungstagen in Sitte, Etikette und dem ganzen anderen Zeug, das man können musste, um im 17. Jahrhundert nicht vollkommen aus dem Rahmen zu fallen...
Während meine Finger nachdenklich an meiner Unterlippe zupften, lag ich da und überlegte angestrengt.
Also wenn ich mal ganz ehrlich war: Wäre Susan im Verlauf der letzten Tage (oder Wochen) mit mir ins Gespräch gekommen und hätte mir dabei erzählt, dass sie einen Vorfahren hätte, dem einmal eine grandiose Erfindung gelungen sei und - naja, wie dem auch sei - Susan plötzlich zu-

rück in der Zeit reisen könnte - ich glaube, ich hätte sie für eine totale Spinnerin gehalten. Ganz gleich, ob sie nun meine allerbeste Freundin war oder nicht. Ich hätte ihr kein Wort geglaubt. Genauso wenig übrigens, wenn die Gregory uns nach den Sommerferien erklären würde, dass die Erde ein Quader sei und keine Kugel. Oder so ähnlich.

„Katharina? Schläfst du schon?"

Huh, was war denn das?

Überrascht drehte ich meinen Kopf in Richtung Tür und erst da fiel mir auf, dass es Mum war, die mir - halb in Sorge um mich, halb belustigt über mein heutiges Frühes-ins-Bett-Gehen - liebevoll entgegen lächelte.

„Ob ich schon schlafe?", gähnte ich müde. „Nein, aber das siehst du doch, oder?"

„Geht es dir auch gut, mein Häschen? Du siehst irgendwie krank aus."

Das war ja mal ein Kompliment: *Du siehst krank aus!* Diesen Satz wollte ich mein Leben lang schon immer hören...

„Ach, es ist eher - die Newton-AG. Das Treffen und überhaupt. Und meine Seminararbeit. Und so viel. Und Susan. Und -"

„Weißt du was? Ich mach dir jetzt einen heißen Tee und dann kuscheln wir uns gemütlich aufs Sofa und schauen uns einen guten alten Film an."

Ach, Mums Vorschläge waren doch die besten! Und sie würden es wohl auch bis in alle Ewigkeit sein. Wofür hat man denn sonst so eine tolle Mum?

„Ok.", lächelte ich und schälte mich aus meiner Bettdecke. „Aber ich darf bestimmen, was wir gucken, ja?"

„Versprochen."

## - *16* -

Der nächste Morgen war früher gekommen, als mir lieb gewesen war. Mehr müde als ausgeschlafen, kroch ich zum Frühstück aus meinem Bett.
Mum hatte leckeren Frühstückstee gekocht und Frühstückseier und dazu gab es Frühstückssemmeln. Es roch super herrlich nach *Frühstück*. Und überhaupt - ich war in kompletter Frühstücksstimmung. Nur der verpasste Schlaf der vergangenen Nacht lag mir schwer in den Knochen.
„Dein Bruder hat heute schon ein glorreiche Idee gehabt.", verkündete Mum, als ich nach geschlagenen zwanzig Minuten aus dem Badezimmer in die Küche schlurfte.
„So?" Skeptisch zog ich eine Augenbraue nach oben. „Na, da bin ich aber mal gespannt."
„Guten Morgen!", summte John hinter seiner Kaffeetasse hervor.
„Ja, guten Morgen."
Mit einem dumpfen Geräusch war ich auf meinen Stuhl geplumpst.
„Du musst doch was über Margret Thatcher oder so schreiben, oder?", fragte Herr Oberschlau auch schon los.
„Oh - John, bitte!" Leicht genervt schlug ich die Hände über dem Kopf zusammen. „Ich sitze gerade beim Frühstück und du blubberst schon wieder von Schule... Also ehrlich, davon habe ich zur Zeit die Schnauze voll. Und zwar so was von..."
Um auf andere Gedanken zu kommen, fischte ich eine von Mums ofenfrischen Semmeln aus dem Brotkorb und versuchte, sie halbwegs in der Mitte aufzuschneiden.
„Na gut, es war ja nur ein Angebot.", wehrte John ab. Beleidigt war er nicht. Froh allerdings auch nicht.
„Du hast mir ja noch gar nicht gesagt, was du für ein Angebot hast.", maulte ich sogleich los.
„Tja, das kommt davon, wenn man andere Leute nicht aussprechen lässt."

„Ok.", seufzte ich. „Tut mir leid. Jetzt schieß los. Ich werde auch ganz leise sein."

„Mensch, so kenne ich dich ja gar nicht, Schwesterlein!" John pfiff überrascht durch die Zähne.

„Los, jetzt sag schon endlich! Ewig Zeit habe ich auch nicht."

„Also, es geht um deine Seminararbeit."

Wollte er sie also doch schreiben?

*Schon steigt der erste Hoffnungskeim empor.*

„Da du ja noch überhaupt nicht wirklich angefangen hast, dachte ich mir, du könntest vielleicht Hilfe bei der Materialbeschaffung gebrauchen."

*Der Keim entwickelt sich zur Knospe.*

„Da du ja noch nicht oft an der Uni warst, kam mir der Gedanke, ob es nicht sinnvoll wäre, wenn ich dich einfach mal mitnehme..."

*Die Knospe, mittlerweile schon junges Grüngewächs, hält inne.*

Hatte ich soeben richtig gehört?!

„Also ich könnte dir so ein paar Insider-Tipps zeigen."

Schluck.

Das saß.

*Die Knospe ist eindeutig eingegangen.*

Von wegen, er wollte mir die Arbeit schreiben...

„Alles klar mit dir, Katharina?"

Mit äußerst skeptischen Blicken betrachtete mich mein Bruder ein paar Sekunden lang.

„Ähm... Schon in Ordnung... Alles klar - äh - also - wirklich... Ich freu mich, dass du - also finde ich echt prima!"

„Siehst du!", unterbrach Mum mein Stammeln. „Wusste ich es doch, dass das genau das Richtige für unser kleines Nesthäkchen ist!"

Ja, und wie.

„Gut, dann schlage ich vor: Machen wir uns in einer halben Stunde auf den Weg."

Wie bitte? In einer halben Stunde?!

„He, komm schon! Heute Nachmittag sind wir noch bei der Newton-AG und irgendwann musst du mal anfangen." John klopfte mir ermutigend auf die Schulter.

„Ja, schon klar."

Mit hängenden Schultern stopfte ich mir den letzten Bissen meiner Semmel in den Mund, bevor ich hastig mit Frühstückstee hinterher spülte und anschließend im Badezimmer verschwand.

Als ich kurz darauf mit meinem Bruder um die Ecke radelte, waren von unserem Gespräch beim Frühstück gerade einmal zwanzig Minuten vergangen. Von wegen also noch eine halbe Stunde Zeit und so! - Ich kannte John eben doch nur allzu gut, um zu wissen, dass man bei seinen Zeitangaben jedes Mal mindestens zehn Minuten abziehen musste. Obwohl unsere Landeshauptstadt eigentlich von Fahrradfahrern nur so wimmelte und das Rad so ziemlich das beliebteste Hobby zu sein schien, war ich mitunter der schlechteste Radler in der ganzen Umgebung. Während mein Bruder lässig die Straße entlang fuhr, strampelte ich mir einen ab, sodass ich (wie eigentlich immer) das Gefühl hatte, meine Lunge würde jeden Moment platzen.

Völlig verschwitzt und außer Atem kam ich schließlich neben John zum Stehen. Ich war noch nicht einmal vom Fahrrad gestiegen, da hatte er seinen zweirädrigen Begleiter bereits angekettet.

„Ts, ts, ts...", meinte er, als ich hastig nach der Kombination bei meinem Zahlenschloss fingerte, er natürlich grinsend an eine Mauer angelehnt, die Arme relaxed vor der Brust verschränkt. Eigentlich war es ein Wunder, dass John noch keine Freundin hatte - er sah ziemlich gut aus. Vor allem war er enorm sportlich, aber leider auch ein richtiger Klugscheißer.

„Ist halt nicht jeder so sportlich begabt wie du.", erklärte ich patzig, während mein Bruder bereits losmarschierte, wobei ich auch diesmal große Mühe hatte, ihm zu folgen: Er hatte eindeutig die längeren Beine von uns beiden.

Mein Bruder schleppte mich an diesem Vormittag in sämtliche Bibliotheken, die mit dem Fahrrad oder zu Fuß relativ gut zu erreichen waren. Irgendwann machten wir uns dann wieder auf den Nachhauseweg.
Erst als ich meine Schuhe im Flur abgestellt hatte, kam ich dazu, einen raschen Blick auf meine Armbanduhr zu werfen. Fast wäre ich dabei zu einer Salzsäule erstarrt und womöglich nie mehr aufgetaut, wäre John nicht - blind wie er war - rückwärts in mich hineingestolpert.
„Hey! Pass doch auf!", hörte ich ihn verärgert schimpfen. Er fluchte noch irgendetwas, aber das ignorierte mein Hirn völlig. Der Zeiger meiner Armbanduhr war nämlich schon auf halb zwei weitergewandert! Höchste Zeit also, um etwas zu essen. - Wenigstens hatte Mum vorgesorgt (gewiss aufgrund einer göttlichen Eingebung...) und Nudelauflauf gekocht. Nachdem mein Bruder heute beim Frühstück den Rest der Pizza von gestern vernichtet hatte, wäre ich ansonsten wohl oder übel elendig verhungert.
Während ich mir eine Gabel nach der anderen genussvoll in den Mund schaufelte, hatte ich den Gedanken an den anstehenden Besuch bei meinen „Freunden" geflissentlich verdrängt. Kaum aber hatten wir gegessen, den Tisch abgeräumt und den gröbsten Abwasch erledigt, als sich mein positives Ich-fühl-mich-glücklich-Gefühl wie Wattewolken in Luft auflöste: Die Wanduhr ermahnte uns dazu, schleunigst in Richtung Newton-AG aufzubrechen: Wenn wir noch pünktlich kommen wollten, ohne auffällig verschwitzt zu sein, mussten wir uns jetzt auf die Socken machen. Mit äußerst spärlicher Begeisterung folgte ich also meinem Bruder nach draußen, schnappte mir mein Fahrrad und schwang mich wieder einmal in den Sattel.
Wie ich mit mulmigem Gefühl in der Magengegend in die Pedale trat, wurde mir urplötzlich bewusst, dass ich mir die Formulierung meiner Ausrede noch gar nicht überlegt hatte... Auweia!
Das konnte ja mal was werden... - Ich wusste schon jetzt, dass mir die AG kein Wort glauben würde, wenn ich vor

ihnen saß und irgendwelche Wortbrocken vor mich hin faselte.

„He, habe ich vorher nicht schon gesagt, du sollst aufpassen?!"

Ups! Um ein Haar hätte es einen Zusammenstoß mit meinem Bruderherz gegeben... - Wieso mussten die blöden Ampeln aber auch immer auf rot stehen?!

Andererseits: So hatte ich wenigstens mehr Zeit, um über meine anstehende Ausrede zu grübeln... Trotzdem waren wir für meinen Geschmack viel zu früh bei der AG angekommen...

„Also irgendwie scheint dir der Abstecher in die Vergangenheit doch nicht so gut getan zu haben, Schwesterlein.", murmelte John, als ich von meinem Fahrrad stieg und es neben seines in den Fahrradständer schob. Mit feuchtgeschwitzten Händen nestelte ich nervös an meinem Fahrradschloss herum.

„Sag mal, hörst du mir eigentlich zu?", fuhr mein Bruder unbeirrt fort.

„Wie... WAS??"

Verständnislos blickte ich ihn aus zusammengekniffenen Augen an und fischte mir dabei hastig eine meiner roten Strähnen aus dem Gesicht.

„Dachte ich es mir doch." Mit einem triumphierenden Grinsen im Gesicht lachte John vergnügt auf. „Ich rede schon die ganze Zeit mir dir und du hörst gar nicht zu. Also ich wusste ja gleich, dass bei dir irgendwelche Schrauben im Gehirn verdreht sind."

„Schrauben? Verdreht? Gehirn??"

*Mist! Bloß nicht die Formulierung vergessen...* - „*Es tut mir leid, aber...*" - *Nein! So geht das nicht! Das klingt zu auffällig...* - „*Feueropal? Welchen Feueropal meinen Sie? - Ach so... Tja, also, den habe ich nicht mehr, wissen Sie...*"

„Katharina?"

„Hm?" Erschrocken blinzelte ich meinen Bruder an, der noch immer neben mir stand und mich mit verständnislosem Kopfschütteln musterte, die muskulösen Arme vor der Brust verschränkt.

„Jetzt sag schon endlich: Wo drückt der Schuh?"

„Der Schuh? - Ähm, eher der Stein."

„Der Stein? Also jetzt verstehe ich Bahnhof. - Hast du irgendwie Fieber? Geht es dir nicht gut?"

Fieber? Wieso sollte es mir nicht gut gehen?

Oh nein! Erst jetzt wurde mir bewusst, dass ich das eben gar nicht gedacht, sondern laut ausgesprochen hatte. Ich seufzte. Jetzt war es raus. Also konnte mein Bruder auch die ganze Wahrheit erfahren. - Naja, oder wenigstens einen Teil davon.

„Auf dem Brief stand doch, dass wir die Feueropale mitbringen sollen.", fing ich an.

„Ja, und?", unterbrach mich John noch nichts ahnend. „Was ist damit?"

„Tja..." Ich zuckte entschuldigend die Schultern. „Ich habe den Stein nicht mehr..."

„Du hast WAS?" Völlig entgeistert starrte mein Bruder mich an.

„Ist scheiße - ich weiß schon."

Scheinbar verlegen kaute ich auf meiner Unterlippe herum und knetete mit meinen Fingern eine meiner Haarsträhnen.

„Ja - und was willst du denen jetzt sagen?"

„Weiß nicht." Ich zuckte die Schultern. „Deswegen bin ich doch schon die ganze Zeit am Überlegen."

„Echt - ich fasse es nicht!" Ungläubig schüttelte John seinen Kopf. „Ich fasse es echt nicht..."

Etwas ratlos stand ich ein paar Augenblicke neben ihm und wusste nicht so recht, was ich jetzt sagen (oder lieber nicht sagen) sollte. Vorsichtshalber hielt ich deswegen einfach mal die Klappe. Aber John brach das Schweigen ohnehin von selbst: „Weißt du denn, wo du ihn verloren haben könntest?"

Ein Schulterzucken war meine Antwort.

„Woher soll ich das denn bitte wissen? Bin ich Hellseher oder so? Er war auf einmal nicht mehr da."

„Wann nicht mehr da? Seit du zu Hause bist? Oder am Flughafen? Oder vielleicht schon in England?"

„Also zu Hause ist er nicht.", antwortete ich schnell. „Ich habe nämlich schon mein ganzes Zimmer durchsucht." - Er brauchte ja nicht zu wissen, dass das nicht stimmte.

„Dass du ihn in die Hosentasche gesteckt hast und die Hose jetzt in der Wäsche ist?"

„Blödsinn!", wehrte ich sofort ab. „Ich bin doch kein Kleinkind mehr. Nein, der Stein ist mindestens schon seit dem Flughafen weg."

John seufzte und verdrehte die Augen.

„Du weißt schon, dass es jetzt leicht stressig werden könnte?"

„Und was schlägst du vor?", erwiderte ich gespielt kleinlaut. „Lass mich bitte nicht hängen!"

„Ich dich hängen lassen?" Er lachte kurz auf. „Da kennst du aber deinen großen Bruder schlecht! Na klar helfe ich dir."

Mit diesen Worten hatte er sich umgedreht und war hinter der Eingangstüre verschwunden. Ich folgte ihm - um mindestens einen Mühlstein erleichtert. Dass John mir das alles so mir nichts dir nichts abnehmen würde, hatte ich ehrlich gesagt nicht erwartet. Umso erleichterter fühlte ich mich, wenn auch noch nicht zu 100% saupudelwohl. Ganz im Gegenteil: Mit jedem Schritt, der mich näher zur Newton-AG brachte, nahm das unangenehme Grummeln in meiner Magengegend zu.

Schließlich war die letzte Treppenstufe überwunden und zwischen der Hölle und mir stand nur noch mein Bruder. Im wahrsten Sinne des Wortes.

„Ah, wie schön! Welch eine Pünktlichkeit!"

Mit einem breiten Grinsen im Gesicht hielt uns Gregory Ashton alias Nickelbrille die Türe auf.

Also ich an seiner Stelle hätte den Laden hier schon längst geschmissen. Der spielte aber auch immer das Mädchen für alles. Wie konnte er das bloß aushalten?

„Aber das ist doch selbstverständlich.", hörte ich meinen Bruder noch säuseln, während ich mich mit ängstlich klopfendem Herzen hinter ihm durch die Türe quetschte und schon einmal vorsorglich den Gang entlang schielte. Noch war weder von Earl noch von Dracula oder sonst einem Mitglied der AG auch nur die geringste Spur einer Existenz zu erkennen.

„Bitte, immer den Gang entlang..."
Doch mein Bruder schnitt Nickelbrille das Wort ab: „Danke, aber wir kennen den Weg bereits - nicht wahr, Katharina?"

„Ja...", sagte ich hastig und bemühte mich dabei um ein höfliches Lächeln in Nickelbrilles Richtung. „Ja, natürlich."
Kaum hatten wir das uns bereits bekannte Gesprächszimmer betreten, als sich auch mein letzter Hoffnungsschimmer in Luft auflöste. Die eisigen Blicke, mit denen uns Dracula empfing, jagten mir einen widerlichen Schauer über den Rücken. Und wieder einmal wurde ich das Gefühl nicht los, dass er irgendwie mehr zu wissen schien, als er wirklich zu erkennen gab.

Möglichst gelassen setzte ich mich neben meinem Bruder auf den mittlerweile letzten freien Stuhl - Nickelbrille war uns erstaunlich schnell gefolgt.

„Wir möchten es kurz machen.", ließ Dracula seine metallisch-scheppernde Stimme erklingen.
Noch nie in meinen bisherigen Begegnungen mit ihm war er mir so unheimlich vorgekommen. Unwillkürlich zuckte ich zusammen.

„Wir möchten uns bei euch bedanken, dass ihr eine solche Bereitschaft gezeigt habt, uns im Projekt um das Vermächtnis zu unterstützen.", übernahm der Lord gleich darauf das Wort.
Unsicher blickte ich meinen Bruder an. Würde er auch dicht halten?

„Leider ist die Mission gescheitert." Dracula räusperte sich geräuschvoll. „Und unserer Erkenntnis nach besteht

auch nicht mehr die geringste Möglichkeit, dem Vermächtnis auch nur in irgendeiner Art und Weise näher zu treten."
*...Was wirklich sehr schade ist.*
Bei meinen Gedanken war mir, als wolle Dracula mich mit seinen seltsam gruseligen Augen durchbohren.
*Ach, jetzt hör bloß auf! Der labert den ganzen Tag...*
„Aus ebendiesem Grund fordern wir die Steine wieder ein. Sie werden euch zu nichts mehr dienen. Bei uns sind sie in sicherer Verwahrung."
Na klar! Sichere Verwahrung. Dass ich nicht lache! Die wollten doch bloß selbst zurück in die Vergangenheit und Morgan plus seinen geheimen Spitzel, vielleicht sogar Newton und Turner höchstpersönlich aus dem Weg räumen! Nein, es war schon gut, dass ich meinen Stein für mich behielt. Sollten sie doch zurück nach England fliegen und dort in der Themse oder sonst wo nachgucken, ob dort der Stein lag...
„Hier, wie gewünscht: mein Feueropal." Sogleich hatte John seinen schimmernden oval-facettierten Stein aus der Hosentasche hervorgezogen. Beim Anblick des glänzenden Etwas leuchteten Draculas Augen förmlich auf.
„Und deiner?", wandte sich Earl nun an mich.
Doch ich konnte seiner Frage nur mit einem hilflosem Schulterzucken dienen.
„Hast du ihn etwa vergessen?", schaltete sich Draculas unbarmherzig grausame Stimme wieder ein.
„Vergessen? Ich?!"
*John! Jetzt sag doch was! Du hast doch versprochen, dass du mir aus der Patsche hilfst...*
„Also, die Sache ist nicht so ganz einfach...", fing ich an zu stottern.
*Blöder Mist!* Das war es dann mal. Mit meinem Rumgestotter konnte das ja nichts werden. Spätestens nach drei weiteren Halbsätzen hätte nicht nur Dracula meine Absicht durchschaut.
„Ist sie wirklich nicht - ähm, die Sache ist wirklich nicht so einfach.", ergriff John nun plötzlich das Wort.

Völlig verdutzt richteten sich nun die Blicke aller Anwesenden auf ihn. Doch mein Bruder zuckte mit einem Unschuldslächeln auf den Lippen die Schultern.

„Die Sache verhält sich ganz einfach: Der Stein ist abhanden gekommen."

„Er ist WAS?" Draculas Augen schienen fast aus ihren Höhlen zu springen. Auch Earl und Lord wirkten völlig verstört. Selbst die harmlose Nickelbrille zog eine verdatterte Grimasse. Und wäre der Ernst der Lage nicht so verdammt unheimlich gewesen, ich hätte wahrscheinlich laut lachen müssen.

„Katharina muss den Stein verloren haben - unterwegs auf der Heimreise.", fuhr John ungerührt fort.

„Am Flughafen?", unterbrach ihn Earl aufgeregt mit panischer Schnappsstimme. Hoffentlich litt der Arme nicht an Bluthochdruck oder so - wahrscheinlich würde das sonst sein Ende bedeuten...

„Nein..."
Doch mein Bruder kam nicht weiter.

„Hier in München?", schnitt ihm Dracula mit heiserer Stimme das Wort ab.

„Nein, es..."

„Ja, WO denn?! Verdammt nochmal!!"
Wie von Sinnen hatte Dracula mit der Faust auf die Tischplatte geschlagen. Diese kommentierte sein Verhalten durch ein unzufriedenes leises Surren. Dass Tische ein solches Geräusch von sich geben konnte, hätte ich nie im Leben auch nur zu ahnen gewagt.

„Himmelherrgott! Mich unterbricht aber auch ständig jemand!" Jetzt wurde John richtig wütend. Alle Achtung! Auch das hätte ich niemals vermutet: Mein Bruder in der Gegenwart solch Angst einflößender Herren als der Held schlechthin.

„Ich bin gerade am Erklären - und komme gar nicht erst zu Wort!" Beleidigt verschränkte er die Arme vor der Brust und lehnte sich in seinem Stuhl zurück. „Es war auf der Heimreise in die Gegenwart."

Nicht nur mir stockte der Atem.

„Fragen Sie mich jetzt bitte nicht, in welchem Jahrhundert oder gar an welchem Tag und zu welcher Uhrzeit sich das abgespielt hat!", warf er sofort ein. „Als wir zurückgesprungen sind, hatte Katharina den Stein noch in der Hand. Aber in der Gegenwart angekommen, war er spurlos verschwunden."

Einen Augenblick lang herrschte Totenstille im ganzen Raum. Nicht nur den Herren der AG hatte es ausnahmslos die Sprache verschlagen, auch mir war die Spucke weggeblieben. Auf eine derartige Idee wäre ich nie und nimmer gekommen! - Aber für was hat man bitte einen Odysseus zum Bruder?!

„Der Feueropal - ist - also -weg.", stammelte Earl fassungslos.

„Spurlos - verschwunden." Der Lord fasste sich mit einem schweren Seufzer an die Stirn.

„Für - immer - weg." Dracula schnaufte, als würde er in einem der nächsten Augenblicke den Geist aufgeben. Der vernichtende Blick, den er mit dabei zu warf, stellte mir sämtliche Nackenhaare auf.

Eine Sache machte mich jedoch stutzig: Warum um alles in der Welt fanden die Herren diesen Stein nur so bedeutend? - Waren sie wirklich so extrem auf den Feueropal angewiesen? Und wenn ja, inwiefern?

„Tja...", seufzte Nickelbrille. „Das ist jetzt natürlich ein harter Schlag für uns."

Ich nickte und tat so, als hätte ich dafür Verständnis.

„Es tut mir wirklich leid.", hörte ich meine Lippen murmeln. Meine Gedanken schienen völlig benebelt zu sein. Doch keiner der Herren hatte meine Worte wirklich zur Kenntnis genommen.

„Dann müssen wir nun eben ohne Feueropal zurechtkommen."

*Na, das denke ich aber auch. Und warum bitte liegt euch das Steinchen denn so am Herzen?*

„Wahrscheinlich befindet sich der Stein irgendwo in London und wird irgendwann zwischen dem 18. und dem 21. Jahrhundert gefunden."
*Oder dem 22. Jahrhundert.*
Nickelbrille kratzte sich an der Schläfe. Auf einmal wirkte er ziemlich alt und runzlig. Überhaupt schienen die AG-Typen richtig mitgenommen zu sein.

„Ja, also - wir danken euch natürlich für eure Bereitschaft und dafür, dass ihr euch und euer Leben so tapfer eingesetzt habt..."
Oh ja! Vor allem ich! Immerhin wäre ich beinahe gestorben! Nicht auszudenken, wenn ich jetzt die Radieschen von unten anschauen würde... - Da war das Fehlen eines Feueropals doch kein Beinbruch.

„Damit ist die Angelegenheit eigentlich zu Ende. Das Vermächtnis existiert nicht mehr. Einer der beiden Steine ging verloren." Bei diesen Worten musterte mich Dracula vorwurfsvoll - oder viel eher hasserfüllt. „Von nun an ist unsere Zusammenarbeit zu Ende. Ihr könnt jetzt wieder ein ganz normales Leben führen, euren Hobbys nachgehen und tun und lassen, was ihr wollt."
Nicht nur er, sondern auch der Rest der Sippschaft hatte sich erhoben. Mit beinahe feierlicher Stimme sagte er: „Wir wünschen euch einen guten Nachhauseweg und alles Gute für die Zukunft."
Mit speiüblem Magen war ich aufgestanden und hinkte auf zitternden Beinen meinem Bruder hinterher. Hinter uns fiel die Türe ächzend ins Schloss. Und erst als ich mein Fahrradschloss aufgesperrt und die nächsten drei Ampeln hinter mich gebracht hatte, fühlte ich mich wieder einigermaßen frei.

„Danke.", murmelte ich leise und lehnte meinen Kopf an die Ampelstange. Wieder einmal beherrschte das Rotlicht den Straßenverkehr - zumindest was unsere Fahrtrichtung betraf.

„Kein Ding.", meinte John und streckte sich laut gähnend. „Mir kann es ja wurscht sein."

„Naja, immerhin hast du dir den Zorn der AG aufgeladen."

„Ich? Ha!" Er lachte kurz auf. „Wenn, dann ja eher du. Oder wir beide zusammen. Jedenfalls nicht ich alleine. Ganz bestimmt nicht."

Verschmitzt kratzte er sich am linken Ohrläppchen.

„Mann, eh! Jetzt fahr halt endlich zu!"

Hinter uns hatte irgendeine blondierte Schnepfe zu schimpfen angefangen. Dabei hatte die Ampel doch erst vor ein paar Sekunden die Farbe gewechselt. Dass die Leute immer so stressen müssen...

„Dann überhol doch!", maulte mein Bruder zurück.

„Geht nicht, wenn ihr den Radweg komplett versperrt.", motzte die Blondie zurück.

„Dann zieh deinen fetten Hintern ein..." Das allerdings konnte nur noch ich hören. Die eingebildete Schnepfe war längst über alle Berge.

„Ok, zurück zur Sache." John seufzte, während er versuchte, mich wieder einzuholen. Ich war ihm um Haaresbreite voraus. „Du hast den Stein gar nicht verloren, stimmt es?"

„Wie bitte?!"

Völlig entgeistert starrte ich ihn an und hätte dabei fast einen armen Dackel über den Haufen gefahren. München war aber auch überbevölkert...

„Ich meine nur, dass du den Stein nicht verloren, sondern entwendet hast."

„Also gestohlen habe ich ihn nicht!", gab ich entrüstet zur Antwort.

John seufzte.

„Nicht gestohlen, sondern entwendet. Du hast ihn einfach bei dir behalten.", erklärte er genauer, womit er leider richtig lag.

„Ja und?", erwiderte ich nur. „Du an meiner Stelle hättest es ja genauso gemacht."

„Schon klar." Er zwinkerte mir zu. „Wie ich rausgefunden habe, darf Paul seinen Stein auch besitzen. Dem seine

Crew ist da irgendwie wesentlich chilliger drauf als unsere Nervensägen von AG. Demnach hätte also er einen Stein und du nicht. Irgendwie blöd." Er kratzte sich leicht spöttisch und noch dazu dämlich grinsend am Kopf. „Aber jetzt besitzt ja jeder von euch ein Steinchen und so könnt ihr euch heimlich in der Vergangenheit treffen und rumknutschen."
Also das war doch die Höhe!
Empört schnappte ich nach Luft.
„Schon gut, schon gut!", hörte ich John noch lachen, während er kräftiger in die Pedale trat. „Ich werde es keinem weitersagen. Versprochen! Das bleibt unter uns. Und du, reagiere du dich erst mal ab und denke etwas über deine Seminararbeit nach. Das wird dir bestimmt gut tun!"
Und schon war er hinter der nächsten Straßenbiegung verschwunden. Wie ich ihn kannte, wollte er sich einen netten Spätnachmittag in der Uni-Bibliothek machen. Na, mir konnte das ja egal sein. Hauptsache er war zufrieden. Und mit einem verstohlenem Lächeln im Gesicht klingelte ich wenig später an unserer Haustüre.

## - 17 -

„Na, Katharina, schon zurück?", begrüßte mich Mum, während ich verlegen lächelnd am Treppenabsatz stand und schon darauf wartete, dass sie mich einließ. „Nanu, wo ist denn John abgeblieben?" Ihre Stirn zog sich verwundert zu kleinen Fältchen zusammen.

„Fürchte, der ist in die Uni-Bib." Ich seufzte. „Kennst ihn doch, den alten Streber."
Während ich meine Schuhe im Flur abstellte, schloss Mum kopfschüttelnd die Türe hinter mir.

„Ein klein wenig Beschäftigung mit bildungsnahen Dingen würde dir auch nicht schaden."
Überrascht hob ich meine Augenbrauen.

„Und das wäre?", fragte ich, wobei ich mir der kommenden Antwort durchaus bewusst war.

„Zum Beispiel deine Seminararbeit."
*Oh nein! Nicht schon wieder!*
Genervt verdrehte ich die Augen.

„Müsst ihr immer damit anfangen?", klagte ich mit einer Stimme, die vor Selbstmitleid nur so zerfloss.

„Wieso? Sag bloß, dein Bruder zieht dich auch schon damit auf?" Mum konnte sich ein Kichern nicht verkneifen. „In dieser Hinsicht bist du deinem Pa' ziemlich ähnlich. Aber naja, er war ja auch kein Turner, nicht wahr?"
Sie lächelte. Ich dagegen rieb mir stöhnend die Stirn.

„Also irgendwie ist das alles ziemlich anstrengend seit der Zeitreise...", murmelte ich.

„Fühlst du dich nicht gut, Katharina-Schatz?" Besorgt musterte Mum mich mit ihren liebevollen Weißt-du-eigentlich-wie gern-ich-dich-mag-Blicken.

„Klar." Hastig nickte ich. „Ich hänge nur gelegentlich noch irgendwie zwischen den Zeiten. - Ist ja auch kein Wunder, ich meine - bei einem Jetlag von ein paar hundert Jahren..."

„Ich meine eigentlich deine Verletzung von vor was weiß ich wie viel Tagen."

Genauer gesagt: Am Ende meiner ersten Zeitreise...

„Hm. Gut möglich, dass mir das nicht ganz so wohl bekommen ist."

„Hast du Kopfschmerzen? Fühlst du dich krank?"
Mums Besorgnis schien zu wachsen wie das Unkraut bei feuchtem Wetter im Sommer auf dem Grünstreifen neben unserem Haus.

„Kopfschmerzen?" Ich zuckte die Schultern. „Eigentlich geht es mir wirklich gut. Ich fühle mich nur etwas schlapp und müde. Aber das kommt ganz bestimmt davon, dass ich weiß, wie viel Arbeit auf mich wartet."
Plötzlich fingen Mums Augen an zu leuchten. Und das taten sie immer, wenn meiner Mum einer ihrer grandiosen Gedanken in den Kopf kam...

„Weißt du was, Katharina-Mäuschen?", flötete sie auch schon mit zuckersüßer Honigstimme. „Ich mache dir jetzt einen schönen warmen Tee und dann lümmelst du dich aufs Sofa und schläfst ordentlich deine verpasste Zeit nach. Und morgen startest du dann in die vollen Gänge."

„Ach Mum!", seufzte ich und wehrte mich nicht dagegen, als sie mich liebevoll in die Arme nahm, um mich fest an sich zu drücken und mir übers Haar zu streichen. „Wir haben doch *Sommer*. Wieso dann Tee und Decke?"

„*Sommer?!* Du meinst wohl eher Frühherbst." Sie kicherte und knuffte mich freundschaftlich in die Seite. „Der September hält mit großen Schritten Einzug im Lande. Also nichts da. Ein bisschen heißer Tee ist gut für den Kopf."

„Na schön, wenn du meinst..."
Eigentlich fühlte ich mich über Mums Entscheidung hinsichtlich der Planung meines Nachmittags ziemlich erleichtert. Ich war froh darüber, dass sie mich nicht zu irgendwelchen schulischen Aktivitäten zwang, wenn mir nicht danach zumute war. Aber das lag höchstwahrscheinlich dann doch daran, dass sie mich nur zu gut kannte und einfach wusste, dass es besser war, ich kam erst mal auf komplett andere Gedanken. Morgen würde ich dann vielleicht wirklich richtig durchstarten können. Es gab ja noch so viel zu tun...

Gemütlich schlenderte ich ins Wohnzimmer, schnappte mir eine Decke und fing an, es mir auf dem Sofa bequem zu machen. Keine drei Minuten später stellte Mum auch schon einen dampfenden Pott voll duftenden Tees vor mir ab und zwinkerte mir vergnügt zu.

„Hier - dein Tee. Ich habe Rosenblättertee mit Mandelaroma gekocht. Dein Lieblingstee." Sie grinste breit. „Wie wäre es, wenn ich dir noch etwas Musik einlege? Mozarts *Eroica* zum Beispiel?"

„Oh Mum!" Stöhnend blinzelte ich ihr entgegen. „Die *Eroica* ist von *Beethoven*. Übrigens auch als die *Dritte Sinfonie* bekannt, in Es-Dur geschrieben, entstanden im Zeitraum zwischen..."

„Schon gut! Schon gut!" Sie hob abwehrend beide Hände. „Dann vielleicht doch lieber..."

„Nimm einfach die Pastorale von Beethoven. Die bringt meine Nerven momentan am besten zum Abkühlen."

„*Pastorale*?"

„Ja, das ist die Sechste Sinfonie von L. v. B."

„Also ihr habt ja immer so grandiose Abkürzungen...", murmelte Mum, während sie bereits mit beiden Händen energisch die CD-Schublade des Wohnzimmerschrankes durchwühlte. „Sieh mal einer an! Ich habe sie gefunden!"

Mit einem stolzen Lächeln im Gesicht vollführte sie einen kurzen Freudentanz, ehe sie die kleine runde Scheibe in unseren beinahe historischen CD-Spieler einlegte. Wenige Sekunden später bereitete sich ein allgemeiner Wohlklang aus.

„Ach, ich würde jetzt auch gerne etwas hier sitzen und zuhören!", seufzte Mum und schloss träumerisch die Augen.

„Dann tu es doch!", erwiderte ich schmunzelnd.

„Geht leider nicht. Ich muss noch jede Menge erledigen. Und ganz im Gegenteil zu dir kann ich das nicht aufschieben."

„Dann mal viel Freude dabei!"

„Na, die werde ich haben."

Sie winkte mir noch kurz zu, bevor sie aus dem Zimmer verschwand. Ich blieb alleine zurück. Eingewickelt in eine mollige Decke, die dampfende Teetasse auf den Knien, dazu Beethovens spielerische Komposition im Ohr. Die letzten warmen Sonnenstrahlen stahlen sich von draußen durchs Fenster. Bald würde der letzte Sommergruß endgültig verschwinden und dem Herbst die Macht überlassen. An und für sich fand ich den Herbst gar nicht so übel. Aber meistens fielen die Blätter viel zu schnell von den Bäumen, sodass von Farbspielen nicht im Entferntesten die Rede sein konnte. Es sei denn, man meinte die kackbraune Farbe der matschigen Blätter zwischen Fuß- und Radweg.
Gedankenverloren nippte ich an meiner Tasse.
Hm, morgen musste ich früher oder später mit den ersten richtigen Recherchen zu meiner Seminararbeit anfangen. Zwar hatte ich vor den Ferien schon einiges gemacht, aber für eine volle 20-Seiten-Arbeit reichte es noch lange nicht aus. Wie ich so da saß und Tee und Musik mich völlig vereinnahmten, kam mir auf einmal ein grandioser Gedanke: Ich konnte doch ganz einfach zurück in die damalige Zeit reisen!
Ja, wieso eigentlich nicht?
Wann hatte Margaret Thatcher gleich nochmal gelebt? Geboren war sie am 13.10.1925... - Also vermutlich musste ich in der Zeit nach meinem Abitur doch irgendetwas mit Geschichte machen. Die Zahlen und Ereignisse der Vergangenheit faszinierten mich einfach zu sehr.
Aber ach du dickes Ei! Thatcher hatte ja im englischsprachigen Raum gelebt und war keineswegs hier in Deutschland ihrer politischen Karriere verfallen. Sollte ich also ernsthaft mit dem Gedanken spielen, sie zu besuchen, dann würde ich wohl oder übel erneut das Festland verlassen müssen...
Und damit aus der Traum.
Verärgert rührte ich mit dem Löffel in meinem Rosenblättertee herum. Und ein zweites Ärgernis kam hinzu: Ich wusste ja nicht einmal die Formel für die jeweiligen Zeit-

reisen! Dafür brauchte ich das Buch, die Hinterlassenschaft von Newton, die dieser ja eigenhändig vernichtet hatte. Genauer gesagt: Das Vermächtnis. Aber das war ja nicht hier.
Toll!
Enttäuscht stellte ich die Tasse wieder ab und kuschelte mich wärmer in die Decke ein, obwohl es mir eigentlich ganz und gar nicht kalt war.
Da hatte ich also den Feueropal. Aber machen konnte ich nichts mit ihm. Er brachte mir rein gar keinen Profit. Außer, dass er ein nettes Andenken an ein paar spannende Erlebnisse im Zeitalter Newtons darstellte. Wobei spätestens meine Urenkel damit nichts weiter anfangen würden, als ihn zum Schmuck mit sich herumzutragen. Wenn ich denn überhaupt einmal Urenkel haben sollte...
*Paul!*, schoss es mir da urplötzlich durch den Kopf. Paul hatte doch erzählt, dass er eine Abschrift der geheimen Aufzeichnungen angefertigt hatte. Wie war das gleich nochmal gewesen? Während John und ich kurz zurück in die Gegenwart gereist waren oder so? Oder vielleicht schon davor? - Egal. Jedenfalls musste Paul die Lösung besitzen, die uns in jede mögliche Vergangenheit versetzen konnte. Ich musste ihn einfach nur sprechen. Aber wie? Wenn ich ihn besuchte - ich konnte noch nicht einmal wissen, ob er auch wirklich zu Hause war.
Hoppla. *Wo* überhaupt wohnte er eigentlich?
Nachdenklich kratzte ich mich am Kinn und wie es meine übliche Gewohnheit war, fingen meine Finger auch schon an, eine Haarsträhne nach der anderen zu traktieren.
Na, dann würde ich ihn eben anrufen.
Ohne große Umschweife hatte ich mich aus der Decke gewickelt, war in mein Zimmer getappt und hatte mein Handy aus meiner kleinen Handtasche gefischt. Als ich zurück aufs Sofa kroch, war Beethovens Pastorale bereits zum zweiten Satz übergegangen.

Das Handy ans Ohr gepresst, konnte ich nichts weiter hören als ein durchdringendes Piepen, im Hintergrund sanfte Geigenklänge der *Szene am Bach*.
Dass Paul zumindest die nächsten paar Minuten nicht an sein Handy gehen würde, schien mir jetzt klar zu sein. Auf den AB zu sprechen, wäre das Letzte gewesen. Ich hasste Blechtrommeln über alles. Schon allein der Klang der scheppernden und noch dazu potthässlichen Frauenstimmen ließ mir eine Gänsehaut über den Rücken jagen.
Dann eben nicht.
Mit einem Seufzer hatte ich das rote Knöpfchen betätigt. Ich würde es eben später noch einmal versuchen.
Beethovens Streicherklänge vermischten sich allmählich zu einem düsteren Gewitter. Und irgendwann zwischen Blitzen und Donnerschlägen war ich eingenickt. Erst als der letzte Takt der Sinfonie verklungen war, wurde ich wieder wach. Als ich das Handy vor mir auf dem Tisch liegen sah, wurde ich sogleich an meinen Vorsatz erinnert, Paul anzurufen. Also wählte ich erneut die Nummer.
„Piep - piep - piep - piep - piep - piep - pi... Leider ist zur Zeit niemand erreichbar. Bitte hinterlassen Sie eine Nachricht nach dem Sign-"
Seufzend hatte ich aufgelegt. Nach gefühlten eintausend nervigen Pieps-Tönen hatte ich es nicht mehr ertragen.
Dann eben wieder nicht.
Genervt von der Blechtrommel stand ich auf und drückte erneut auf das Play-Knöpfchen des CD-Players. Und wieder einmal war ich selbst davon erstaunt, wie unheimlich beruhigend gute Musik sein konnte.
Als der letzte Satz begann, konnte ich es nicht länger aushalten und betätigte wieder das grüne Knöpfchen - und wurde keine zwei Minuten später erneut bitter enttäuscht.
Dann eben zum x-ten Mal nicht.
Das ganze Spielchen wiederholte sich noch mindestens drei Mal, wobei sich der Abstand zwischen den einzelnen Anrufen jedes Mal verkürzte.

Irgendwann wurde es mir dann zu bunt und ich beschloss, doch ein paar Wörter auf Pauls AB zu hinterlassen.

„Hallo, Paul. Ähm, ich bin's - ähm, Katharina... Tja, also, ich - ähm - wollte dich eigentlich nur mal sprechen..." So ein Mist! Wieso fing ich bei Blechtrommeln nur immer zu stottern an?! Ich holte tief Luft. „Aber irgendwie bist du nicht auf dem Handy zu erreichen - da dachte ich mir, ich hinterlass' dir mal - ähm - 'ne Nachricht. Also - ruf' doch zurück. Tschau."

Mit einem beschämten Aufatmen legte ich auf.

Das war echt peinlich gewesen.

Aber egal. Wenn es Paul nicht gefiel, brauchte er es ja nur zu löschen.

„Katharina? Kommst du bitte? Es gibt Abendessen!", wurde ich da auf einmal von Mums Stimme aus meinen Gedanken gerissen. Diese kleine Abwechslung schien mir sehr willkommen. Hastig schaltete ich den CD-Spieler aus und schlenderte mit meiner - mittlerweile leergetrunkenen - Tasse in Richtung Küche. Inzwischen war auch John wieder eingetroffen. Er erwartete mich bereits mit einem triumphierenden Grinsen im Gesicht.

„Dreimal darfst du raten, was ich dir Schönes mitgebracht habe!", begrüßte er mich schadenfroh.

„Danke." Meine Begeisterung hielt sich in Grenzen. Ich konnte sowieso schon mit ziemlich großer Wahrscheinlichkeit sein Mitbringsel erraten. „Sicher irgendwelche Bücher über Thatcher."

Für einen Augenblick lang schien mein Bruderherz richtig verdutzt zu sein. Doch dann fing er sich wieder.

„Lästerschweinchen! Du bist wirklich grandios! Seit wann weißt du denn, wie man seinen kriminalistischen Spürsinn benutzt, beziehungsweise überhaupt mal sein Gehirn einsetzt?"

„Ganz einfach:" Energisch griff ich in den Brotkorb, schnappte mir eine Scheibe Vollkorn (bevor sie mein Bruder nahm) und bestrich sie herzhaft mit Butter. „Seit unserer kleinen Zeitreise."

„Also ich hätte ja mehr Freude von dir erwartet.", klagte mein Bruder.

„Ehrlich, John, ich finde es wirklich lieb, wie sehr du mir hilfst. Aber leider bin ich zur Zeit irgendwie leicht neben der Kappe.", meinte ich mit einem entschuldigenden Schulterzucken. „Hoffe, du verstehst mich richtig."

„Schon klar." Er nickte. „Übrigens gilt mein Angebot noch: Ich werde dir deine Seminararbeit Korrektur lesen. Das schulde ich dir noch vom Kofferpacken."

Nachdem also die überlebenswichtigen Dinge für mein kommendes letztes Schuljahr geklärt waren und sich die Brotkrümel nun vollends ihrer Verdauung widmeten, räumten wir gemeinsam den Tisch ab. John zog sich ins Wohnzimmer zurück. Er wollte sich irgendeine Dokumentation über Musik-Therapie reinziehen. Mum telefonierte mit ihrer Freundin und ich verkrümelte mich auf mein Zimmer, griff mir meinen Laptop und chillte mich aufs Bett.

Während sich die Kiste ins Internet einwählte, warf ich einen kurzen Blick auf mein Handy. Doch meine Hoffnung war umsonst: Keine neue Nachricht.

Vielleicht war Paul von meiner Sprachbotschaft einfach so geschockt, dass er es nicht wagte, zurückzurufen...

*Sie haben keine neuen E-Mails.*

„Na super!"

Ging denn gerade gar nichts ab in meiner Umwelt?

Na gut. Wenn mir eben niemand schrieb, dann machte ich das halt...

Und schon flogen meine Finger rasend schnell über die Tastatur. Keine Minute später drückte ich auf *Senden*. An wen die E-Mail war?

Na klar: Paul.

Wer sonst?

Fürs Erste beruhigt, schaltete ich meinen Laptop wieder aus und stellte ihn beiseite. Mit einem guten Buch in der Hand lehnte ich mich zurück in die Kissen. Mein Bauchgefühl prophezeite mir, dass ich heute sowieso keine Nachricht mehr von Paul erhalten würde. Was half es also, wenn ich mir den Kopf zerbrach? Morgen war schließlich auch noch ein Tag.

Der nächste Morgen erwartete mich allerdings nicht gerade mit einem fröhlichen Lächeln: Meine gesamte Magengegend fühlte sich flau und unheimlich übel an. Woran das lag, wurde mir klar, als ich - mit noch völlig kleinen Maulwurfsaugen - planlos mit den Zehenspitzen von der Bettkante aus nach meinen Pantoffeln tastete, leider jedoch nicht fündig wurde. Immerhin wurde mir bewusst, weshalb mir so unwohl war: Ich hatte in der Nachts nichts geträumt. Das heißt nein - vielleicht hatte ich ja doch etwas geträumt, aber ich konnte mich einfach an rein gar nichts mehr erinnern. Und das passierte mir eigentlich fast nie.

Am liebsten hätte ich mich sofort wieder hingelegt, aber mir war klar, dass ich mir nicht einfach den Tag vermiesen lassen konnte, nur weil ich mich an keinen Traum erinnerte. Was half es also?

Seufzend schwang ich mich über die Bettkante, schlappte in meine endlich gefundenen Hausschuhe und schlurfte gemächlich in Richtung Türe. Obwohl es erst acht Uhr in der Früh war, erklärte mir Mum, dass sich mein Bruderherz bereits wieder auf zur Uni gemacht hatte. Er wollte mal wieder irgendwelche Bibliotheken unsicher machen. Na, wie gut, dass ich meine „Bibliothek" zu Hause hatte! Und das war dann auch der Ort, an dem ich den Rest meines Vormittags verbrachte, um mit der superspannenden Seminararbeit fortzufahren.

Ich machte es mir hinter meinem Schreibtisch bequem, fuhr den Laptop hoch und - nein, ich öffnete nicht erst die Datei „Seminararbeit", sondern klickte mich erst einmal ins Internet. Klar, was sonst?

*Sie haben keine neuen E-Mails.*

Na toll! Die gleiche Info wie gestern. Las Paul überhaupt seine E-Mails??

Vorsichtshalber warf ich noch einen kurzen auf das Display meines Handys. Aber auch hier: Keine neuen Anrufe.

Also schön. Dann eben wieder ran an die Arbeit.

Aber so richtig wollte es nicht klappen. Meine Gedanken schweiften ständig ab vom eigentlichen Thema. Während meine Finger irgendwelche Seiten durchblätterten und meine Augen hier und da ein paar Sätze überflogen, kreiste mein eigentliches Bewusstsein die ganze Zeit um Paul. Warum antwortete er mir nicht?
Hatte er gerade keine Zeit, seine E-Mails und sonstigen Kommunikationsmittel abzuchecken?
Oder hatte er einfach die Schnauze voll von einem dermaßen großen Ansturm von mir?
Diesen Gedanken schob ich zügig beiseite.
Vielleicht war Paul ja krank? Möglicherweise lag er mit 40° Fieber im Bett und war kurz vor dem Sterben. Ich kannte so etwas. Einmal hatte ich bisher schon Grippe gehabt. Schrecklich. Damals hatte ich wirklich gedacht, jeden Moment zu sterben. - Glücklicherweise war ich wieder heil aus der ganzen Sache gekommen.
*Aber was beschäftige ich mich eigentlich mit solchen Dingen? Ich habe doch weitaus wichtigere Dinge zu tun. Seminararbeit zum Beispiel.*
Tja, bis zum Mittagessen hatte ich meine Zeit zu 40% damit gefüllt, irgendwelche Fakten in meinen Laptop einzuhämmern. Die restlichen 60% waren meine Gedanken bei Paul gewesen. Und nicht einmal am Küchentisch konnte ich mich richtig konzentrieren, weshalb Mum den Vorschlag machte, mit mir etwas spazieren zu gehen. Dieser Spaziergang entpuppte sich zwar als „Einkaufen beim Supermarkt um die Ecke", aber immerhin hatte ich für beinahe den Rest des Tages Ruhe vor meinen schrecklichen Hormonschwankungen. Gegen Abend bekam ich dann endlich wieder einmal meinen Bruder zu Gesicht. Allerdings nicht allein, sondern mit einer ganzer Horde gleichaltriger Kommilitonen, die zwar alle nicht dasselbe studierten wie er, aber die trotzdem schwer in Ordnung waren. Sie hatten sich zu einem gemütlichen Kartenspielabend verabredet und ich durfte als einziges weibliches „Mitglied" der Truppe dabei sein. Wir spielten also sageundschreibe dreieinhalb Stunden

„Arschloch" und zwischendurch etwas „Herzeln". Zur Abwechslung gab es ein paar Runden „66" und erst als die Jungs auf ihr Schafkopf-Spiel umstiegen, tauschte ich das Sofa gegen mein Bett aus. Zwar war ich kein schlechter Kartenspieler, aber beim Schafkopf stieg ich dann doch nicht durch. Außerdem konnte mir etwas Schlaf nicht schaden, denn morgen wartete ja wieder Arbeit auf mich.
Sobald die ersten Sonnenstrahlen auf meiner Nase kitzelten, war ich wieder hellwach. Ich fühlte mich bereits wesentlich erholter als noch am gestrigen Morgen und machte mich voller Enthusiasmus auf zum Frühstück. Natürlich hatte ich Paul nicht vergessen. Aber mittlerweile hatte ich weniger Sehnsucht, von ihm zu hören oder wenigstens zu lesen, sondern ich verspürte vielmehr Ärger darüber, dass er mir rein gar nicht antwortete. Spätestens bei Johns bombastischer Pizza war mein Unmut verflogen und ich überlegte, ob ich es einfach nochmal bei unserem Zeitreisegenossen probieren sollte, was dazu führte, dass ich letztendlich den Hörer unseres Telefons griff und kurzerhand auf dem Festnetz anrief.

„Grace Morgan, ja bitte?", meldete sich eine mir nicht ganz unbekannte Stimme.

„Oh, hallo!", antwortete ich, erleichtert, dass ich überhaupt mal jemanden erreichte. „Ich wollte eigentlich nur fragen, ob..." Aber ich kam nicht weiter.

„Du möchtest sicher mit Paul sprechen, nicht wahr?"
Ich nickte. Allerdings wurde mir erst einige Augenblicke später bewusst, dass Pauls Mutter das ja nicht sehen konnte.

„Ähm - ja.", ergänzte ich daher schnell. Und obgleich ich Grace Morgan nicht sah, wurde ich das Gefühl nicht los, dass sie gerade schmunzelte.

„Tja, das tut mir leid.", gestand sie am anderen Ende der Leitung. „Aber Paul ist zur Zeit nicht zu Hause."
Einen Moment lang schwieg ich.
Wenn Paul nicht zu Hause war, wo war er dann? - Etwa bei seiner - Freundin?

„Wo - ist - er - denn?", wagte ich schließlich zu fragen, wobei es mehr stammelte, als vernünftig zum Ausdruck brachte. Und wieder schien es mir, als lache Grace Morgan.

„Wo Paul ist?" Sie kicherte in den Hörer, sodass ich das Gefühl hatte, meine Ohrmuschel vibrierte. „Der steckt irgendwo in der Uni."

Erleichtert atmete ich auf.

„Ist etwas?", wollte Grace Morgan wissen.

„Ob etwas ist?" Erschrocken biss ich mir auf die Unterlippe. Ich Esel!! „Ähm - nein. Ich meine nur - also - John, mein Bruder - der steckt auch ständig irgendwie in der Uni."

„Ach so!" Ein herzliches Lachen drang aus dem Apparat. „Ja, so sind sie nun einmal, die jungen Männer von heute. Haben nur die Uni im Kopf."

Was sie sonst so alles im Kopf hatten, wollte ich lieber gar nicht wissen.

„Und - wann kommt er wieder?", forschte ich mit einem kleinen Hoffnungsschimmer nach.

„Tut mir leid, das kann ich dir nicht sagen. Er wusste es selbst nicht so genau.", enttäuschte mich die Antwort vom anderen Ende der Leitung. „Aber ich kann ihm gerne etwas ausrichten, sobald er wieder kommt."

Doch dieses Angebot war nur ein schwacher Trost. Verstohlen wischte ich mir mit meinem Finger über die Augen.

„Ach nein, danke. Das passt schon so.", hauchte ich schnell in den Hörer hinein.

„Sicher?"

„Ja, ganz bestimmt.", behauptete ich im Brustton der Überzeugung. Es war mir völlig gleichgültig, dass Grace Morgan mein erneutes Kopfschütteln ja noch immer nicht sehen konnte.

„Na gut.", seufzte sie.

„Ähm - auf jeden Fall Danke schon einmal!", beeilte mich schnell zu sagen.

„Ach was, kein Problem."

„Ja gut." Ich atmete tief durch. Irgendwie tat ich mir immer schwer, ein Gespräch zu beenden. „Ich muss dann auch wieder..."

„Arbeiten für die Schule?"

„Ja, Seminararbeit schreiben.", erklärte ich kurz. „Ziemlich spannendes Thema, wirklich."

„Na, dann wünsche ich dir mal viel Erfolg dabei!"

Ich hörte, wie sie mir zuzwinkerte. Naja, also so direkt hörte ich es natürlich nicht. Aber ihre Stimme verriet mir das.

„Danke!"

Ich weiß zwar nicht mehr genau wie, aber irgendwie war es uns gelungen, das kurze Gespräch zu beenden. Ziemlich geknickt hatte ich den Hörer aufgelegt und war anschließend möglichst unauffällig in mein Zimmer geschlichen. Mit angewinkelten Knien kuschelte ich mich in meine Decke ein und starrte Löcher an die Wand. Bis -

Ja, bis auf einmal seltsam schwebende Töne an mein Ohr drangen.

*John!*, durchfuhr es mich. Er übte Cello!

Seit wann hatte ich ihn nicht mehr richtig beim Üben gehört? Erstaunlich lange her. Und erstaunlich, dass ich mich überhaupt noch daran erinnerte, dass es schon so lange her war. Was spielte er denn da Schönes?

Es war eine so unglaublich zarte Melodie. Sanft plätscherten die Töne dahin, bildeten eine gemeinsame Linie, schwangen sich leicht durch die Luft und schienen sich im gleichen Moment auch schon wieder aufzulösen. - Ich war wie gebannt.

So schnell wie ich nur konnte, tappte ich zu seiner Zimmertür, lauschte noch einige Sekunden gespannt und klopfte dann an.

„Hm?", kam es von drinnen.

„Huhu..." Rasch steckte ich meinen Kopf durch den Türspalt. „Wollte mich nur mal erkundigen, was du denn da Hübsches spielst..."

„Was ich *spiele*?" Er lachte kurz auf. „Wohl eher, was ich *schrammel*."

„Also ich finde, dass es wunderschön klingt."

„Na, verbesserungswürdig ist es auf jeden Fall noch..."

„Ist doch egal. Wie heißt das Stück jetzt?"

Er legte seinen Bogen zur Seite und kratzte sich am Kopf.

„Das Stück ist von Edward Elgar und nennt sich *Chanson du matin*."

„Das ist wirklich stark. Hat dir das dein Prof. aufgegeben?"

„Ähm, ja - also der Dozent, den ich im Cello habe."

Ich wollte noch etwas entgegnen, kam aber nicht mehr dazu, denn John war aufgestanden und hielt mir seine Hand vors Gesicht.

„Hier, eine CD voll von der Musik, die ich momentan übe. Du kannst sie dir gerne mal anhören. Der Elgar ist Nummer 5."

So schnell hatte ich gar nicht reagieren können, da hielt ich auch schon seine CD in der Hand.

„He, bitte sag nichts. Die ist illegal zusammenkopiert. Ich weiß schon. Aber irgendwie muss ich ja wissen, wie die Stücke klingen.", rechtfertigte sich mein Bruderherz noch, wobei er bereits den Bogen ansetzte. Keine zwei Sekunden später war er auch schon wieder mitten in sein Cello-Spiel vertieft.

Leise schloss ich die Türe und verkrümelte mich auf mein Zimmer. Die CD legte ich erst einmal beiseite. Ich wollte sie mir heute Abend in Ruhe anhören. Momentan verspürte ich einen enormen Drang, endlich wieder einmal meine Flöte auszupacken. John hatte mich mit seinem Übungswahn angesteckt. Ob ich überhaupt noch die Töne konnte? Nun, das sollte sich gleich herausstellen.

Ich hatte mir ein paar Noten aufgelegt. Zwei Etüden und ein Andante von Mozart. Und schon fing ich an zu üben. Auch wenn die ersten Töne anfangs noch unsicher und wackelig klangen, legte sich das Zittern ziemlich schnell und als hätte ich nie eine Übungspause von gefühlten Jahrhunderten eingelegt, flogen meine Finger über die Klappen, rauschte die Luft durch die Röhre und breitete sich ein wohltuender Klang im gesamten Raum aus. Dass ich das nicht nur in meiner eigenen Einbildung so empfand, wurde mir spätestens dann klar, als mein Bruder ins Zimmer geplatzt kam und wissen wollte, ob ich vielleicht meinen CD-Player leiser drehen könnte. Als er bemerkte, dass ich es war, die die ganze Zeit über spielte, blieb ihm erst einmal die Kinnlade offen stehen.

„Du solltest Musik studieren.", sagte er und die Anerkennung in seiner Stimme war nicht zu überhören. „Wie ich."

„Wie du.", wiederholte ich, schüttelte aber im gleichen Moment meinen Kopf. „Nein."

„Wieso nicht?"

„Ich will was mit Geschichte machen. Das weißt du doch."

Einige Atemzüge lang starrte mich John mehr ungläubig als wirklich überrascht an.

„Echt? Du willst also wirklich was mit Geschichte machen? Wirklich krass. Ich dachte, du hättest das bisher einfach nur so gesagt."

„Ja.", wiederhole ich völlig ruhig. „Ich will Geschichte studieren. Oder irgendetwas, das mit Geschichte zu tun hat. Vielleicht auch Archäologie oder so."

„Na, dann mal noch viel Spaß beim Flöten!"

Schon war John wieder nach draußen verschwunden. Im Grunde aber hatte ich nur zu gut verstanden, dass er mir rein gar nicht böse war.

Spätestens nach einer Stunde war mein Ansatz dann aber weg, gewissermaßen „flöten gegangen". Ich fing also an, mein Instrument zu putzen und zu polieren und legte es fein säuberlich zurück in den Koffer. Dann schaltete ich den CD-Spieler an und schrieb zu der Musik, die mir John ausgeliehen hatte, weiter an meiner Arbeit.

Ich war so vertieft, dass ich beinahe vor Schreck vom Stuhl gefallen wäre, als ich plötzlich Mums Stimme im Nacken vernahm.

„Katharina? Möchtest du mit zum Essen gehen?"
Überrascht fuhr ich herum.
„Oh Mann! Du bist es!" Erleichtert atmete ich auf.
„Na, mit wem hast du denn sonst gerechnet?" Mum kicherte.
„Na, mit gar keinem. Ich war mal so richtig in meiner Arbeit drinnen und -"
„Schon klar, wir stören mal wieder. Kein Ding." John streckte seinen Kopf über Mums Schulter, doch die schüttelte den Kopf.
„John will den neuen Griechen um die Ecke ausprobieren. Das ist ihm natürlich erst vor fünf Minuten eingefallen.", erklärte sie.
„Schon in Ordnung. Ich weiß, was du sagen willst." Rasch legte ich das Buch beiseite, indem ich soeben noch gelesen hatte. „Also wenn es euch nichts ausmacht, dann bleibe ich diesmal lieber hier. Ich habe wirklich noch soooo viel zu tun."
„Na, das sehen wir." John kniff mich brüderlich in die Wange. „Viel Spaß dabei!"
„Ja, und du pass auf, dass du nicht zu viele Zwiebeln oder was-weiß-ich-alles isst!", lachte ich zurück.
Und keine zehn Minuten später waren er und Mum nach draußen verschwunden, unterwegs zum neuen Griechen. Sie wollten in spätestens zwei Stunden wieder hier sein. Ich konnte also in aller Seelenruhe weiterlesen und schreiben.
Die Arme hinter dem Kopf verschränkt, saß ich da und betrachtete voller Stolz mein bisheriges Schaffen: Gliederung plus Einleitung inklusive das gesamte erste Kapitel waren komplett fertig. Genial!
Ich war so voller Begeisterung, dass ich das Klingeln erst gar nicht wahrnahm. Wahrscheinlich war es bereits das fünfte Mal, dass ein schriller Ton die gesamte Wohnung erschütterte. Jedenfalls waren meine Ohren wie taub.
*Ups!* Irgendwann hatte ich es also doch mitbekommen. Rasch warf ich einen Blick auf meine Armbanduhr.
Viertel nach sieben.

Hm, ein bisschen früh. Mum und John konnten das ja eigentlich nicht sein. Egal. Vielleicht hatte mein Bruder wieder mal irgendwas vergessen und hatte keine Lust, seinen Schlüssel aus der Jackentasche zu holen...
Dann wollte ich mal nicht so sein.
Gemütlich schlenderte ich zur Türe.
Die Klingel lief bereits Sturm.
„Ist ja gut!", murmelte ich vor mich hin, nahm den Hörer von der Sprechanlage ab und nuschelte ein „Ja bitte?" hinein.
Von draußen war ein erleichtertes Aufatmen zu hören.
„Na endlich! Ist also doch jemand da."
Wie vom Donner getroffen stand ich da. Fast wäre mir der Hörer aus der Hand gefallen.
„Paul!", platzte es auf mir heraus.
„Na, damit hast du wohl nicht gerechnet, was?" Er lachte vergnügt in die Sprechanlage.
„Nein, ehrlich, wirklich nicht.", stammelte ich und versuchte, mich wieder einigermaßen unter Kontrolle zu bekommen.
„Ähm - ich will ja nichts sagen, aber eure Haustür bietet einen so unglaublich schönen Anblick..."
„Oh, sorry, tut mir leid - ich mach dir auf."
Sogleich legte ich auf und eilte zur Türe.
„Was führt dich hierher?", war das erste, das ich Paul fragte, als er mich zur Begrüßung umarmte. Er hatte einen unglaublich guten Duft aufgelegt. Irgendwie kam ich mir richtig dämlich vor, dass ich erst heute in der Früh zum letzten Mal geduscht hatte.
„Was mich hierher führt?" Er lachte auf. „Na, mein Handy wäre unter der Last deiner Anrufe beinahe explodiert."
„Unsere Klingel aber auch.", erwiderte ich kichernd.
„Nein, ehrlich: Ich wollte nach dir sehen, ob es dir auch gut geht, nachdem du mich so verzweifelt versucht hast zu erreichen."
„Oh Paul! Weißt du eigentlich, dass...?"

„Hey, alles gut, okay?", unterbrach er mich und musterte mich einmal von oben bis unten. „Heute noch was vor?"
Ob ich was vor hatte?
Die Frage musste doch viel eher lauten: Hatte *er* heute noch etwas vor?!
„Ähm, nein..." Nervös strich ich mir eine Haarsträhne zurecht.
„Wunderbar, ich wollte dich nämlich fragen, ob du Lust und Zeit hättest, heute bei uns zu Abend zu essen."
Das Signalwort *Abendessen* löste sogleich ein gewaltiges Magenknurren in mir aus.
Und ob ich Lust hatte! Zeit natürlich auch. Die nahm ich mir jetzt einfach mal.
„Klar!" Ich grinste ihn an. „Ich brauche nur noch zehn Minuten im Bad."
„Kein Problem."
„Also, du kannst dich natürlich gerne noch in die Küche setzen... Oder in mein Zimmer. Wie du es lieber hast."
Paul wählte - wie es sich für einen echten Gentleman gehörte - erst einmal die Küche. Ich dampfte nichts wie ab ins Bad. Keine acht Minuten später stand ich frisch herausgeputzt neben ihm am Küchentisch. Er blätterte interessiert in der Süddeutschen herum, wobei er nur den Sportteil unter die Lupe nahm.
„Ähm, ich sagte doch, dass wir *bei mir zu Hause* essen."
Beinahe hätte er sich verschluckt. Anerkennend hob er eine Augenbraue. „Respekt! Du musst doch keinen Schönheitswettbewerb gewinnen."
„Ach ja?" Grinsend stemmte ich meine Hände in die Seiten. „Potthässlich muss ich dir ja auch nicht gegenübertreten, oder?"
„Potthässlich? Hm." Er legte die Stirn in Falten. „Also ich muss sagen: Du bist auch ohne Drumherum für mich das allerschönste Mädchen auf der Welt."
Hatte er das wirklich gesagt oder bekam ich nun wirklich schon Halluzinationen?

Ungläubig starrte ich ihn ein paar Sekunden lang sprachlos an.

„Hey, kannst den Mund wieder zuklappen." Er grinste.

Verwirrt schüttelte ich meinen Kopf.

„Hast du das ernst gemeint - gerade eben?", fragte ich verwundert.

„Meinst du, ich spinne?" Lachend warf er den Kopf in den Nacken. „Wirklich: Für mich bist du die Allerschönste. Aber jetzt lass uns gehen. Sonst wird der Auflauf noch kalt."

„Auflauf? Mit Nudeln?"

Er nickte.

„Bingo. Die Kandidatin hat hundert Punkte. Was dagegen, wenn wir zu Fuß gehen?"

„Nö, wieso nicht!"

Und schon machten wir uns auf den Weg...

## - 18 -

„Ah, du bist also Katharina Turner!"
Schwungvoll hatte ein schlanker Mann die Türe aufgerissen. So schwungvoll, dass ich erst einmal nur da stand und damit zu kämpfen hatte, meine Sprache wieder zu finden, was mich schrecklich wurmte - sonst war ich doch auch nicht auf den Mund gefallen!
„Gestatten, wenn ich mich vorstellen darf: Will Morgan, der Herr Papa des Hauses hier."
Er griff nach meiner Hand und schüttelte sie herzlich. Seine Zähne blitzten dabei wie kleine Edelsteine. Direkt hinter ihm trat Grace Morgan hervor, Pauls Mutter.
„Ah, schön, dass du da bist, Katharina!"
Mit einem freundlichen Lächeln auf den Lippen zwinkerte sie mir zu. Nachdem also das Shaking-Hands vorüber war, ich mich meiner Schuhe entledigt hatte und wir nach und nach in die Küche eingetrudelt waren, wurde mir bewusst, in welch schönem Haus Paul eigentlich wohnte: Es war ein wunderbar geräumiger Bungalow. Der totale Luxus in Anbetracht dessen, dass wir uns in München befanden. Wahrscheinlich hatten die Morgans in ihrem Garten sogar einen Pool.
„Setz dich doch bitte!"
Will Morgan wies mir einen der Stühle zu, die um einen haselnussbraunen, oval gezimmerten Tisch gruppiert waren. Verdattert setzte ich mich.
Nein, der Tisch war eindeutig nicht von IKEA oder -
„Du bist also die Freundin unseres Sohnemanns." Will Morgan zwinkerte mir zu. „Wirklich nett, dich kennen zu lernen."
„Tja, also das kann man wohl so sagen..." Paul schenkte mir ein schüchternes Lächeln, woraufhin eine kleine, dafür ziemlich peinliche Pause entstand. Nervös saß ich da und wusste nicht, was ich sagen sollte. Leider schien es sowohl Paul (also meinem Freund) als auch seinem werten Herrn

Papa genauso zu ergehen. Aber für was gibt es schließlich Mütter?

„So, da wäre dann der Auflauf!" Mit einem strahlenden Lächeln im Gesicht setzte Grace Morgan eine bombastisch duftende Auflaufform in der Mitte des Tisches ab. „Guten Appetit!"
Wieder einmal war ich froh, kein Brillenträger zu sein, denn die dampfende Schüssel hätte vermutlich nur für angelaufene Gläser gesorgt. - Jedenfalls musste Will Morgan schon sein Putztuch herausholen.
Grace Morgan lud zuerst mir eine ordentliche Portion an Nudelauflauf auf den Teller. Gleich im Anschluss servierte sie Paul und dann ihrem Mann und sich selbst. Wie ich behutsam die Gabel in die Hand nahm, wurde mir auf einmal bewusst, dass ich ja von Tischknigge und so wirklich null Ahnung hatte. Wie dumm, dass mein großes Bruderherz gerade jetzt beim Italiener saß... - Ach nein, beim Griechen. Naja, für meine missliche Lage spielte das keine Rolle. Fest stand: Er war nicht da und konnte mir auch nicht helfen. Da half nur eines: Augen zu und durch!

„Schmeckt es dir?", wollte Grace Morgan schon wissen, bevor ich überhaupt den ersten Bissen hinuntergeschluckt hatte. Die Nudeln waren wirklich verdammt heiß.

„Hm...", nickte ich und bemühte mich darum, meinen Happen so schnell wie möglich kleinzukriegen. „Wirklich ausgezeichnet!"
Und das war nicht gelogen. An eine solche Küchenqualität kam sonst nur Johns Pizza hin.
Rasch schielte ich zu Paul hinüber. Oh je, schon die Haltung seiner Gabel ließ erkennen, dass es in seiner Familie dauerhaft in einer solch gesitteten Weise zuging. Ähm - etwas anders als bei uns - so nebenbei bemerkt...

„Es kommt in letzter Zeit nicht sehr häufig vor, dass wir alle zusammen essen.", nahm Will Morgan den Gesprächsfaden auf.
Ich nickte höflich.

„Paul hält sich unheimlich viel in der Universität auf."

*...Mein Bruder auch.*
„Na, ich arbeite auch sehr oft bis spät in den Abend..."
*Als was denn?*
Herrje, war ich heute aber schüchtern!
„Uns geht es ähnlich.", erklärte ich schließlich. „John, also mein Bruder, ist meistens überall - nur nicht zu Hause. Sein Lieblingsort aber ist und bleibt die Uni."
Paul grinste zu mir herüber.
„Und Mum ist auch gut beschäftigt."
Ich nahm einen ordentlichen Bissen.
„Und dein Vater?", erkundigte sich Will Morgan freundlich. „Arbeitet er auch?"
Ich schluckte.
„Mein Vater ist - tot."
Urplötzlich starrten mich alle am Tisch an. Schon spürte ich, wie mein Kopf tomatenrot anlief und mir die Tränen in die Augen stiegen.
„Das - tut mir leid.", murmelte Will Morgan entschuldigend.
Aber ich schüttelte den Kopf und wischte mir den Mund mit einer Serviette ab, in der Hoffnung, dass meine Stimme in der nächsten Sekunde nicht den Geist aufgeben würde.
„Das muss es nicht. Wirklich." Ich lächelte ihn aufmunternd an. „Das konnten Sie doch nicht wissen."
Etwas verlegen senkte er den Kopf, blickte mich dann aber wieder an. Nein, er hatte es wirklich nicht wissen können.
„Okay.", sagte er dann und lächelte. „Um das Thema zu wechseln: Wir bieten dir gerne das Du an."
„Also Will, nicht wahr?"
Er nickte bestätigend.
„Und Grace." Pauls Mutter lächelte mir aus ihren unheimlich zauberhaften Augen entgegen. Sie war eine so wunderschöne Frau. Kein Wunder, dass sich Pauls Vater, also Will, in sie verliebt hatte.
„Ihr habt es wirklich schön hier!", ließ ich meinem Staunen endlich freien Lauf.

„Findest du?" Grace lachte auf. „Ich müsste mal wieder ordentlich sauber machen."

„Oder wir stellen doch einmal eine Haushaltshilfe ein.", schlug Will vor, was seine Frau jedoch mit einem sanften Kopfschütteln entschieden ablehnte.

„Ach was!", meinte sie. „Das entspricht nicht meiner Vorstellung von Haushalt."

Damit lachte sie herzhaft. - Auch sie hatte Edelsteinzähne.

„Wir putzen auch immer selbst.", erzählte ich. Irgendwie hatte ich das Gefühl, dass es Zeit wäre, auch mal wieder meinen Senf abzugeben.

„*Du* auch?", erkundigte sich Paul.

„Ja, ich auch.", gab ich mit einem Seufzen auf den Lippen zu. „Vor allem mein Zimmer."

„Sehr vorbildlich." Grace schenkte mir einen verständnisvollen Blick. „Das würde *dir* auch nicht schaden."

Paul kniff die Augen zusammen, enthielt sich aber jeglicher Antwort.

„Naja, ganz so streng würde ich es nicht sehen. Mein Bruder drückt sich auch meistens davor. Das liegt wohl in der Natur der jungen Männer."

Mit einem Mal sah mich Paul überrascht an.

*Nicht schlecht!*, schienen seine wunderschönen eisblauen Augen zu sagen.

Verlegen strich ich mir eine Haarsträhne zurück. Irgendwie musste ich meinen Freund doch verteidigen, oder?

Weil mir im Moment leider keine wirklich passende Antwort einfiel, beschloss ich, mich weiter dem Nudelauflauf zu widmen, was nicht die einzige Mahlzeit beim heutigen Abendessen bleiben sollte. Nach einem leckeren Salat und einem atemberaubenden Tiramisu als Nachtisch hinterher war nicht nur ich zum Platzen voll.

Die Uhr war bereits weitergewandert. Mum und John müssten jetzt eigentlich schon zu Hause sein. Auweia - ich hatte ihnen überhaupt keine Nachricht hinterlassen! Sie würden sich gewiss Sorgen machen, wenn ich nicht da wäre. Schon plagte mich mein schlechtes Gewissen.

„Ach je, schon neun Uhr!" Grace seufzte.

„Hoffentlich macht sich meine Familie keine Sorge!", murmelte ich gedankenverloren, worauf Will prompt eine Antwort hatte: „Paul, wie wäre es, wenn du deine Freundin nach Hause bringst?" Dabei lächelte er mir zu. „Also, nicht dass wir dich loshaben wollen oder so."

„Schon klar." Ich zwinkerte ihm zu. - Oh je! Die Sitten hier färbten ja ganz schön ab.

„Keine Sorge, das hatte ich ohnehin vor. - Ich lass doch Katharina nicht allein nach Hause gehen!"

Damit schob Paul entrüstet seinen Stuhl zurück und griff nach seinem Teller. Ich wollte es ihm gleich tun. Doch er wehrte entschieden ab: „Lass ruhig! Du bist heute unser Gast - also brauchst du auch nichts abzuräumen."

„Na schön.", seufzte ich. „Aber beim nächsten Mal besuchst *du* uns, klar?"

„Und ob!"

Schon balancierte er mit vier Tellern inklusive Besteck und Gläsern in Richtung Spülmaschine. Keine Minute später stand er auch schon wieder neben mir.

„Also von mir aus können wir's packen!" Er grinste.

So kam es also, dass wir uns gleich darauf auf die Socken machten. Ich verabschiedete mich - Knigge wie ich hatte - höflich von Pauls Eltern. Naja, das hätte ich so oder so getan. Dafür waren die beiden viel zu liebenswert und freundlich. Und ihr „Es wäre schön, dich mal wieder bei uns zu sehen!" klang ganz und gar nicht nach Wir-schleimen-uns-mal-schön-ein oder ähnlichen Gedanken, sondern kam aus tiefstem Herzen.

Die Luft draußen fühlte sich kühl, ja beinahe eisig, an. Ich zweifelte keine Sekunde: Der Winter näherte sich mit gewaltigen Schritten. Fröstelnd zog ich die Kapuze meiner Jacke über den Kopf.

„Ist dir kalt?", wollte Paul wissen.

Rasch schüttelte ich den Kopf.

„Ach Quatsch!" Schon lachte ich. „Bei so einem heißen Begleiter kann es gar nicht kühl genug sein!"

Paul stimmte in mein Lachen lautstark mit ein. Glücklicherweise waren wir alleine auf dem Fußweg unterwegs - nicht unbedingt etwas Übliches in München, dafür aber etwas Wunderschönes, zumindest, wenn man mit einem so charmanten, jungen, netten, gutaussehenden und-was-weiß-ich-alles-noch-für-tollen-Eigenschaften -

„Stimmt es eigentlich wirklich, dass du mal was mit Geschichte studieren willst?"
Ich war richtig zusammengezuckt, als Paul mich in meinen von Cappuccino-Gefühl durchströmten Gedanken unterbrach.

„Ähm - ja." Verwirrt schüttelte ich meinen Kopf. „Entschuldigung, du denkst dir jetzt wahrscheinlich auch deinen Teil."

„Klar, immer doch!" Er grinste.

„Also, um auf deine Frage zurückzukommen: Irgendetwas mit Geschichte. Vielleicht auch Archäologie oder eine ähnliche Richtung."

„Finde ich echt stark!"
Wäre es nicht schon so dunkel gewesen, hätte ich sehen können, wie er bewundernd eine seiner Augenbrauen nach oben zog.

„Naja, das sagst du jetzt wahrscheinlich auch nur, weil du deine Freundin nicht hängen lassen willst.", wehrte ich ab.

„He!"

„Na, komm schon! Mit Medizin kannst du es wirklich nicht gleichsetzen."

„Und was bitte würde daraus werden, wenn sich niemand um die Zeiten des Vergangenen kümmert? Wenn niemand mehr weiß, was früher einmal passiert ist? Wenn Tempel und andere Gebäude plötzlich keinen mehr interessieren und es folglich völlig gleichgültig wäre, ob sie nun da stehen oder nicht? Dir ist schon klar, dass unsere Gegenwart auf Geschichte beruht..."
Überrascht blickte ich zu ihm.

„Was wir noch vor einer Stunde gesprochen haben, ist bereits wieder Geschichte!"

„Also so war das ja nicht gemeint...", meinte ich verlegen. „Aber ehrlich, das freut mich, dass du dich wirklich dafür begeisterst! Ich dachte..."
Nein, das wollte ich lieber doch nicht aussprechen. Wer weiß, ob ich nicht dann den Rest des Heimweges alleine zurücklegen würde...
Aber Paul forschte natürlich sogleich nach. Und er ließ nicht locker. Solange, bis ich schließlich gestand: „Tja, also ich dachte, du wärst ein Medizinstudent, völlig vertieft in sein Fach, keinen Blick für die wunderbaren Dinge dieser Welt wie beispielsweise geschichtliche Ereignisse und so."

„Da hast du mich aber falsch eingeschätzt!" Er knuffte mich liebevoll in die Seite. „Ich an deiner Stelle würde mich eher in Acht nehmen - ich bin nämlich höchst gefährlich, was Allgemeinbildung und so angeht."
Na, das hatte ich jetzt auch schon begriffen.

„Hast du keine Angst mit dem Latein-Nachlernen?", wechselte er plötzlich das Thema.

*Latein-Nachlernen?!*

„Na, ich dachte, wenn man was mit Geschichte studiert, braucht man das Latinum."
Hm, davon hatte ich nun wirklich keine Ahnung. Woher auch?

„Tut mir leid." Entschuldigend zuckte ich die Schultern. „Aber ich bin zur Zeit mit allem anderen beschäftigt als mit dem Sammeln von Informationen fürs Studium.", gestand ich mit einem schwachen Lächeln im Gesicht.

„Ist auch egal." Er winkte ab. „Nur - falls du mal einen brauchen solltest, der dir Latein beibringt: Bei mir wärst du richtig aufgehoben."

„Du - Latein?!"

„Sicher doch." Er nickte mit einem seligen Lächeln im Gesicht. „Ich habe sogar schriftlich Abitur gemacht."

„Lass mich raten: Fünfzehn Punkte?"
Seine Antwort war ein fideles Lachen, woraufhin ich ihn überrascht anstarrte.

„Na, bei dir hätte ich auch nichts anderes erwartet.", meinte ich seufzend und kratzte mich an der Stirn. „Was bitte fasziniert dich denn an dieser Sprache? Außer, dass sie bockschwer ist?"

„Bockschwer? Hm." Er runzelte die Stirn. „Da kenne ich ganz andere Probleme. Aber im Ernst: Wenn du magst, dann zeige ich dir einfach mal ein paar Grundkenntnisse."
In Latein?

„Es ist wirklich nicht so schwer. Und es macht enorm viel Spaß!", fuhr er ungerührt fort und schien meine in mir heimlich aber dennoch stetig aufsteigende Panik nicht zu bemerken. Nervös trat ich von einem Fuß auf den anderen. Ich und Latein? Das konnte er mal schön bleiben lassen! Ich war ja sogar zu doof, um -
Erst jetzt fiel mir auf, mit welch großen Augen er mich die ganze Zeit über anstarrte. Schwups! - Weg waren jegliche Besorgnisse und andere völlig überflüssigen Gewichte meiner Gedankenströme.

„Ok.", meinte ich, ohne wirklich nachzudenken, was ich da gerade von mir gab. „Aber dafür liest du mir meine Seminararbeit Korrektur, ja?"
Wow, ich war ja eine richtige Dealerin!

„Mach ich mit links!" Paul grinste von einem Ohrläppchen zum anderen und rieb sich voller Tatendrang die Hände. „Wann bist du fertig?"

„Mal schauen..."
Ehe ich es begreifen konnte, hatte er auch schon nach meiner Hand gegriffen. Ich wehrte mich nicht. Es war ein schönes Gefühl. Noch dazu, wenn man in diese gigantischen Augen blickte...

„Und sollte dir die lateinische Sprache nicht gefallen, dann weiß ich noch einen super Tipp: Albrecht."
Von einer Sekunde auf die andere katapultierten sich meine Gedanken einmal quer über den Globus: Was um alles in der Welt sollte denn Albrecht? Wer war das überhaupt?

„Stimmt es - du hast keinen Plan, wer oder was Albrecht ist?"

Na, woher auch, bitte?

„Albrecht ist ein guter Bekannter unserer Familie."

Aha, und weiter?

„Er besitzt eine eigene Handbibliothek."

„Hier in München?" Endlich hatte ich meine Sprache wiedergefunden.

„Na, würde ich dir sonst davon erzählen?" Er gluckste leise in sich hinein. „Nach Dortmund wirst du ja nicht fahren, wenn du dir irgendwelche Informationen über sämtliche Geschichtsereignisse reinziehen willst, oder?"

„Brrr." Ich schüttelte mich. „Dortmund. - Du weißt schon, dass ich FC Bayern-Fan bin?"

„Wie langweilig!"

Paul grinste und verdrehte dabei die Augen.

„Sag bloß, dich interessiert kein Sport?", forschte ich sogleich nach.

„Und ob! Du willst lieber gar nicht wissen, mit was ich meine Freizeit so alles verbringe."

„Jetzt hast du mich neugierig gemacht! Erzähl schon!", drängte ich.

„Wahrscheinlich lachst du mich aus.", kicherte er. „Aber egal. - Tja, weil du es wissen willst: Ich reite."

„Du - reitest?"

Verblüfft starrte ich ihn einige Sekunden aus den Augenwinkeln an. Nervös zuckte er mit den Schultern und legte entschuldigend den Kopf schräg.

„Entschuldigung, also - das sollte jetzt kein Vorwurf oder so sein.", versuchte ich die ganze Angelegenheit sofort wieder gut zu machen. „Ich finde das einfach nur - ähm - tja, also - merkwürdig."

„Schon in Ordnung." Per Handzeichen gab er mir zu verstehen, dass die Sache längst gegessen war. „Am besten sage ich es dir gleich, bevor irgendwelcher Liebeskummer oder sonstige Eifersucht bei dir ausbricht: Meine Wochenenden verbringe ich regelmäßig mit Helena."

Helena?

War das etwa - etwa seine Reitfreundin...?

„Na, du guckst, als ob es dreizehn schlägt!" Mein Begleiter amüsierte sich prächtig. „Sag mir lieber nicht, was du gerade denkst, ich habe es bestimmt eh schon längst erraten! - Um dich zu beruhigen: Helena ist mein Pferd."
Für ein paar Sekunden blieb mir doch glatt die Spucke weg.
 „Du - hast - ein - eigenes - Pferd?", stammelte ich, völlig perplex.
 „Ja, ein Irisches Sportpferd. Stockmaß 1,69 m, fuchsfarben und ideal zum Springreiten."
 „Nicht schlecht!" Überrascht pfiff ich durch die Zähne. „Und ich dachte schon, ich hätte eine Konkurrentin bekommen!"
 „Na, warte es mal ab! Damit du es auch gleich weißt: Neben meinen regelmäßigen Reitstunden gehe ich zum Fechten."
Moment mal: Reiten - Fechten...
In meinem Hinterstübchen begann es zu klingeln.
 „*Tanzt* du vielleicht auch noch?"
Überrascht blickte er mich an.
 „Ja - wieso?"
 „Na, weil das genau die Bereiche waren, die ich für die Zeitreise nachholen musste."
 „Du konntest vorher weder reiten noch fechten noch tanzen?"
Ich schüttelte den Kopf.
 „Respekt!"
Für ein paar Sekunden hatte ich das Gefühl, dass die Erde vergessen hatte, sich weiter zu drehen. Seine Augen. Und dann dieser Blick!
 „Aber wir waren ja bei Albrecht stehen geblieben."
*Richtig.*
Womit meine Gedanken einen erneuten Riesensprung absolviert hatten.
Ich nickte.
 „Also: Keine Ahnung, wie er zu dieser Bibliothek genau gekommen ist..", fing mein Begleiter zu erzählen an. „Jedenfalls ist sie hypergenial." Dabei betonte er jeden einzel-

nen Buchstaben. „Wenn du ihn mal kennen lernst, wird er dir sicher eine große Hilfe sein. Ich wette, dass er dich sogar in seine *heilige Sammlung* blicken lässt."

„Das wäre wirklich großartig!"

„Dann guck ich mal, dass wir uns mit ihm treffen oder so. Vielleicht hat er mal Zeit... Du musst wissen, er ist meistens ziemlich beschäftigt."

Na, das ging uns doch allen irgendwie so.

„Paul?"

Diesmal war ich es, die stehen geblieben war.

„Hm?" Erstaunt drehte er sich nach mir um.

„Ich - ich - wollte dir schon lange mal sagen, dass ich so froh bin, dich kennen gelernt zu haben."

Mein Gegenüber schnappte nach Luft.

„Und, dass ich gar nicht weiß, wie ich dir danken soll für all das, was du für mich alles machst!"

„Aber das brauchst du doch nicht, Katharina!"

Ein verlegenes Lächeln huschte über seine Lippen. Behutsam legte sich seine Hand auf meine Wange. Völlig bewegungslos blieb ich stehen. Beinahe hätte ich das Atmen vergessen.

„Wenn du wüsstest, was du für mich bedeutest! Schon seit unserer ersten Begegnung. Es war wie -"

Er hatte nicht mehr zu Ende gesprochen, sondern mich zu sich gezogen und mir einen Kuss auf die Lippen gedrückt. Eine wunderbar kribbelnde Gänsehaut schlich sich über meinen Rücken. Mein Herz schlug Purzelbäume.

„Das war schön.", wisperte ich leise. „Kannst du mich nochmal - küssen?"

„Na, wenn du damit zufrieden bist!"

Er lachte kurz auf, bevor er mich noch einmal an sich heranzog und mir einen, diesmal längeren Kuss gab, der vielleicht sogar noch länger gedauert hätte, wenn nicht - ja, wenn nicht plötzlich jemand dazwischen geplatzt wäre. Und nein: Es war nicht mein Bruder.

„Ups!"

So schnell wie er mich an sich gezogen hatte, so schnell hatte Paul mich auch wieder losgelassen. Ein klein wenig war ich schon enttäuscht. Dieser Moment der unzähligen Glücksgefühle hätte ruhig ein wenig länger dauern können! Doch die anfängliche Enttäuschung wich binnen weniger Sekunden in nervöse Panik.

„Was ist?", flüsterte ich, mich ängstlich umblickend. Was hatte Paul nur aus der Ruhe gebracht?

„Ich höre jemanden kommen!", raunte er im Flüsterton zurück.

Wie aus dem Nichts tauchten plötzlich die erlebten Bilder aus der Zeitreise auf.

„Wo?", wisperte ich.

„Da!"

Er deutete geradeaus. Doch so sehr ich mich auch anstrengte, ich konnte nichts erkennen. - Hoffentlich brauchte ich keine Brille!

„Lass uns weiter gehen, ja?" Mit einer Gänsehaut - diesmal im negativen Sinne - umklammerte ich Pauls Hand. Schon nahmen wir den Weg wieder auf. Keine fünf Meter weiter -

„Herr Albrecht!"

Beinahe wäre mir das Herz in die Hose gerutscht. Hatte ich da soeben richtig gehört?

„Paul?", kam es zurück. Der Stimme nach musste es sich um einen Mann Mitte fünfzig handeln.

Unsicher blickte ich um mich. Die Stimme des Mannes hatte ich zwar gehört, aber *wo* genau stand er?

Urplötzlich zuckte ich zusammen. Völlig unerwartet war er aus dem Schatten einer Mauer herausgetreten. Mit kleinen flüchtigen Bewegungen näherte er sich uns. Im fahlen Licht der spärlich leuchtenden Straßenlaterne wirkte er wie ein Zwerg aus den Märchen der Gebrüder Grimm. Seine Gestalt war nicht besonders groß oder gar kräftig gebaut. Nein, es war ein schmales, fast schmächtiges Männchen, mit feinen Gesichtszügen und scharf blickenden Augen. Beinahe wirkte er furchteinflößend auf mich. Und doch gleichzeitig auf irgendeine Art und Weise liebenswürdig.

„Na, was treibst du dich denn um diese Tageszeit noch auf der Straße herum?", begrüßte er meinen Gefährten. Doch Paul blieb völlig cool. Anscheinend kannte er diesen Herrn Albrecht nicht wenig.

„Na, das Gleiche könnte ich Sie fragen!", gab er gelassen zur Antwort, was bei Albrecht ein amüsiertes Kichern auslöste.

„Du bist kein dummer Junge!", meinte er. „Schade, dass du nichts mit Geschichte machst."

„Ärzte brauchen wir auch.", erwiderte er mit einem charmanten Lächeln auf den Lippen. Wow! Kaum zu glauben, wie schnell er seine Argumentationsweisen zurechtbog. Noch im selben Moment biss ich mir verärgert auf die Unterlippe. Da stand ich nun wieder einmal als stumme Statue völlig kommentarlos da und hatte nicht den leisesten Schimmer einer Ahnung, worauf dieses Gespräch eigentlich abzielen sollte. Mir war nur klar, dass das dieser Albrecht sein musste, dem die Handbibliothek gehörte. Zu weiteren Gedanken kam ich nicht, denn Paul riss mich aus meinen Tag- oder viel eher Abendträumen: „Um aber Ihre Frage zu beantworten: Ich begleite gerade meine Freundin nach Hause. Das werde ich ja wohl noch tun dürfen, nicht wahr?"

„Oh, sicher doch!" Höflich machte Albrecht einen Schritt rückwärts und hob abwehrend beide Hände. „Ich will euch beiden da mal lieber nicht zu nahe treten!"

„Oh nein, das tun Sie nicht!", fiel ich ihm mit einem Mal ins Wort. Zugleich erschrak ich über mich selbst. „Paul hat mir soeben von Ihnen erzählt."

Verwundert legte Albrecht die Stirn in Falten.

„Naja, Katharina möchte etwas studieren, das mit Geschichte zu tun hat.", fügte mein Begleiter erklärend hinzu. Aufmerksam musterte mich das kleine Männchen.

„So, Geschichte oder etwas Ähnliches möchtest du studieren?" Er lachte leise. „Ich bin jetzt einfach mal so frech und duze dich."

„Schon ok. So alt bin ich auch wieder nicht.", wehrte ich ab.

„Das finde ich schön. Weißt du was? Ich hätte da etwas, das für dich vielleicht sehr interessant sein wird."
Ob er die Bibliothek meinte?

„Möglicherweise hat es dir dein Freund auch schon erzählt." Seine kleinen Äuglein glitzerten in Pauls Richtung. „Ich habe eine eigene kleine Bibliothek. Und wenn du möchtest, dann zeige ich sie dir einmal."
Damit hatte ich nicht gerechnet! Dass er sie mir wirklich zeigen würde!
Überrascht schnappte ich nach Luft.

„Das - ist ja großartig!" Ich stieß einen kleinen Freudenschrei aus. Albrecht quittierte es mit einer flüchtigen Armbewegung.

„Keine Ursache. Wann hast du Zeit?"
Einen Augenblick lang überlegte ich. Doch beim besten Willen fiel mir in absehbarer Zeit kein Termin ein, an dem ich wirklich konnte.

„Es tut mir leid.", murmelte ich entschuldigend. „Aber in nächster Zeit bin ich total beschäftigt."
Anders als erwartet breitete sich ein verständnisvolles Lächeln über Albrechts Lippen aus.

„Zur Beruhigung: Mein Terminkalender ist mindestens genauso voll. Selbst wenn du Zeit hättest - ich bin nicht da. Übermorgen geht mein Flug nach Paris. Ich habe dort ein wichtiges Treffen mit - ach, das ist ja egal. Was brauche ich lange Reden zu schwingen?"
Wir verblieben also dabei, dass er sich bei Paul melden würde, sobald er wieder heimischen Boden unter den Füßen haben würde. Paul wiederum wollte mir dann Bescheid geben. Alles in allem könne es aber um die zwei Wochen dauern. Er wisse es selbst noch nicht so genau, meinte Albrecht zum Schluss, bevor er sich von uns verabschiedete.

Kaum war er hinter der nächsten Straßenbiegung verschwunden, als Paul und ich unseren Weg fortsetzten. Das Gespräch mit dem Bibliothekar hatte beträchtlich viel Zeit in Anspruch genommen.
Rasch blickte ich auf meine Uhr.
„Auweia!", murmelte ich. Den ersten Schweißtropfen spürte ich schon meinen Nacken entlang huschen. „Das wird Ärger geben."
„Zu Hause?", hackte Paul nach.
Ich nickte.
„Ach was!" Er winkte ab. „Wieso denn?"
„Na, weil ich weder Mum noch John Bescheid gegeben habe, dass ich einfach mal einen Abstecher zu dir mache!", erklärte ich und kratzte mich nervös an der Stirn. Paul jedoch hatte nichts besseres zu tun, als sich leise schlapp zu lachen.
„Ich an deiner Stelle würde ganz cool bleiben."
Verwundert zog ich meine Stirn zu kleinen Fältchen zusammen. Wie bitte meinte er das?
„Während du dich im Bad für deinen Schönheitswettbewerb vorbereitet hast..."
Empört schnappte ich nach Luft.
„Na, da habe ich deiner Familie einen netten Liebesbrief geschrieben."
Er hatte was?!
„Keine Sorge!" Er grunzte ein paar Worte vor sich hin, ehe er wieder klar zu sprechen fortfuhr: „Da stand nur drauf, dass du bei uns zum Abendessen eingeladen bist und gegen 22:00 Uhr wiederkommst."
Erleichtert atmete ich auf. - Wie dumm von mir! Dass ich da nicht gleich draufgekommen bin?!
Wir liefen weiter im spärlichen Licht der Straßenlaternen. Über uns funkelten ein paar Sterne am Firmament. Ich fühlte mich so glücklich wie schon lange nicht mehr.
„Sag mal, Katharina..."
Überrascht drehte ich mein Gesicht in Richtung Paul.

„"...wieso hast du eigentlich so oft versucht, mich zu erreichen?"

„Ähm..." Also das würde jetzt ein bisschen peinlich werden. Verlegen blinzelte ich. „Also wir waren doch bei der Newton-AG.", fing ich schließlich an.

„Eurem Auftraggeber?"
Ich nickte. „Sozusagen."
„Und weiter?"
„Na, ich habe meinen Feueropal nicht abgegeben."
„Aha."

Bildete ich es mir nur ein oder lachte Paul tatsächlich still und leise in sich hinein?

„Aber mir ist aufgefallen, dass ich ohne Anleitung mit meinem Stein gar nichts anfange."

„Hm. Klingt logisch." Paul räusperte sich. „Und da hast du an mich gedacht?"

„Ja..."

„Na, wie gut, dass ich eine Abschrift habe."

„Es stimmt also wirklich?"

„Na, was denkst du denn?" Er grinste mich herausfordernd an.

„Ich dachte, das sei nur so dahin gesagt..."

„Soso, nur so dahin gesagt. - Ich und dich veräppeln?" Er lachte. „Dann träum mal schön weiter!"

„Aber wie - ich meine, die Zeitreiseanleitung gehört doch zum Vermächtnis..."

„...und das befand sich ja im Schloss, was ich allerdings noch nicht wusste."

„Du hast es also abgeschrieben, nachdem John und ich beim Gasthof verschwunden waren?"

„Ja, in dem Zeitraum."

Jetzt verstand ich nur noch Bahnhof.

„Wie bist du rangekommen an die nötigen Informationen? Ich meine, nachdem du ja nicht mal wusstest, wo das Vermächtnis war... Die Zeitreiseanleitung liegt doch nicht einfach so mal rum."

„Das stimmt." Er kratzte sich an der Stirn. „Vom Himmel ist sie nicht gefallen."

„Ja - und?"

„Du bist wirklich neugierig!"

„Bitte, jetzt sag schon!"

„Na schön." Er seufzte. „Also: Nachdem du und dein Bruder plötzlich wie vom Erdboden verschluckt waren, habe ich mich vom Gasthof auf dem Weg nach London gemacht und habe unserem Freund Newton einen Besuch abgestattet."

„Und er hat dir einfach so die Anleitung gegeben?"
Paul schüttelte den Kopf.

„Nein.", sagte er. „Ich wollte ihn eigentlich nach dem Vermächtnis fragen, aber unser wissenschaftlicher Freund ließ mich gar nicht wirklich zu Wort kommen und hat mir lauter neue Ideen präsentiert, die ihm im Kopf rumspuken."

„Oh je!" Ich seufzte. „Das klingt ja spannend..."

„Während er mir seine Skripten zeigte und dabei sämtliche Neuigkeiten erklärte, ist mir ein schmales Büchlein aufgefallen."

„Die Zeitreiseanleitung...", murmelte ich.

„Ja, genau! Woher weißt du...?"

„Na, ich kann eben gut kombinieren."

„Nicht schlecht!" Er zwinkerte mir zu. „Jedenfalls traf es sich gut, dass Newton kurz das Zimmer verließ, um ein weiteres Skript zu holen. Da habe ich das Büchlein einfach eingesteckt."

„Das ist ja Diebstahl!", empörte ich mich.

„Nicht ganz. Ich habe es natürlich mitgenommen und während du und John im 21. Jahrhundert wart, habe ich eine Abschrift angefertigt. Und dann habe ich Newton noch einmal besucht und ihm das Büchlein dabei unbemerkt zurückgegeben."

„Wow, nicht schlecht! Jetzt kannst du weiterhin in der Zeit reisen."

„Ja, allerdings ist das gar nicht so einfach. Es gibt verschiedene mathematische Formeln. Aber man kann nicht jede beliebige Zahlenkombination wählen. Da muss man vorher sämtliche Aspekte durchgehen, damit das auch wirklich klappt."

„Hast du es schon ausprobiert?"

Er schüttelte den Kopf. „Nein, aber ich habe mich beim Abschreiben sehr genau mit dem Inhalt auseinandergesetzt. Ist wirklich nicht einfach."

„Würdest du mal wieder zurückreisen in eine andere Zeit?"

„Auf jeden Fall! Ich nehme an, du auch?"

„Na klar! Vorausgesetzt, du nimmst mich als Zeitreisebegleiterin mit. Alleine kann ich es ja nicht..."

„Hm, das muss ich mir jetzt aber gut überlegen."

„Na schön. Aber pass auf, dass du dich nicht verdenkst! Achtung, jetzt rechts! Wir sind schon da."

Paul war einfach geradeaus weitergelaufen. Etwas verwirrt blieb er stehen und grinste mich verlegen an.

„Also gut. Dann verabschiede ich mich jetzt."

„Danke nochmal, dass du mich eingeladen hast!"

„Keine Ursache, kannst gerne mal wieder kommen. Wirklich!"

„Und sag mir Bescheid, sobald Albrecht sich bei dir meldet, ja? Ich bin schon ganz gespannt auf seine *heilige Sammlung*."

„Versprochen. Ich lass was von mir hören."

Bei diesen Worten umarmte er mich und drückte mir einen flüchtigen Kuss auf die Wange.

Keine zwei Sekunden später war er verschwunden.

„Na? Hat es geschmeckt, Schwesterlein?"

Als ich durch die Türe trat, hatte ich ganz und gar nicht damit gerechnet, dass mein Bruder mich begrüßte. Demnach war ich im ersten Moment richtig perplex.

„Super!", sagte ich und bückte mich, um meine Schuhe auszuziehen. Mein Bruder sollte nur nicht merken, dass ich rot wurde! „Und bei euch?", erkundigte ich mich dabei gleich noch, damit John gar nicht erst die Gelegenheit dazu bekam, unangemessene Fragen zu stellen.

„Perfekt!" Er lachte. „Das Essen - einfach köstlich!" Während er von seinem Besuch beim Griechen schwärmte und sich dabei über die Lippen schleckte, stellte ich meine Schuhe ins Regal und schlüpfte an ihm vorbei.

„Na, und bei dir und Paul? Habt ihr euch geküsst?"

Das war so was von offensichtlich gewesen, dass mein Bruder mich ausgerechnet mit dieser Frage konfrontieren musste!

„Du stinkst nach Zwiebeln und Knoblauch.", entgegnete ich nur und fügte ein genervtes Stöhnen hinzu.

„Na, wenn es weiter nichts ist!"

Lachend verkrümelte sich mein Bruder auf sein Zimmer.

„Oh, da bist du ja wieder!"

Gerade hatte ich ebenfalls in mein Zimmer gehen wollen, als plötzlich meine Mum vor mir stand.

„War es schön?"

Ich nickte.

„Das ist ja erfreulich, dann kannst du morgen was für die Schule machen!", hörten wir John noch aus seinem Zimmer rufen. Ich wunderte mich über diese überflüssige Bemerkung keineswegs. John hatte zwar nicht sehen können, dass meine Antwort ein Nicken war, aber er war immerhin mein Bruder.

Trotzdem verdrehte ich die Augen. Manchmal können große Brüder wirklich nerven!

„Ach, lass ihn.", meinte Mum. „Der weiß nicht, wie sich das anfühlt, wenn man verliebt ist."

„Sieht man das wirklich so sehr?", fragte ich unsicher.

Mum nickte lächelnd.

„Oh ja!" Sie legte mir liebevoll ihren Arm um meine Schultern. „Das geht aber schon länger, oder?"

„Naja, also... Als ich Paul das erste Mal gesehen habe, fand ich ihn sofort sympathisch."

Mum blickte mich verständnisvoll lächelnd an und dabei wurde mir wieder einmal mehr bewusst, weshalb ich sie so

305

sehr liebte. Und das hier war nur einer der unendlich vielen Gründe.

„Und ich glaube, dass er mich auch von Anfang an mochte, zumindest seinem Verhalten nach zu urteilen." Ich machte eine kurze Pause. „Aber wir haben dann ja leider viel zu früh rausgefunden, dass er ein Morgan und damit eigentlich unser Feind ist.", fügte ich hinzu.

„Aber am Ende ist doch alles gut gegangen, Katharina-Häschen."

„Ja, am Ende... Aber du willst lieber nicht wissen, wie oft ich mir den Kopf zerbrochen habe deswegen..."

„Oh je!" Mum seufzte. „Liebeskummer im Mittelalter stelle ich mir ziemlich unangenehm vor."

In Erinnerung an die aufregenden Stunden in Newtons Zeitalter kroch mir eine leichte Gänsehaut über den Rücken. Was war ich froh, dass diese Ungewissheit über Paul endlich ein Ende gefunden hatte und noch dazu ein so positives!

Mit tausend Schmetterlingen im Bauch fiel ich meiner Mum glückselig um den Hals. Das waren einfach die besten und aufregendsten Ferien gewesen, die ich jemals hatte: Mum, John und ich waren zusammen nach London geflogen, mein Bruder und ich hatten eine Verschwörung im 17. Jahrhundert aufgedeckt und ich hatte mich zudem in einen charmanten und noch dazu extrem gut aussehenden jungen Mann verliebt. Die nächsten Tage würde ich damit verbringen, mich top auf das kommende Schuljahr vorzubereiten, um dann ein hoffentlich passables Abitur zu schreiben.

Von der Newton-AG würde ich gewiss nie wieder etwas hören, worüber ich mehr als erleichtert war. Sollten die alten Herren doch ihrer Utopie nachjagen und versuchen, an das Vermächtnis zu gelangen! Wahrscheinlich saßen Dracula und Co in ihrem Büro und schmollten vor sich hin. Mir konnte das ja egal sein: Ich hatte immerhin noch mein kleines Zeitreisesteinchen und einen super Zeitreisebegleiter dazu. Was konnte es Besseres geben?

Als ich mich aus der Umarmung löste, grinste ich meine Mum einen Augenblick lang an und meinte dann: „In einem Punkt muss ich dir vollkommen zustimmen: Liebeskummer zu haben, ist wirklich schrecklich. Aber trotzdem waren wir nicht im Mittelalter."

# *- Epilog -*

*München, Spätsommertag des 21. Jahrhunderts*

„Wir hoffen, es hat Ihnen keine Umstände bereitet, uns aufzusuchen?", begrüßte ein mittelalter Herr mit Schnauzbart den Ankömmling. Auf eine Antwort schien er nicht zu warten, denn er fuhr gleich fort: „Es ist für uns jedenfalls eine große Hilfe, dass Sie so spontan auf unseren Brief reagiert haben."
In der Tat: Spontan war es gewesen. David hatte ihn heute Morgen in seinem Briefkasten gefunden. Genauer gesagt war es seine Mutter gewesen. Sie hatte nach der Post gesehen und ihrem Sohnemann dann das Schreiben auf den Küchentisch gelegt. In dem Brief ging es darum, dass er sich möglichst schnell, am besten noch heute Nachmittag, mit einer gewissen Newton-AG in Verbindung setzen sollte. Angeblich ging es um eine geheime Mission. Aber was das genau sein sollte, davon wusste der Brief nichts zu berichten.
„David Dixon?" Die kalte Stimme riss David aus seinen Gedanken. Ein merkwürdiges Kribbeln machte sich auf seiner Haut breit. Der Mann, der ihn da soeben erschreckt hatte, indem er wie aus dem Nichts plötzlich vor ihm aufgetaucht war und noch dazu mit eisigen Augen musterte, war ihm auf Anhieb unsympathisch. Bei genauerem Hinsehen erinnerte er David an Graf Dracula.
„Bitte folgen Sie uns.", wies ihn die Stimme von Graf Dracula zurecht.
David folgte, wenn auch mit etwas weichen Knien. Die ganze Angelegenheit schien ihm nicht ganz geheuer zu sein. Dennoch gab er sich Mühe, sich nichts von seinem Unwohlsein anmerken zu lassen. Er folgte den Herren, die sich am Ende des Ganges in einem düster wirkenden Zimmer um einen schwarzen Tisch versammelten.

„Bitte, nehmen Sie Platz!", forderte ihn der Schnauzbart auf. Gespannt wartete David, nachdem er sich gesetzt hatte, auf das, was nun folgen würde.

„Bitte entschuldigen Sie, dass wir uns noch nicht näher vorgestellt haben.", übernahm nun ein Mann mit einer seltsamen Brille auf der Nase das Wort. Er lächelte verlegen. „Wir sind die Herren der Newton-AG und das" Er deutete auf den Mann, der aussah wie Graf Dracula höchstpersönlich „ist Sir Eduard." Er stellte die übrigen Herrschaften als Lord Timothy, Edgar Earl und Robert John (das war der mit dem Schnauzbart) vor. Seine Wenigkeit nannte sich Gregory Ashton.

Von all den Namen schwirrte David für einen Moment lang der Kopf.

„Wir wissen, dass Sie nicht viel Zeit haben. Daher kommen wir sogleich zur Sache.", übernahm nun Sir Eduard, also Graf Dracula höchstpersönlich, das Wort. „Es geht um eine geheime Mission, für die wir Ihre Hilfe benötigen."

Na, genau das war doch auch in dem Schreiben gestanden! David schüttelte irritiert den Kopf. Um was ging es denn nun eigentlich? Wollten die ihn etwa veräppeln?

„Sie haben einen Vorfahren aus dem 17. Jahrhundert...", fuhr Ashton an Draculas Stelle fort. „Grayson Dixon, dieser besagte Vorfahre, war in eine wissenschaftlichen Entwicklung Newtons verstrickt."

Nun verstand David nur noch Bahnhof: Was hatte sein Vorfahre, von dem er bis soeben gar nicht wusste, dass es ihn überhaupt gab, mit Newton zu tun? Und um welche wissenschaftliche Entwicklung ging es überhaupt?

„Newton entwickelte mit zwei weiteren Wissenschaftlern, Thomas Morgan und Richard Turner das sogenannte *Vermächtnis*." Das letzte Wort war beinahe geflüstert. Voller Ehrfurcht hatte der Sprecher die Augen geschlossen. „Dabei handelt es sich um eine Anleitung für ein Elixier, mit dem man in der Zeit reisen kann, unendliche Macht erhält und unsterblich wird."

David schnappte nach Luft. Das war doch die Höhe! Wollten die Herren ihm da einen Bären aufbinden? Für wie bescheuert hielten sie ihn eigentlich? Zeitreisen, Macht, Unsterblichkeit? Hatten die sie noch alle?

„Doch gab es unter diesen drei Wissenschaftlern einen Verräter: Thomas Morgan. Er wollte das Vermächtnis für sich allein haben. Seit diesem Vorfall ist von der Anleitung für das Elixier nicht mehr die kleinste Spur übrig."

In Davids Kopf fuhren die Gedanken gerade Achterbahn. Unsicher blickte er um sich. Aber die Herren um ihn herum wirkten so entschlossen, dass er die Überlegung, ob es sich bei ihnen um psychisch Gestörte handelte, schnell beiseiteschob. Nein, an diesem Bericht musste etwas dran sein! Und wenn das, was ihm diese Typen da erzählten, tatsächlich der Wirklichkeit entsprach, hatte er eine grandiose Idee...

Das Gespräch hatte letztlich nicht einmal eine volle Stunde gedauert. Die Herren hatten sich höflich von ihm verabschiedet und ihn zur Türe geleitet. Nun sprang David die Stufen hinunter und als er draußen auf dem Gehsteig stand, griff er in die Hosentasche, um sich noch einmal zu vergewissern, dass er die Szenen soeben nicht einfach nur geträumt hatte. Doch wirklich: In seiner Hand hielt er nun einen kleinen ovalen Edelstein. Einen Feueropal.

Wie der Blitz war er zur nächsten U-Bahn-Station gelaufen und hatte den direkten Weg zu seinem besten Kumpel eingeschlagen. Keine 20 Minuten später saßen die beiden bei Ron, denn so hieß sein bester Kumpel, auf dem Bett und Ron lauschte gespannt dem Bericht von David.

„Mann, ich fass es nicht!", stöhnte Ron und schlug sich mit der Hand an die Stirn. „Also du glaubst, dass die Typen das Vermächtnis in ihre eigene Gewalt bringen wollen?"

„Natürlich! Sie haben zwar gesagt, dass sie das Vermächtnis in der Gegenwart haben wollen, um es professionell zu vernichten. Aber Hand aufs Herz: Wenn es in der Vergangenheit schon bestens verschollen ist, warum muss man es dann erst noch in die Gegenwart bringen, um es endgültig kaputt zu machen?"

Ron nickte verständnisvoll.

„Es gab zwei, die bereits im Auftrag der Newton-AG eine Reise in die Vergangenheit unternommen haben. Sie heißen... Warte, ich muss kurz überlegen." Er kratzte sich am Kinn. „Katja oder Katharina. Irgendwie so. Und Jonathan, John, Jonas... Halt so ähnlich."

„Aber den beiden ist es nicht gelungen."

„Genau." David nickte. „Und deshalb soll ich jetzt ins 17. Jahrhundert, um das gut zu machen, was meine beiden Vorgänger versemmelt haben." Er lachte auf. „Eigentlich wollte die Newton-AG, dass ich mit einem Partner in die Vergangenheit reise. Aber dummerweise ging wohl ein Zeitreisestein bei der letzten Aktion verloren. Deshalb bin ich jetzt alleine unterwegs."

„Wer wäre denn dein Partner gewesen?"

„Ich hätte meinen besten Kumpel mitnehmen dürfen.", lachte David. „Andere Verwandte gibt es nicht in meiner Familie, die direkte Nachfahren von Grayson Dixon sind. Und der soll von den Machenschaften um das Vermächtnis gewusst haben. Durch ihn kommen wir quasi hautnah ran an die Verschwörung."

„Ok." Ron kratzte sich am Kopf. „Du bist jetzt im Dienst der Newton-AG und unternimmst Zeitreisen mit einem Edelstein. Echt der Hammer!"

David nickte und drehte den Feueropal zwischen seinen Fingern hin und her.

„Ich werde noch eine kleine Einführung erhalten in Knigge und Co.", meinte er. „Schließlich muss ich wissen, wie ich mich zu verhalten habe, damit der Lauf der Zeiten nicht verändert wird. - Es soll schon morgen losgehen."

„Und wirst du genau das tun, was die Herren von dir verlangen?"

„Na klar! Ich werde mich einweisen lassen und mich dann auf die Suche machen, um das Vermächtnis an mich zu bringen. Und das Geniale an der Sache ist..." Er senkte

verschwörerisch die Stimme. „Ich werde das Vermächtnis für mich behalten. Die Newton-AG ist doch tatsächlich so dumm, um zu glauben, dass ich alles tue, was sie wollen!" Er kicherte. „Nein, die werde ich schön übers Ohr hauen. Und du hilfst mir doch dabei, oder?"
Ron zögerte keine Sekunde.
„Natürlich!" Ein triumphierendes Lächeln huschte über seine Lippen. „Macht und Unsterblichkeit – sie sei unser!"

## VORSCHAU

Obwohl Katharina und John mittlerweile wieder im 21. Jahrhundert angekommen sind und sich die Aufregung um das *Vermächtnis* gelegt hat, ist das Abenteuer für die Geschwister noch nicht vorbei: Die Newton-AG engagiert David Dixon, der ein Nachfahre von Grayson Dixon ist und damit in Verbindung mit dem *Vermächtnis* steht. Was die Herren von der AG nicht wissen: David und sein Kumpel Ron beabsichtigen, das *Vermächtnis* in ihren Besitz zu bringen, um selbst unsterblich zu werden und unendliche Macht zu erhalten. Dass sie dabei ausgerechnet Katharina über den Weg laufen, ist in keinster Weise geplant. Schnell wittern John, seine Schwester und ihr Freund Paul von der Verschwörung und schon stecken sie erneut in einem Abenteuer voller Gefahren. Was sie alles erleben werden, steht **im vierten und damit letzten Band**: *Das Vermächtnis - Oder die Suche nach dem letzten Elixier.*

**Dieser wird <u>ab September 2017</u> im Buchhandel sowie online zu erhalten sein.**

## Ein kurzer Überblick über die wichtigsten Personen:

*... in der Gegenwart:*

***Katharina Turner***, 17 Jahre jung, Nachfahrin des mittlerweile völlig unbekannten Wissenschaftlers Richard Turner

***John Turner***, Katharinas großer Bruder, studiert Musik

***Margarete Turner***, Katharinas und Johns Mum

***Paul Morgan***, 19 Jahre jung, Nachfahre des heute mindestens genauso unbekannten Wissenschaftlers Thomas Morgan, verdreht dank seiner eisblauen Augen Katharina immer wieder erneut den Kopf...

***Newton-AG***, ein Haufen fanatischer Weltverschwörer, bestehend aus (u.a.)
    **Gregory Ashton** alias Nickelbrille,
    **Sir Eduard** bekannt als Dracula,
    **Edgar Earl** oder einfach nur Earl,
    **Lord Timothy** - der Lord - und
    **Robert John** (kurz genannt: Mr Schnauzbart)

***David Dixon***, 21 Jahre jung, Nachfahre von Grayson Dixon, will die Newton-AG austricksen

***Ron Thunder***, 22 Jahre jung, Verbündeter von David Dixon

***Miss Gregory*** unterrichtet zu Katharinas Leidwesen Mathematik

***Mr Bryn***, Katharinas Geschichtslehrer

***Mr Rowland*** als der einzige, der an Katharinas Schule auch noch „normalen" Unterricht betreibt, nämlich Schulspiel

*... in der Vergangenheit:*

**Richard Turner**, 1640-1715, ein heute völlig unbekannter Wissenschaftler

**Thomas Morgan**, 1639-1686, mindestens so unbekannt wie sein wissenschaftlicher Kollege Richard Turner

**Isaac Newton**, 1643-1727, gemeinsam mit Turner und Morgan schuf er das sagenumwobene *Vermächtnis*

**Sir William Rosehill** steht trotz seiner Anfang 30 mächtig auf Katharina, zählt durch seine Familienabstammung der Rosehills zum hohen Adel und steckt als geheimes Mitglied der Newton-AG mitten im Geschehen

**Ellinor Turner**, die Schwester des Wissenschaftlers Turner

**Lady Dorothy**, das *Schloss der Liebe* ist ihr Eigentum

**Grayson Dixon**, ein Vorfahre von David Dixon - wer genau das ist, stellt sich noch heraus...

## Danksagung

Ein Buch zu schreiben, macht nicht nur unheimlich viel Freude, sondern bereitet auch viel Arbeit, die aber mindestens halb so leicht wird, wenn man sie aufteilt. Deswegen möchte ich an dieser Stelle wieder einmal ein großes Dankeschön an all die lieben Menschen aussprechen, die mich treu und gewissenhaft wie eh und je unterstützt haben.
Zunächst einmal gilt ein besonderer Dank meinen Eltern.
Außerdem geht auch dieses Mal ein dickes Lob an meine beiden Schwestern: Ohne euch wäre John nur halb so lustig, Paul nicht einmal annähernd so, wie er jetzt ist, und Katharina eine ziemliche Null. Danke, dass man mit euch Pferde stehlen kann! Ihr seid einfach die besten.
Besonders an Leah: Danke fürs fleißige Lesen!!
Und schließlich geht ein herzliches Dankeschön an meine treuen kleinen und großen Leser.


Schwabmünchen, September 2016

*Judith Pientschik*